Elfter September hoch Zwei
oder die überlangen Schatten
des Verbrechens

REMO ITEN

Elfter September hoch Zwei

oder die überlangen Schatten

des Verbrechens

Roman

Bibliografische Information der Deutschen Nationalbibliothek
Die Deutsche Nationalbibliothek verzeichnet diese Publikation
in der Deutschen Nationalbibliografie; detaillierte bibliografische
Daten sind im Internet über http://dnb.d-nb.de abrufbar.

© 2018 Remo Iten
Umschlagdesign, Satz, Herstellung und Verlag:
BoD – Books on Demand
ISBN 978-3-7460-4035-6

Inhalt

Zweiter Akt des Dramas   9
    Jim bahnt sich an

Makabrer Fund   16

Jims erster Besuch bei Sanders   23

Von wegen – die Zeit heilt alle Wunden!   32

Aufs Eis geführt in Suffern   36

Späte Beerdigung auf dem Luftberg Friedhof   43

Ein altes Feuerwehrmann-Ritual wiedererweckt – der Vier-Fünfer   47

Der große Hammer – Wie bitte, Adoptivtochter?!   53

Spätwehen einer Adoption   59

Ein Rettungsanker namens Jim   64

Chaos und Leere   69

Ein Missverständnis, Mama?!   73

Eine visionäre Vorschau   80

Flucht in die Wildnis der Ramapo Berge   82

Ein Name aus dem Dunkel der Vergangenheit   87

Sind Sie stark genug, Christina?   94

Erdbeereis und Málaga   101

Es geht in die heiße Phase!   105

Ein erster Kontakt   108

Die nächste Phase der zaghaften Annäherung   112

Ein Samstag in Neu York   116

Jetzt sollen es aber alle wissen!   121

Am Ort des Grauens   124

Seltsame Dinge geschehen im Zentralpark   129

Frau'n regier'n die Welt   133

Nächtlicher Horror auf der Columbia – Jim rastet aus   139

Wahrheiten kommen ans Licht   143

Mama, ich bin wieder bei dir!   149

Erste lange Schatten auf dem Bärenberg 153

Halve Maen oder wie am 11. September 1611 alles begann 160

Mit zweiundzwanzig Jahren Verspätung 167

Mann, siehst du toll aus! 173

Keine 17, verliebt, naiv, geschwängert und kein Mann! 177

Jubeljahr – was gibt's denn da zu jubeln? 184

Was zu viel ist, ist zu viel 189

Wird ihre Familie die Zerreißprobe überstehen? 198

Die sarkastische Ironie der Freiheitsstatue 203

Land in Sicht 212

Kalifornien ruft 217

Drama in den Bergen der Heiligen Monika 225

Squa(w)shing 238

Ein fremder Vater taucht auf – Ben Foster 245

Feuerhölle in Beacon 250

Geschenktes Leben 271

Literatur- und Quellenverzeichnis 279

Zweiter Akt des Dramas

Jim bahnt sich an

DIE DARAUFFOLGENDEN Tage und Wochen flossen faul schlängelnd vor sich hin. Die Routine des graureichen Alltags war wieder eingekehrt; der Ausnahmezustand hatte sich wieder auf seinen Status QUO ANTE zurückgezogen, zumindest an der Oberfläche oder im gefüllten Tagesgeschehen. In den zu dieser Jahreszeit früh einsetzenden und bisweilen einsamen Nachtstunden sah die Situation indes wieder anders aus.

Claudia arbeitete seit Neujahr vermehrt auf der Röntgenstation des GUTEN SAMARITER KRANKENHAUSES in Suffern. Nach Absprache mit ihrem Vorgesetzten konnte sie ihr Arbeitspensum von vierzig auf siebzig Prozent aufstocken, da eine Kollegin krankheitshalber für unbestimmte Zeit ausfiel, was wiederum eine größere Belastung für sie bedeutete. Derweil setzte Christina ihr Studium in Journalismus und Rechtswissenschaften an der COLUMBIA UNIVERSITÄT in Neu York fort, wo sie die Woche durch in einem Studentenwohnheim wohnte. Ihr jetzt-noch-Freund Eric mutierte zusehends zur Gattung einer rasch aussterbenden Spezies. Wie ihr wohl bewusst war, war der ANFANG VOM ENDE längst eingeläutet. War sie unglücklich darüber? Nicht wirklich. Ehrlich gesagt, hieß sie es willkommen!

Dafür kriegte Biggi umso verfänglichere Kurznachrichten zugeschickt. ›Keine Chance‹, bekräftigte sie immerzu. ›Mein Flughafen erteilt schrägen Vögeln keinerlei Landeerlaubnis. Soll er sich eine andere Lehmpiste für seine Zwischenhalte suchen. Was meint der eigentlich?!‹ Dazu wäre ohnehin keine Zeit, denn Biggi nahm die Schlusskurve an der FELS-LAND-GEMEINSCHAFT MITTELSCHULE mit dem sich nun immer deutlicher abzeichnenden Fernziel zur Tierärztin. Dies entsprach nicht nur einer gewissen inneren Logik, angesichts ihrer Vorlieben und Neigungen, sondern gleichwohl einem langgehegten Wunschtraum aus Kindertagen; sozusagen eine Langzeitvision, die sich zu materialisieren abzeichnete.

Der ganz normale Wahnsinn des Alltagsgeschehens schien sie alle auf nicht unangenehme Weise auf Trab zu halten und, abzulenken.

Ψ Ψ Ψ

Eines trüben Abends, anfangs Januar 2002, die nächtliche Dunkelheit war bereits seit zwei Stunden über Suffern hereingebrochen, kehrte Claudia müde von einem betriebsamen Arbeitstag nach Hause zurück. Schon beim Hereinkommen gewahrte sie das rote Lämpchen ihrer Festnetzstation blinken. Zügig waren die verpassten Anrufe durchgeblättert, teils unbekannte Nummern. Die erste musste aufgrund der Vorwahl von irgendwo aus NEW YORK STADT sein. Der Anruf war morgens um 10:03 Uhr hereingekommen. Wahrscheinlich irgend so ein Werbeheini, der ihr ein extrem tolles Angebot einer Telefongesellschaft unterbreiten wollte. Ohne dem längere Beachtung zu schenken, beschloss sie, morgen kurz zurückzurufen, da sie dann ihren Freitag hätte.

Bei der zweiten Nummer handelte es sich um Monika aus dem nachbarschaftlichen POMONA, ihrer Arbeitskollegin, die heute frei gehabt hatte. Spontan folgerte Claudia, dass sie wahrscheinlich etwas abmachen wollte, um mit den Hunden laufen zu gehen. Monikas Bergamaske namens Bix verstand sich ausgezeichnet mit Rex.

Die letzte der drei Nummern war ein Mobiltelefon und vor etwa einer halben Stunde eingegangen, gleichwohl unbekannt. Da könnte ich es doch gleich probieren, dachte sie und drückte die Rückruftaste. Kurz darauf meldete sich eine bekannte Stimme.

»Hallo?«

»Hallo?! Jim?«, fragte Claudia überrascht, aber angenehm, und froh darüber, den Rückruf initiiert zu haben. Aus irgendeinem ihr unbekannten Grunde fand sie diesen Jim einfach apart, freute sich, wenn er Interesse an ihrer Familie bekundete. War es vielleicht wegen ihrer Töchter? Der Altersunterschied war ja nicht unbeträchtlich. Aber, wenn der Rest stimmte …

»Ja, ich bin es, hallo, Claudia.«

»Hast du gerade vorhin versucht, mir anzurufen?«

»Ja, habe ich.«

»Schön von dir zu hören. Wie geht's denn alleweil?«

»Danke, ausgezeichnet, alles im Griff hier. Und selbst?«

»Kann mich nicht beklagen, habe zurzeit alle Hände voll zu tun. Bei uns will sich zurzeit der halbe Staat durchleuchten lassen«, sagte Claudia, lachte auf. Ihre Müdigkeit schien unmittelbar einer Heiterkeit gewichen zu sein.

»Ja?«

»Ja, könnte man glattweg meinen; zum Glück ist es aber nicht immer so. Ich muss aber auch sagen, dass ich jetzt mehr arbeite, siebzig Prozent. Und das schenkt ein!«

Jims warme Stimme verfehlte ihre Wirkung nicht, stellte unverwandt eine entsprechende Verbindung her. Offensichtlich beruhte dieses Prinzip der Anziehung auf Gegenseitigkeit. »Das glaub ich dir sofort«, erwiderte er, fügte an, »bei uns ist auch so einiges los, mit Weiterbildung und Übungen.« Eine kurze Pause trat ein, ehe Jim zur Sache kam. »Äh, der Grund, warum ich anrufe, Claudia: Habt ihr dieses Wochenende schon was vor?«

»Nein«, kam es zögerlich, »ich glaube nicht. Warum fragst du?«

»Ja, weißt du, ich habe frei und könnte mal vorbeischauen, falls es euch natürlich recht ist.«

»Ja, kein Problem. Die Mädchen sollten meines Wissens da sein, zumindest am Sonntag.«

»Super!«

»Willst du auf Sonntagmittag kommen?«

»Ja, gerne.«

»Ich mache ungarisches Gulasch, dazu Karottenspätzle mit Mohnsamen. Ist das gut für dich?«

Sichtlich gutgelaunt und unverzüglich zusagend, sagte Jim: »Klar, auf jeden Fall, freu' mich jetzt schon darauf. Weißt du, ich koche auch gerne.«

»Ja? Tatsächlich?«, erwiderte Claudia erst etwas verdutzt, »das höre ich aber gerne. Was landet denn so alles auf deinem Teller?« Claudia wollte es gleich wissen, schließlich stammte sie aus deutschen Landen und kam rasch zur Sache. Jim überlegte kurz, aber nicht wirklich, denn seine Antwort schoss hervor, ohne den leisesten Zweifel daran aufkommen zu lassen: »Weißwürstchen.«

»Ja?«

»Ja, ich behaupte, dafür könnte ich sterben, ehrlich.«

»Nein, wirklich?«, staunte Claudia nicht schlecht. Eigentlich hatte sie eine ganz andere Aufzählung erwartet, aber man lässt sich doch gerne in neue Wege einweihen, sofern sie denn solche waren.

»Weißt du, egal, wo ich hingehe«, geriet Jim ins Feuer, »das allererste, was ich tun muss, ist herausfinden, wo sich die beste Weißwürstchenbude befindet, und wenn's dann wirklich passt, dann zieht es mich mindestens hundert Mal dorthin zurück.«

»Wohl mit süßem Senf, nicht?«

»Na, klar, ohne dies ist es ja keine richtige Weißwurst.«

»Hm«, erwiderte Claudia, immer noch staunend. »ist ja lustig, was du sagst. Ich habe die Würstchen ja auch nicht ungerne, mal zwischendurch, oder wenn ich natürlich zu Hause in Deutschland bin, aber ansonsten sind Wurstwaren weniger mein Ding.«

Es war unübersehbar, wie Jim bei seinen Ausführungen ins Schwärmen geriet, welches offenbar tiefere Beweggründe barg. »Für mich schon, ich liebe es einfach. Berliner Currywurst besonders. Vielleicht deshalb, weil damit so viele schöne Kindheitserinnerungen verbunden sind.«

»Ja? Wieso Kindheit?«

»Ich bin ja die ersten zehn Jahre in Deutschland aufgewachsen, in der Nähe von Berlin, das heißt, in Potsdam, im Holländischen Viertel.«

»Nein, wirklich?«

»Ja.«

»Das habe ich gar nicht bemerkt. Dass du *Schönberg* heißt, ist mir zwar aufgefallen, aber das muss ja nichts heißen. Es hat ja so viele deutsche Namen hier drüben.« Eine gute Prise Nostalgie in Jims Stimme war nicht zu überhören, ein Gemütszustand, den Claudia insbesondere in den ersten Jahren wiederkehrend ereilte. »Dann seid ihr nach Kalifornien gezogen so wie Michael erzählt hat?«

»Ja, Los Angeles, habe dann schnell Englisch gelernt.«

»Dann könnten wir ja eigentlich Deutsch sprechen.«

»Ja, kein Problem. Meine Eltern haben zuhause immer konsequent Deutsch gesprochen; vielleicht auch aus praktischen Gründen, was letztlich aber ganz gut für uns Kinder war. So sind wir zweisprachig aufgewachsen. War auch so ein Stück Heimat, da ich anfangs gar nicht gerne weggezogen bin, hatte fürchterlich Heimweh, nach den roten Backsteinhäusern und meinen Freunden.« Nach einer kurzen Pause, fügte Jim an: »Vielleicht hat meine Vorliebe für Brat- und Knackwurst aber auch mit meinen Vorfahren zu tun.«

Sichtlich in Erstaunen versetzt, wie Jim jetzt darauf kam oder worauf er hinauswollte, fragte Claudia nach: »Wieso meinst du?«

»Ja, weißt du, mein mütterlicher Zweig kommt ursprünglich aus Russland; jüdische Wurzeln. Vielleicht wurde diese Wurstvorliebe mit den Genen eingepflanzt«, meinte Jim scherzend, was in Claudia unmittelbar ein Schmunzeln verursachte.

»Wer weiß!?«, sagte diese erheitert, nicht recht wissend, wie sie dieses Mysterium einordnen sollte, »dann wäre es bei mir wohl Sauerkraut. Nun, ja, auf jeden Fall freue ich mich, dass du kommst, Jim! Ich glaube, Christina auch. Weißt du, sie hat schon mehrmals nach dir gefragt. Gerade diese Woche wieder. Sie meinte, dass es nun aber höchste Eisenbahn wäre, dich mal einzuladen.«

Hätten die beiden geskypet, wäre Claudia wohl kaum entgangen, wie ihre letzte Aussage, Jims Herz bis zum Hals klopfen ließ. Dass Christina sich wiederholt nach seinem Wohlbefinden erkundigt hatte, war der Satz des Abends! Alles andere wurde unmittelbar zur Nebensache degradiert. Jim musste sich richtiggehend zusammenreißen, um sich seine gegenwärtig höchsterregte Gefühlslage nicht anmerken zu lassen. Diskret räusperte er sich mehrmals, als hätte er plötzlich eine Kröte im Hals. Glücklicherweise blieben seine hypernervös zappelnden Finger, die sich an der Telefonkordel wie selbst zu strangulieren versuchten, vor Claudias Blick verborgen. »Würde es dir etwas ausmachen, wenn ich früher komme?«, fragte er dann. »Ich würde liebend gerne mal in deine Kochtöpfe gucken, wenn ich darf.«

»Klar, kein Problem. Kommst einfach früher. Dann machen wir doch das Gulasch gleich miteinander. Ist zehn Uhr gut für dich?«

»Perfekt«, erwiderte Jim, »also, dann bis Sonntag.«

»Gut, bis dann. Tschüss.«

»Tschüss, und nicht vergessen: schönen Gruß an die Mädels!«

»Keine Bange, mach ich.«

»Dankeschön.«

Jim drückte die Aufhängtaste, stieß mit erhobener Faust einen Freudeschrei aus. ›Super, einfach genial‹, jubelte er für sich und seufzte erleichtert. Das wäre geritzt! Natürlich wollte er alle Sanders näher kennenlernen. Dies schien durchs Band eine geratene Familie zu sein. Doch vermochte er es kaum zu erwarten, in erster Linie diese bezaubernde Frau wiederzusehen. Die letzten zwei Monate war er wie auf Nadeln gesessen, hatte sich tags wie nachts mit der immergleichen Frage herumgequält, ob diese kurze Begegnung lediglich ein makabrer Jux des Schicksals gewesen wäre. Der alternde wie alberne Maulesel durfte quasi kurz mal die leckere Rübe beschnuppern, ohne natürlich die geringste Chance, sie je zu kriegen. Aber so wie es aussah, wäre dem nun doch nicht ganz so und das baldige Ende seiner Leidenszeit absehbar.

Draußen in der Dunkelheit wirbelten bereits erste Schneeflocken im nächtlichen Lichtstrahl der Straßenlaternen. Der am Morgen angekündigte Polarwind schaufelte zügig feuchte Wolkenmassen in den Osten des Kontinents, bereit, seine im Schlepptau geführte Fracht übers Land zu kippen. Es würde wahrscheinlich eine stille Nacht werden, dachte sich Jim, für ihn sogar so etwas wie eine ›heilige Nacht‹. Wie damals, noch zu DDR-Zeiten, als er mit der Familie in der Propsteikirche SANKT PETER UND PAUL, in der Nähe des Nauener Tors, in der Mitternachtsmette mitgeträllert hatte. Nach der Wende wurde im Quartier fleißig renoviert, unter anderem dank Geldern des Niederländischen Königshauses, doch 1976 war noch vieles dem Zerfall preisgegeben; ein Grund für seine Familie sich dünn zu machen.

Seine Gedanken und noch vielmehr sein Herz sehnten sich danach, diese Nacht ungestört bei Christina zu verweilen, jener unerwartet in sein Leben getretenen feenhaften Erscheinung, welche seine gefühlsmäßig erstorbene Welt seither mit so viel Wärme und Zuversicht flutete. Das Leben steckte doch so voller Überraschungen, auch wenn er seit längerer Zeit nicht mehr wirklich daran geglaubt hatte. Er glaubte, sich selbst neu kennenzulernen! Oder überhaupt kennenzulernen! Fast schon wie bei einer japanischen Teezeremonie richtete er sich für die bevorstehende Schicht auf der Feuerwache, verzehrte noch ein paar Häppchen, obwohl kein Hunger, zumindest nicht nach dem, was sein Herz begehrte, und schloss bald die Wohnungstüre seines bescheidenen Heims in Chester hinter sich zu. Höchst beglückt lenkte er sein Fahrzeug in die stille Winternacht, ließ ihren Zauber nicht nur auf die dunklen Wälder und Anhöhen fallen, sondern insbesondere aufs Dach seiner Seele.

Ψ Ψ Ψ

Makabrer Fund

Nach dem ungesüßten Morgenkaffee wählte Claudia tags darauf die verbliebene unbekannte Nummer, wartete eine Weile, bis sich schließlich eine Frauenstimme meldete. Eigentlich beabsichtigte sie erst nicht, da zurückzurufen, denn auf einen Trickheini mit schlüpfrigem Gelaber hatte sie nun wirklich keinen Bock. Doch heute nähme sie dies in Kauf, denn ausnahmsweise hatte sie seit längerem wieder mal gut genächtigt. Etwas beseelte sie! Hing es etwa mit diesem bezaubernden Jim zusammen? Auf jeden Fall schmeckte heute alles so frisch und gut, so wie jeweils ihr selbstgebackener Sonntagsmorgenzopf – eine Delikatesse aus ihrer alten Heimat, welcher kaum jemand reinzubeißen widerstehen vermochte.

»Polizeidepartment Neu York Stadt, Verwaltung, Sally, was kann ich für Sie tun?«, hieß es kurz darauf.

Etwas verblüfft, entgegnete Claudia: »Ja, hallo, hier Sanders aus Suffern.«

»Ach, Frau Sanders«, rief Sally mit einer Stimmlage, als ob sie nur auf den Rückruf gewartet hätte, »hallo. Ich habe bereits gestern versucht, Sie anzurufen, aber Sie waren leider nicht zuhause erreichbar.«

»Da haben Sie Recht. Worum geht es denn?«

Gutgelaunt, als hätte sie gestern Verlobung gefeiert, fuhr Sally fort: »Wissen Sie, einer unserer Gerichtsmediziner, Doktor Walter, sucht Sie.«

»Gerichtsmediziner, sagen Sie?«

»Ja. Wenn Sie möchten, stelle ich Sie gleich durch. Doktor Walter ist jetzt in seinem Büro.«

Zögerlich erwiderte Claudia: »Ja, gerne, und Dankeschön.«

Die Leitung erstarb für einen kurzen Augenblick, Bob Marleys *Manche Leute spüren den Regen, andere werden einfach nass* setzte scherbelnd ein.

Noch immer stand Claudia neben dem Telefon in der Diele, starrte nervös an die Decke, pfiff mit. Sie fing an, von einem Fuß auf den anderen zu treten. Was, um Himmels willen, wollte denn die Gerichtsmedizin der Neu Yorker Polizei von ihr? Hatte es etwa mit Thomas zu tun? Es blieb ihr nicht lange Zeit, sich den Kopf darüber zu zerbrechen, da meldete sich schon der Herr.

»Ja, Frau Sanders? Hier Doktor Walter«, kam die klare, leicht näselnde Stimme, als wäre er soeben aus einer riesigen Tiefkühltruhe entstiegen.

Abwartend, was nun wohl gleich auf sie zukäme, sagte Claudia: »Guten Morgen, Herr Walter. Sie haben gestern Morgen versucht, mich zu erreichen?«

»Ja, das hab' ich.«

»Was gibt's denn?«

»Nun, Frau Sanders«, setzte Doktor Walter langsam fort, wie um die richtigen Worte zu finden, »um es so auszudrücken: Sie können davon ausgehen, dass wir Spuren Ihres Mannes gefunden haben.« Betretene Stille setzte für einen Augenblick ein. Unvermittelt durchfuhr Claudia eine Gänsehaut. Hatte sie das Schlafzimmerfenster beim Lüften eigentlich wieder geschlossen? Konsterniert fragte sie dann mit Verzögerung: »Ja? Wie bitte? Was haben Sie gesagt?«

Mit klarer Stimme sprach Doktor Walter weiter, als ob er Claudia soeben über ihren Gewinn im Superlos aufklären wollte. »Ja, ich weiß, es klingt fast etwas verrückt, aber die Untersuchungen unseres Labors konnten eindeutig Spuren Ihres Mannes nachweisen.«

»*Spuren meines Mannes?*«, fragte Claudia ungläubig. »Wie muss ich das verstehen? Mein Mann ist doch seit dem Elften September verschwunden, das heißt, er wird immer noch vermisst.«

»Nun, Frau Sanders«, sagte Doktor Walter nun mit einem unüberhörbaren Seufzer; seine Tonlage hatte sich verändert, war ernster geworden, der Situation angepasst. »Die Sache ist nun so: Bei den Aufräumarbeiten am Einsturzort sowie in der näheren Umgebung wurden noch verwertbare *Teile* sichergestellt, um sie später zu untersuchen und auszuwerten. Darunter auch Leichenteile, welche umgehend tiefgekühlt wurden.«

Verdattert schluckte Claudia leer, sagte, mit Räuspern: »Was? Leichenteile? Das meinen Sie wohl nicht im Ernst. Ich dachte, es wurde alles, ähm, pulverisiert.«

Es war Doktor Walter anzumerken, dass er ihre Zweifel nicht nachzuvollziehen vermochte, schließlich rief er dazu extra an. Sachlich-korrekt fuhr er fort: »Doch, Frau Sanders, natürlich meine ich es Ernst. Wissen Sie, eine DNA-Analyse hat nun nach wochenlangen Vergleichen und Untersuchungen endgültige Sicherheit gebracht. Bei einer der Proben handelt es sich eindeutig um Ihren Mann, Thomas Sanders. Das ist doch Ihr Mann?«

Erschlagen von der unerhörten Nachricht ließ Claudia den Arm fallen. Was sie da vernahm, klang vollkommen verrückt! Ja, absurd! Meinte es dieser Gerichtsmediziner wirklich ernst oder erlaubte er sich schlicht einen üblen Scherz?! Falls ja: mit so etwas trieb man keinen Spaß! Seit Thomas' spurlosem Verschwinden, jenem unseligen Dienstag, waren Monate vergangen. Und sie haben nie etwas gehört.

Wohlverstanden, von *niemanden*!

Krampfhaft versuchte sie sich zu erinnern, aber davon, dass etwa Leichenteile eingesammelt worden seien, die man später ›auswerten‹ wollte, war nie die Rede. Nein, das schien alles abstrus! Thomas war bestimmt tot und die Möglichkeit, noch irgendetwas von ihm zu finden, war bestenfalls hypothetischer Natur. War ja alles verdampft oder zu Staub und Asche zerfallen. Davon konnte sie sich ja mit eigenen Augen überzeugen, als sie am darauffolgenden Tag an den Unglücksort geeilt waren. Eigentlich hatte sie sich insgeheim schon damit abgefunden. Die Vorstellung, dass man da jetzt noch einen Finger oder … sie mochte gar nicht weiterdenken. Obwohl sie im Krankenhaus arbeitete und sich doch so allerhand Ominöses gewohnt war, aber *das* war ihr doch zu grausig!

Unmittelbar holte sie Doktor Walters Stimme zurück: »Hallo? Frau Sanders, sind Sie noch dran?« Stotternd sagte Claudia: »Ja, ja, natürlich.«

»Frau Sanders«, kam es wieder wie unreal aus dem Hörer, »ich weiß, es klingt völlig absurd, und vermutlich nahezu etwas anstößig. Doch, es

ist wahr, wir haben tatsächlich einen Körperteil von Ihrem Mann identifizieren können.«

Mehr hauchend, fragte Claudia: »Wie ist das nur möglich?«

Mit wissenschaftlicher Nüchternheit fuhr Walter fort: »Ganz einfach.
Auf der Feuerwehr, wo Ihr Mann arbeitete, mussten im Anschluss an den
Anschlag von 1993 alle Mitarbeiter eine Speichelprobe abgeben. Für den
Fall, dass eine DNA die einzige Möglichkeit darstellen würde, jemanden
nachträglich zu identifizieren. Wie gesagt, es ist uns jetzt gelungen, so,
eine klare Bestimmung Ihres Mannes vorzunehmen.«

Wiederum trat eine beklemmende Pause ein. Claudia schloss kurz die
Augen, atmete tief ein und aus. Worüber sie da soeben in Kenntnis gesetzt
wurde, schoss für sie genauso überfallmäßig aus heiterem blauen Himmel
auf sie ein. Ihr sollte jeden Augenblick speiübel werden. Ächzend setzte
sie sich in der Küche auf die Eckbank, versuchte ihre Fassung wiederzuerlangen. Schließlich würgte sie die quälende Frage hervor: »Ähm, um
welchen Körperteil handelt es … nun, Sie wissen schon.«

»Arm.«

»Was?«

»Wir haben einen Unterarm mit Hand identifizieren können«, erwiderte
Doktor Walter in einer Seelenruh und im sichtlichen Bemühen, die un-
gewöhnliche Mitteilung möglichst schonungsvoll rüberzubringen. Denn
seit unzähligen Jahren schon war es seine Aufgabe, Botschaften dieser
Art zu überbringen. Für ihn eigentlich nichts Außergewöhnliches mehr,
eigentlich schon Routine. Doch so abgestumpft war er zum Glück nicht,
dass er kein Mitgefühl mehr empfände. Es war immerzu ein schmerzli-
cher Augenblick, wenn Angehörige erfuhren, dass da ›noch etwas‹ von
ihren Liebsten übrig war. Schließlich haben sie ihn oder sie in der Regel
als ganze Person gekannt und so in letzter Erinnerung gehabt. Schon ein
Leichensack war eine harte Sache, ging ans Eingemachte. Im Falle eines
›Teils‹ war es nicht minder dramatisch.

Und dennoch, wenn der erste Schock mal überwunden war und sich
die Gewissheit breitmachte, dass doch noch etwas vorhanden war, ging
es meistens besser. Es war dann wie eine Art Beweisstück. Ja, er oder sie

war wirklich tot und musste insbesondere nicht mehr leiden. Es gab nun auch etwas für eine Beerdigung, für einen würdevollen Abschied. Die quälende Ungewissheit hatte ein Ende, die Familie vermochte zu einem Endpunkt zu kommen und das traurige Kapitel abzuschließen. Die Aussöhnung mit dem Schicksal wäre wieder ein anderes Thema. So auch diese Sanders. Nicht alle Hinterbliebenen hatten dieses Glück. Einzelne würden nie erfahren, unwiderruflich nie, wo ihr Mann oder ihre Frau, oder ihr Kind, verblieben war.

Wieder gefasster, wenngleich eingeschüchtert, fragte Claudia: »Was geschieht denn jetzt, *damit*?« In seiner vertrauenswürdigen Art meinte Doktor Walter: »Wir werden die Überreste Ihres Mannes in den nächsten Tagen dem Leichenschauhaus des Felslandbezirkes zukommen lassen. Die dortigen Behörden werden daraufhin Kontakt mit Ihnen aufnehmen, Frau Sanders, um die notwendigen Beerdigungsformalitäten zu besprechen. Alle erforderlichen Papiere und Bescheinigungen zu Ihrem Mann werden Sie direkt von uns per Post zugestellt kriegen. Das wäre alles dazu.« Nach einer kurzen Pause fuhr er fort. »Frau Sanders, ich möchte Ihnen und Ihrer Familie mein tiefstes Beileid aussprechen. Von ganzem Herzen wünsche ich Ihnen viel Kraft und Mut, mit diesem Schicksalsschlag fertigzuwerden.«

»Dankeschön, Herr Walter«, sagte Claudia mit tränenerstickter Stimme, und kaum hörbar, »ich glaube, das können wir in der Tat gut gebrauchen. Und Dankeschön für Ihre Arbeit und die Benachrichtigung.«

»Keine Ursache, Frau Sanders, gern geschehen. Auf Wiederhören.«

»Wiederhören.«

Das war es also gewesen: die Hammernachricht! Claudia hängte auf, stellte das kabellose Telefon zurück in die Station, ehe sie sich wieder setzte, die wässrigen Augen schloss. Mit einem Mal fühlte sich ihr Körper stark unterkühlt an, steif, wie nach Monaten in einer Aufbahrungsschublade, aus welcher beim unerwarteten Öffnen nun eisiger Hauch entstieg, jetzt, wo oder weil sich endlich JEMAND gemeldet hatte.

Ψ Ψ Ψ

20

Derweil Claudia sich vom ersten Schock erholte, konsterniert auf der Eckbank saß und durchs Küchenfenster starrte, leerer Blick, stieg draußen eine warmstrahlende Morgensonne am makellosen Winterhimmel auf. Ein tieffrostiger Mittjanuarmorgen, 2002, startete zu seiner nächsten Tagesrunde durch. Zuverlässig wie immer hatte es die Hauptprotagonistin aus den kalten Fluten des Ozeans geschafft, leuchtete nun hellgleißend von Osten her an die tief verschneiten RAMAPOBERGE, dieses langgestreckte Überbleibsel aus ferner Zeit. Als Ausläufer des Appalachen-Gebirgszuges bildete es Teil einer natürlichen Barriere zwischen dem Atlantik und dem Inneren des Kontinents in nordsüdlicher Richtung. Beginnend im Hinterland des heutigen Bundesstaats Neu York erstreckte es sich über tausend Kilometer bis in den tiefen Süden hinunter, an markanten Abschnitten mit Naturparks geschützt. Es war uraltes Gestein, weitgehend verwittert und während unzähligen Urzeiten abgetragen.

Die Hügelzüge, wie Claudia sie liebevoll nannte, erregten auf Anhieb ihr Gefallen, als Thomas und sie als junges Paar von PATERSON, NEU JERSEY, der ehemaligen Seidenstadt und auf halbem Wege nach Neu York gelegen, hierher zogen. Hier in SUFFERN, am Fuße der Ramapoberge, konnte sie sich gut vorstellen, sich niederzulassen, fühlte sich unmittelbar heimisch. Ist fast ein bisschen wie in ihrer Heimatstadt KONSTANZ AM BODENSEE, befand sie: alles schön sauber, organisiert und überschaubar. Die Leute freundlich und offen wie das Meer, jenes nicht weit, ein paar hügelige Berge mit Wildnischarakter gleich vor der Haustüre, garantierte Bären- oder Pumasichtung inklusive. Kurzum, ein für sie idealer Platz zum Wohnen und eine Familie großzuziehen.

Unvermittelt durchkämmte Claudias Blick die schwarzen Gerippe vor dem Fenster. Über Nacht hatte es durchgeschneit, Bäume wie Sträucher in eine südböhmische Aschenbrödel-Kulisse verwandelt. Am Küchenfenster hatten sich tatsächlich klitzekleine Eiskristalle gebildet, durch welche der Sonnenschein nun bald lachend Eingang begehren würde, sobald er um die Ecke wäre. Claudia saß eine geraume Weile nur da. Ihr Blick starrte überall und nirgendwo hin: mal ins offene Küchenregal, mal auf den Herd, mal ins abgedunkelte Wohnzimmer, mal in die zwei brennenden

Teelichter auf dem über zwei Meter langen Esstisch aus amerikanischem Nussbaumholz, mal auf ihre Fingernägel.

Mal auf ihren Unterarm.

Mein Gott, fiel ihr dabei ein oder besser gesagt auf, sie hatte ja gar nicht mal nachgefragt, welchen man denn gefunden hatte. Den rechten oder den linken? Ach was, das spielte doch gar keine Rolle, dachte sie. Lächerlich! Wie kam sie überhaupt auf eine solch törichte Überlegung?! Spielte das eine Rolle?! Was sie jetzt brauchte, war ein Augenblick Zeit. Zeit zu überlegen, was sie nun tun sollte.

Erst mal eine Tasse Tee, kam sie zum Schluss. So stand sie auf, bedächtig, geknüppelt wie nach einer schweren Operation, setzte den Wasserkocher auf, richtete Teebeutel sowie Tasse. Biggi käme am Abend nach Hause, dann könnte sie es ihr mitteilen. Christina würde sie später aufs Mobiltelefon anrufen. Lyke und Michael waren im Adirondack am Schneewedeln, und auch sonst war niemand da. Der Rest an der Arbeit oder am Schneeschaufeln, wie am typischen Bodenkratzen draußen zu hören war. In der Ferne vernahm sie das dumpfe Hupen eines Zuges, welcher an Sufferns kleinem Bahnhof einen Kurzhalt einlegte, bevor die Komposition über den RAMAPOPASS rumpeln würde. Natürlich war es kein gewaltiger Pass, wie sie es von den Alpen her kannte, eher eine Art Durchstich durch die sanften Hügel.

Meditativ goss sie das strudelnde Wasser über, ließ den Beutel in der Tasse ziehen, griff zum Telefon, überlegte nochmals kurz und wählte dann die Nummer ihrer Eltern im fernen Konstanz. Schon mehr als einmal hatte sie die Zeitverschiebung außer Acht gelassen. Erst, als sich die verschlafen-mürrische Stimme ihres Vaters mit einem brummigen ›Ja, hier Kaufmann‹ gemeldet hatte, kam ihr in den Sinn, dass es in Deutschland morgens gegen fünf Uhr sein musste, oder so. Doch dieses Mal stimmte es mit der Zeit. Wahrscheinlich wären ihre Eltern mit dem Mittagessen fertig, welches seit Jahrzehnten pünktlich wie eine Schweizer Uhr auf den Tisch kam. War besser so, dachte sie, schließlich wollte sie ihnen mit der makabren Nachricht nicht etwa noch den Appetit verderben!

Ψ Ψ Ψ

Jims erster Besuch bei Sanders

Pünktlicher als die Polizei kurvte Jim um zehn Uhr um die Ecke. Sein Fahrzeug in der Nähe parkiert schwang er sich nun in seiner gerippten 66°NORD-Daunenjacke, in männlich schwarz natürlich, sowie dem obligaten Blumenstrauß in der rechten Hand die paar Stiegen zu Sanders Hauseingang hinauf. Noch kurz zuvor hatte er sich im Fitnessstudio verausgabt, drückte nun energetisch die Klingel. Kaum getätigt, bellte Rex hinter der Türe los, zwängte dieser ungeduldig die lange Schnauze durch den Spalt, als Biggi öffnete. Ausgelassen vor Freude über den eintreffenden Besuch sprang er an Jim hoch, leckte stürmisch dessen Hände und Kinn. Unmittelbar ging Jim in die Hocke, belohnte Rex mit ausgiebigen Streicheleinheiten über dessen Kopf und das struppige Rückenfell, klopfte ihm sanft an der Seite, umarmte ihn. »Ja, braver Hund«, sagte er wiederholend, schaute breitlächelnd zu Biggi hinauf, welche die Türe ganz aufschwang.

»Rex, komm sofort hierher, Fuß!«, rief diese energisch, »lass Jim in Ruhe!«

Fröhlich lachte Jim auf, sagte: »Hallo, Biggi, ist schon gut, ist eben ein toller Hund!«

»Sorry, er verhält sich immer so, wenn Besuch kommt, den er mag. Aber, zuerst mal, hallo, Jim, komm doch rein«, holte sie nach, hieß ihn willkommen. »Wie geht's?«, fragte sie.

Jim, welchem Biggis Augenringe nicht unbemerkt blieben, erhob sich, meinte: »Danke, gut, war soeben im Training, selber?«

Mit etwas schrägen Mundwinkeln entgegnete Biggi: »Ganz gut, danke, kann mich nicht beklagen.« Und wie um sofort das Thema auf andere

Bahnen zu lenken, abzulenken, um genau zu sein, fügte sie mit einem verkrampften Lächeln an: »Finde es total cool, dass du kochen kommst! Mutter kämpft bereits die Berge von Zwiebeln runter. Lieber sie als ich.«

Claudias Stimme war nun aus der Küche zu vernehmen. »Ich dachte, ich erspare dir das lieber«, rief sie lachend um die Ecke. Dann guckten ihr Kopf sowie ein furchterregendes Rüstmesser der Sorte ›Nur einmal dumm gucken, Baby!‹ in ihrer Hand hinaus in die Diele. Reichliche Tränen traten aus ihren geröteten Augen. War Mord dahinter? Mord an den Zwiebeln? »Übrigens, hallo, Jim.«

»Hallo, Claudia.«

»Ich habe schon mal die Zwiebeln in Angriff genommen. Das ist eben der Preis für unser leckeres Gulasch.«

»Na, das scheint ja eine wilde Sache zu werden«, entgegnete Jim mit seiner ansteckenden Lache. »Übrigens, hier habe ich noch ein Geschenk für dich mitgebracht, Claudia.« Höflich überreichte er ihr den Blumenstrauß im zartrosa Papier. »Ich hoffe, es trifft deinen Geschmack.«

»Ach, mach' dir deswegen keine Sorgen. Blumen kommen bei mir immer gut an«, entgegnete Claudia, derweil sie das Papier etwas auseinanderzupfte, um Einblick zu haben. »Oh, Chrysanthemen und Lilien! Wie schön! Und wie die duften! Herzlichen Dank dafür, Jim!«

»Keine Ursache«, entgegnete er und zog Jacke wie Schuhe aus. »Ich kann es kaum erwarten, zu erfahren, wie das mit dem Gulasch geht«, sagte er schnuppernd und mit tiefneugierigem Blick in die Küche.

Während Biggi Jims Jacke aufhängte, fragte Claudia sie: »Ist Christina schon unten?« Augenscheinlich genervt und die Augen verdrehend, meinte Biggi: »Nein, die oberlangweilige Tante von Schwester besetzt seit dreiviertel Stunden das Badezimmer! Aber ich gehe mal rauf und gebe ihr Bescheid, dass der Besuch da ist. Vielleicht geht's dann schneller!« War da soeben ein Augenzwinkern?

Allein bei der Erwähnung von Christinas Namen blitzten Jims Augen auf, denn gleich wäre sein Martyrium zu Ende, so glaubte er zumindest, hoffte er jedenfalls. »Ich würde mir gerne vorher kurz die Hände waschen.« Auf die Toilette gleich neben der Eingangstür hinweisend, sagte

Claudia: »Kein Problem. Es sollte wieder Seife im Spender sein, sonst meldest du dich.«

Derweil sich Jim unter dem rauschenden Strahl die Hände rieb, hörte er wie Biggi und Claudia etwas tuschelten, auf Deutsch. Zwar schnappte er wegen des Sprudelns des Wassers nur fragmentartig Stücke auf, schloss jedoch daraus, dass es sich um den vermissten Vater drehte. Von Michael und Lyke hatte er erfahren, welche Tragik Thomas Sanders ereilt hatte. Irgendein Bauchgefühl besagte ihm, dass da im Hause Sanders erneut etwas Unerfreuliches vorgefallen war. Zwar gaben sie sich alle erdenkliche Mühe, sich möglichst nichts anmerken zu lassen, nett zu sein, aber hinter der Fassade herrschte dicke Luft. Als er sich die Hände getrocknet hatte, trat er in die Küche ein. »Bin ich etwa zu früh gekommen, Claudia?«, fragte er, strahlend.

Zögerlich, weil vielmehr auf kaum zu bezwingende Zwiebelberge konzentriert, entgegnete Claudia: »Nein, überhaupt nicht. Wir hatten nur alle etwas viel Stress diese Woche; und heute Morgen können wir es endlich ruhiger angehen. Wenn du Lust hast, kann ich dir schon mal zeigen, wie das mit dem Gulasch und den Karottenspätzle funktioniert.«

Freudig klatschte Jim in die Hände, sagte ›klar doch!‹, band sich die Schürze um, welche ihm Claudia zureichte, meinte: »Bin total gespannt, habe noch nie Spätzle gemacht.« Bald brutzelten die ersten Zwiebeln unter viel Dampf und Jims Regie in der hohen Pfanne, während Claudia sich den Beilagen zuwandte. Als die Rindfleischwürfel an die Reihe kamen und der Dampfabzug laut dröhnte, spürte er plötzlich, instinktiv, wie jemand die Holztreppe herunterstieg, still am Küchentürrahmen anlehnte. Betörend weiblich-süßer Duft sowie von frisch gewaschenem Haar obsiegte in seinen Nasenrezeptoren über die Heere feindseliger Zwiebelschwaden und Gewürzwolken. Jim holte tief Atem, hustete. Zwiebeldampf.

Unverwandt richtete er seinen Blick nach rechts, und tatsächlich! Da stand sie! Herrgott nochmal! Endlich! Die junge Frau, die ihm vollkommen den Kopf verdreht hatte! Christina, mit ihrem hüftlangen seidenglänzenden Haar, dem flauschigen Kaschmir-Rollkragenpullover, in tiefrot, wo man nur noch eins wollte: zupacken, mit verschlingenden Armen vereinnahmen, ihr ganzes Wesen gierig aufsaugen wie der allerletzte Tropfen Hoffnung in der todbringenden Wüste, die kecken enganliegenden G-Star-Jeans, die ihn alle Sinne schwinden ließen bei der Vorstellung, was sie umhüllten. Die Verwegenheit pur, die ihn anlächelte! War das nun pures Naturell oder gekonnter Einsatz für männliche Sinnesbetörung? Egal! Der Richtstrahl seiner Augen, mitten in der Dunkelheit seiner wochenlang ausgestandenen Ängste, diese Frau könnte ihm durch die Latten gehen, fixierte sie umgehend. Wie ein nächtlicher Blitz das Objekt der Betrachtung für den Bruchteil einer Sekunde taghell aufleuchten ließ, wie um sich seiner Anwesenheit zu vergewissern, trachtete sein bärenhungriger Blick nach Christina. Jim, du elender Wurm und Glückspilz! Dann, unvermittelt schrie er auf! »Autsch!«, rief er. In der Ablenkung war seine Hand an den heißen Pfannenrand geraten. Augenblicklich warf er alles hin und Christina ihm einen erschrockenen Blick zu.

»Hast du dich verbrannt, Jim?«, fragte sie besorgt.

Mit schmerzverzogenem Gesicht schenkte er ihr sein breitestes Lächeln, welches er derzeit hinkriegen konnte, denn das war sein Glückmoment, seine heilige Chance: unmittelbare Empathie für den Verbrannten! »Nein, nein!«, sagte er, »bin nur eben an den heißen Pfannenrand geraten. Nicht weiter schlimm! Das kommt davon, wenn man nicht achtsam ist.«

Claudia, bereits zur Stelle, sagte: »Komm, ich übernehme mal kurz, dann kannst du die Stelle mit kaltem Wasser kühlen.«

»Ja, gerne«, sagte er strahlend, »übrigens, hallo, Christina.«

»Hallo, Jim, sonst alles im Griff?«

»Meistens, wie du siehst«, sagte er schmunzelnd, drehte den Wasserhahn voll auf. »Wenn man sofort abkühlt, ist es meist wieder gut. Ich kenn' das zur Genüge. Gebranntes Kind.« Zufrieden lächelte Jim, sein Wüstenschiff war angekommen, in der Oase der Glückseligkeit. So wie Christina besorgt war, hatte das Leiden, unmittelbar wie langfristig gesehen, wenigstens einen Sinn gehabt. Seine Handkante brannte zwar wie Feuer, aber nicht von der Verbrennung, die Stelle war ja lächerlich klein. Nein! Sondern, weil Christina ihn nun mit einem Pflaster versorgte und dabei mit ihren Händen berührte, zärtlich fragte: »Tut's noch weh?« Was sollte er sagen? Etwa die Wahrheit in seinem Herzen? Mit funkelnden Augen entgegnete er dann: »Ja, schrecklich!« Und in Gedanken: Und jetzt küss mir bitte den Schmerz weg!

Glücklicherweise war wenigstens Claudia noch funktionstüchtig, das heißt, bei Sinnen, sodass bald verführerischer Duft scharf angebratener Zwiebeln, Rindfleischwürfel, kräftigen Rotweins, Fleischbrühe, Kümmelsamen, Paprika- und Chilipulver sowie Tomatenpüree um ihre Nasen zog, das ganze Haus für Stunden parfümierte. »Trinkst du Wein, Jim?«, fragte sie, wie als ob sie etwas Wichtiges nachzufragen vergessen hätte.

»Ja, natürlich! Klar!«

»Oder hättest du lieber etwas anderes? Bier?«

»Nein, nein, ich genehmige mir gerne einen Schluck, am liebsten Roten«, antwortete Jim frohgemut lachend.

»Wir hätten hier einen kräftigen Chilenen, Santa Rita«, sagte Claudia, zeigte auf eine samtschwarze Flasche mit bräunlichem Etikett, bereits auf dem Küchentisch ihrer Bestimmung harrend, »schmeckt ausgezeichnet zu Fleischgerichten, finde ich. Cabernet Sauvignon, glaub ich. Thomas mochte den besonders gut, und wir auch.« Ein Hauch Nostalgie kam unmittelbar wieder auf, wie so oft in der vertraut-häuslichen Umgebung.

Derweil Messer und Gabeln klapperten, Gläser beim Anstoßen klirrten und ein superber Tropfen ihre dürren Kehlen runterrann und das Festmahl krönte, bemerkte Jim nervöse Blicke zwischen den Frauen wechseln. Ihre Aufmerksamkeit flackerte wie das Kerzenlicht in den quadratischen Teelichtern aus dunklem Glas. Ihre Anekdoten von zerstreuten Professoren, die mit Vorliebe auf dem Kickboard zur Arbeit rollten, bissigen Katzen, die es gar nicht ertrugen, wenn ihnen die blutige Beute auf dem Wohnzimmerteppich vor ihrer Nase entsorgt wurde oder die tollwütigen Nachbarn, die gerne Rottweiler ohne Leine spazieren führten, als ob die Nachbarn scharf darauf wären, waren durchaus amüsant, brachten heitere Stimmung in die Bude, aber da lag was in der Luft!, dachte Jim. Auch seine Ausführungen über seine Leidenschaft für biologischen Landbau im eigenen Maxi-Garten von zwei Quadratmetern Größe regten unmittelbar zu neuem Gesprächsstoff an, insbesondere bei Claudia, doch druckste da etwas um die Tischrunde rum. »Dann ziehst du Basilikum und Tomaten alles selber?«, fragte er. »Ja, klar«, meinte sie schwärmend, »so richtig schöne Strauchtomaten, für den Mozzarella-Salat. Total lecker, und alles bio! Mochte Thomas sehr.« Als Jim dann fragte, »und? Wie war eure Woche?«, riss das feine Spinnennetz, warfen sich Claudia und Christina unverwandt wieder diese Blicke zu.

Die Wahrheit war: eigentlich hatten sie haarsträubende Tage hinter sich. Vollbeschissen! Was sie da bezüglich Papa erfahren hatten, stülpte zunächst einmal ihr Innerstes nach außen, mehrmals. Zwar hatte sich Claudia bemüht, es den Mädchen schonungsvoll beizubringen, aber dies gestaltete sich alles andere als einfach. Wie erklärte man *so* etwas seinen Kindern? ›Du, Tochter, da ist noch ein Arm mit Hand von Papa zum Vorschein gekommen.‹ oder ›Ach, wie schön, dass sie ein Teil von Papa gefunden haben.‹ Nein, es war einfach zu grauenhaft, das Empfinden dabei zu unbeschreiblich. Angefangen von der Vorstellung bis hin zur Tatsache.

Dazu gesellte sich die gute Frage, was sie denn nun konkret damit anstellen sollten. Gestern Abend noch hatten sie einen hitzigen Diskurs darüber geführt. Biggi wollte auf keinen Fall mehr den Rest-Arm zu Gesicht kriegen müssen, der Anblick wäre ihr unerträglich. Am liebsten sähe sie ihn so schnell wie möglich in einem kleinen Sarg beerdigt. Mit Stein und alles. Ihr lieber Papa sollte sozusagen ›normal‹ bestattet, eine gewisse Normalität vorgegaukelt werden.

Christina indes hätte keine Schwierigkeiten mit einer Leichenschau, könnte die makabre Kuriosität sich vermutlich problemlos ein letztes Mal angucken gehen; vorausgesetzt, es wäre schön aufgebahrt, respekt- wie geschmackvoll. So gelänge ihr der Abschied sogar am besten, fand sie. Hernach fände sie eine Feuerbestattung die passendste Lösung, mit Asche und neutraler Urne, welche sie an einem würdevollen Ort aufbewahren könnten. Offensichtlich bekundete sie weitaus weniger Mühe als Biggi, der nun mal unschönen Realität ins Auge zu blicken. Diese Grundkonstellation oder Fähigkeit sollte sich in ihrem Fall noch bewähren.

Die Unschlüssige im Trio war Claudia, war vielmehr gespalten. Für sie hielten sich die Argumente die Waagschale. Es gab so viele Dafür wie

Dawider, es war eher Ausdruck der persönlichen Empfindung. Das Gute daran war wenigstens, dass die Entscheidung nicht überstürzt werden musste. Wenn schon fünf Monate ins Land gezogen waren, kam es auf ein paar weitere auch nicht mehr an. Eigentlich schwebte ihr eine Beerdigung im Frühling vor, nicht mitten im Hochwinter. So wäre ausreichend Zeit vorhanden, die Entscheidung reifen zu lassen. Abermals warf Claudia jeder ihrer Töchter still fragend einen Blick zu. Beide nickten zustimmend.

»Nun, weißt du, Jim«, begann sie dann bedächtig, »diese Woche haben wir erfahren, dass sie etwas von Thomas gefunden haben.«

»Ja?«, meinte Jim, in tiefem Stirnrunzeln.

Mit erst gesenktem Blick, dann hinaus zum Fenster und zurück, fuhr Claudia fort. Es war ihr offenbar unangenehm. »Das heißt, ein *Teilstück* von ihm.«

Sich nun zu Faltengebirgen erhebend, runzelte sich abermals Jims Stirn. Was meinte wohl Claudia damit, *ein Teilstück von ihm*? Die Erläuterung ließ nicht lange auf sich warten, als Claudia fortfuhr:»Nun ja, weißt du, Jim, ein Gerichtsmediziner aus Neu York hat mir am Telefon mitgeteilt, dass sie einen Unterarm von Thomas identifiziert haben.«

»Mit Hand«, ergänzte Biggi trocken.

»Wie bitte?!«, fragte Jim ungläubig, riss die Augen auf. Dies klang ein bisschen nach Horror-Bild-Schau.

Fortan selbstsicherer fuhr Claudia fort: »Ja, weißt du, es gab da nach dem Einsturz anscheinend Leichenteile. Die hat man in der Folge tiefgefroren und sukzessive einer DNA-Analyse unterzogen. Und vorletzte Woche, da konnten sie solch ein Teil eindeutig als Thomas Unterarm identifizieren.«

»Was?! Wirklich?«, meinte Jim höchst erstaunt.

»Ja. Vor einigen Jahren gab es da anscheinend mal bei der Feuerwehr eine Speichelprobe. So war genetisches Material vorhanden, für den Fall der Fälle.« Wiederum hielt Claudia inne, schluckte zunächst leer und tupfte sich mit der gediegenen Stoffserviette, die sie extra für den heutigen Besuch gekauft hatte, diskret den Mund ab. Es war ihr anzusehen, dass sie sich wand. Nach wie vor befand sie die Vorstellung makaber und absurd.

»Immerhin haben wir jetzt Gewissheit, dass Thomas tot ist«, meinte sie dann. »Nur, an diese Neuigkeit mit dem *Teilstück* müssen wir uns noch gewöhnen.«

Kopfnickend meinte Jim: »Ja, das versteh ich aber gut. Herrgott!«

»Wir müssen uns nun auch überlegen, wie wir es mit der Bestattung angehen wollen«, sagte Claudia und schaute kurz ihre Töchter an, »wir sind da noch nicht ganz übereingekommen.«

Unvermittelt pustete Jim Luft aus, schien baff. Jetzt dämmerte ihm, warum er anfänglich den Eindruck nicht loskriegte, dass da irgendwie der Haussegen etwas schief hing. Kein Wunder! Die gedrückte Stimmung hatte zwar seit Beginn der Einladung merklich aufgelockert. Während der Mahlzeit hatten sie sich überaus angeregt über dieses und jenes unterhalten, erscholl sogar Gelächter. Seine natürliche gute Laune wirkte offenbar ansteckend. Doch, was da jetzt zum Vorschein kam, war schon ein starkes Stück! Oder *Teilstück*, in diesem Fall, bemerkte er soeben selbst. »Tut mir aufrichtig leid, Claudia. Wenn ich dies gewusst hätte, wäre ich selbstverständlich ein anderes Mal gekommen.«

Zunickend meinte Claudia: »Ist schon gut, Jim, ist schön, dass du gekommen bist. Wir haben uns alle sehr auf dich gefreut.«

Auch Christina doppelte nach, sagte: »Wir hätten dir Bescheid gegeben, wenn es nicht gegangen wäre. Aber wir fanden es richtig so.«

»Na, dann bin ich ja beruhigt«, meinte Jim erleichtert und nahm den letzten Löffel der Nachspeise.

Schweigen setzte ein, gewährte allen Raum und Zeit, stier auf den eigenen Dessertteller zu starren und den spontanen Gedanken nachzuhängen. Die Zabaione mundete ausgezeichnet, selbst wenn das letzte Thema umso schwerer verdaulich war. Zwischendurch kreuzten sich Jims und Christinas Blicke. Still genossen sie die verstohlene Vertrautheit, welche in Rekordzeit und ohne Absprache zwischen ihnen gewachsen war. Bei jedem einzelnen Wimpernaufschlag von ihr spürte Jim, wie ihn ihre Anwesenheit so richtiggehend elektrisierte. So unbeschwert, ja, innerlich lachend fühlte er sich schon lange nicht mehr! »Auf jeden Fall schönen Dank für die Einladung und das gute Essen«, sagte er schließlich.

Am Weinglas nippend und den Rest leerend, blickte Claudia dabei aus dem Fenster. Draußen herrschte strahlendes Winterwetter. Es war ihr nicht entgangen, wie sich in Rex, der die längste Zeit auf dem Flokati lag, Unruhe entwickelte. Nervös zuckte sein Schwanz, bettelten seine Augen um Aufmerksamkeit. »Na, was haltet ihr von einem kleinen Verdauungsspaziergang?«, schlug sie vor.

»Ja, gute Idee«, schlug Jim ohne Zögern ein.

»Ich wäre auch dabei«, fand Christina.

Biggi verzog unverzüglich das Gesicht, brummelte: »Also, ich weniger, meine Lieben. Ist mir ohnehin zu kalt heute.«

Claudia strich Rex, der bereits dienstfertig zur Stelle stand, über seinen Kopf. »Ich denke, Rex müsste unbedingt mal raus. Und jetzt wäre es noch wunderschön sonnig und hell.«

Bei Jim und Christina stieß sie auf hörende Ohren, derweil Biggi abwinkte. Prüfungsvorbereitungen. Christina müsste eigentlich noch dringend hinter die Semesterarbeit, beschloss aber, dass diese warten konnte, genauer gesagt, musste. Ihr Sinn stand jetzt nach anderem. Der Nachmittag war zu kostbar! Vollgas könnte sie am Montag noch geben. Eric hatte sich mittwochs via Email abgemeldet. Es würde ohnehin zu spät werden, hat er geschrieben. Warum eigentlich noch diese Formalitäten? Als Rex realisierte, dass sein Ansinnen bezüglich Auslauf und Gassi in Kürze erhört werden würde, stellte er unmittelbar seine Ohren, peitschte mit seinem Schwanz und bellte laut, wenngleich ihn Claudia unverzüglich scharf zurechtwies. Egal! Endlich war das Gelaber dieser Zweibeiner fertig, sagten seine Augen nicht ganz ohne Vorwurf. Sie Hunde hatten schließlich auch ihre Bedürfnisse!

Ψ Ψ Ψ

Von wegen – die Zeit heilt alle Wunden!

Nach bündiger Aufräumaktion marschierte die kleine Gruppe in dicke Jacken gepackter Spaziergänger in die frostige, aber herrlich saubere Luft los. Vereinzelte Schäfchenwolken enteilten dem ansonsten makellosen Himmel, rundeten das Bild perfekt ab. Schräg einfallendes Winterlicht versprach einen stimmungsvollen Sonnenuntergang hinter den Ramapo Bergen. Rex hatte Tempo drauf, konnte es kaum erwarten, die Hügel und den Schnee zu erstürmen.

Sobald sie etwas außerhalb waren, löste Claudia die Leine und Rex rannte los, um sich im Schnee auszutoben. Jim fand einen Holzstecken, warf ihn schwungvoll weit fort. Damit war das Spiel für Rex eröffnet. Beim Zurückbringen musste ihn Jim immer etwas überlisten, um wieder ans Holz zu gelangen. Besonders Spaß hatte Rex am hin-und-her Gezerre, wenn er so richtig Widerstand von Jim spürte und er sich kräftig in den Stock verbeißen konnte. Dabei knurrte er laut. Seit Thomas weggefallen war, fanden für ihn diese Spielchen leider nicht mehr allzu oft statt. Dieser Jim war ein göttliches Geschenk des Hundehimmels, kam er überein. Definitiv.

Jim wiederum genoss es offensichtlich in gleicher Manier. Spontan rief es Erinnerungen in ihm wach, an seine Heimatstadt der Engel, an den Strand der HEILIGEN MONIKA sowie an Cody, seinen damaligen fünfjährigen Golden Retriever. In dessen Begleitung ging er fast täglich oben an der OZEAN AVENUE oder noch lieber auf dem Strandweg unten rennen oder Rad fahren. Cody jagte gerne über den Sand und genoss es, wenn er Jim bellend wieder einholen konnte. An manchen Tagen war damals auch Sandy, seine verstorbene Frau, dabei. Sodann ging alles ein bisschen gemächlicher, obgleich sie nicht viel weniger sportlich ambitioniert war.

Irgendwie seltsam, dachte Jim. Das letzte Mal mit Sandy war vor gut vier Jahren. Eigentlich noch gar nicht so lange her, und dennoch: Nun schritt er im tiefsten Winter auf knirschendem Schnee durch Suffern, einem beschaulichen Nest im Neu Yorker Hinterland, am anderen Ende des Kontinents, gemeinsam mit Claudia und Christina Sanders. Hätte ihm dies jemand anno dazumal geweissagt, hätte er wahrscheinlich erstmals lauthals hinausgelacht, das Ganze als Bieridee verworfen. Und doch war es nun so. Sein gesamtes Leben wurde in dieser doch relativ kurzen Zeitspanne einem markanten Richtungswechsel unterzogen. Unfreiwillig zwar und gänzlich überraschend. Und dennoch hatte dieser tragische Vorfall von damals alles auf den Kopf gestellt. Sandy würde jetzt noch leben, wenn nicht … Schnell brach er den Gedanken ab.

In Augenblicken wie diesen kam es unvermittelt wieder hoch, sah er sich selbst als ungewollten Asphaltierer seiner eigenen finsteren Pfade. Aus einem ihm selbst unerklärlichen Bedürfnis heraus tauchte er um die 18 rum gerne in blutige Videospiele oder mysteriöse Filme wie den DONNY DARKO ab, lebte dadurch eine Seite aus, die ihm aus heutiger Sicht düster und beinahe unbegreiflich erschien. Und dennoch übten diese Produkte eine starke Faszination auf ihn aus, die alsbald schon das Netz seiner Nachtträume umsponnen und ihn als vereinsamten Jäger zwischen dem Primär- und Tangentenuniversum die Welt retten ließen. Dann zog er jeweils darin los, als Menschenschlächter, gewappnet mit Axt, Degen oder seinen bloßen Fäusten, um zu morden, wehrte sich gegen alles, was Leben oder gar Liebreiz darstellte. Aus einem letztlich selbstzerstörerischen Ansinnen heraus suchte er offenbar etwas zu ersticken, auszumerzen. Kurz bevor *es* dann mit Sandy geschah, knallte sie ihm harte Worte an den Kopf, als sie ihm in einer abendlichen Streiterei vorwarf: ›Es ist einfach keine Liebe in dir, Jim, da fehlt was Essentielles! Ich krieg' einfach keine Verbindung zu dir! Es ist wie als ob sich dein Herz hinter einem dicken Eispanzer befände und ich habe keine Chance, ranzukommen!‹ Er sagte nichts, schwieg. Eingebuchtet im eigenen Selbst, unfähig zum Selbstbefreiungsschlag. Dafür ließen Eiswasser sein Blut, seinen Lebensfluss, zusehends stocken wie den Hudsonfluss im Winter. Doch was sollte er tun?

Er vermochte es selbst nicht zu ändern, nur verdrängen. Von wegen DIE ZEIT HEILT ALLE WUNDEN!

Vielleicht deshalb bekundete er anfänglich Mühe mit den Neu Yorker Wintern, waren ihm diese zu harsch, abweisend, erinnerten ihn unvermittelt an seine innere Situation. Als Jugendlicher war er mal hier in der Gegend, weiter südlich, auf Besuch bei Freunden. Da war es jedoch Juli und es herrschte eine brütend-stickige Hitze. Mittlerweile hatte er sich weitgehend mit dem hiesigen Klima angefreundet. Zwar zog er das kalifornische Flair mit Palmwedeln und regenlosen Sömmern vor, aber es war mittlerweile ordentlich gut auszuhalten. Dem frischen Glitzer prachtvoller Wintertage, wie dem heutigen beispielsweise, musste er seinen eigenen unwiderstehlichen Reiz zugestehen. Es war ohnehin absehbar, dass er eines schönen Tages wieder in Südkalifornien ansässig würde, sobald er ausreichend Abstand gewonnen hätte und die Schrecknisse der Vergangenheit abgeblättert wären.

Unvermittelt leckte sich Jim die Mundhöhle aus. Das Essen bei Claudia war voll der Hammer gewesen! Diese Frau wusste wie zu kochen! Hut ab! ›Dieses Rezept musst du mir mailen!‹, sagte er zu Claudia. Diese würzigen wie scharfen Fleischtopfgerichte schmeckten in kaltem Wetter wirklich ausgezeichnet. Bei ihm zu Hause stapelten sich in seiner Privatbibliothek zwar schon hinreichend Kochbücher, doch dieses Rezept fehlte klar.

Und dennoch: alle Leckerbissen in Ehren. Die mit Abstand wohligste Wärme, befand er, käme von ganz woanders her. Sattsam beäugten seine auffallend aufgesperrten Augen das weibliche Objekt seiner Begierde. An diesem übermäßig schön ausgefallenen Schneetag spiegelte sich das unbestechliche Blau des Himmels besonders eindringlich in Christinas Iris wider. Sein charakteristisches breites Lächeln breitete sich von alleine und vollkommen natürlich auf ihrem frohgemuten Antlitz aus. Das war ja das Eigenartige: Wo er auftauchte, dauerte es in der Regel nicht lange, bis Miesepeter-Stimmung guter Laune wich, obgleich unter seiner Maske Krater tiefer Traurigkeit und Verdrossenheit klafften. So aber gewiss nicht heute! Mit Freuden stellte er fest, dass Christina in ihrem dunkelroten Winterparka mit der Umrandung aus bärenbraunem Pelzimitat und den zierlichen Handschuhen ausgesprochen knuddelig und süß drein guckte! Total zum Reinbeißen und Anknabbern! Es unterstrich ihre abgerundete Weiblichkeit und den lieblichen Anmut darin in noch vorzüglicherem Masse. Geschaffen und vorherbestimmt für ihn! Kein Eisberg dieser Polarmeere, und träte er noch so wuchtig und einschüchternd auf, hätte da eine Chance zu überleben, würde bei ihren Blicken gleich unter dem Sockel hinweggeschmolzen.

Ψ Ψ Ψ

Aufs Eis geführt in Suffern

Eineinhalb Stunden später, als Horizont und Sonnenball zu einem Flächenbrand verschmolzen, fand Claudia, dass es für sie Zeit wäre, nach Hause zurückzukehren. »Wie steht es mit euch beiden?«, fragte sie mit Blick zu Christina und Jim.

»Ich hätte noch Lust aufs Eisfeld«, erwiderte Christina, »noch ein paar Kurven kratzen, dann eine leckere heiße Schokolade zum Aufwärmen.«

Jim, der daneben stand, rieb sich vergnügt die Handschuhe, meinte: »Da wäre ich sofort dabei!«

Bei Claudia war der Entschluss gefasst: die Pflicht einer Hausfrau, die obendrein einer Erwerbsarbeit nachging, rief. »Also, für mich nicht mehr. Das wird mir zu spät, und ich muss mich noch um die Wäscheberge kümmern. Aber, wenn ihr Lust habt, lasst euch wegen mir nicht aufhalten.« So verabschiedeten sie sich. Derweil Claudia mit Rex Richtung nach Hause zog, schlugen Christina und Jim den Weg zur Eisbahn ein. In zehn Minuten erreichten sie ihr Ziel.

Große Leuchtkörper erhellten neongrell und von weitem sichtbar das Eisfeld. Eine Handvoll unersättlicher Eisläufer vom Nachmittag schleifte zur fädigen Hintergrundmusik; neue Schwärmer gesellten sich dazu. Hinter den tiefbläulichen Ramapobergen im Westen und den schwarzen Baumgerippen auf deren Höhen entbrannte ein Abendhimmel in tiefroten, orangen Farben. Vereinzelt darüber ziehende Wattewolken verliehen der hochwinterlichen Szenerie einen kitschigen Anstrich. Jim bezahlte an der Kasse, und bald kratzten sie mit den gemieteten Schlittschuhen ihre ersten Kurven. Christina war ziemlich geübt darin, war damit aufgewachsen, währenddessen sich Jim ein bisschen unsicher anstellte. Die wenigen

Male, welche er in der Stadt der Engel auf dem Eis stand, waren schon eine Ewigkeit her. Nach geraumer Weile und einer Gesäßlandung später gelangen ihm die Laufschritte ganz gut. Zwischendurch fuhr Christina rückwärts und führte ihn an beiden Händen, gab ihm lachend Tipps. ›Na, du machst das sehr gut, Jim‹, lobte sie ihn wiederholt.

Einmal kam er dann trotzdem auf dem für ihn ungewohnten Glatteis ins Schleudern und begann mit dem ganzen Körper zu ruckeln. Er riss seine Hände ungewollt von Christina los und begann zu fuchteln. Unvermittelt kam sie ihm zu Hilfe, fing ihn sogleich umschlingend auf. Dabei spürte sie wie sich seine kräftigen Arme um sie legten, sie liebevoll festhielten. Für einen langen Augenblick waren sie sich ganz nahe, so nahe, dass Christina durch beide Winterjacken hindurch seine männliche Brust zu verspüren vermochte. Zwischen ihren Augenpaaren war zeitweilig höchstens eine Handbreit Abstand. Sein flammender Blick nutzte die Gunst des Augenblicks, drang unendlich tief in ihre dunklen Augen ein, dabei schelmisch lächelnd. Sein in der Kälte rauchender Atem verband sich mit ihrem, wurde unmittelbar eins. Jim schien das zufällig entstandene Bad darin zu genießen. Oder war das Ganze doch nicht so zufällig? Christina zerbrach sich wenig den Kopf darüber, erfühlte bereits und begrüßte mit allen Sinnen ihres rasend pochenden Herzens das sich gleich anbahnende Zusammentreffen ihrer Lippen. Unverwandt drehte er den Kopf leicht ab, um seine Lippen auf die ihren zu pressen, als neben ihnen unerwartet eine vertraute Stimme sowie perliges Gelächter erklang.

»Na, ihr zwei Turteltauben«, kam Kates Lachen, »auch noch am scharfe Kurven drehen, wie ich sehe!«

Unvermittelt ließen sich Christina und Jim los. Neben ihnen hatte Kate Winsley mit Deborah Pagani im Schlepptau angehalten, gackerte aufgeregt.

»Kate! Mein Gott«, rief Christina, »was macht ihr denn hier?«

Ohne auf den Mund gefallen zu sein, wenngleich vorlaut, erwiderte Kate: »Das frag' ich dich, meine Liebe! Bist du nicht in Neu York, am Studieren?«

Unmutig sah Christina ein, dass eine Mini-Konversation unausweichlich wäre, ging darauf ein: »Doch, Journalismus und Medienwissenschaften an der Columbia, seit diesem Sommer. Bin aber am Wochenende noch oft zu Hause in Suffern. Und ihr? Was treibt ihr so?«

Achselzuckend sich gegenseitig anblickend, sagte dann Kate: »Ich? Ich ackere hier auf der Gemeindeverwaltung, und Deborah bei den Svensson Versicherungen in Frühlingsfeld.« Ihr wacher Blick fiel dann auf das als äußerst attraktiv wahrgenommene männliche Wesen in Christinas Begleitung, musterte dieses in fast schon peinlicher Manier von oben bis unten, ließ aber auch gar nichts aus, was Christina nicht entging.

»Ach, ja, das ist Jim«, sagte Christina wie nebenbei, »und das sind Kate und Deborah. Wir haben die halbe Schulzeit miteinander verbracht.«

Um Höflichkeit bemüht, obwohl ob der Störung verärgert, sagte Jim: »Hallo, Mädels, schön euch kennenzulernen.« Mehr war wohl zurzeit nicht erforderlich und von seiner Seite her auch nicht wünschenswert. Fast wäre er um einen entscheidenden Schritt seinem Wunschziel nähergekommen! Aber eben, nur fast! Kates heiß in die eisige Luft gehauchtes: »Ganz meinerseits«, ließ ihn mehr als kalt. Deborahs scheues: »Ja, freut mich«, neben ihr, war kaum zu vernehmen.

Nicht willens, Zeit zu verlieren, als ob das Jagdrevier unversehens neu abgesteckt werden müsste, fragte Kate unverblümt und dennoch charmant: »Ist Jim dein Freund?« Der Peilsender ihrer Begierde war angefunkt, ihr Ofen in Brand gesetzt. Ausgewiesene Vollbluthengste wie dieser hier sprangen nicht herdenweise herum, so ihre Einschätzung. Also, ran, Kate Winsley! Lasso her!

Währenddessen blitzte es in Christinas Sinn auf, jagte sich Überlegung um Überlegung. Was wollte diese Kate hier? Was sollte diese doofe Fragerei? Natürlich hätte sie ihr jetzt ein klares Ja erwidert, doch offiziell war sie immer noch mit Eric Barkley verbandelt. Zwar verspürte sie, wie ihr Herz schon längst eine Entscheidung getroffen hatte, sich mit allen Fasern ihres Seins nach diesem Charmebolzen Jim Schönberg verzehrte. Wobei sie sich nach wie vor nicht darüber im Klaren war, wie es bei ihm stand. Verunsichert blickten ihre Augen zu ihm hoch. Die nächsten Minuten würden mitunter Entscheidendes offenbaren, denn ein Fingerschnipp von ihm genügte vollauf und sein Nest wäre gemacht! Mit wem auch immer. So ordinär sie diese Winsley schon immer eingestuft hatte, so bot sie doch einiges Interessantes, was viele Männer lockte! Wenn man ihr einen Vorwurf nicht machen konnte, dann den, dass sie nicht mit ihren Reizen geizte: naturgemäß strohblonder Lockenschopf, weitausladender Vorbau sowie ein knallroter Schmollmund, Hollywoodnase! Schon in der Schulzeit stach sie damit alle aus, verwies sie Blümchen auf die Mauer. »Ähm«, kam es erst zögerlich von ihr, dann, »nein, nicht direkt.«

Mit gekonnter Unschuldsmiene fragte Kate nach. Instinktiv hob sie ihre Brüste, schmiegte ihre Hände um ihre Wespentaille und warf ihre herauslugenden Locken mit einer inszenierten Kopfbewegung nach hinten. Ihre Lippen öffneten sich lasziv, der Monroe echte Konkurrenz verursachend. Es war mehr als offensichtlich: jetzt wurden alle Register gezogen! »Ja? Was heißt denn das jetzt?«

Christinas Not erkennend, schaltete sich nun Jim ein. Seine überaus leuchtenden Augen labten sich zwar am Dargebotenen, ließen aber offen, wie seine Einschätzung davon war. So sagte er: »Ich bin ein Freund der Familie, war heute bei Sanders auf Besuch.«

Ungläubig und sogleich ihr süßestes Lächeln aufsetzend, meinte Kate: »Hm, das sah aber vorhin nicht so aus!« Was sie da hörte, klang ganz nach ihrem Geschmack, denn offenbar war dieser Mustang noch frei! Sein aufmerksamer Blick verriet zudem, dass ihr Rodeo noch nicht zu spät käme, wenn sie nunmehr tüchtig die Sporen gäbe. Aus ihrem reichen Erfahrungsschatz wusste sie: diese Art Type war ihren Reizen alles andere als abhold!

Mit Augenzwinkern zu Christina, sagte nun Jim: »Wir kennen uns schon lange und verstehen uns eben prima.«

Nach wie vor verunsichert entfuhr Christina ein innerer Seufzer. Wie war dies nun zu verstehen? Wo stand er nun, respektive, sie? Entweder verstand sie sein Signal nicht oder er ließ sich absichtlich nicht in die Karten gucken. Mitunter interpretierte sie auch nur alle seine bisherigen Signale falsch und er war einfach nur nett zu ihr. Mehr war da vielleicht gar nicht drin. Schließlich war er vierzehn Jahre älter als sie, wie sie bereits herausgefunden hatte, sie also ein junges Hühnchen. Unbestritten hatte er die Situation galant im Griff, während sie immer noch nach Worten rang. Keinesfalls wollte sie etwas Falsches sagen, was Jim womöglich vor den Kopf stoßen könnte. Kates Äußerung mit den Turteltauben vorhin, klang verdächtig anrüchig, halbseiden. Irgendwie musste sie abklemmen, ehe diese ernsthaften Schaden anrichten würde. »Seid ihr denn schon lange hier?«, fragte sie die zwei.

»Hm, etwa fünf Minuten?«, entgegnete Kate, schaute Deborah fragend an. Diese nickte zustimmend, lächelte zum ersten Mal.

Schließlich sagte Christina: »Jim und ich wollten eigentlich gerade etwas Heißes trinken gehen«, und lächelte Jim an. Dieser verstand den Wink, zog seinen linken Jackenärmel zurück, um auf die Uhr zu gucken. »Ja«, meinte er dann, »und nachher wird es für mich langsam Zeit.«

Kate, nicht zu unterschätzen und nicht bereit, sich so leicht austricksen zu lassen, wenn schon ein solch tolles Mannsbild vor ihr auftauchte, wie schon lange nicht mehr, ging unmittelbar in die Offensive, rief erfreut: »Toll, das trifft sich ja super! Genau das wollten wir jetzt auch gerade tun. Es macht euch doch nichts aus, wenn wir uns anschließen?«

Die Lippen zu einem gezwungenen Lächeln verziehend, erwiderte Christina: »Nö, wo denkst du hin, Kate!« Und wie Jim um Zustimmung zu bitten, guckte sie ihn an; der nickte lediglich wortlos. Seine Augen besagten in etwa: die paar Minuten werden wir wohl überleben. Dann machen wir aber ziemlich rassig Schluss!

»Dann kannst du gleich noch von deinem Vater erzählen«, sagte Kate stichelnd, ihrem Ruf eines Lästermauls gerechtwerdend, während Magd Deborah stumm und meinungslos wie ein Fisch daneben stand, »so viel ich gehört habe, wird der Arme immer noch vermisst.«

Diese Bemerkung ignorierend, ergriff Christina fest Jims Hand, als ob dies selbstverständlich wäre, sagte: »So. Genug geplappert, ihr Schreckgespenster. Ich will jetzt eine heiße Schokolade, sonst wird die noch kalt!« Anscheinend hatte sich seit früher nicht viel verändert, dachte sie spontan. Kate blieb sich treu. Nicht unbedingt auf die angenehme Art natürlich. Aber dafür stieg ein neuer Mut in ihr selbst empor. So wie sie gerade Jims

Hand gepackt hatte, in einer Selbstverständlichkeit, überraschte sie selbst. Und das Beste: er schien darüber alles andere als unglücklich zu sein! Na, wenn das nichts heißt!

Nach der heißen Schokolade, auf dem Rückweg, fragte Jim dann, ob ›die schon immer so war‹. ›Nein, früher noch viel schlimmer. Kannst du dir mal ausrechnen‹, sagte Christina. Voll grinsend bemerkte Jim: ›Ich glaube, die war echt scharf auf mich!‹ Wiederum umzingelt von Zweifeln jeglicher Art, tauchte in Christinas Gesicht ein verlegenes Lächeln auf, spürte wieder diesen inneren Zwiespalt. Hatte da etwa das junge Mäuschen Feuer gefangen und fand sich in einer Falle wieder? Falls ja, Christina, wäre es bereits zu spät!

Ψ Ψ Ψ

Kurz hernach, vor Jims Auto, tauschten sie auf sein Drängen hin ihre Mobiltelefonnummern wie Emailadressen aus, ehe sie sich endgültig trennten. Im letzten Augenblick, nach einem letzten Zögern, fasste dann Jim Christina unmittelbar an ihren Schultern, drückte ihr einen feuchten Abschiedskuss auf die rechte Wange und hinterließ ihr ein feuriges Mal. Ihr war, als könnte sie sein glutheißes Schnauben, den Hochofen seines feurig-männlichen Begehrens direkt in ihrer gänzlich erschütterten Seele erfassen. Abermals, wie in Mutters Küche schon, bei seiner Ankunft heute Mittag, drang nun im warmen Lichtschein der Straßenlaterne für einen intensiven Augenblick der Blick seiner glücksstrahlenden Augen tief in sie ein, fesselte endgültig ihren torkelnden Widerstand. Wiederum entfesselte sich sein typisch breites Lächeln auf seinen Lippen, ehedem er sich losriss, zügig einstieg und beinahe schon fluchtartig davonbrauste, wie ein Kater, der sich beim Spiel mit dem Feuer zum ersten Mal seine Schnurrhaare verbrannt hatte. Wie ein geschlagenes Windhündchen hingegen stand Christina eine gute Weile da, gewahrte, wie Jims fauchender Wagen zwar in der Dunkelheit der Nacht aber keineswegs in der Verdüsterung ihrer Beklemmnis verschwand. Andächtig berührte sie mit ihrer rechten Hand die Stelle, wo Jim, der forsche Frauenjäger, sie soeben geküsst hatte.

Christina Sanders, gemahnte sie sich immerzu selbst: Worauf, in aller Welt, hast du dich da nur eingelassen?

Bist du allenfalls schon *zu weit* gegangen?

Ψ Ψ Ψ

Späte Beerdigung auf dem Luftberg Friedhof

GUTE DREI MONATE später rückte eine rasch erstarkende Aprilsonne an, leckte letzte Schneeresten aus den schattigen Ecken der Gärten. Eine ganze Reihe von Farbtupfern entfaltete sich in den Blumenbeeten sowie entlang der Gehwege. Beinahe täglich meldete sich das Leben zurück, mit seinen Vogelstimmen aus dem südlichen Winterquartier, dem wachsenden Tageslicht, welches den winterlichen Griff zusehends löste. Dies verschonte zwar nicht vor tagelangen kalten Schauern oder gar Spätschnee, aber der Wandel in der Natur war unaufhaltsam. Claudia ließ das ziemlich unbeeindruckt, nahm das Wetter so wie es sich gebärdete. ›Können wir denn nur das Klitzekleinste daran ändern?‹, war ihre Standardantwort, wenn jemand sich über die Wetterlaunen ausließ. ›Zum Glück habe ich meinen Rex, da *muss* ich täglich mit ihm ausbüxen.‹ Letztlich wäre alles nur Einstellungssache und eine Frage der richtigen Ausrüstung und Kleidung, meinte sie. Da sprach Vater aus ihr.

Die Beerdigungsarbeiten für Thomas' Überreste liefen auf Hochtouren, hielten sie seit Wochen auf Trab. Die Bestattung sollte nach Biggis Wünschen vonstattengehen. Mit Grab, Stein und so. Claudia hatte im Vorfeld mit Pastor Kaminski vom LUTHERISCHEN LUFTBERG FRIEDHOF in Suffern die Formalitäten abgesprochen. ›Schlicht und würdevoll soll es sein, keinesfalls pompös oder gar ein Volksauflauf. Auch keine theatralischen Aussagen über Thomas' dramatischen Todesumstände‹, erklärte sie eindringlich bei ihrer ersten Abklärung. Nun ja, angesichts Thomas' breitem Bekannten- und Kollegenkreis würde sich dies als schwierig erweisen. Wen sollte man nun *nicht* einladen, ohne das Gefühl von Zweitklassigkeit oder gar Diskriminierung aufkommen zu lassen? Die Entscheidung fiel schwer. ›Maximal fünfzig Gäste‹, sagte sie sich letztlich. Christina und Biggi nahmen sich der Trauerkarten an und sannen einen guten Text aus; gleichsam für die Todesanzeige, die jetzt aufgegeben werden konnte. Für den Rest war Claudia besorgt.

Ψ Ψ Ψ

Schon der regnerische Aprilmorgen setzte ein kühles, winddurchzogenes Zeichen. Gemäß Voraussage der Wetterfrösche musste mitunter sogar mit Sturmböen gerechnet werden. Zwischendurch wären durchaus vereinzelte Aufhellungen oder Trockenperioden möglich. ›Typisches Aprilwetter eben, aber was soll's, passt zum heutigen Anlass‹, begutachtete Claudia beim ersten Blick unters Wolkendach in der Früh den Himmel. ›Alles im Multipack heute, dafür unberechenbar und launisch. Wenn's hoffentlich nur nicht peinlich wird! Das wäre das Letzte, was ich jetzt gebrauchen könnte.‹

Claudia und ihre beiden Töchter trafen eine gute Stunde vor Beginn auf dem LUFTBERG FRIEDHOF an der Kirchstraße 3 ein, nahezu zeitgleich mit Michael und Lyke. Diese hatten nach Absprache mit Claudia und dem Beerdigungsinstitut den Blumenschmuck organisiert und machten sich sogleich daran, dort Nachkorrekturen anzubringen, wo es gemäß ihrer Auffassung noch nicht ganz stimmte. Lyke, immerzu stilsicher, hielt das meiste in frühlingshaftem Weiß, die Farbe der Unschuld, mit gelben Tupfern zur Auflockerung. Sie waren praktisch die ersten auf dem Friedhof und überaus froh darüber, diesen Augenblick für sich alleine zu haben. Noch. Die Stimmung unter ihnen war situationsbedingt angespannt, latent nervös. Der Zwiespalt ritt wieder einmal ihre Gemüter. Einerseits Erleichterung darüber, dass der Anlass überhaupt stattfinden konnte; auf der andern Seite war niemand wirklich unglücklich darüber, wenn er bald durchgerungen wäre. Wer liebt schon Begräbnisse?
Eine gute halbe Stunde später trudelten weitere Trauergäste ein, als einer der Ersten darunter Jim, in dunkler Ausstattung, streng klassisch in

schwarzem Anzug und weißem Hemd, schwarzer Krawatte sowie einem sandfarbenen Regenmantel. Ein für sie noch ungewohntes Bild, dachte Christina, vermisste irgendwie die Uniform, fand aber, dass Jim eine überaus gute Falle darin machte; sehr würdevoll und feierlich, ungemein männlich! Sein perfekt gepflegter Kurzbart setzte dem i das Tüpfelchen auf. Der Mann wusste, wie auftreten, um Wirkung zu erzielen! Das Kontrastprogramm erfolgte knappe zehn Minuten später, als Eric auftauchte. Der wirkte nicht zum ersten Mal übernächtigt, paffte eine Zigarette nach der andern, schmiss die Kippen ins Gebüsch, stand neben Jim und unterhielt sich ausgiebig über das Baseballspiel vom vergangenen Wochenende sowie neuste Automodelle.

Nach der Ansprache in der Kapelle pilgerte die Trauerschar schweigend zum Grab hinaus, mit Pastor Kaminski in der Führungsrolle. Nieselregen hatte mittlerweile eingesetzt und ein giftiger Wind blies durch die baumbestandene Anlage sowie den feierlichen Tross. Claudia öffnete umgehend den Schirm, um Biggi, welche sich bei ihr am Arm eingehakt hatte, etwas Schutz vor dem wettermäßigen Unbill zu geben. Ohne Aufforderung oder Bitte darum überließ Jim Eric seinen großen Regenschirm: ›Nehmt den da, sonst werdet ihr noch gänzlich durchnässt!‹ Schließlich, an der offenen Grabstelle angekommen, stellte sich die Trauerfamilie säuberlich in einer Reihe auf. Währenddessen Kaminski sein Zeremoniell startete, starrte jeder still vor sich hin, auf den Boden, lauschte den muschligen Worten im Hintergrund, war mit dem Sinn überall und nirgendwo.

»Liebe Trauerfamilie, liebe Freunde und weitere Gäste«, setzte Pastor Kaminski an, »ich danke Ihnen nochmals recht herzlich, dass Sie sich hier und heute versammelt haben, um sich gemeinsam von Thomas Sanders zu verabschieden und ihm die letzte Ehre zu erweisen. Wie Sie alle bestens wissen, war er ein tapferer Feuerwehrmann, allseits beliebt und stetig bereit, sein Leben in den Dienst seiner Mitmenschen zu stellen. Wir trauern auch um einen Mann, der sich warmherzig wie vorbildlich um das Wohl nicht nur seiner Familie, sondern gleichermaßen seiner Freunde wie Mitbürger gekümmert hatte. Äußerst tragische Umstände und Ereignisse – er blickte tiefgründig zu Claudia rüber, wie um sich dabei nochmals zu vergewissern, dass er auf dem abgesprochenen Pfad blieb – führten leider dazu, dass er von uns ging, überraschend und zweifelsfrei lange vor seiner Zeit. Zu unser aller Schmerz war es Thomas Sanders, wie einer Vielzahl seiner Teamkollegen, nicht vergönnt, persönlich von seinen Liebsten Abschied zu nehmen. Sein beherzter wie couragierter Einsatz ist jedoch für uns alle ein tatkräftiger Beweis dafür geworden, dass es keine größere Liebe gibt als diejenige, sein eigenes Leben für seine Mitmenschen hinzugeben. Ich möchte nun seinen Bruder, Michael Sanders, bitten, während einer Schweigeandacht den Vier Fünfer erklingen zu lassen, ein Ritual aus alten Tagen.«

Unverwandt blickte Kaminski zu Michael rüber, nickte. Dieweil Lyke mit fester Hand den Schirmgriff umklammerte, enthüllte Michael aus einem Plastiksack eine kleine Schatulle, welche er sorgsam unter dem Arm geklemmt mitgetragen hatte, öffnete sie, um eine goldene Glocke mit Stab daraus zu entnehmen. Die Utensilien gehörten der lokalen Feuerwehrvereinigung und kamen nun umständehalber des Öfteren bei Trauerfeierlichkeiten zum Einsatz. Totenstille unter der versammelten Gesellschaft beherrschte die Szene, einzig der zunehmend aufheulende Wind, der fahrig durch zufällig angehäuftes Bodenlaub fuhr und dieses wild durcheinanderwirbelte, störte auf. Michael sollte nunmehr viermal hintereinander eine Folge von fünf Glockenschlägen erklingen lassen, genauso wie es das althergebrachte Zeremoniell einforderte.

Ψ Ψ Ψ

Ein altes Feuerwehrmann-Ritual wiedererweckt – der Vier-Fünfer

Bereits beim ERSTEN SCHLAG verspürte Michael die feinen Vibrationen der surrenden Glocke wie eine Woge seine Hand durchfahren, dabei in seinem Sinn unmittelbar Erinnerungen an eine Zeit weckend, als diese beschauliche Tradition in ihren Reihen noch lebendigen Charakter vorwies. Ehedem der Brauch modernen Kommunikationssystemen zum Opfer fiel, abschiedslos in der Versenkung verschwand. Warum denn mussten eigentlich immerfort die guten Sachen weichen? Dann erfolgte der

ZWEITE SCHLAG.

Was war wohl nur aus Thomas geworden? Wo befand er sich genau, als es geschah? Wie erging es ihm im allerletzten Moment? War er sich dessen bewusst, was sich um ihn und mit ihm vollzog? Sein letzter Gedanke? Denkt man dann überhaupt noch? Und, war es ein einsamer Tod? Mitunter qualvoll. Oder auch nicht. Er wusste es nicht.

DRITTER SCHLAG

Er als gestandener Feuerwehrmann sollte dies eigentlich wissen, geriet selbst schon genug in brandgefährliche, todesnahe Situationen. Und dennoch. So viele Fragen jetzt und keine Antworten! Und so würde es bleiben.

VIERTER SCHLAG

Für einen besinnlichen Augenblick wurde man so aus der Hektik und Banalität des Alltags ausgebremst, zum Nachdenken gezwungen: über das Leben, über sich selbst, sein Umfeld, seine Lebensziele, falls welche vorhanden. In einer solchen Situation wird man einfach auf sich selbst zurückgeworfen, auf seine ureigene Existenz, wie seine kluge Frau zu sagen pflegt.

FÜNFTER SCHLAG

Wie rasch verplemperte man lieber die Jahre mit Nebensächlichkeiten und Derlei, rannte vermeintlich Wichtigem nach, bis die Lebenszäsur einem unerbittlich vor Augen führte, dass letztlich alles der Vergänglichkeit und damit der Relativität unterworfen war. Insofern war die Frage nur allzu berechtigt: Was war denn schon in Wirklichkeit wichtig? War letztlich nicht alles hinlänglich? Ein Haschen nach Wind, wie der Pastor da vorhin in der Kapelle so treffend gemahnt hatte?

SECHSTER SCHLAG

Es hieß doch immerzu, dass die Zeit vergeht. Doch das stimmte nicht! Das Gegenteil traf zu: denn nicht die Zeit vergeht, sondern *wir!* Daran gab es nichts zu rütteln. Allein der flüchtige Blick in den Morgenspiegel kündigte dies in höhnischer Weise an. So zumindest bei ihm, und insbesondere dann, wenn sich Lyke dabei für seine unablässigen Neckereien und Sticheleien ›revanchierte‹. Holländischer Charme eben, nannte er dies.

SIEBTER SCHLAG

Was dachte er in letzter Zeit über Thomas und sich nach! Das ganze Leben im Schnelllauf und unter dem kritischen Auge einer höheren Expertise. Was sie nicht alles gemeinsam erlebt, durchgestanden und gestritten hatten! Auf eine Art war es eine Hassliebe, ein ständiger Konkurrenzkampf unter Brüdern, wer besser ist: im Sport, im Beruf, bei den Freundinnen, später in der Familie. Wessen Kinder besser geraten waren; das Aushängeschild der Familie. Meist wechselten sie sich ab. Und eigentlich war dies idiotisch.

ACHTER SCHLAG

Zuweilen war er etwas gemein gewesen, zu seinem jüngeren Bruder. Es kam in jungen Jahren durchaus vor, dass er Thomas ein bisschen zu fest in den Schwitzkasten nahm. Vor allem dann, wenn ihm dann Paul, sein Schulfreund, noch zur Seite stand. Aber irgendwie hatte er dies genossen, machte es einfach Spaß, den ›Kleinen‹ da ein bisschen zu ärgern. Thomas missfiel es vermutlich gar nicht mal so fest, so wie er sie jeweils mit hochrotangelaufenem Gesicht in der angezogenen Armzange angrinste und so tat, als würde es ihm Schmerzen bereiten. Mutters nachfolgende Leviten waren ihm jeweils gewiss. Aber was Mütter nicht alles so sagten!

NEUNTER SCHLAG

Was sie unbestritten vereinte, war die Angst zu versagen! Vor dem andern das Gesicht zu verlieren! Das war zehn Mal schlimmer als der Tod! Vielleicht war dies eine Art genetisches Erbstück mütterlicherseits; der asiatischen Linie. Von Vaters Seite her war es zwar auch nicht viel besser. So wie der alte sture Bock stolz auf seine vielen Medaillen war! Wehe, da kratzte was am Lack! Und jetzt, wo der Tod für Thomas tatsächlich eingetreten war, sah die Beurteilung doch wieder ganz anders aus, war die ganze lächerliche Eitelkeit dahin.

ZEHNTER SCHLAG

Zu Vater hatten sie beide ein zwiespältiges Verhältnis gehabt, wussten selbst nicht so recht, wie sie mit ihm umgehen sollten, und er mit ihnen.

Klar, war er stolz auf seine großgewachsenen Söhne im Vergleich zu seinen 165m, wenngleich die Enttäuschung unübersehbar in seinen Augen geschrieben stand, als offenkundig war, dass keiner von ihnen in seine Fußstapfen trat. Nix, Militär, alter Fritz! So musste er halt bitter, oder vielmehr verbittert, von dieser Welt abtreten! Kümmerte ihn das, was der kalte alte Mann dachte?

ELFTER SCHLAG

Mutter war da anders. Zu dumm, dass sie jetzt mit hohem Fieber im Bett lag! So groß ihr Herz war, so leicht haben sie es ihr nicht immerzu gemacht. Naja. ›Es hätte ganz anders mit uns rauskommen können‹, pflegte er jeweils zu ihr zu sagen, wenn sie sich beklagte, und was sie wiederum versöhnlich stimmte. Eine Mutter will eben nur das Beste.

ZWÖLFTER SCHLAG

›Vielleicht ist es gar nicht mal so schlecht, dass sie heute nicht da sein kann‹, sagte er zu Lyke auf der Hinfahrt. ›Den eigenen Sohn zu Grabe tragen, ist doch ein jämmerlicher Gedanke! Völlig absurd! Normalerweise läuft es doch umgekehrt!‹ Lyke, ihn mit ernsthaftem Blick bedenkend, meinte: ›Ja, da hast du Recht! Das *ist* weit mehr als absurd!‹

DREIZEHNTER SCHLAG

Wo Thomas jetzt wohl war? Im Himmel oder wie immer man das Ding da oben nennen mochte? Oder auch nicht? Diese großen Fragen hatten ihn nie groß beschäftigt. Dazu war zu sehr Realist. Seines Erachtens gab es dazu keine schlüssigen Antworten, wenngleich welche vorgaben, über solche zu verfügen.

VIERTZEHNTER SCHLAG

Hatte nicht der Pastor vorhin so ein Bibelzitat gebracht, dass es keine Überlegenheit des Menschen gegenüber dem Tier gäbe? Alle gehen an den gleichen Ort? Irgend so ein Psalmspruch war das doch, oder ähnlich. Naja, was für sie zählte, war, dass endlich diese schreckliche Ungewissheit vorüber war! Dies war auch für seine Schwägerin immens wichtig.

FÜNFTZEHNTER SCHLAG

Für sie alle musste jetzt das Leben weitergehen! Tod hin oder her.

SECHZEHNTER SCHLAG

›Falls es mich mal erwischen sollte‹, pflegte Thomas zu sagen, ›dann hat es hoffentlich Sinn gemacht!‹ Ohne nachfragen zu müssen, war ihm sofort klar, was sein Bruder damit meinte. Derselbe sorgenvolle Gedanke trieb ihn um. Nichts Schlimmeres, als wenn man bei einem Einsatz ums Leben kam, und dies sozusagen sinnlos! Wäre gleichbedeutend mit Versagen! Womöglich ein gewöhnlicher Hausbrand. Wenigstens soll dabei Leben gerettet worden sein! So wäre man immerhin ehrenhaft gestorben, als Held!

ACHTZEHNTER SCHLAG

Das Makabre ist, dass Thomas vor drei Jahren beinahe erschlagen worden wäre! Als diese Mauer, bei diesem Fabrikbrand, einstürzte, direkt neben ihm aufschlug! Er konnte sich gut erinnern, als er ihm nachher sagte: ›Da hast du aber ein gnädiges Schutzengelchen gehabt, mein lieber Bruder! Um ein Haar …!‹ Grinsend meinte Thomas damals: ›War wohl noch nicht meine Zeit!‹

Spontan guckte Michael in die Runde, dann zu Lyke, sie zu ihm, beide in ernsthaften Mienen. Erstaunlich, wie es nach Jahrzehnten der Partnerschaft keiner großen Worte mehr bedurfte! Kam ihm als Mann noch so entgegen, dachte er mit breitem Schmunzeln, wenn auch bisweilen zur Verärgerung seiner Frau.

Regenschnüre tropften rings um sie herum herunter, klatschten auf das Kies. Mit einem erlösenden Seufzer schlug Michael nunmehr den letzten Glockenschlag an, harrte einen Augenblick, bis er vollständig verklungen war. So das hätten wir! Dann blickte er zu Pastor Kaminski auf. Dieser bedankte sich mit bedächtigem Kopfnicker. Kaminski wartete noch einen Augenblick, ließ die Anwesenden wieder zu sich selbst kommen, woraufhin er in seinem trotz Jahrzehnten immer noch eminent präsenten polnischen Akzent zum Schlusswort ansetzte.

Ψ Ψ Ψ

Der große Hammer – Wie bitte, Adoptivtochter?!

»Liebe Anwesende«, sprach Kaminski in ruhigem Tonfall, etwas säuselnd, »Thomas Sanders war nicht nur Vollblutfeuerwehrmann, der seine Lebenskraft mit Leib und Seele dem Dienst an der Allgemeinheit verschrieben hatte. Nein, er war zugleich vorbildlicher Ehemann und zugänglicher Vater. Trotz seiner oft ungünstigen Arbeitszeiten bemühte er sich unablässig, da zu sein, wann und wo immer seine Ehefrau Claudia ihn brauchte. Liebevoll wie fürsorglich kümmerte er sich unermüdlich um die Bedürfnisse wie Anliegen seiner Adoptivtochter Christina und seiner zweiten Tochter Biggi.«

Kaum waren die letzten Worte ausgesprochen, hob Christina, welche die längste Zeit in ihrem diffusem Gedanken- und Gefühlsgewirr versunken war und zu nicht mehr fähig, als in dieses erdbraune Grab hinunterzustarren, unvermittelt den Kopf. Weit sperrte sie nunmehr Mund und Augen auf, warf blitzschnell einen verwunderten Blick zu Pastor Kaminski hinüber. Was hatte er da soeben gesagt, schoss es ihr zischend durch den Kopf. Hatte sie da richtig gehört?

*Adoptiv*tochter Christina?

Allgemeines Geraune fuhr zeitgleich durch die Anwesendenschaft. Offenkundig war sie also nicht die einzige, der diese letzte Bemerkung ins Ohr gesprungen war. Nein, versuchte sie sich unmittelbar einzureden, da musste sie sich doch verhört haben! Das konnte gar nicht sein! Umgehend drehte sie als Nächstes den Kopf in Richtung Mutter. Diese starrte sie indes bloß mit einem merkwürdig-überraschten Blick sowie aufgerissenen Augen an, als ob sie selbst soeben aus allen Wolken gefallen wäre, dann weg von ihr, zu Boden. ›Mama, was bedeutet das?!‹, wollte sie ihr am liebsten laut zurufen. ›Habe ich richtig gehört? *Adoptiv*tochter Christina? Mama! Mein Gott! Warum schaust du plötzlich weg?! Schüttle doch den Kopf oder mach' irgendeine kleine Geste, die mir sagt, dass du dich gleichwohl verhört hast!‹

Weiter schaffte es Christinas aufgescheuchter Sinn nicht. Spontan schoss ihr nun brennendes Augenwasser in die Augen. Ein plötzliches Kältegefühl, wie im Zuge eines Klimaschocks, ließ sie heftig erschaudern und frösteln. Derweil rieb sie sich fest mit den Händen an den Armen, um etwas Wärme zu erzeugen, fing ihr Gebiss leise an zu klappern.

Selbst Eric, nicht der Einfühlsamste aller Einfühlsamen, bemerkte, wie Christina zu schlottern begann. Überraschend behutsam legte er in der Folge seinen Arm um seine Schutzbefohlene, zog sie an sich. Der Not gehorchend lehnte sie sich an die unerwartet dargebotene Schulter, da sie zu schwanken drohte. Zu allem Übel sperrte der Himmel ausgerechnet jetzt seine Schleusen angelweit auf. Ein überaus heftiger Platzregen prasselte in unerbittlicher Intensität auf die Begräbnisgesellschaft nieder, wandelte sich in prickelnden Hagel um. Pastor Kaminski und Michael gaben sich gegenseitig ein Zeichen, beschlossen den sofortigen Abbruch der Feier. Breitbeinig, wie im Element, sprang Michael auf eine Erhöhung und bat die Anwesenden lauthals: ›Bitte begeben sie sich umgehend in die Kapelle zurück! Pastor Kaminski wird dort seine abschließenden Worte an Sie richten!‹

Wie nur selten bedurfte diese Aufforderung keiner Wiederholung, um Beachtung zu finden. Wie ein versprengter Haufen Bauernhofhühner vor dem eindringenden Fuchs rannte alles querbeet durch die fallenden Fluten ins schirmende Trocken zurück. Dort, im Vorraum der Abdankungskapelle, entledigte sich alles umgehend der tropfnassen Schirme und Regenjacken. Zum Glück war der Weg nicht weit gewesen, doch reichte er aus, um sie völlig durchnässt zu hinterlassen.

Christina stand da, trotz alledem durchfroren, zitterte. Erics Arm um ihre Schultern, ihre Augen feucht. Nicht vom Regen noch von der Trauer um ihren geliebten Vater, nein, sondern vom heillosen Schreck, der sie vorhin erfasst hatte. Ihre Pupillen waren weit aufgesperrt, funkelten pechschwarz aus rötlich geschwollenen Augenlidern, geradeso, als ob sie das letzte Quäntchen Lux im schummrigen Licht des Vorraums einzufangen beabsichtigten.

So starrte sie unentwegt in Richtung: Mutter!

Ähnlich wie eine Druckwelle unsichtbarer Ringe waberten Christinas unablässige Blicke wie tausende Fragezeichen und noch mehr Ausrufezeichen geräuschlos und anklagend durch den Raum. Vorbei an den skizzenhaften Personen, die in ihrer erschütterten Wahrnehmung nur noch wie unscharfe Hintergrundbilder auf einem Foto fungierten. Hin zu Claudia, welche offenbar gänzlich verdattert dastand.

Draußen hellte nun in mittlerer Distanz ein gewaltiger Blitz auf, ließ die überraschte Gästeschar kurzerhand zusammenzucken. Kurz darauf rollte der immerzu mächtiger werdende Donnerschlag des ersten Sommergewitters wie ein übelgelaunter Koloss heran. Mit schlagenden Hämmern durchraste er den vom Sturm gepeitschten Friedhof. Eine Ladung Hagelkörner nach der anderen prasselte vertikal gegen die große Eingangsscheibenfront, woraufhin sich die aufgeschreckte Begräbnisgesellschaft reflexartig wie in Abwehrstellung begab. Eine starke Windböe stieß die Glastür mit mühelosem Ruck auf, klatschte das Regenwasser weit hinein.

Jim, als umsichtiger Feuerwehrmann immer mit wachsamem Auge unterwegs, reagierte umgehend. Kräftig stemmte er sich gegen die aufgeschwungenen Türflügel, um sie zurückzudrängen. Unaufgefordert sprang Michael zu Hilfe, um gemeinsam dem ungestümen Treiben da draußen Einhalt zu gebieten. ›Mann, dieses Sauwetter heute!‹, rief er zu Jim. Die erst zaghaft erwachende Welt des Frühlings wurde vor ihren Augen unter einer weißen Schicht von feinen Hagelkörnern, Schneematsch und noch mehr Verunsicherung und Fassungslosigkeit begraben. ›Noch deftiger könnte es nicht kommen!‹, erwiderte Jim. Zufrieden drückte Michael die Klinke, sagte: ›Und dies am heutigen Tag!‹

Geistesgegenwärtig zog Jim seinen Sakko aus, legte ihn Christina um ihre zitternden Schultern. Fürsorglich wie mit äußerst liebevollem Blick in seinen Augen schlug er die Vorderseiten schützend übereinander. Stumm oder vielmehr fassungslos, ja, überwältigt, trat Eric einen Schritt zurück, ließ Jim willenlos gewähren. Just in diesem Augenblick verspürte er, dass seine Zeit nun abgelaufen war. Denn Christina legte ohne ihn eines geringsten Blickes zu würdigen den Kopf seitlich an Jims Brust und begann jämmerlich zu wimmern. Sanft legte Jim seine Arme um sie, und ohne ein Wort zu äußern, flößte er ihr eine Wärme und Geborgenheit ein, welche Christinas potentiellen Zweifel an seiner Lauterkeit wie der Sturmwind da draußen nur so blank hinwegfegten. Die Schaltstelle, welcher bisher beinahe argwöhnisch über ihr Herz gewacht hatte, gab erstmalig grünes Licht, ließ sie beide fortab zu einer neuartigen Einheit verschmelzen.

Derweil erwachte Claudia wieder aus ihrer kurzzeitigen Erstarrung. In echter Sorge blickte ihr Mutterherz zu Christina, erkannte umgehend den Ernst der Lage. Tränenbäche lösten sich augenblicklich von selbst, rannen über ihre tiefgeröteten Wangen. Nicht eine Sekunde hielt sie es länger aus, eilte nun zügigen Schrittes auf ihre älteste Tochter zu. Unvermittelt erkannte Jim ihre Absicht, löste Christina vorsichtig aus seiner Umarmung. Mit zitterndem Kinn nickte ihm Claudia dankend zu, ehe sie ihre Christina mit ihren Armen umschloss. Für Umstehende kaum hörbar versuchte sie zu beruhigen und zu trösten, obgleich sie eigentlich selbst des Trostes bedurfte.

Michael, an den Umgang mit schwierigen Situationen gewöhnt, bat die Anwesenden in ruhigem Ton, sich doch in den Kapellinnenraum zu begeben. Pastor Kaminski würde jeden Augenblick auf sie zurückkommen, um die Feier ordnungsgemäß abzuschließen. Dieweil verteilte Lyke Taschentücher und kümmerte sich um Mutter und Tochter, welche beide gleichermaßen wie vom Donner gerührt hilflos in der kühlen Vorhalle standen. Wortlos tauschten Jim und Michael Blicke aus, überlegte jeder blitzartig für sich und immerzu Ruhe bewahrend die nächsten Schritte. Allenfalls wäre es besser, wenn Claudia und Christina direkt nach Hause gingen. Michael und er würden hier die Situation meistern und, wenn das Gröbste vorbei wäre, in der Folge aufschließen.

Bedachtsam und doch auffassungsschnell blickte Jim um sich, gewahrte nun, wie Biggi allein und nicht minder wie ein Häufchen Elend in der

Nähe des Kapelleneingangs rumstand, offenbar nur noch zu schluchzen fähig. Sie hatte man in der ganzen Aufregung wie vergessen, dabei war sie doch das zarteste Gemüt von allen! Unvermittelt ging er zu ihr hin, bot ihr mit einem einladenden stummen Kopfnicken seine weit geöffneten Arme an. Mit einem unendlich dankbaren Blick schluckte sie leer, ließ sich wortlos darin fallen. In der Geborgenheit von Jims beschützender Arme überwältigt sprengte es die Schleusen ihrer bisher mit knapper Not aufrechterhaltenen Beherrschung. Tief berührt ließ Jim ihre zahlreichen Tränen abfließen, spürte Biggis aufgewühltes Zittern in seinen Armen. ›Ist ja schon gut, mein Kleines‹, flüsterte er ihr unentwegt zu, sie sanft wiegend. ›Glaub mir, das kommt schon wieder gut.‹

Michael, allem eingetretenen Unwirsch zum Trotz und irgendwie sogar richtiggehend davon befeuert, spürte, wie seine umständehalber stillgelegten aber nach wie vor vorhandenen Feuerwehrmannsinstinkte aus ihrem Schlummer gerissen wurden. Leben stieg in ihm auf! Endlich wieder! Abermals zeigte sich: In Notsituationen erforderte es eben gestandene Feuerwehrmänner wie ihn, welche die Führung übernahmen und sicher durch die Untiefen lotsten. In der Tat vermochte sich Michael nicht daran zu erinnern, wann er sich das letzte Mal nur annähernd so rundum gut gefühlt hatte. Sogar den ungeliebten Gehstock hatte er vergessen, irgendwo am Grab unten weggeworfen. Denn mit jeder Faser seiner Wahrnehmung flammte sein inneres Feuer wieder auf, so wie in guten alten Tagen.

So näherte er sich zunächst Eric Barkley, der sich wie ein vollbegossener Pudel in eine Ecke verkrochen hatte und leise vor sich hin weinte. Dem Luftikus war durch die Nagelprobe offenkundig die Luft ausgegangen. Dies könnte sich in einigen Jahren durchaus noch ändern, wenn der Junge an Alter und Reife zulegte, dachte Michael mitfühlend. Väterlich schwang er nun seinen Arm um den jungen überforderten Mann und zog ihn an sich, hielt ihn eine Weile fest und sprach ihm Mut zu.

›Mann, war das ein Tag heute‹, sagte Michael am Abend zu Lyke in einem Ton, welcher offen ließ, in welchem Sinn er dies nun meinte. Einzig das verwegene Funkeln in seinem ansonsten gutmütig wirkenden Blick verriet bestenfalls den wahren Charakter seiner Aussage. ›Schlimmer, als wenn der ganze Broadway abgebrannt wäre!‹ Noch am Morgen hatte er geglaubt, sie hätten einen guten Abschluss mit einer schönen besinnlichen Feier vor sich, und nun das hier! Dann: ›Sag mal, Lyke, haben sie eigentlich nie mit Christina über ihre Adoption gesprochen?‹ Kopfschüttelnd meinte Lyke: ›Anscheinend nicht.‹ Das Ganze kam ihr ziemlich holländisch vor, denn so kannte sie Schwager und Schwägerin doch nicht. ›Ich denke, sie werden ihren guten Grund dazu gehabt haben. Ich hoff' es zumindest. Sie sind doch sonst nicht so. Das war ja schon fast verschlossen und, geheimniskrämerisch‹, kam sie zum Schluss. Sein Unverständnis erkennen lassend, sagte Michael: ›Klug war es auf alle Fälle nicht, was mein Bruder da gemacht hat.‹ ›Definitiv nicht‹, doppelte Lyke bestätigend nach.

Ψ Ψ Ψ

Spätwehen einer Adoption

Keine halbe Stunde später waren Claudia und Christina in Begleitung von Lyke zu Hause zurück. Währenddessen übernahmen Michael und Jim die Betreuung der verbliebenen Gästeschar, welche im Anschluss an die Beerdigung noch zu einer kleinen Vesper im lokalen ROTARY KLUB geladen war. Biggi bestand darauf, den letzten Teil des Anlasses gemeinsam mit ihnen durchzuziehen, meinte, dass sie sich soweit wieder gefangen hätte. ›Ich war einen Moment lang von der Strippe, aber jetzt bin ich wieder da‹, erklärte sie den vorgängigen Überschwall an Gefühlen, dann, leise, nur in Gedanken, ›ich glaube, die arme Christina hat jetzt ein größeres Problem.‹

Immerhin hatte sich das Unwetter wieder verzogen, obgleich es strichweise eine regelrechte Spur der Verwüstung hinterlassen hatte, so auch in ihrem Quartier. Abgeknickte oder vollständig heruntergerissene Äste übersäten die Straßenzüge und Gehwege. Als wäre ein Blindwütiger durch die Ortschaft gezogen. Tonnenweise kleineres Material von Bäumen und Sträuchern, vermengt mit Resten von Schneeregen, verstopfte hier und da die Abflüsse. Wer Pech hatte, blickte auf Reihen frisch verhagelter Blumenbeete.

All dies ging unbeachtet an Christina vorüber. Betäubt, außerstande nur einen klaren Gedanken zu fassen, kauerte sie auf ihrem Bett, in die wärmende Bettdecke geschlungen. Nicht minder von tiefem Schock erfasst, mit hängenden Schultern sowie gekrümmtem Blick, saß Claudia daneben, schräg am Bettrand. Wie ihr auf schreckliche Weise bewusst war: heute Morgen war ihr Familiengebäude zusammengestürzt, erneut, wie von einem unflätigen Sturmwind hinweggefegt. Ihr fehlten die Worte.

Draußen öffneten einfallende Sonnenstrahlen die finsteren Wolkenvorhänge, erhellten das ehemalige Mädchenzimmer. Christina fühlte, wie ein Lichtstrahl sie von hinten berührte und die Stelle umgehend wärmte. Unvermittelt neigte sie den Kopf zur Seite, ließ ihren sinnentleerten Blick durch die Fensterscheiben gleiten, hinaus ins Freie. Über Forsythien, denen der Hagel anscheinend nicht viel ausgemacht hatte, sowie Magnolien, deren großspurigen Blütenblätter nun einen geschlossenen Bodenteppich um die jeweiligen Bäume bildeten. Na, waren ohnehin vorbei, dachte sie. Alles ist irgendwann vorbei. Auch was Illusionen betraf. Trugbilder, welche offenbar nun einen langen Schatten auf ihre bisherige Existenz warfen. Sie konnte es immer noch nicht recht glauben, was sie da gehört hatte: *Adoptivtocher!*

Unverwandt guckte sie nun Mutter ins Angesicht, zum ersten Mal, verweigerte sich jedoch jeglichen Mitgefühls für deren unübersehbar bedrückten Zustand. »Mama«, sagte sie dann mit bittender wie zugleich herausfordernder Stimme, »Mama, was, um Himmels Willen, hat Pastor Kaminski heute Morgen mit Adoptivtochter gemeint? Warum sagt der ›Adoptivtochter Christina‹? Ich bin doch *eure Tochter!*« Während sie dies sagte, erzitterte ihre Stimme erneut, schossen Tränenbäche hervor.

Zutiefst beschämt wandte Claudia ihren Blick ab, gab lediglich durch den Ausstoß eines tiefen Seufzers zu verstehen, wie unsäglich schwer ihr gegenwärtig jegliche Wortwahl fiel. Mumienhaft starrte sie auf ihre Tasse, welche sie mit beiden Händen umklammert hielt, studierte das filigrane Rankenmuster auf dem Innenrand, als ob dies jetzt von irgendeinem Belang wäre. Ihre Nase roch den inzwischen lauwarmen Kaffee, der ihr doch eigentlich immer so gut geschmeckt hatte, nur heute nicht. War irgendwie bitter. Was sollte sie Christina jetzt nur sagen? *Wie* sollte sie es ihr sagen? Es war wohl offenbar, dass da ein großes Geheimnis im Hintergrund gelauert hatte, welches aber eines Tages auf den Tisch kommen musste. Natürlich nicht so! Die Wahrheit über Christinas Adoption bereitete Thomas und ihr schon lange Bauchschmerzen. Der Zeitpunkt war schon längst überfällig. Da hatte sie sich nun in eine ganz schön schwierige Situation hineinmanövriert! Und warum? Weil sie zu feige war! In dieser Beziehung war sie noch nie eine Heldin gewesen. Doch jetzt war *zu spät.* Es war raus, und wie!

Erst stellte sie die Tasse auf das Nachttischchen, dann mit verkrampft knetenden Fingern würgte sie schließlich Worte heraus wie: »Du weißt gar nicht, wie schrecklich leid mir dies alles tut, Christina, wirklich. Glaub mir, ich, das heißt, wir, Thomas und ich, wollten es dir schon lange sagen. Eigentlich zu deinem zweiundzwanzigsten Geburtstag, vergangenen Herbst. Aber dazu kam es ja nicht mehr. Und im ganzen fürchterlichen Chaos, das nachher herrschte, fand sich auch kein passender Zeitpunkt, wie du selbst weißt.«

Großen Unmut über Mutters Zaudern und Rechtfertigungsversuche in sich spürend, schloss Christina zuerst die Augen, presste sie ihre Lippen zusammen, um ihre Selbstbeherrschung aufrechtzuerhalten, sagte dann aber mit ungewöhnlicher Schärfe: »Los, Mama, bitte, rück jetzt damit raus! Ich möchte es hören! 1:1!« Ihre Anspannung wuchs von Sekunde zu Sekunde. »Ist dies nun *wirklich wahr*, das mit der Adoptivtochter? Bin ich gar nicht eure richtige Tochter?!« Eindringlich durchbohrte sie Claudia mit glühenden Augen, größte innere Verzweiflung offenbarend sowie den Wunsch nach Wahrheit und Gewissheit. »Dies ist wichtig für mich, Mama! Verstehst du?!«

Tränenwasser schoss in Claudias Augen, ihr innerer Kampf mit sich und der Wahrheit war überdeutlich. »Ja«, presste sie mühevoll heraus, »ja, Christina, es *ist* wahr mit der Adoption, ja, und nochmals ja.« So, jetzt war es raus! Endlich!

Was erst einsetzte, war tiefes betroffenes Schweigen. Unmittelbar vergrub Christina ihr Gesicht in den angezogenen Beinen, zog dann die Bettdecke über sich und drehte auf die Seite. Ein heftiger Weinkrampf ergriff sie, ließ sie zittern und erbeben. Spontan rückte Claudia etwas näher heran, wollte ihre Hand zum Trost auf Christinas Schulter legen, doch diese wehrte zornig ab, schrie wütend: »Hau ab! Hau einfach ab! Lass mich allein!« Weitere Weinkrämpfe erfassten sie, ließen sie in ihrem unermesslichen Schmerz ertrinken.

Verstört zog Claudia ihre Hand zurück, als hätte sie sich soeben verbrannt. Allein der schreckliche Anblick ihrer Tochter verstärkte ihr Bewusstsein, was da heute Morgen mit ihnen geschehen ist. Ihrer Familie.

Mit Christina. Als hätten sie nicht genug mit Vaters Tod zu kämpfen gehabt, nun auch noch dies! Zu diesem Zeitpunkt! Es schien aber wirklich alles schief zu laufen, was nur schieflaufen kann! Still stand sie auf, nahm ihre Tasse und verließ das Zimmer. Beim Blick zurück kamen sie wieder, die heftigen Gewissensbisse: Was hatte sie da nur angerichtet!? Böser konnte der Vertrauensbruch nicht sein! Würde dies jemals wieder zu kitten sein?

In der Küche unten starrte Lyke sie mit großen fragenden Augen an, sagte jedoch nichts. Vorwürfe waren keine darin zu lesen. Dazu war Lyke zu fair eingestellt, wusste selbst um die Schwierigkeit solcher Umstände. Claudia seufzte leise, sagte dann: »Da habe ich wohl einen ganz großen Bock geschossen! Hm!« Spontan legte Lyke ihre Hand auf Claudias Arm, meinte: »Mach dir jetzt nicht zu viele Vorwürfe, Claudia! Das ist jetzt einfach ganz ganz ganz dumm gelaufen! Okay?« Stumm nickte Claudia, ein scheues Lächeln huschte über ihre Wangen. Dann, um der Unerträglichkeit der Situation entgegenzuwirken, nahm sie ein Rüstmesser und half Lyke beim Vorbereiten der Kürbissuppe. Zu ihrer eigenen Verteidigung musste sie zugestehen und Lyke formulierte es dann auch für sie, während sie die Zwiebeln hackte: »Selbst wenn alle Umstände günstig gelegen wären, Claudia, ein *abruptes Ende der Illusion* wäre ohnehin unausweichlich gewesen! Irgendwann hättet ihr Christina damit konfrontieren müssen. Und dies wäre immer ein harter Moment gewesen! Insofern brauchst du dich nun deswegen nicht zu zerfleischen. Außerdem stehst du jetzt alleine da. Vergiss das nicht!«

Auch wenn Claudia gegenwärtigen nicht groß zum Reden zumute war, nickte sie zustimmend, erleichtert über Lykes entlastenden Worte, sagte dann: »Es ist wie Frau Mazura damals gesagt hatte: der unvermeidliche kritische Bruch wird eines Tages kommen! Das können wir Christina nicht ersparen, so sehr wir uns dies wünschten.« Die eindringlich gemahnenden Worte der zuständigen Beamtin der Vormundschaftsbehörde von WESTPUNKT, vor zweiundzwanzig Jahren, frischten wieder in ihrem Sinn auf, als wäre es gestern gewesen. Auch was sie ihnen als frisch gebackene

Adoptiveltern sonst noch mit auf den Weg gab: ›Schauen Sie, einen idealen Zeitpunkt gibt es nicht, da jedes Kind auf eine solche Eröffnung anders reagiert! Wichtig ist, dass es auch für Sie stimmt. Dass *Sie* spüren, dass jetzt der richtige Moment gekommen ist, wo Ihr Kind damit umgehen kann. Selbst, wenn es erst im Erwachsenenalter ist.‹ Seufzend kam Claudia zur Erkenntnis: »Weißt du, Lyke, eigentlich hätten wir Christina schon längst aufklären wollen. Ich denke, mit 14 oder 15 wäre sie problemlos damit fertig geworden. Aber, weißt du, woran es geklemmt hat?« Schweigend blickte Lyke sie an, vermied jeglichen Kommentar, wenngleich sie es vermutete und Claudia es ihr sogleich zugestand. »Wir, das heißt, vor allem ich, war einfach zu feige! So einfach!«

Den Herd einstellend sowie zugleich im Versuch, Optimismus einzustreuen, meinte Lyke: »Nun ja. Es ist jetzt suboptimal gelaufen, aber deswegen geht ja die Welt nicht unter. So wie ich Christina kenne, wird sie dies in den Griff bekommen. Meinst du nicht auch?«

Unschlüssig, was sie darauf entgegnen sollte, band sich Claudia eine Schürze um, kramte in der Schublade nach einer Kelle. Schwere Gewissensbisse verunmöglichten ihr eine Erwiderung. Die einzigen, welche von ihnen über Christinas Adoption eingeweiht worden waren, waren Michael und Lyke; und die rieten ihnen schon lange, endlich die unangenehme Klippe zu nehmen. »Na ja, hoffentlich behältst du recht«, sagte sie dann, richtete ihren Blick kurz zur Decke.

Ψ Ψ Ψ

Ein Rettungsanker namens Jim

Ein göttlicher Schlummer übermannte Christina, gestattete Außensignalen erst wieder nach guten eineinhalb Stunden einzudringen, als unten Geräusche wie ein Türklingeln und Schuhabklopfen an ihre Ohrmuschel drangen. Es sah ganz so aus, als ob die Vesper im Rotary Klub fertig wäre und sich die anderen zum familiären Ausklang gemeinsam bei ihnen zu Hause träfen. Noch schlaftrunken lag Christina auf der Seite, begutachtete Reihen von zusammengeschusterten Fotos an der Wand. Alle waren drauf: Vater, Mutter, Biggi, Nari mit Schwester, Nichten und Neffen, Lyke und Michael mit Nicolaas und Amber, weitere Verwandte aus nah und fern, teils aus Deutschland oder den Niederlanden, Oma und Opa aus Konstanz, eine hippige Kusine aus Südkorea, welche in San Francisco Architektur studierte. Lykes Mutter fiel durch Abwesenheit auf, wegen Unpässlichkeit, hieß es lapidar. Irgendetwas war da krumm, sagte Claudia, was auch immer.

Das war damals ein riesen Familienanlass. Vor fünf Jahren etwa? Auf den Ablichtungen war sie neben Dennis erkennbar, ihrem Lieblingsvetter aus Trier an der Mosel. Dennis war sechs Jahre älter als sie und gerade dabei die Welt für sich zu entdecken: USA, Kanada und im Anschluss noch Australien, Neuseeland, Laos, Vietnam und Thailand. Damals schien er ihr riesengroß, sicher um die eins fünfundneunzig oder mehr. Auffallend athletisch gebaut sowie ein überaus lustiger Kerl, mit welchem sie die längste Zeit herumgealbert hatte. In seinen Augen musste sie bestimmt ein verrücktes, pubertierendes Huhn gewesen sein. Naja, so nett wie Dennis war, ließ er sich nichts anmerken, außer vielleicht einem gelegentlichen Schmunzeln um seine Mundwinkel.

Auffallend bei Mutter war ihr Bedürfnis, die Leute zusammenzubringen; ein familiärer Zug, welchen sie überaus schätzte. Doch was hieß denn schon *Familie*? Gehörte sie überhaupt noch in diese Gesellschaft, da, auf den halbprofessionellen Fotos? Wussten die eigentlich, dass Christina Sanders in Wahrheit ein Fremdkörper war, ein Kuckucksei, eine Mogelpackung? Nicht die Enkelin von Nari, der sie wegen ihrer koreanischen Gene angeblich so verblüffend ähnlich sah? War Dennis wohl eingeweiht, als er mit ihr geschäkert hatte? Hatte er sie allenfalls aus diesem Grund so schräg angeguckt?! Mein Gott! Und sie Dreifachdummchen hatte nicht die leiseste Ahnung davon gehabt und noch albern mitgelacht!

Und nun die quälende Frage: WER WAR SIE?

Sie, Christina Sanders!

Wo mag sie wohl gezeugt worden sein? Tibet? China? Vietnam? Kambodscha vielleicht? Oder etwas ganz anderes! Welches Volk war damals, um die 1980 rum, in Asien gerade auf der Flucht? Oder lag sie ganz falsch und würde besser in Südamerika suchen, im dichten Urwald? Irgendwie war alles möglich und doch alles absurd. Mit einem Schlag hing sie völlig in der Luft!

Und was war eigentlich mit der Harris, ihrer Grundschullehrerin? Hatte die mehr gewusst? Eine Schule musste doch bestimmt den ganzen Amtskram beackern, mit Schülerdaten und so weiter. Da könnte doch gut mal eine Info unabsichtlich durchgesickert sein. Eine kleine Indiskretion. Mein Gott! Wenn es ganz dick käme, fände sie sich als Findling wieder, von einem wüsten Unhold im Rausch gezeugt sowie einer drogensüchtigen Mutter in ihrer Verzweiflung vor eine Kapellentüre gesetzt, sich selbst und dem Schicksal überlassend. Nun, was immer zutraf, so stand sie der harten Tatsache gegenüber, ihr Leben lang einer faustdicken Lüge aufgesessen zu sein! So elend hatte sie sich wohl ihr ganzes Leben lang nicht gefühlt! Und: mutterseelenallein! Von der ganzen Welt getrennt und verraten!

Der nächste Heulkrampf stand an, der nächste innere Flächenbrand. Ehe Flammen der Wut und Verzweiflung aufstiegen, klopfte es leise an der Türe. Offenbar begehrte jemand Einlass, doch war sie weder imstande noch willens, jetzt jemanden zu empfangen. Bestimmt keine der Typen da unten, welche sie 22 Jahre lang belogen, hintergangen und dabei wohl noch ihren Riesenspaß gehabt hatten. Ihr unverschämt und ohne jemals Anzeichen von Schamröte Märchen auftischten, wenn sie Familienfotos beguckten und Gesichter verglichen. Es war schlicht und einfach widerlich! Erst jetzt im Nachhinein fiel ihr auf, wie ihre Eltern, das heißt, ihre *Aufzuchtbetreuer* eigentlich nie direkte Vergleiche mit Vaters asiatischem Verwandtschaftsanteil gezogen hatten. Alle anderen, nur sie nicht. Schritt um Schritt dämmerte ihr allmählich, was all die Jahre vor sich ging, ohne ihr Wissen und hinter ihrem Rücken!

Der Türflügel öffnete sich um einen Spalt. Nein, sie wollte jetzt niemanden sehen! Ehe sie Nein zu rufen vermochte, um den unerwünschten Eindringling abzuwehren, erklang Jims Stimme. »Christina?« Unmittelbar zuckte sie zusammen. »Ich bin es, Jim«, sagte seine bärige Stimme sanft und gewohnt freundlich. »Darf ich kurz zu dir reinkommen?«

Ein unmittelbarer Schrecken erfasste Christina, denn mit ihm, Jim, hatte sie in der Tat nicht gerechnet! Vielmehr mit der professionellen Aufzuchtbetreuerin, Frau Doktor Claudia Sanders, aufgewachsen sowie ausgebildet im europäischen Ausland. Und jetzt abermals auf Schleimtour natürlich! Unvermittelt setzte sie sich auf, zog die Knie an sich und umschlang sie mit ihren Armen, sagte: »Ja, Jim, komm doch bitte rein.«

Beinahe schon mit Beschämung gewahrte sie, wie nun zunächst Jims Kopf mit seinem charmanten Lächeln hinter dem Türflügel erschien, gefolgt von seiner vollbestandenen Feuerwehrmannsgestalt. Von Krawatte und Sakko hatte er sich befreit, das taillierte Hemd locker offen. Kecke Brusthaare guckten hervor, zelebrierten seine intensive Männlichkeit. Vorsichtig schloss er die Türe hinter sich zu, sagte: »Dankeschön.« Dann kam er zum Bett, setzte sich auf den Rand. »Ich wollte nur mal nachfragen, wie es dir geht, Christina. Ich habe mir die ganze Zeit Sorgen gemacht«, vermeldete er mit einer Überzeugungskraft, die für sie keinen Zweifel offen ließ, dass er es ehrlich meinte.

Es dauerte eine ganze Weile bis Christina etwas zu sagen imstande war.

Noch nie war ihr die Frage, wie es ihr gehe, so absurd vorgekommen, wie jetzt! Dabei war sie überaus berechtigt! Ja, wie ging es ihr eigentlich? Schließlich meinte sie: »Weiß nicht, Jim! Keine Ahnung! Ich kann dir nicht sagen, wie es mir geht.« Die Wahrheit wäre vermutlich am ehesten so: In ihr herrschte das perfekte Gefühlschaos! Im Grunde genommen wusste sie gar nicht, wo ihr der Kopf stand. Alles stand Kopf!

Eins war gewiss: das bloße physische Erscheinen von Jim tat ihr unendlich gut, wie sie soeben feststellte! Wie er so neben ihr auf dem Bettrand saß, die Ruhe selbst, ganz nah bei ihr, ohne aufdringlich oder anbiedernd zu sein, und wie er sie mit seinem treuherzigen Blick in den Arm nahm! Erstmals seit heute Morgen durchfloss sie ein Gefühl der Entspannung. Als sich dennoch Tränen einen Weg über ihre Wangen bahnten, legte Jim seine Hand auf ihren Rücken, strich in sanften Bewegungen bis zum Nacken hinauf und wieder hinunter. Dies einige Male. Welch Wohltat! Ihm gegenüber musste sie zum Glück nichts beweisen. Weder dumme Fragen stellen noch anklagen oder sonst was. Jim war aus dem Schneider, konnte die Sache neutral angehen, war total unbefangen. »Wie war es bei der Vesper?«, fragte sie schließlich räuspernd, als ob dies in ihrem gegenwärtigen Zustand von wirklichem Interesse gewesen wäre.

Die Lippen verziehend, meinte Jim: »Ganz okay. Wie das halt so ist bei Leichenmahlen. Du weißt ja, die Leute wollen bald wieder mal heim und wir haben aufgeräumt. War mir auch recht.« Dass ihre unbeabsichtigt bekanntgewordene Adoption *das* große Thema an den Tischen war, worüber ausgiebig getuschelt und gesprochen wurde, ersparte er ihr lieber. Diese Nachricht war noch mehr eingefahren als der kalte Schneeregen. Ohne mehr zu sagen, setzte seine Hand ihren Streichelweg fort, strich auflockernd durch ihr Haar und über ihre zarte Haut. Irgendwann sagte er: »Was immer noch geschieht, Christina, ich bin immer für dich da. Wann immer du mich brauchst, rufe mich bitte.« Nach dem Blick in ihre geröteten Augen, welche ihn unendlich traurig anstarrten, doppelte er nach: »Ich meine das wirklich im Ernst, Christina!«

Derweil glitten Jims Finger fürderhin durch ihr schwarzblau glänzendes Haar, kreisten mehrmals über ihre Kopfhaut. Beharrlich bearbeiteten sie in spiralförmigen Bewegungen die Stränge ihrer verhärteten Schulter-muskulatur, bis auch diese unter seinem warmen, festen Händedruck ihren Widerstand aufgaben. Christina spürte, wie die eingedickte Essenz in ihrer Seele allmählich wieder zu fließen begann. Die bittere Erkenntnis von heute Morgen steckte zwar noch immer wie eine störrische Fischgräte in ihrem Hals. Dort würde sie wohl noch eine gute Weile lang Kratzen und Würgen auslösen. Dessen war sie sich wohl bewusst. Doch schien immerhin der erste Schock dank Jims liebevoller Zuwendung fürs Erste überwunden zu sein.

Am Ende seiner Massage angelangt, fragte Jim: »Kommst du mit mir runter, Christina? Ich würde mich freuen, wenn wir alle miteinander was Kleines essen könnten.«

Vielmehr Ängste als Zweifel ließen Christina zaudern. Eigentlich wollte sie sagen: »Hunger verspüre ich überhaupt nicht, Appetit noch weniger. Bock auf diese Gesellschaft da unten schon gar nicht!« Das heißt, eigent-lich war es EINE bestimmte Person, deren Anblick sie derzeitig nicht ertrug. Und dennoch bedrängte sie ihr Verstand mit der Überlegung, dass es ganz gut wäre, rechtzeitig was in den mittlerweile gähnend leeren Magen zu kriegen.

»Lyke hat eine leckere Kürbissuppe gekocht, mit Curry und Sauerrahm«, versuchte es nun Jim mit einem Lockangebot, bewusst Claudias Erwäh-nung auslassend. Ihm war Christinas abgrundtiefe Ambivalenz, welche sie seit heute Morgen beklemmte, durchaus bewusst. »Mir zuliebe?«, fragte er mit weitgeöffneten Augen, welche sie anstrahlten. Wer konnte da schon Nein sagen? So nickte Christina zustimmend zu, brachte in der Folge sogar so etwas wie ein kraftloses Lächeln über ihre Lippen, aber immerhin war ein Anfang gemacht. »Ja, ist gut«, erwiderte sie schließlich.

Zärtlich berührte Jim mit seiner rechten Hand ihre linke Wange unter ihren verweinten Augen – ein Kuss der besonderen Art. »Schön, Chris-tina, ich denke, die anderen warten schon sehnsüchtig auf uns.«

Ψ Ψ Ψ

Chaos und Leere

DIE NACHTSCHWÄRZE erwies sich überraschend als Segen, ließ die hässliche Seite des Lebens schummriger und somit erträglicher erscheinen. Vereinzelte Wolkenfetzen zogen in zügigem Tempo über den übersäten Nachthimmel, spielten mit dem knappen Vollmond Katz und Maus. Die abgedunkelten Wälder an den steilen Flanken der Ramapoberge ruhten im Wechselspiel des stetig unterbrochenen, aber zyklisch wiederkehrenden Mondlichts.

Erwartungsgemäß fand Christina zu keinem richtigen Schlaf, herrschte in ihr das Chaos, stand mal auf, starrte am Fenster auf die faszinierende Szenerie da draußen, rieb sich die Gänsehaut, hackte auf dem Laptop herum, wühlte mehrmals lustlos im Kühlschrank, stand dabei einmal Rex, in welchem sogleich Hoffnung auf Wursträdchen aufkeimte, versehentlich auf seinen Schwanz, kroch dann wieder unter die Decke, döste ein wenig. Ihr Herz flatterte und zuckte, ihr Puls raste. Der Rhythmus des Lebens war definitiv gestört. Wenigstens war der Nachmittag dank Jims fröhlichkeitsversprühender Anwesenheit glimpflich über die Bühne gegangen, dachte sie. Mutter und sie vermieden direkten Kontakt, kommunizierten via andere. Ihre traditonell enge Beziehung war nachweislich zerrüttet. Wen wundert's?

Erst ein paar Minuten zuvor, wühlte sie ein seltsamer Traum auf, ließ sie erschreckt aufwachen. Darin bestaunte sie erst zwei riesige Türme in den dunklen Nachthimmel ragen, von Abertausenden Bürolichtern erhellt. Auf dem Dach übergroß ihr Name in Neonfarben: CHRISTINA SANDERS. Dann, der mächtige Knall, und sie wurde Zeugin davon, wie die Monumente ihrer Identität vermutlich, ihres Selbstverständnisses, in sich zusammenkrachten. Mit unglaublichem Getöse. Dann, inmitten einer darauffolgenden unheimlichen Grabesruhe, die Stimme ihres Vaters! Kam näher, bis sie groß aufgerissene Augen anstarrten und ihr die Worte ins Gesicht knallten: ›Adoptivtochter! Adoptivtochter!‹ Im Traum wehrte sie sich mit Händen und Füssen.

Irgendwann nach Mitternacht, am Grenzpunkt rein körperlicher Erschöpfung, knarrte die Schlafzimmertüre, öffnete sich zunächst einen Finger breit, um schließlich Biggis vorwitziges Gesicht zum Vorschein kommen zu lassen. »Christina?«, flüsterte ihre Schwester.

»Ja?«

»Kannst du auch nicht schlafen?«

»Nein, geht nicht. Du?«

Während Biggi leise die Türe hinter sich schloss und zu Christina ins Bett kroch, sagte sie: »Ich bringe auch kein Auge zu.« Beide kuschelten unter der Decke, warteten zunächst ab, wie sich das Leben in seiner fundamentalen Verstörung weiterentwickeln würde. Schließlich brach Biggi die Stille, meinte: »War ja schon der Oberhammer, heute Morgen! Was der Kaminski da gesagt hatte! Unglaublich! Adoptivschwester!« Sie drehte sich zu Christina um, blickte sie mit großen Augen an, fragte: »Denkst du, der meinte das im Ernst?«

Schweigen und Ratlosigkeit sprachen erst aus Christinas Augen, dann das klare Bekenntnis: »Es *ist* so, Biggi! Habe heute Mutter gefragt, ob dies tatsächlich wahr ist!« Unruhig suchte sie eine neue Stellung, wechselte von einer Seite zur andern.

»Hm«, stutzte Biggi, drehte sich gleichwohl um, umarmte Christina sanft. »Ich weiß gar nicht, was ich dazu sagen soll«, meinte sie leise, »für mich ist dies dermaßen absurd, ich kann mir dies gar nicht vorstellen.«

»Denkst du ich?«, fragte Christina rhetorisch, sprach vielmehr ins Kopfkissen. Eine spontane Träne kullerte darauf.

Draußen war nun das Rauschen eines Fahrzeugs vernehmbar, vermutlich ein Spätheimkehrer. Das tiefe Brummen des Motors war zurzeit die einzige Geräuschquelle in Christinas kleinem Zimmer. Hellglänzendes Mondlicht fiel durch das Fenster, warf überlange Schatten in den Raum.

Biggi, seufzend, weil immer noch mit der neuen Erkenntnis ringend, sagte: »Weißt du, was ich mich die ganze Zeit frage, Christina? Wie konnten uns dies Mama und Papa all die Jahre hindurch verheimlichen? Ich meine, wir sind ja nicht die Blödesten, würde ich behaupten, aber ich habe rein gar nichts gemerkt, all die ganzen Jahre? Die haben sich nicht ein Mal verplappert oder so! Hätte ich denen gar nicht zugetraut.«

Mit leerem Blick und einer Hand ihren Kopf unter dem Kissen stützend, erwiderte Christina nach einigem Zögern: »Na, da siehst du mal! Die haben das wirklich raffiniert angestellt. Dabei hatte ich doch immer den Eindruck, dass wir über alles offen redeten.«

»Haben wir auch«, entgegnete Biggi, seltsam berührt angesichts des Verhaltens ihrer Eltern. Für sie war das nicht ganz nachvollziehbar. Nach kurzem Überlegen fügte sie hinzu: »Vielleicht wollten sie dich nicht verletzen. Ich meine, eine solche Wahrheit ist ja nun wirklich nicht leicht rüberzubringen. Wie-sag-ichs-dem-Kinde?«

Unmittelbar drehte sich Christina um, sodass Biggi ihr direkt in die Augen blickte. Ein gewisses Unverständnis, ja, eine tiefe Verärgerung darin, war unleugbar. »Haben sie aber. Heute Morgen!«

Ihren Blick wegwendend und für einen Augenblick schweigend, fragte dann Biggi schließlich vorsichtig: »Bist du ihnen nun böse?«

Abermals drehte sich Christina um, seufzte tief, ließ nichts verlauten. Was sollte sie da sagen? Hm, machte sie, »ich weiß es nicht, Biggi. Frag mich, was Leichteres.« Im Grunde genommen kannte sie die Antwort. Natürlich war sie oberstinksauer auf ihre Mutter, um es mal gelinde auszudrücken! In der Abdankungshalle heute Morgen, und es würde wohl noch eine ganze Weile so bleiben, hätte sie sie direkt ins Pfefferland wünschen wollen! Kein Pardon! Diese Kränkung saß abgrundtief! Andererseits lag Biggi mit ihrer Bemerkung vermutlich nicht vollkommen falsch. Eine Zwickmühle!

Christinas Zwiespalt spürend, nahm Biggi ihre Schwester abermals in die Arme, drückte sie an sich, flüsterte vertrauensvoll: »Na ja, was immer auch geschehen ist und noch geschieht, Christina, du bist und bleibst meine große nervige Schwester!« Unmittelbar spürte sie Christinas Leib erzittern, aber nicht wegen eines erneuten Heulkrampfes, von welchen sie nun zur Genüge heimgesucht worden war, sondern, weil ihre Schwester ein herzhaftes Lachen durchfuhr. Unverwandt drehte sich Christina um, legte ihre rechte Hand sanft auf Biggis Hüfte, sagte dann: »Musst du immer so brutal direkt sein, Biggi!«

Christinas wohlwollendes Zeichen erkennend, erwiderte Biggi: »Und das mit Mutter kommt schon wieder, wirst sehen! Sie hat es bestimmt nicht böse gemeint. Ich nenne dies eher Hilflosigkeit und Überforderung.«

Unvermittelt schloss Christina die Augen, verweigerte eine Erwiderung, denn, soweit war sie noch nicht, noch lange nicht! Solch eine haarsträubende Eröffnung steckte sie nicht einfach so schnell weg! Da wartete noch eine ganze Reihe nicht weniger harter Fragen, auf Mutter!

Noch eine gute Weile verharrten sie in ihrer tröstlichen Umarmung. Von draußen drang lediglich das räudige Geschrei läufiger Katzen an ihr Ohr, verpasste der Nachtruhe eine minimale Geräuschkulisse. Gut möglich, dass die unbeschnittenen Biester von Frau Wallace ihre Frühlingsgefühle auslebten. Katastration war bisher kein Thema. Oder Hannibal, welcher sich durchs Katzentürchen in der Küche ins Freie zwängte, um ins Konzert miteinzustimmen oder noch besser auf Brautschau ging, falls er denn noch könnte. Das Leben mit seinen Unwägbarkeiten nahm offenbar seinen weiteren Lauf so wie sich in Christina eine innere Leere breitmachte und ihr fürderhin den Schlaf versagte.

Ψ Ψ Ψ

Ein Missverständnis, Mama?!

Bald nach dem Monduntergang setzte erstes Tageslicht ein, hüllte prominente Morgensterne in nachtblaues Gewand. Weniger royal ging es in Sanders Küche zu und her, mit Scheppern und Klirren, hantierte Claudia mit nervöser Hand rund um ihr Frühstücksei. Unten im Keller erschütterte eine prallgefüllte, rumpelnde Waschmaschine den nackten Betonboden. Das grünliche Display der Kaffeemaschine zeigte Streik an, sollte der übervolle Kaffeesatzbehälter nicht demnächst entleert werden. Draußen tanzten Osterglocken im Wind, wirbelte es kühl durch noch kärgliche Vorgärten.

Immer wieder hielt Claudia inne, presste ihre Finger kurz in die Schläfen, um dem lästigen Kopfschmerz entgegenzuhalten – jedoch mit geringer Wirkung. Schlafmanko sowie innere Unruhe ließen sich so nicht beikommen. Ein Tribut an die vergangene Nacht, respektive, die Turbulenzen von gestern. ›Hammer! Einfach Hammer, was da gestern abgelaufen ist!‹, sagte sie sich immerzu selbst. ›Vielleicht verschafft ein starker Espresso für Abhilfe! Dreifach so konzentriert wie sonst!‹ Als ob sie dem schlimmsten Kater auf die Pelle rücken müsste. Das erste Stichwort, welches ihr heute beim Aufstehen in den Sinn kam, war: Schadensbegrenzung! Mehr lag wohl kaum drin. Wie konnte ihr so etwas nur passieren?!

Gegen sieben Uhr vernahm sie das Knarren der Treppe, dann wie Christina wortlos in die Küche glitt, um sich wie ein geschlagener Pudel zuhinterst auf die Bank zu setzen. »Morgen, Christina«, sagte Claudia brummelnd und mit vorsichtigem Seitenblick. Ihr würde gleich das schwierigste Gespräch ihres Lebens bevorstehen. Ein Art Jüngstes Gericht.

»Morgen, Mama«, kam es mit Verzögerung leise zurück. Christinas Gesicht war gezeichnet. Nicht nur von nächtlicher Ruhelosigkeit. Mutters Anfrage für Kaffee, bejahte sie zögerlich. Christinas Physiognomie blieb ungerührt wie der Steinmörser, welcher einsatzbereit im untersten Regal harrte. Als Claudia auf den Knopf der Kaffeemaschine drückte, kam es heraus, sagte Christina: »Mama, wir müssen reden.«

Wie immer, wenn eine unangenehme Nachricht bekannt wurde und die Seelen kurz stocken ließ, schaute nun Claudia kurz zu Christina rüber, dann wieder auf das herausspritzende Gebräu. Mehr flüsternd, entgegnete Claudia: »Ja, ich weiß, Christina, unbedingt. Ich frage mich schon die ganze Zeit, wo und wie ich anfangen soll.« Ohne sich umdrehen zu müssen, spürte sie Christinas Blicke sich in ihren Rücken bohren, dann nicht ganz ohne bitteren Vorwurf: »Wie wäre es beim Anfang? Ich meine, wer bin ich? Woher komme ich? Warum musste ich adoptiert werden? Kriegtet ihr denn keine eigenen Kinder?« Christinas Wut und Bitterkeit waren kaum zu verbergen, respektive, war dies auch nicht ihre primäre Absicht. Es war Claudia vollkommen bewusst, dass, egal, was sie sagen würde, es immer die falsche Antwort wäre. Es würde unweigerlich nach Ausrede oder Rechtfertigung klingen. Ihre große Lüge, was es gemäß ihrer eigenen Auslegung zwar nicht per se war, ließ sich nun mal nicht wegdiskutieren. Schließlich sagte sie: »Eigentlich war es ein Missverständnis.« Unbeholfener könnte man nicht einsteigen, wurde ihr sogleich bewusst, was unmittelbar Christinas Reaktion zeigte.

»Was? Wie bitte?! Ein *Missverständnis*, Mama?«, fiel ihr Christina sogleich ins Wort, wie als ob sie in ihrer grenzenlosen Kränkung nur darauf gelauert hätte, endlich ihre Krallen auszufahren, »wegen eines *Missverständnisses* habt ihr mich adoptiert? Ja, super! Das stellt mich ja gleich wieder auf!«

Im Versuch, ihre überaus unglückliche Wortwahl umgehend zu korrigieren, entgegnete Claudia: »Nein, das kommt jetzt *völlig* falsch rüber, Christina!«

»Falsch?!«

»Ja, total falsch!«, sagte Claudia hilflos, denn jedes Wort wurde offenbar auf die Goldwaage gelegt. Wie mörderische Giftpfeile in Serie, hagelte es in der Folge auf sie ein, sprach Christina: »Also, was denn nun ist bitteschön richtig, Mama? Und komm mir nicht mit irgendwelchen Halbwahrheiten oder sonstigen Ausreden! Ich glaube, ich habe das nicht verdient!«

Beschämt senkte Claudia ihren Blick zu Boden, fuhr mit ihrem Auge das filigrane Muster darauf ab, als ob darin Erleichterung zu erwarten wäre. Bis sie sagte: »Nein, natürlich nicht.« Die Scham raubte ihr die Worte.

Allmählich die Geduld verlierend, weil innerlich aufs Höchste angespannt, schrie Christina plötzlich: »Dann rede doch endlich! Rede mit mir, Mama! Lass dir doch nicht jedes Wort aus der Nase ziehen! Sag doch endlich, was Sache ist! Siehst du denn nicht, wie beschissen es mir geht?!« Ein heftiger Tränenerguss löste sich.

Reflexartig schloss Claudia ihre Augen, fuhr mit den Fingern ihrer rechten Hand über Schläfe und Stirn. Man sah ihr buchstäblich an, wie sie sich quälte, sich in ihrer unbeschreiblichen Scham windete. Und dennoch. Diese Pein blieb ihr nicht erspart; endlich musste die Wahrheit raus, und zwar die ganze. Dann endlich, gelang es ihr, die Fassung wiederzuerlangen und sich selbst in Fluss zu bringen. »Weißt du, Christina«, fuhr sie ruhig fort, »es war ein Missverständnis *des Arztes*. Oder vielmehr müsste man sagen, eine Fehleinschätzung. Doktor Bernard hatte erst behauptet, dass ich wahrscheinlich nie Kinder kriegen könnte. Ich hatte damals schon längere Zeit ernsthafte Eileiterentzündungen. Das Risiko war groß, dass auch die Eierstöcke sich entzünden würden. So riet er mir, das heißt, uns beiden, von einer Schwangerschaft dringend ab. Du kannst dir nicht vorstellen, was für ein Schock dies für mich war!«

»Und jetzt?«, erwiderte Christina giftig.

»Wie jetzt?«

»Ja, erwartest du etwa, dass ich jetzt vor Mitleid zerfließe, oder was?«

»Nein, natürlich nicht.«

»Also, dann war's das schon? Ein Missverständnis des Arztes?!«

Erneut schwieg Claudia, senkte den Blick. Voll genervt von Mutters Zaudern, währendem sie nach Antworten hungerte, sagte Christina: »Also, komm Mama, sprich doch endlich! Oder muss ich nochmals auf eine Beerdigung, um von einem polnischen Pastor, der sich verplappert, endlich den Rest zu erfahren? Wahrscheinlich kämen noch mehr tolle Dinge heraus.«

In Claudias wässrigen Augen war unzweideutig tiefe Schuld abzulesen, aber auch der Wunsch, alles zu tun, um die große Misere zu mildern. Soweit dies möglich war. Gefasst fuhr sie fort: »Weißt du, Christina. Thomas und ich wollten einfach Kinder haben, eine richtige Familie. Das war uns schon vor der Hochzeit klar. Die Eröffnung von Doktor Bernard war für uns, wie gesagt, niederschmetternd. Auf sein Anraten hin haben wir uns dann ernsthaft mit der Frage einer Adoption auseinandergesetzt. Glücklicherweise boten wir ideale Voraussetzungen, zumindest für die Behörden. Ein Drittweltlandkind wollten wir aber nicht. Wenn schon, dann wollten wir gerne ein Kind aus unserem Kulturkreis haben.«

Nicht übermäßig beeindruckt, meinte Christina, vielmehr herausfordernd: »Und dann habt ihr also ein paar Formulare ausgefüllt, und fidibum, – sie schnipste mit den Fingern – ich lag in der Wiege? Oder so ähnlich.« Mutters folgende Worte ließen sie indes für einen Augenblick innerhalten, als sie sagte: »Du warst unser absolutes Wunschkind, Christina! Das Beste, was uns geschehen konnte. Ein Geschenk!« Irritiert guckte Christina weg, auf den Kühlschrank, dann ins Wohnzimmer. An Mutters Worten gab es in der Tat keine Zweifel anzumelden, so ungern sie dies anerkennen musste. Dann, mit stechendem Blick, blickte sie zu Claudia, sagte: »Wenn das so war, wieso habt ihr mich denn zweiundzwanzig Jahre glauben lassen, ich sei eure Tochter?!«

Den tiefen Spalt zwischen ihnen realisierend, stand Claudia da, immer noch an die Kombination lehnend, drehte sich dann um und wischte kurz mit der Hand über die Oberfläche, welche blitzblanksauber glänzte. Angesichts ihres Sauberkeitsfimmels war es überaus erstaunlich, dass sie ihr Leben nicht gleichermaßen im Griff hatte, zumindest, was diese Angelegenheit betraf. Verunsichert sagte sie dann: »Wenn ich das nur wüsste, Christina!« Achselzuckend wiederholte sie: »Ich weiß es nicht. Ich kann es dir im Moment nicht sagen.«

Missmutig rutschte Christina auf der Eckbank herum, nahm eine der

Postkarten, welche an der Wand aufgereiht waren, in die Hand, studierte sie oder tat zumindest so und legte sie zurück. HERZLICHE GRÜSSE AUS DUBROVNIK, KROATIEN stand darauf, Onkel Heini mit Silke. Strandurlaub. Selbst ratlos, was sie sagen sollte, spürte sie, wie eine brennende Frage in ihr auftauchte. Vielleicht die naheliegendste aller Fragen. »Weißt du wenigstens, wer meine Eltern sind, ich meine, meine richtigen Eltern, das heißt, ähm, biologischen? Also, das wirst du wohl wissen!? Oder etwa auch nicht?«

Eine Verschnaufpause einlegend nahm Claudia ihre Tasse in die Hand, trank einen Schluck Kaffee. Ihr war bewusst, dass jedes Wort das Zünglein an der Waage sein konnte. »Papa und ich haben sie EIN Mal gesehen, im Spital noch, doch dann verlor sich die Spur. Ich glaube, sie ist dann bald weggezogen. Jedenfalls hat man sie in Paterson nie mehr gesehen. Wir zogen bald nach Suffern um, in unser Haus hier, wo du und Biggi aufgewachsen seid.«

Mit sichtlicher Enttäuschung im Gesicht erwiderte Christina: »Ist das alles, was du von ihr weißt?« Irgendwie schien sie den Mut zu verlieren, groß Auskünfte zu kriegen. Niedergeschlagenheit machte sich zusehends in ihrer Seele breit. Eine Enge in ihrer Brust. Endlich setzte sich Mutter an den Tisch, legte sanft ihre Arme darauf, vermied möglichst Augenkontakt.

Schließlich fuhr Claudia fort: »Zu meiner großen Beschämung muss ich sagen, dass ich gar nicht so viel über sie weiß. Nur, dass sie blutjung war, siebzehn oder so, keine Arbeit, keine Ausbildung, kein Auskommen. Ihr Freund abgehauen. Ja, so stand sie da. Auf eine Verwandtschaft konnte sie offenbar auch nicht groß zurückgreifen. Vieles liegt im Dunkeln. Was ich aber mit Bestimmtheit sagen kann, Christina: sie war eine höchst attraktive junge Frau! Mit jedem Tag, an welchem du älter wirst, siehst du ihr ähnlicher!« Christinas rätselnde Blicke auf ihre Aussagen ließen sich fürwahr nicht einordnen. War sie darüber froh, oder irritiert? Am besten setzte sie ihre Ausführungen fort, kramte alles in ihrem Gedächtnis zusammen, wovon sie noch Kenntnis hatte. »Der Vater war unbekannt, das heißt, sie hatte seine Identität nie preisgegeben. Vielleicht wollte sie ihn schonen, oder schützen. Ich weiß es nicht. Dummerweise kann ich mich nicht mal an den Namen deiner leiblichen Mutter erinnern. Thomas und ich waren einfach überglücklich, dich in unsere Arme zu schließen. Da spielte wie alles andere keine Rolle. Ich hoffe, du kannst das verstehen.«

Beim letzten Wort stutzte Christina, runzelte sie die Stirn. Hatte sie richtig gehört? Verstehen? Was, bitteschön, sollte sie da ›verstehen‹? Ausgerechnet sie sollte jetzt Verständnis haben?! War schon ein bisschen viel verlangt, brannte es ihr auf der Zunge zu sagen, doch beherrschte sie sich. Plötzlich schoss es aus ihr heraus: »Wie kam es dann, dass Biggi geboren wurde? Du sagtest doch, dass eine Schwangerschaft zu riskant gewesen wäre? Da geht doch etwas nicht auf!«

Tief seufzend, schöpfte Claudia Atem, um sich zu sammeln, erwiderte dann: »Wir hatten uns, wie gesagt, schon damit abgefunden, dass du unser einziges Kind bleiben würdest. Doch dann teilte mir Doktor Keller aus Suffern nach einem Untersuch mit, dass er mit der Meinung seines Kollegen nicht einverstanden wäre. Er würde eine Schwangerschaft durchaus in Erwägung ziehen. Wir waren zuerst auch erstaunt. Und vielleicht anfangs auch zu gutgläubig. Jedenfalls holten wir dann die Drittmeinung eines Spezialisten aus Neu York ein. Und der stützte Doktor Kellers Einschätzung. Ja, und so ist schließlich deine Schwester gekommen.«

Schweigend und neutral nahm Christina diese Information zur Kenntnis. Aha, dachte sie, so ging das. Ja, warum nicht, macht Sinn. Was da alles so plötzlich ans Tageslicht kam! Unglaublich! Binnen einer halben Stunde wurde ihr Selbstbild komplett umgestaltet.

Räuspernd blickte nun Claudia auf, blickte Christina mit Augen an, welche diese so noch nie gesehen hatte. So wie Mutter mit dem Kaffeelöffel herumknetete, sah es aus, als käme nun die ganz große Ankündigung. Wie als ob sie sich die Worte erst sorgfältig zurechtlegen müsste, sagte Claudia: »Christina, da ist noch ein Grund, warum Vater und ich vielleicht so lange gezögert hatten, dich aufzuklären. Klar! Das war ein riesiger Fehler! Dazu stehe ich auch. Aber ….« Neugierig rückte Christina nun an die Tischkante, richtete sich auf, beobachtete, wie Mutter sich herumdruckste, dann, wie sie sagte: »Weißt du, in deinem Fall liegen besondere Umstände vor.« Geduldig harrend blickte Christina sie an, nickte wie zustimmend. »Christina, es ist so: gemäß Aussage von Frau Mazura, von der habe ich dir ja schon erzählt, die von der Vormundschaftsbehörde in Paterson, bist du zu 88 Prozent indianischer Abstammung. In dir fließt das Blut von Amerikas Ureinwohnern. Deine Eltern sind beide Vollblutindianer.«

Kaum hatte Mutter fertig gesprochen, begannen Christinas Nasenflügel und Lippen zu beben. Sie spürte noch, wie sie sich an die Eckbank zurücklehnte, ächzte und nach Halt griff, dann wurde es ihr blitzschnell schwarz vor Augen. Wie also in diesem Augenblick mit unglaublicher Heftigkeit eine Türe vor der Nase zugeschlagen und in ihrem Sinn umgehend das Licht gelöscht würde. So trat eine ausgedehnte Dunkelheit in ihrem Bewusstsein ein.

Ψ Ψ Ψ

Eine visionäre Vorschau

Als würde eine Kerze in der unbekannten Höhle angeknipst, blendete in Christina Hinterkopf eine intuitive Vorahnung auf, wie eine Art visionäre Schau, was sie indes erst viel später begreifen würde: Immer noch saß sie auf der Küchenbank, schwankte. Aus der Ferne vernahm sie nun ein leises Brummen stetig näherkommen. Ein Geräusch, welches sich plötzlich in ein scharfes zischendes Donnern verwandelte. Mühelos war dieses nun identifizierbar: ein Flugzeug, im Landeanflug, und sie mitten auf der flimmernden Asphaltpiste! Die blinkenden Lichter sowie das weißliche Metallgehäuse der Verkehrsmaschine nahmen beängstigend immer größere Gestalt an.

Denn sie steuerten direkt auf *sie* zu!

Unmittelbar bildete sie sich ein, erste Druckwellen in ihrem Gesicht zu verspüren, wie sich der Teerbelag unter ihren Füssen immerzu in eine heißer werdende Herdplatte verwandelte, der Boden zu zittern begann. Ihr war, als könnte sie nun direkt die Antlitze der Piloten erkennen. Wie sie sich zunächst rätselhaft wie vergewissernd beguckten, um dann wie wild zu gestikulieren anfingen. Fahrgestelle wurden ausgefahren. Der Riesenblechvogel bewegte sich mit unerhörter Geschwindigkeit vorwärts, schwankte ein wenig in den von ihm selbst erzeugten Luftströmungen. Gleich würden sich x-Tonnen Metall auf die Landebahn setzen und dabei ungeahnte Kräfte freisetzen. Der erzeugte Druck würde alles unter seinen quietschenden und beinahe brennenden Reifen verglühen lassen. Ein kurzer Funken, ein qualvolles Pfeifen! Ein höllisch riechendes Gemisch aus verbrannten Bitumen und stinkendem Teer würde sich verbreiten.

Und sie, Christina?
Wäre darunter!
Oder darin!
Egal.

Gleich wäre sie überfahren, zerquetscht wie eine Ameise beim aussichtslosen Sprint über die achtspurige Autobahn. Das ohrenbetäubende Gekreische des aufsetzenden Fliegers würde ihre Schreie unbemerkt verschlucken. Bestenfalls würde ein kleiner schwarzer Fleck übrigbleiben, ein Dreckfleck, aber vielleicht nicht mal das. So würde sie, Christina Sanders, die kleine rote Ameise, gleich von der übermächtigen weißen Maschinerie ausradiert. Weitgehend unbemerkt von der Öffentlichkeit. Kein Mensch kriegte dies mit! Und wahrscheinlich stieße es auch nicht auf sonderliches Interesse.

Ein letzter Seitenblick. Zur Abgrenzung, wo ihre Eltern mit Biggi und dem am Maschendraht aufspringenden, laut bellenden Rex an der Leine standen; Lyke und Michael sowie Jim natürlich, fassungslos, erstarrt hinter dem Drahtgeflecht.

Dann, ein fürchterlicher kreischender Lärm und,

SCHWARZ.

Für Claudia gab es wohl keinen schlimmeren Anblick wie diesen: Christina, ihre Tochter, die Augen wie im Delirium verdrehend, um gleich auf der Küchenbank einzusacken. Unverzüglich sprang sie um den Tisch, fing rechtzeitig Christinas Kopf mit beiden Händen auf, um ihn vor einem harten Aufschlag auf der Tischkante zu bewahren. ›Armes Mädchen!‹, rief sie spontan. Was hatte sie da nur ausgelöst! Verständlicherweise wollte Christina die Wahrheit erfahren, eine Wahrheit, von der sie nicht einmal geahnt hatte, dass es sie gab. Entsprechend tief saß der Schock! Als sie Christina gesichert zu haben glaubte, griff sie umgehend zum Telefon und wählte nervös Lykes Nummer.

Ψ Ψ Ψ

Flucht in die Wildnis der Ramapo Berge

Die Enthüllungsgeschichte, welche sich ihre eigene Bahn in einem eigenwilligen Rahmen gesucht hatte und sie nun alle ziemlich ratlos hinterließ, trieb Claudia gleichentags in die Flucht. Nicht allein, entstieg sie mit Lyke ihrem Ford Mondeo, trat auf Kies auf. Ehedem die beiden Frauen mit Rex vom Parkplatz des Sebago Sees im Harrimann Staatspark für einen Spaziergang aufbrachen, schloss sie mit der Fernschaltung das Gefährt. Der Himmel war klar, bildete einen Gegenpol zu ihrem inneren Gefühlszustand. Fast schon meditativ sog Claudia den tiefwürzigen Duft der von reichlich Regenguss gereinigten Wälder ein, zippte dann wie in einem Befreiungsakt den Reißverschluss ihrer Trekkingjacke auf. Christina wusste sie zuhause in tiefem Schlummer, nudelfertig. Sie fühlte sich nicht sonderlich besser, wenngleich aus unterschiedlichen Gründen. ›Ein Glück, dass wir diesen Park vor der Haustüre haben‹, sagte sie zu Lyke, ›und ein Glück, dass du ein paar Stunden Zeit erübrigen konntest, Lyke!‹

Wie schon unzählige Male zuvor, suchte sie auch am heutigen Tag das Erholungsgebiet auf. Weitgehend naturbelassen, bildete die ›Wildnis vor der Haustüre‹ Teil der Ramapo Berge. Die Wanderwege ließen rasch ein Gefühl der Abgeschiedenheit aufkommen, sobald man sich von den Durchgangs- und Zufahrtsstraßen entfernte. Wie Claudia sich erinnerte, war Thomas insbesondere von den weiten Blicken über die alte Landschaft mit seinen bis zum Horizont reichenden Laubwäldern und den darin eingebetteten Seen angetan. ›Erholung pur!‹, wie er meinte, während sie durchs bunte Laub des indianischen Sommers schlenderten.

Wer gleichwohl nie die Schnauze voll davon kriegen konnte, war Rex. Während Claudia und Lyke auf einem Trampelpfad zwischen großen

Steinen und urigen Stämmen einen Hügel erklommen, wurde von ihm alles mit Gejaule und peitschendem Schwanz erschnüffelt. Wie wenig doch ein Hundeglück voraussetzte.

»Wie geht es denn Christina?«, fragte Lyke bald. Ihre Stimme verriet ernsthafte Sorge. Als am Morgen Claudias Telefon ihre Routine unterbrach, erschrak sie ziemlich. »Ich dachte erst, sie hätte den ersten Schock überwunden«, meinte sie.

Mit einem Seufzer sagte Claudia: »Hat sie auch, aber, als sie dann von ihrer ethnischen Herkunft erfuhr, hat es sie glatt umgehauen.« Innig beguckten sich die beiden Frauen gegenseitig die Orientierungslosigkeit in ihren Augen, ehe sie ihren Aufstieg fortsetzten. Schließlich nahm Lyke den Faden wieder auf, sagte, die nächste steilere Stufe nehmend: »Absolut verständlich, würde ich sagen. Ehrlich gesagt, wüsste ich auch nicht, wie ich in ihrer Situation reagieren würde. Zuerst der Hammer mit der Adoption, dann die Herkunft. Vorher der Verlust vom Vater. Ich glaube, mir würde es total den Boden unter den Füssen wegziehen, wie man auf Deutsch sagt, nicht?«

Stumm nickte Claudia; Lyke traf wie sie oft den Nagel auf den Kopf. Eine bessere Zusammenfassung kriegte sie nicht hin. Gleich käme die Stelle, an welcher sich ein prächtiger Ausblick über den stillen See bieten würde. Eigentlich einer ihrer Lieblingsplätze, doch heute? »Weißt du, Lyke«, fuhr sie fort, »am schlimmsten ergeht es ja Christina. Dies steht außer Diskussion. Aber mich plagen elende Gewissensbisse. Ich konnte die ganze Nacht kein Auge zu tun! Ständig musste ich mir vorwerfen, warum wir nicht früher den Mut fanden, Christina aufzuklären! Mussten wir denn es denn so lange hinauszögern?!« Das heißt, in erster Linie klemmte sie.

Abrupt blieb Lyke, welche auf dem schmalen Pfad vorausging, stehen, drehte sich um und blickte Claudia forschend an. »Natürlich habt ihr da einen gewaltigen Bock geschossen, aber, es ist nun mal so geschehen, wie es geschehen ist. Da nützt jetzt alles Lamentieren nichts. Meinst du nicht auch?« Eigentlich wollte sie ihr am liebsten alle Vorwürfe dieser Welt machen, doch brachte dies nichts. »Mach jetzt das Beste draus, Claudia!

Zwar ist es für Christina im Moment hart, aber sie ist genug stark, damit klarzukommen.« Und um Claudias seelische Last zu verringern, fügte sie an: »Wir machen nun mal alle Fehler. Und im Nachhinein sind wir ohnehin klüger.«

Ein Knackgeräusch ließ die beiden Frauen aufblicken. Unmittelbar hob Claudia den Kopf, dachte: ein Bär? Wäre das erste Mal in ihren vielen Jahren. Stattdessen erblickte sie vor ihnen, weiter oberhalb, einen jungen Mann mit einem Mädchen, schätzungsweise um die acht Jahre alt. An sich nichts Ungewöhnliches, doch kreuzten die Fremden ihren Weg nicht in entgegengesetzter Richtung, sondern quer! Hm, wie das Spiegelbild ihrer Lebenswege vielleicht, dachte sie spontan, nahm die beiden näher ins Visier. Beide wiesen Gesichtszüge auf, welche von der Allgemeinheit in Suffern abwichen. Ein bisschen wie Christina, und doch nicht gleich. Freundlich lächelte sie, lächelten sie zurück, aus ihren geheimnisvollen Antlitzen. War er wohl der Vater, oder der große Bruder? War beides möglich. Er ziemlich kräftig und dennoch geschmeidig in seinem langen Schritt, wie als ob gewohnt, Wege abseits zu gehen. Die Kleine schweigsam ihm folgend, aber nicht minder geübt, sich in der freien Natur aufzuhalten.

Nun ja, dachte sie und traf Lykes Blick, welche sich soeben umgedreht hatte. Diese stand nicht minder gebannt da, wie ihre Augen verrieten. Schoss ihr wohl der gleiche Gedanke durch den Sinn? Mit Lyke war etwas geschehen, wie sie seit geraumer Zeit beobachtet hatte. Nichts Großes vielleicht, aber irgendetwas war anders. Tiefgründiger als sie ohnehin schon war? ›Vermutlich die Wechseljahre‹, wie Thomas noch kurz zuvor spöttelte, ›da werden Frauen manchmal etwas komisch.‹ Hätte Thomas sie nicht dabei umarmt, was leider viel zu selten vorkam, und in seiner neckischen Art angelächelt, hätte sie es ihm noch tatsächlich geglaubt. Aber das war eben seine Art Humor. Locker. Nichts tierisch ernstnehmend. Sie wünschte sich oft, sie verfügte gleichwohl über diese Leichtigkeit des Seins.

Rex! Wo war Rex?, schoss es ihr gleich durch den Kopf. Wäre es eine Begegnung mit einem Wildtier im Stile eines Bären oder Pumas gewesen, wären sie jetzt mitunter in Schwierigkeiten. Hund und Raubtier vertrugen sich denkbar schlecht wie sie aus zahlreichen Berichten wusste. Beinahe gleichzeitig sah sie, wie Rex nun hinter einem Felsbrocken hervortänzelte, geradewegs auf die Kleine zu. »Rex! Fuß!«, rief sie energisch, aber zu spät. Bereits fand die Begegnung statt, hielt die Kleine ihre Hand entgegen, ließ Rex diese erst beschnüffeln, um anschließend seinen Kopf zu streicheln. Offenbar kannte die Kleine keine Furcht vor Hunden, und Rex spürte dies.

»Sorry«, rief Claudia laut, herrschte Rex ungehalten an, »Rex! Komm! Sofort hierher! Fuß!« Ihre Ermahnung wirkte; die Erziehung griff, wenigstens zu diesem Zeitpunkt. Als dieser vor ihr stand, schaute sie empor, um sich nochmals zu entschuldigen, doch war von den beiden keine Spur mehr zu sehen. So, wie diese wie aus dem Nichts aufgetaucht waren, so schnell waren sie wieder verschwunden. »Ähm«, sagte sie, stockte, ihr Blick fiel umgehend in Lykes Augen. »Wo sind denn die plötzlich so schnell hin?« Lyke zuckte lediglich mit den Achseln, sagte nichts. »Als ob die durch eine Tür verschwunden wären«, meinte nun Claudia, nahm Rex an die Leine. »Eigenartig.«

Einige Minuten später, als sie auf der Aussichtsplattform die Aussicht über den stillen See genossen, blickte Claudia zu Lyke. Obgleich sie sich über Diverses aus ihren Leben und deren fundamentalen Veränderungen unterhielten, umspielte Lykes Lippen wieder dieses Kräuseln. Als wollte sie ihr gleich etwas mitteilen. Kannte sie womöglich die beiden von vorher, hielt sich aber zurück? Nun ja, schloss Claudia für sich. Wie auch immer. Beim Rundgang ihrer Augen über Wald und See stieg ein wohltuendes Gefühl in ihr auf, wich ein Stück weit die Beklemmnis in ihrer Brust. »Wir sollten öfter hierherkommen«, meinte sie. »Tut einfach gut hier draußen zu sein!«

»Die Wildnis befreit einfach die Seele, nicht wahr?«, sagte Lyke, während ihr Blick von Claudia ausgehend über die scheinbar ruhigen Wasser und die stillen Baumwipfel unterhalb ihnen schweifte. Dann, nicht minder denkwürdig: »Für mich ist dies jedes Mal, wie wenn sich hier draußen eine Tür öffnet. Im weitesten Sinne ein Zugang zu mir selbst.« Kaum hatte Lyke diese Äußerung gemacht, zuckte Claudia innerlich zusammen. Blitzschnell eilte ihr Blick zu Lyke, dann zurück auf den See. Mein Gott! Das war es! Wie konnte sie dies nur vergessen: der See!

Ψ Ψ Ψ

Ein Name aus dem Dunkel der Vergangenheit

BEINAHE SCHON FLUCHTARTIG drängte Claudia darauf, den Heimweg unter die Füße zu nehmen. Dieses Mal war es Lyke, welche staunend bemerkte: »Nanu, was ist denn plötzlich mit dir los, Claudia?« Doch für lange Reden war für sie jetzt keine Zeit. »Ich muss noch dringend die Vorhänge waschen und die Fenster putzen, fällt mir ein«, meinte sie zur neusten Aktion ihres Frühlingsputzes, ehe ihre Eltern auf Besuch kämen. Noch mehr brannte sie jedoch darauf, im alten Bodenseeschrank – eine Mitgift ihrer Eltern – zu kramen. ›Die muss doch irgendwo noch sein‹, sagte sie wenig später wiederholt und mit sich selber ungeduldig werdend. Nach relativ kurzer Suche zog sie schließlich eine braune Mappe unter einem Stapel verschiedener Dokumente hervor, legte sie auf den Nussbaumtisch und klappte das Bündel auf. Darin befanden sich sämtliche Unterlagen zu Christinas Adoption. PATERSON, stand in großen Lettern im Titelkopf. Sie stand vor dem Tisch und stöberte die meist losen Blätter durch, schwelgte für einen Augenblick in den staubigen Erinnerungen. ›Das soll zwanzig Jahre her sein?‹, sagte sie zu sich selbst und schüttelte ungläubig den Kopf. Kam ihr bestenfalls wie vorgestern vor. Und doch war es so! Als sie die Mappe bereits wieder zuklappen wollte, stolperte ihr Auge zufällig über einen Namen, *den* Namen:

LISA SKANATATI

›Da haben wir's ja!‹, rief sie freudestrahlend. ›Na, also, hab's doch gewusst!‹ Skanatati, wiederholte sie leise, richtete angestrengt ihre ganze Konzentration darauf. Dann, spontan, stach ihr Blick nun ins Freie, hinauf in die RAMAPO BERGE. ›Wieso, um Himmels willen, ist mir dies nicht schon früher eingefallen?! Der SKANATATI SEE! Dabei sind wir doch heute Morgen daran vorbeigefahren, oder fast. Ganz in der Nähe. Die Macht der Gewohnheit lässt einen wohl unachtsam werden, und vergesslich!‹

Jetzt ging es in ihrem Hirn erst richtig los! Blitzschnell öffnete Claudia die Mappe erneut. Wenn sie schon den Namen von Christinas leiblicher Mutter herausgefunden, respektive, wiederentdeckt hatte, würden sich mitunter noch weitere relevante Informationen reaktivieren lassen. ›Christina wird staunen, wenn sie das erfährt‹, sagte sie mit einer tiefen Befriedigung. ›Und ich kann meinen Lapsus wieder etwas gutmachen!‹ Worin sie sich zwar nach wie vor selbst keinen Reim machen konnte, war die Frage, wie ihr ein solch wichtiges Faktum entfallen konnte. Nicht mal daran erinnern! Ihr Mutterinstinkt wurde wohl im beschützenden Sinne übermächtig. Nun ja, wie sagte doch Lyke vorhin: Fehler geschehen nun mal. Machen wir das Beste daraus! Andächtig legte sie die Mappe nach einer geraumen Zeit wieder hin. Leider nichts von Belang. Aus ihrer Sicht. Ihr Blick richtete sich automatisch nach oben; es drängte sich ihr unmittelbar die Frage auf: Schlief Christina wohl noch? War sie wach, am Grübeln? Soll ich sie nötigenfalls gar wecken?

Ψ Ψ Ψ

»Was?!«, sagte Christina konsterniert. »Du weißt, wie meine leibliche Mutter heißt? Ich.. ich dachte, du hättest gesagt …« Ungläubig stand Christina im Türrahmen der Küche. Worüber Mutter sie soeben eingeweiht hatte, ließ sie einen Augenblick irritiert zurück, ja, geradezu misstrauisch. Erlaubte sich Mutter jetzt einen Scherz? Im Dunkel des Bodenseeschranks verborgen, seit mehr als zwanzig Jahren? Bloß ein Handgriff, und sie war in der Aufarbeitung ihrer Vergangenheit einen entscheidenden Schritt weiter?! Das kann ja wohl nicht wahr sein! Solche Dokumente vergisst man doch nicht einfach! Ihr Hirn habe dies offenbar gelöscht, hat sie gesagt. Wirklich?

So rasch war Christina wohl noch nie irgendwelchen Dokumenten hinterher! Sich sogleich darauf stürzend, schnappte sie sich das Bündel und verschwand in ihr ehemaliges Mädchenzimmer. Dort zerpflügte sie in akribischer Kleinstarbeit die Unterlagen. Kein Wort, kein Buchstabe, entging ihrer auf das Höchste angespannten Aufmerksamkeit. Alles wurde x-fach geröntgt und gescannt. Nach einer guten halben Stunde erschien sie wieder unter dem Türrahmen. Desillusioniert. Und dennoch ein kleines Stück zufriedengestellt; immerhin hatte sie diesen Namen erfahren: Lisa Skanatati! Claudia, welche mit Interesse und Spannung die Reaktionen ihrer Tochter verfolgte, wenngleich nur aus dem Augenwinkel und während sie ein frühes Abendessen vorbereitete, rief nach Biggi. ›Biggi, kannst du schon mal den Tisch decken? Wir essen gleich!‹

»Na, enttäuscht, Christina?«, fragte Biggi, während Claudia stumm die grüne Spargel in ihrem Teller zerlegte, aber ganz Ohr.
Christinas Antwort ließ auf sich warten, erfolgte erst, nachdem sie in ihrem Teller herumgestochert und alles beäugt hatte, als handelte es sich um ein medizinisches Experiment im Fachlabor. Für einen kurzen Augenblick wurde ihr Appetit neu befeuert, um sogleich wieder abgemurkst zu werden. Soeben noch hatte sie sich doch essentielle Informationen über ihre Identität erhofft, aber mehr als den Namen gab das viele Papier nicht her. Welch herbe Enttäuschung! Was produzierten diese Ämter eigentlich den lieben langen Tag lang? Lediglich einen Haufen Makulatur!? »Nun ja«, sagte sie schließlich, zögerlich, »ein bisschen mehr als den Namen hätte ich mir schon gewünscht. Ehrlich gesagt, kann ich nicht verstehen, wieso da nicht mehr Relevantes drin steht. Ein Haufen Blabla. Anträge und Formalitäten.«
Die offensichtliche Frustration ihrer Schwester verstehend, erwiderte Biggi: »Vielleicht hast du was übersehen oder nicht verstanden. Immerhin kennst du jetzt mal den Namen deiner … indianischen Mutter.«
Aufgrund Biggis letzter Aussage seltsam berührt starrte Christina ihrer Schwester in die Augen. Der Gedanke, dass sie blutmäßig keine Verwandtschaft aufwiesen, erschien ihr nach wie vor absurd. Eigentlich

schon lächerlich! Biggi und sie hatten doch so viel Gemeines, trotz aller geschwistertypischen Streitigkeiten um den Anteil im gemeinsamen Futternapf. Aber wo war dies nicht so? »Immerhin«, wiederholte sie tonlos, blickte zum Fenster in die diffuse Abendstimmung hinaus. Genauer gesagt zum See hinauf. Den kannte sie sehr wohl. Nie hatte sie je einen Gedanken daran verschwendet, was das für ein Name wäre, und jetzt das! Skanatati, wiederholte sie mehrmals im Kopf, als könnte sie diesem Schlüsselwort dadurch mehr Erkenntnis abgewinnen. Klang dies eigentlich indianisch? Ursprünglich besiedelten doch bestimmt solche Völker die Gegend. Die angrenzende Nachbargemeinde, südlich von Suffern im Bundesstaat Neu Jersey, hiess Mahwah und könnte ebenfalls indianischer Herkunft sein. Das müsste sie nachher mal kurz googlen. [Schließlich blickte sie zu Claudia, sagte bestimmt: »Mama, ich muss unbedingt mit dieser Frau reden! Wie sagtest du schon wieder, wie sie heißt?«

Unmittelbar hielt Claudia inne, war grundsätzlich fertig mit Essen. Froh darüber, dass Biggi die Konversation besorgte und sie selbst nicht das gegenwärtige emotionelle Minenfeld betreten musste, wischte sie sich mit der Serviette den Mund, kaute fertig, schluckte runter und beantwortete dann die Anfrage: »Frau Mazura.« Und ehedem Christina sie bedrängen würde, gar mit Vorwürfen, kam sie ihr eilfertig zuvor: »Wenn du willst, rufe ich gleich morgen in Paterson an. Vielleicht arbeitet Frau Mazura sogar noch dort. Rein vom Alter wäre dies theoretisch möglich.« Christinas knappes ›Ja, gerne‹ genügte ihr vollauf. Hauptsache, sie vermochte ihr ein weiteres Mal in ihrer schwierigen Situation behilflich zu sein. Ein weiterer kleiner Schritt auf ihrem vermutlich noch langen Weg zurück zur Normalisierung ihrer Beziehung.

Christina, gerade mit ihrer Gabel und überaus lustvoll ein Stück Spargel aufspießend, meinte darauf: »Na, dann machen wir dieser Fata Morgana ein Ende! Ich hoffe nur, dass die in Paterson mehr wissen, als wir herausgefunden haben. Was meinst du, Biggi?«

Zuversichtlich lächelnd, überlegte diese kurz, ehe sie sagte: »Also, die müssen es wissen! Wer sonst?! Abgesehen davon, muss es doch Archive geben. Da sollte man doch alles herausfinden können. Ich würde mir deswegen keine Sorgen machen, Christina! Okay?«

Zum ersten Mal seit der Beerdigung wieder mal ein Stück Zufriedenheit verspürend, brachte Christina sogar ein Lächeln zustande. »Werden wir ja dann sehen!«

Eine gewisse Erleichterung in ihren Gesichtern war unübersehbar, etwas vom Druck in ihren Herzen gewichen. Der richtige Zeitpunkt, um auf andere Themen zu sprechen zu kommen. »Ach, ja, bevor ich es vergesse«, sagte Claudia, »ich muss euch noch einen schönen Gruß von Oma Konstanz ausrichten. Sie hat heute Mittag angerufen und gefragt, ob für uns Ende Juni in Ordnung wäre. Opa und sie kämen für zwei Wochen rüber. Nachher gehen sie reisen, wieder mal. Route 66, ihr wisst ja, Opas alter Traum.«

Spontan erwiderte Biggi: »Ist doch kein Problem, Mama, also, ich freue mich. Ich bin dann aber im Juni noch eine Woche weg.«

Überrascht fragte Claudia: »Ja? Wo bist du denn?«

»Im Schullager«, entgegnete Biggi, »auf einem Bauernhof in Pennsylvanien. Da lernen wir dann den pflegerischen Umgang mit Tieren und so. Wird ziemlich spannend werden, Hühner melken und Mäuse kastrieren.«

»Na, da wünsche ich viel Spaß dabei«, sagte Claudia augenzwinkernd. »Da kannst du schon mal für später üben, wenn du Tierärztin bist.«

Im weiteren Verlauf des Abends ging jede kleineren Beschäftigungen nach. Biggi entpuffte die Küche, bewahrte nebenbei Hannibal und Rex vor dem kläglichen Hungertod. Christina unterstützte sie erst tatkräftig, verzog sich dann in ihr Zimmer, um Emails zu checken und Namensforschung zu betreiben. Morgen würde sie direkt von Suffern aus an die Uni flitzen. Die erste Vorlesung fiel ohnehin aus, was ihr eigentlich gerade entgegenkam. Claudia verlas die restliche Post, erledigte die familiäre Buchhaltung, sprich Rechnungen bezahlen, und versenkte sich anschließend mit einem Buch im Sofa zum Thema ›Krisensituationen erfolgreich bewältigen – wie ich den inneren Angsthasen in mir überwinde‹.

Ψ Ψ Ψ

Gegen zehn Uhr riss Christinas Mobiltelefon sie aus ihren etymologischen Nachforschungen. Aufgrund der Anzeige erkannte sie umgehend, wer Kontakt zu ihr begehrte. »Ja, hallo, Jim«, sagte sie, Optimismus versprühend, als sie abnahm.

»Hallo, Christina! Alles klar bei dir?«

»Ja, danke, bei dir?«

»Danke, gut, war relativ ruhig, heute. Bloß ein Fehlalarm im DIA-Museum, sonst nichts.«

»Schön.«

»Warum ich anrufe, Christina: Hast du übernächstes Wochenende am Samstag schon was vor?«

»Nein, nichts Besonderes. Am Nachmittag ist Judotraining, wie immer. Aber, wieso meinst du?«

»Ich habe frei und wollte dich fragen, ob du Lust hättest, gemeinsam was zu unternehmen.«

»Ja, natürlich, sehr gerne! Wegen dem Training könnte ich eine Kollegin anfragen. Die schuldet mir ohnehin noch einen Gefallen. Hast du denn was Bestimmtes im Sinn?«

»Ich würde gerne wieder mal in die Stadt, am Abend vielleicht an den Broadway.«

»Gute Idee, gefällt mir, ich war auch schon lange nicht mehr dort.«

»Ich könnte dich nach dem Training abholen. Und nachher könnten wir besprechen, worauf wir Lust hätten. Außer, du hättest eine konkrete Idee.«

»Ist mir recht! Super!«

Die folgenden Minuten verplauderten sie noch mit Diesem und Jenem. Eingehend erzählte Jim, wie er bald auf eine zweiwöchige Fahrradtour nach Kalifornien ginge. Zusammen mit drei Kollegen. Er freue sich enorm darauf, da er doch schon eine rechte Weile nicht mehr zu Hause gewesen war. Dann gute Nacht-Wünsche, ehe sie auflegten.

Die Angelegenheit mit ihrer indianischen Identität ließ Christina bewusst außen vor. Das wollte sie zuerst einmal selbst genauer unter die Lupe nehmen und sich ein Bild dazu machen. Was sie natürlich ungemein beschäftigte, war die Frage: Wie würde Jim darauf reagieren? Stieße sie allenfalls auf Ablehnung und Befremden? Soweit sie mitgekriegt hatte und ein Stück weit selbst davon betroffen war, waren die Ureinwohner dieses Landes kein Thema in diesem Land. Bestenfalls ein unbedeutendes Nebengeräusch im Lärm der überwältigenden Mehrheitsgesellschaft von über 300 Millionen Nicht-Indianern.

Und doch erwachte mit dieser unerwarteten Wende in ihr ein Interesse an dieser für sie bis anhin unbekannten Ethnie. Bevor Jim anrief, hatte sie etwas Interessantes entdeckt, was ihre bisherige Optik auf die Welt und sich selbst zu verschieben begann. Gemäß Wikipedia war Mahwah tatsächlich der Name eines lokalen indigenen Volkes, der Lenape Indianer, welche einst große Teile der Gegend besiedelten. Mahwah bedeutet in ihrer Sprache *Begegnungsort*. Viel war von diesem Indianerstamm jedoch nicht übriggeblieben. Vereinzelte Nachkommen vermischten sich infolge der umfassenden Vertreibung durch weiße Neusiedler mit denjenigen anderer Stämme und wurden 1980 offiziell als die RAMAPO BERGINDIANER anerkannt. Zahlenmäßig schafften sie es auf gute 5000 Leute, welche im nördlichen Neu Jersey und südlichen Neu York verstreut lebten. Deren Administrativbüro befand sich an der Hirschbockhügelstrasse in Mahwah. Ein Steinwurf von ihrem Wohnort in Suffern entfernt! Mal schauen, dachte Christina, eigentlich müsste sie doch eine Begegnung einrichten lassen, mit diesen Leuten.

Denn, mein Gott, war sie, Christina Sanders, mitunter selbst eine Mahwah?!

Ψ Ψ Ψ

Sind Sie stark genug, Christina?

Mit Spannung und noch ungleich viel mehr Anspannung blickte Christina dem Donnerstagnachmittag entgegen. Laut Mutters SMS konnte sie einen Termin bei der Vormundschaftsbehörde in Paterson vereinbaren. Immerhin das brachte Mutter zustande, dachte Christina, währenddessen sie nach wie vor tiefer Groll verzehrte. Ihrer Mentorin, Professorin Jones, teilte sie mit, dass sie ihre Besprechung wegen einer dringenden familiären Angelegenheit leider früher verlassen müsste. ›Ja, klar, Christina, kein Problem. Den zweiten Teil Ihrer Arbeit besprechen wir am besten nächsten Montag, wenn Ihnen dies recht ist‹, sagte diese verständnisvoll.

Die Begrüssung zwischen Mutter und Tochter am Busbahnhof in Paterson fiel erwartungsgemäß kühl aus: ›Hallo, Christina.‹ ›Hallo.‹ Mehr lag nicht drin. Nach schweigsamen Gehminuten standen sie vor dem stattlichen Gemeindegebäude, schauten die alternde Backsteinfassade aus den 1930ern hoch. Claudia erwähnte, dass sie genau an dieser Stelle vor zweiundzwanzig Jahren mit Thomas gestanden hätte. ›Keine Erwartungen, keine Hoffnungen‹, hatten sie sich damals gesagt. ›Wenn, dann ist es ein Geschenk.‹ Na ja, Mama sagte noch viel; jetzt erst recht.

Als erstes war natürlich Warten angesagt, wie so lästiger Usus auf Ämtern. Dieses hielt sich zwar am heutigen Tag in erträglichen Grenzen, denn keine zehn Minuten später näherte sich ihnen leise und doch zielstrebig eine in einem eleganten Hosenanzug gekleidete Dame um die fünfundfünfzig. »Frau Mazura?!«, rief Claudia freudig überrascht, als sie aus dem Ledersessel hochblickte, stand sogleich auf, um sie zu begrüßen.

»Welch Überraschung, Sie hier wiederzutreffen! Hatte insgeheim gehofft, dass Sie es sind.«

Frau Mazuras freundlicher Blick durch die ovale Brillenfassung war in der Tat umgehend gewinnend, verriet Interesse und Achtsamkeit. »Frau Sanders! Schön, Sie wiederzusehen!«, entgegnete sie erfreut und ihre Aufmerksamkeit gleich Christina zuwendend. »Gehe ich Recht in der Annahme, dass Sie Christina sind?« Etwas überrumpelt, aber nicht auf unangenehme Weise, stand gleichwohl Christina auf, schüttelte die entgegengestreckte Hand. »Ja, das bin ich, freut mich, Sie kennenzulernen. Mama hat schon von Ihnen erzählt. Sie stammen ursprünglich aus Japan?« Erleichtert nahm Christina zur Kenntnis, dass ihr Frau Mazura auf Anhieb sympathisch war, eine Faktum, welches sich mit ihrer Geschichte im Hintergrund mitunter als vorteilhaft erweisen könnte.

Gleichwohl zufrieden mit ihrem Gegenüber, sagte Frau Mazura: »Ja, meine Eltern stammen ursprünglich von der Nagasaki-Halbinsel, waren einfache Fischer, sind nach dem Krieg ausgewandert. Aber wir sind mittlerweile hier zuhause, obgleich wir noch diverse Zeremonien pflegen. So beherrscht meine Mutter immer noch perfekt das Teezubereitungs-Zeremoniell. Und sie ist jetzt doch auch schon in ihren Achtzigern.«

Während das anfängliche Eis auf gute Art gebrochen wurde, schossen Christina spontan zahlreiche Fragen durch den Kopf. Was würde wohl diese Begegnung von heute zutage bringen? Käme sie zu befriedigenden Antworten und sachdienlichen Hinweisen, welcher sie unbedingt bedurfte? Glücklicherweise gehörte diese Frau Mazura nicht der Gattung SCHRECKSCHRAUBE MIT HOCHGESTECKTEM HAAR UND SÜSSLICH-SAURER MIENE an, wie sie dies auf der Herfahrt in ihrer Phantasie so ausgemalt hatte. Handkehrum würde sie mitnichten einen dicken Ordner aus dem Regal zücken mit dem Umschlagstitel DIE GANZE WAHRHEIT ÜBER CHRISTINA SANDERS UND NICHTS ANDERES, schön säuberlich geordnet und abgelegt mit allen Heiratsurkunden, Geburtsbescheinigungen und Stammbäumen der verschiedenen Linien bis auf die zehnte Generation zurück. Diesen oder ähnlichen Illusionen gab sie sich nicht hin. Groß

Zeit gab ihr Frau Mazura ohnehin nicht, lud sie gleich ein, in ihr Büro im zweiten Stock hochzukommen. »Bitte folgen Sie mir doch.«

Bedachtsam schloss Frau Mazura einige Minuten später die Türe hinter ihnen zu, ließ sie in den Swingern aus verchromten Stahl und schwarzem Leder Platz nehmen. Claudias Blicke und Sinn begannen gleich auf Hochtouren anzulaufen, unterzogen das ganze Inventar einer umgehenden Inventur. »Hat sich erstaunlich wenig verändert, Frau Mazura«, bilanzierte sie dann. »Ich glaube, mich an vieles erinnern zu können.«

Schmunzelnd bemerkte Frau Mazura, welcher Claudias neugieriger Blick nicht entgangen war: »Es ist in der Tat einiges gleich geblieben, nur jetzt moderner. Wie dieser Computer auf dem Tisch. Sogar elektrisch betriebene Lamellenstoren haben wir letztes Jahr endlich bekommen. Wie Ihnen bestimmt aufgefallen ist, liebe ich es aber immer noch schlicht, dafür transparent.«

Die mit Kirschblüten parfümierte Raumluft weckte in Claudia unmittelbar Erinnerungen an jenen denkwürdigen Morgen, 1980, als sie im gleichen Sessel saß, rechterhand, und erwartungsvoll auf Frau Mazuras Aktenöffnung harrte. Heute würden diese hoffentlich erneut geöffnet, aber in erster Linie im Interesse ihrer mittlerweile erwachsenen Tochter. Ja, das war Christina! Ihre Tochter! Auch wenn diese jetzt in ihrer tiefen Kränkung alles in Frage, wenn nicht sogar in Abrede, stellte.

Nach einigem Kleingespräch kam Frau Mazura gleich auf den Punkt: »Gehe ich richtig in der Annahme, dass, Sie, Frau Sanders, und insbesondere Sie, Christina, hier sind, um die volle Wahrheit rund um die Adoption zu erfahren?«

Unversehens blickten sich die Frauen an, Claudia sehr schuldbewusst, Christina vorwurfsvoll. Der Grund ihrer Kontaktaufnahme sei in der Tat deswegen, meinte Claudia schließlich, fasste grob die Umstände zusammen, wie Christina zu den neuen Erkenntnissen kam. Die Diskretion wahrend sagte Frau Mazura dazu: »Schon etwas unorthodox, dieser Weg. Aber halten wir uns jetzt nicht damit auf.« Ihr Blick wanderte zum PC, sie drückte die Tastatur. Licht blendete unvermittelt auf, warf einen Schein auf ihr Antlitz. Die hohen Erwartungen an sie waren den zwei Frauen buchstäblich ins Gesicht geschrieben, die Hoffnung, relevantes Material in die Hände zu kriegen. »Nun ja«, sagte sie, als sie sich wieder ihrem Besuch zuwandte, »diesbezüglich darf ich Sie beruhigen, Christina. Ich habe mich gut vorbereitet – sie zeigte auf ein Bündel mit Akten. In Ihrem Fall werden Sie die Gewissheit finden, welche Sie anstreben. Vorher möchte ich Ihnen aber noch etwas Wichtiges mit auf den Weg geben.«

Spürbare Entspannung machte sich zunächst in Christinas Gesichtszügen breit. »Ja, natürlich, gerne«, entgegnete sie freudevoll. Diese Mazura gefiel ihr, machte keine großen Worte, sondern kam gleich zur Sache. So gab es keinen Grund in peinlichen Schilderungen oder Stellungnahmen zu versinken.

Geschmeidig legte nun Frau Mazura ihre Arme auf das Pult, faltete ihre Hände. »Ich habe vollstes Verständnis für Ihr Anliegen, Christina, Licht ins Dunkel ihrer Vergangenheit zu bringen. Es ist unser natürlicher Wunsch, zu wissen, woher wir stammen. Sie sind sich aber bewusst, worauf Sie sich da einlassen?« In ihrer fein strukturierten Wahrnehmung entsandte sie nicht wenige subtile Fragezeichen an Christina aus, welche diese halbwegs registrierte.

»Ja, meinen Sie denn, dass dies ein Problem werden könnte?«, erwiderte Christina wiederum verunsichert. »Ich meine, es ist ja nur von Vorteil, wenn man weiß, woher man kommt. Sie sagen ja selbst, es ist nur natürlich.«

Sich in den Sessel zurücklehnend, ließ Frau Mazura sie nicht länger zappeln, fuhr fort: »Wissen Sie, Christina, grundsätzlich werden Ihnen diese Einsichten den Boden unter den Füssen zurückgeben, welcher Ihnen, wie ich vermute, vollständig entzogen worden ist. Dieses ekelhafte Gefühl wird wieder verschwinden. Aber ...« Wie bewusst zögernd, hielt sie einen Augenblick inne.

Spontan schaltete sich nun Claudia ein, fragte: »Wo ist denn das Aber, Frau Mazura? Christina kann davon doch nur profitieren.«

Ohne Erwiderung stand Frau Mazura auf, trat zur Fensterbank und nahm das oberste Bündel in die Hand, um es auf den Tisch zu legen; ihre Gesichtszüge wirkten plötzlich ernst. »Was machen Sie, Christina, wenn Sie sich mit sehr unangenehmen Fakten konfrontiert sehen? Wenn sich im Verlaufe Ihrer Nachforschungen beispielsweise herausstellt, dass Ihre Mutter Alkoholikerin ist, Ihr Vater gewalttätig, und er Ihre Mutter schlägt? Wenn Kindsmissbrauch im Spiel ist. Verwahrlosung. Armut. Drogen. Kriminalität. Auch wenn ich es persönlich für Sie nicht hoffe, so müssen Sie doch mitunter mit Umständen rechnen, welche es Ihnen nicht leicht machen werden, die neuen Verhältnisse zu akzeptieren. Adoptionen finden in der Regel in einem schwierigen Kontext statt. Sie verstehen mich?« Zwei überaus konsternierte Augenpaare starrten sie in der Folge an, da soeben das Bewusstsein eingefahren war, dass sich die Realität mitunter weitaus unschöner manifestieren könnte, als die bisherige Naivität zuließ. »Nun ja«, fuhr Frau Mazura mit beharrlichem Optimismus fort, »auf alle Fälle wird es Ihnen guttun, Christina, in Ihrem genetischen Buch zu blättern. Und falls Sie meine Hilfe brauchen, und wenn es nur darum geht, darüber zu reden, bin ich jederzeit für Sie da. Ist dies für Sie so in Ordnung?«

Stummer als der Goldfisch vor ihr auf Mazuras Tisch nickte Christina, mehrmals leer schluckend. Damit hatte sie in der Tat nicht gerechnet, respektive, hatte dies ihr Bewusstsein in die hinterste Ecke verdrängt. Nach einigem Räuspern sowie hochrotem Kopf, stimmte sie zu: »Ja, natürlich.«

Wie Frau Mazura verspürte, war es Zeit für Entwarnung. »Ich möchte Sie natürlich nicht unnötig verängstigen, Christina, aber glauben Sie mir: Sie müssen jetzt wirklich stark sein! Schmerzliche Erfahrungen werden Ihnen nicht erspart bleiben, welcher Art diese auch immer sein werden. In Ihrem Fall kommt der indianische Hintergrund dazuerkunHerk. Ich weiß nicht, inwieweit Sie sich mit dieser Thematik schon auseinandergesetzt haben, aber dies macht die Angelegenheit nicht weniger komplex. Wir haben es hier mit einer gesellschaftlichen Randgruppe zu tun, welche einst ausschließlich die Bevölkerung dieses Kontinents stellte. Wir wissen alle, wie übel diesen Menschen über viele Generationen hinweg mitgespielt wurde.« Währendem Frau Mazura ausführte, senkten sich Christinas Mundwinkel zusehends. Das anfängliche Leuchten in ihren Augen war längst einer neuen Beklemmnis gewichen; der Kloss in ihrem

Hals gebärdete sich noch sperriger als er ohnehin schon war. Zum Glück schloss Frau Mazura mit den Worten: »Und dennoch, Christina, werden Sie diesen Schritt nicht bereuen, sondern froh darüber sein. Denken Sie daran: die Vorteile der Gewissheit überwiegen.«

Nicht minder aufgewühlt meldete sich Claudia wieder zu Wort. Zweifel sowie damit einhergehend ein tiefes Unbehagen stiegen plötzlich in ihr auf, ob es wohl eine gute Idee gewesen ist, dieses Gespräch einzufädeln. Wäre es letztlich nicht kontraproduktiv? Würde Christinas angeschlagenes Selbstbewusstsein nicht noch vollends niedergedrückt statt es wieder auf die Bahn zu bringen? Aber gab es denn Alternativen, musste sie sich ehrlich eingestehen? Mit Besorgnis fragte sie: »Wie sehen denn nun die nächsten Schritte für Christina aus?«

Unmittelbar den unausgesprochenen Kummer beider Frauen erkennend, sagte Frau Mazura: »Wenn Sie möchten, Christina, versuche ich Kontakt mit Ihren leiblichen Eltern aufzunehmen, sofern diese auffindbar sind, und kläre ab, ob sie mit einem Zusammentreffen einverstanden wären. Sobald ich das weiß, kriegen Sie von mir Bescheid. Ihre Mailadresse habe ich ja.« Natürlich stimmte Christina umgehend zu, bedankte sich für die geleistete Hilfeleistung. Die Frage, ob sie nun Erleichterung darüber empfand, war eine andere. Auf jeden Fall drang das Bewusstsein in sie ein, dass sie die Komplexität der Situation weit unterschätzt hatte. Ferner würde sie entgegen ihrer Erwartung dieses Büro mit mehr Fragen als Antworten verlassen. Andächtig packte sie die Dokumente ein, um sich im Anschluss zu verabschieden.

Ψ Ψ Ψ

Wenige Minuten später standen Mutter und Tochter draußen auf dem Gehsteig; sichtlich erschöpft. Der knapp einstündige Gesprächsmarathon hatte sich als fordernder erwiesen als wie gemäß ihrer vorgängigen Vorstellung. Vielleicht deshalb ließ Christina überraschend verlauten: »Danke, Mama, dass du mitgekommen bist«, und drückte ihrer Mutter zum Abschied gar einen flüchtigen Kuss auf die Wange. Na, wenn das nichts zu bedeuten hatte! Claudia, gleichwohl erleichtert trotz aller noch bestehenden Unsicherheiten, erwiderte darauf: »Das war wirklich ein bemerkenswertes Gespräch, bin echt froh darüber, wie es verlaufen ist! Einerseits war es happig, andererseits ist schon klar, dass Frau Mazura nichts schönreden darf.«

Derweil Christina zur Busstation zurückeilte, blickte sie ihr mit einem gerüttelten Maß Wehmütigkeit nach. Dann machte sie sich selbst auf den Nachhauseweg, zog Richtung Parkgarage los. ›Das Gröbste scheint wenigstens überstanden!‹, beteuerte sie sich selbst wiederkehrend, als ob sie selbst nicht daran glauben könnte. Ihr Abteilungsleiter bräuchte ihr wohl keine Zaunpfahlwinks mehr zu verteilen im Sinne von: ›Alles in Ordnung, Claudia?‹ ›Ja, warum meinen Sie, Herr Miller?‹ ›Nun ja, sehen Sie denn irgendeine Notwendigkeit darin, diesen Patienten zum dritten Mal zu röntgen!‹

Was beiden vorhin entgangen war, ist, wie oben im ersten Stock Frau Mazura unbemerkt hinter die Fensterscheibe trat, eine elegante schwarze Damenhandtasche im Arm eingehängt, bereit, den Feierabend endlich Einzug halten zu lassen. Eine tiefe Zufriedenheit durchzog ihre weißgepuderten Wangengrübchen, während sie die Mutter-Tochter-Szene beobachtete. ›Na, immerhin ist ein Anfang gemacht‹, dachte sie. Kurz darauf surrten die Lamellenstoren herunter, löschte das Licht auch in ihrem Büro.

Ψ Ψ Ψ

Erdbeereis und Málaga

GEKONNT, mit einem erlösenden Schrei, schwang Christina die junge Gegnerin über ihre rechte Schulter, warf sie auf die Matte. Unmittelbar darauf streckte sie ihr die Hand entgegen, zog sie auf, gratulierend: ›Gut gemacht, Lindsay, wirklich gut! Jetzt bist du dran.‹

Inzwischen trat Jim leise zur Tür des MALANDRAS KAMPFSPORTZENTRUM in der Lafayettestraße in Suffern herein, setzte sich auf die Plastikstuhlreihe an der Wand. Es war Samstagnachmittag. Christina hatte er bereits zugezwinkert, derweil sie ihre Schülerinnen in die nächsten Kniffe einwies. Auf seine Oberschenkel abstützend, verfolgte Jim den Unterricht, erholte sich von der Fahrradtour von Chester via den Harrimann Staatspark hierher. In seinem schwarz-weißen Fahrrad-Combi sah er total knackig aus, was der unmittelbaren Aufmerksamkeit der weiblichen Belegschaft nicht entging. Nach Ende der Trainingseinheit bemerkte er als erstes zu Christina: »Dir möchte ich aber auch nicht nachts alleine im Wald begegnen.« Breitgrinsend drückte er Christina einen Begrüßungskuss auf deren Wange, berührte dabei mit seiner Brust kurz ihre Brüste. Von einem inneren Schauer durchfahren, entgegnete Christina: »Meinst du etwa ich?« Sie kontrollierte ihren Pferdeschwanz, meinte sie, dass sie mal unter die Dusche verschwände. »Wartest du hier, Jim? Nachher könnten wir in die Rote Mühle; die haben total leckeres Eis da!«

Zustimmung bekundend, nickte Jim, sagte: »Klar, warte solange hier, oder draußen.« Dann nahm er seine Wasserflasche, zog mit den Zähnen an der Noppe und leerte den Rest des isotonischen Inhalts mit einem Zug. Nahezu zeitgleich juckte es ihn wieder, meldete sich diese unbändige Lust nach dem Glimmstängel. Soll er, oder soll er nicht? Wäre er konsequent, hätte er das Rauchzeug gar nicht erst mitgenommen. Aber wie dies eben so war. Schließlich packte er seine Sachen, verschwand durch die Ausgangstür, winkte noch den zwei blondlockigen Mädels an der Theke zu. Auch dies eine Lust mit Frust, die er vermutlich noch lange Zeit nicht im Griff haben würde. Wenn überhaupt jemals. Beim Verlassen der Sportshalle fiel ihm unmittelbar ein Spruch an der Wand ins Auge: D.A.R.E., DROGEN UND GEWALT WIDERSTEHEN‹. Guter Spruch, fand er. Sollen sich die Jungs und Mädels gefälligst hinter die Löffel schreiben, und die Finger davon lassen. Nicht so wie er.

Ψ Ψ Ψ

Die Entscheidung war die richtige gewesen; Christinas Schwärmen für das hausgemachte Eis in der ROTEN MÜHLE absolut nachvollziehbar: cremig, verführerisch, mit tollen natürlichen Aromas. Und obendrein passend zum herrlichen Frühlingswetter, welches unausgesprochen Hoffnung auf heiße Sommertage und laue Nächte aufkeimen ließ. Einen Augenblick lang ließ der Tag sogar die Schrecknisse der jüngeren Vergangenheit in den Hintergrund treten, was gut war. Einfach eine gute Portion guter Normalität in ihrem Leben. Als Störfaktor erwies sich einzig das Geflecht der billigen Plastikstühle im Gartenbereich, welches nach geraumer Zeit unangenehm ins Fleisch zu drücken begann. »Wann geht's los mit der Fahrradtour?«, fragte Christina, während sie sich einen vollbeladenen Löffel Erdbeereis mit Pfefferstückchen, eine Spezialität des Hauses, einverleibte. Jim, welcher die weniger exklusive mediterrane Variante mit Málaga und Pistazie bevorzugte, meinte: »Bald schon. In den ersten beiden vollen Juliwochen. Wir starten in Los Angeles, radeln dann die Küste rauf. Landstraße Nummer 1.«

Ganz Ohr erfragte Christina weiter: »Und wie macht ihr es mit Übernachten? Und dem Gepäck?« Jims muskulöse Waden berührten ihre, erfühlten wie als ob so ganz nebenbei die Geschmeidigkeit ihrer Haut. Mehr wagte Jim derzeit nicht, so sehr es ihn an die Grenzen seiner Selbstbeherrschung trieb. Dieses Mal war in der Tat Besonnenheit gefordert.

Sich selbst ablenkend, sagte er: »Ganz einfach: immer einer fährt mit dem Kleinbus mit. Hat sich so gut bewährt. Schlafen werden wir in Motels oder auf Zeltplätzen, oder was sich gerade anbietet. Direkt am Strand wäre auch mal schön.«

Die nächste Gabe verschlingend, diesmal von Jim dargereicht, erwiderte Christina: »Klingt echt super! Am liebsten würde ich gleich mitkommen!« Jims Tuchfühlung ließ sie die längste Zeit innerlich erzittern! Warum nur fühlte sie sich in solchen Augenblick so stark, und so gut!

»Wäre toll!«, entgegnete Jim erst, verzog dann die Lippen, schien kurz etwas zu überlegen. »Für mich wäre es kein Problem. Aber ich denke, die Jungs wollen das alleine durchziehen.« Lakonisch entgegnete Christina: »Ist wohl Männersache«, womit sie in Jim unmittelbar ein Grinsen verursachte.

Dieweil er äußerst gut gelaunt lachte und Witze riss, drängten in Christinas Sinn immerzu Frau Mazuras ermahnende Worte von gestern ein. Auch sie war gefordert, ihre Sache weitgehend alleine durchzuziehen. Sollte sie Jim von diesem Gespräch erzählen? Von ihrer indianischen Seele? War dies überhaupt der richtige Zeitpunkt, so sehr ihr dieses Thema auf der Zunge brannte? Frau Mazuras akkurat ausgeführten verbalen Samurai-Hiebe schlugen Kerben: ›Sie werden vielleicht Dinge vorfinden, Christina, die Ihnen nicht unbedingt gefallen!‹ ›Mit Sicherheit werden Sie kein harmonisches Familienbild antreffen!‹ ›Adoptionen finden in der Regel in einem schwierigen Umfeld statt.‹ ›Einmal die Tür geöffnet, gibt es kein Zurück mehr, Christina! Sind Sie stark genug, das auszuhalten?‹

»Christina? Christina!«, hörte sie plötzlich Jims Stimme wie aus der Ferne rufen. »Alles okay bei dir?«

Aufgeschreckt blickte sie Jim an, kriegte nur ein »Äh, ja, Jim« heraus. Wie ihr sogleich bewusst wurde, war sie für einen Augenblick weggetreten. Gedanklich, sogar weg von Jim. »Ähm, sorry, Jim. Ich war gerade mit meinen Gedanken woanders.« Nun ja, das war jetzt aber auch nicht die superschlaue Antwort, wie sie unmittelbar realisierte. Wie sah das nun aus?

Irritiert fragte Jim: »Bist du müde? Willst du dich lieber ausruhen? Ist für mich absolut okay.« Vorsichtig zog er sein Bein zurück.

»Nein, nein, Jim, ist alles in Ordnung!«, sagte sie. »Ich hatte gestern ein aufreibendes Gespräch, mit Mutter, das heißt, wir waren in Paterson, auf der Vormundschaftsbehörde. Was diese Frau Mazura gesagt hat, hat mich schon ein bisschen aufgekratzt.«

»Du brauchst nicht darüber zu reden, wenn du nicht magst«, sagte er, während er den Eisbecher mit dem langstieligen Löffel leerkratzte.

Dankbar für Jims Rücksichtnahme erlaubte sie sich eine Pause. »Weißt du«, fuhr sie schließlich fort, ›die ganze Geschichte mit der Adoption ist ziemlich verworren, geht mir echt ans Eingemachte. Ich denke, ich brauche zuerst Zeit, dies alles richtig einzuordnen, und auf die Reihe zu kriegen.« Jims Erwiderung, dass dies ja nur allzu begreiflich wäre, beruhigte sie. Vorerst einmal. Mal schauen, wie er reagiert, wenn er die volle Wahrheit erführe. »Übrigens, sagt dir der Name Skanatati was?«, fragte sie nun überraschend. Seine Wangen kurz aufblasend, schüttelte Jim den Kopf, verneinte: »Nein, nicht viel. Warum meinst du?« »Ach nur so«, flüchtete sie aus. Jims leuchtenden Augen schienen ihr diese Notaussage zu verzeihen. Und ehrlich gesagt, wollte sie jetzt jeden Augenblick ihrer gemeinsamen Zeit genießen und nicht mit belastendem Stoff zumüllen. Abschließendes Traktandum bildete der besagte Samstag, in Neu York. »Ich möchte wieder mal so richtig auf die Pauke hauen!«, erklärte Jim strahlend, »natürlich mit dir!« Christinas Gesicht erhellte sich augenblicklich wieder. Welche Frau könnte ein solches Angebot ablehnen?

Ψ Ψ Ψ

Es geht in die heiße Phase!

AM DARAUFFOLGENDEN VORMITTAG signalisierte gegen Ende einer sich dahinschleppenden Vorlesung Christinas Mobiltelefon den Eingang eines Anrufes in Abwesenheit. Als Christina in der Pause zurückrief, meldete sich Frau Mazura am anderen Ende, mit Neuigkeiten. Ob es ihr auf vier Uhr nachmittags ginge. ›Natürlich, kein Problem!‹, war Christinas prompte Antwort. So kam es, dass sie gleich nach der Mittagspause zügig zusammenpackte und abschlich. Ehe sie um die Ecke verschwand, rief ihr Barbara noch etwas zu. ›Keine Zeit‹, entgegnete Christina abwinkend, ›unerwartet wichtiger Termin.‹

Ohne weiteres nickte Barbara, lächelte jedoch süffisant. Jetzt war offenbar Diskretion gefragt. Wahrscheinlich dieser Jim, wie sie nicht ganz ohne Grund mutmaßte. Persönlich hatte sie diesen Kerl zwar noch nie zu Gesicht gekriegt, nur mal kurz ein mittelmäßiges Foto in Christinas Geldbeutel. Die Abbildung jedoch genügte vollauf, jedes noch so widerspenstige Frauenherz verrückt zu machen. Denn dass sich da Christina einen vollstrammen Feuerwehrmann geangelt hatte, war unbestritten. Wie er breitbeinig dastand, durchtrainiert bis zur letzten Faser, in schnittiger Uniform, zusammen mit seiner Truppe, stolz vor einem Löschfahrzeug posierend. Der männliche Kurzbart versetzte den ultimativen Schliff. So ungern sie dies zugab, aber in diesem Falle kam eine mächtige Portion Neid in ihr auf. Mitunter wäre sie bereit, sämtliche Prinzipien über Bord zu werfen, sofern denn der launische Zufall eine Gelegenheit dazu schaffen würde.

Ψ Ψ Ψ

Erwartungsgemäß hielt Frau Mazura Christina nicht lange mit Banalitäten auf. Die vollgekritzelte Agenda vor ihr auf dem Pult ließ erahnen, dass sie über einen dichtgedrängten Terminkalender verfügte. »Also dann, Christina«, meinte sie Zuversicht versprühend, »ich glaube, ich habe echte Neuigkeiten! Ich bin sicher, dass Sie sie hören wollen.« Eigentlich war die letzte Bemerkung mehr als überflüssig, diente lediglich dazu, Christina einzustimmen.

Wie auf Nadeln sitzend erwiderte Christina: »Ja, natürlich, schießen Sie los! Ich bin ganz Ohr!«

Genüsslich blätterte Frau Mazura in einem Schnellhefter, blickte auf und sagte dann: »Nun ja, ich habe Ihre Mutter ausfindig machen können.«

»Was?! Wirklich?!«

»Ja, war gar nicht mal so schwierig.«

Richtiggehend sprachlos, obgleich sie diese Nachricht im Grunde erwartet hatte, swingte Christina im schwarzen Lederswinger, verblüfft, und auf eine Weise ungläubig, ob dies wirklich den Tatsachen entsprach. Wie auf Knopfdruck begann ihr Körper zu reagieren, mit Herzklopfen sowie einem durchdrehenden Puls. Frau Mazura hingegen fuhr in aller Ruhe fort: »Ihr leibliche Mutter heißt immer noch gleich, Lisa Skanatati, und lebt mit ihrem derzeitigen Lebenspartner in einem Außenbezirk von Philadelphia. Ich sprach gestern mit ihr am Telefon und habe sie über Sie orientiert. Ich erzählte ihr auch von Ihrem Wunsch, sie kennenzulernen.«

Ganz aus dem Häuschen, rief Christina: »Ja? Und? Will sie?«

Das sich bildende Lächeln auf Frau Mazuras Mund wäre zweifelsfrei ein Schnappschuss wert gewesen, aber im guten Sinne. Stolz, gute Arbeit geleistet zu haben, indem sie jemandem die seelische Not ein Stück weit zu lindern vermochte, antwortete sie: »Ja, sie hat sofort zugesagt. Sie sollen ihr doch mal anrufen. Sie würde sich freuen, Sie kennenzulernen. Es klang sehr positiv für mich.«

Zunächst tief ein- und dann wieder ausatmend, ja, geradezu überwältigt, meinte Christina mit einem befreienden Seufzer: »Wow! Ich glaube es ja nicht!« War dies fassbar? Durfte sie ihren Ohren trauen? Auf jeden Fall spürte sie in ihrer Seele eine enorme Entspannung einsetzen. In ihrem zeitweiligen Hadern hatte sie sich bereits auf langwierige Nachfor-schungen eingestellt. Gerade wenn Frauen heirateten und den Namen wechselten, verschwanden sie bisweilen nahezu von der Bildfläche. Und jetzt ging plötzlich alles so blitzschnell! Schlag auf Schlag!

Dies erkannte auch Frau Mazura, worauf sie gemahnte: »Sie haben wahrhaft Glück, Christina! Es geht nicht immer so rasch und reibungs-los.«

Naheliegend war natürlich auch Christinas nächste Frage: »Wissen Sie was von meinem Vater?« Hier musste Frau Mazura jedoch passen. »Lei-der, nein, Ihren Vater konnte ich nicht ausfindig machen. Da existieren weder Name, Unterlagen oder Adressen. Aber da kann Ihnen bestimmt Ihre leibliche Mutter weiterhelfen.«

Auf eine Art überglücklich und erleichtert über die neuen Erkenntnisse wollte Christina gleich aufspringen und zum nächsten Telefon rennen, hätte Frau Mazura sie nicht zurückgehalten. »Halt, junges Fräulein! Ver-gessen Sie die Unterlagen nicht«, und überreichte ihr den Schnellhefter. Ehe Christina zum Abschied die Hand reichte, fragte sie sie: »Und? Zu-frieden, Christina?«

Christinas Strahlen verriet bereits ihre Antwort: »Mehr als zufrieden, Frau Mazura! Herzlichen Dank, für alles!«

»Gern geschehen«, entgegnete diese, »und ich bete für Sie, Christina, dass Sie dieses Loch gut ausfüllen können und Sie wieder Boden unter die Füße kriegen.«

Ψ Ψ Ψ

Ein erster Kontakt

DEN ERSTEN GRIFF, welchen Christina nach Verlassen des Verwaltungs-gebäudes tat, führte sie zum Mobiltelefon. Kaum hatte sie das Blatt mit Lisa Skanatatis Rufnummer hervorgezupft, hielt sie jedoch inne, denn plötzliche Zweifel an ihrem spontanen Vorhaben ließen sie zögern. Die anfängliche Euphorie erfuhr Schlagseite. ›Augenblick mal!‹, sagte sie zu sich selbst. ›Was will ich ihr eigentlich sagen? Wie überhaupt anreden? Mit ›Mutter‹ wohl kaum! ›Frau Skanatati‹ schien ihr nicht weniger schräg, viel zu förmlich. Nun denn, dachte sie kurzentschlossen, wieso sich lange den Kopf zerbrechen. Ihr würden bestimmt die richtigen Worte einfallen oder die Situation würde es ergeben. So suchte sie sich eine ruhige Ecke, wählte die auswärtige Nummer und wartete nervös.

Nach zehn Anrufsignalen knackste es und eine Stimme meldete sich: »Ja, hallo, wer da?« Christinas Atem stockte einen Augenblick, ehe sie zu einer Erwiderung fähig war. So klang also ihre Mutter, das heißt, ihre leibliche, die indianische. Schließlich sagte sie dann erstaunlich gefasst: »Ja, hallo, hier ist Christina Sanders aus Neu York. Spreche ich mit Lisa Skanatati?« Seltsam bedächtig, nach einer Mikropause, bestätigte die fremde Stimme, beinahe abweisend: »Ja, das tun Sie.« Lange darüber zu verweissen blieb Christina nicht, denn Lisa Skanatati übernahm die Führung, sagte: »Ich habe bereits von Ihnen gehört. Frau Mazura hat gestern angerufen. Wollen wir nicht ›du‹ sagen? Ich bin Lisa.«

Hoppla, das ging aber zackig und ohne Umschweife, dachte Christina, wenngleich nicht unfroh darüber. Natürlich war es noch zu früh, sich ein Bild von dieser Lisa Skanatati zu machen. So sagte sie: »Klar, und ich bin

Christina«, ›eigentlich deine Tochter‹, hätte sie beinahe hinzugefügt, doch etwas hielt sie instinktiv zurück. Der erste Eindruck aufgrund der Stimme war etwas rau, oder derb. Zwar nicht unsympathisch, aber natürlich ungewohnt. Kann gut sein, dass sie sich dies alles nur einbildete, da es sich um ihre leibliche Mutter handelte, welche sie noch nie gesehen hatte und jedes Wort nun hundertfach wog. Naja, Christina Sanders, jetzt tauchst du in eine komplett neuartige Welt ein! Auch ihr Gegenüber wirkte nun gelöster, entspannter, als Lisa fortfuhr: »Also, dann, Christina, ich habe gehört, du willst mal vorbeikommen, so dass wir uns kennenlernen können. Bin ich da richtig orientiert?«

»Ja, das trifft zu«, entgegnete Christina etwas verunsichert. »Ich denke, nach zweiundzwanzig Jahren wäre es durchaus Zeit dafür, nicht wahr?« Schwang da etwa ein leiser Vorwurf mit, Christina? Nun ja, Lisa stieß einen Seufzer aus, hustete tief. Christina war, als könnte sie das Ausblasen von Zigarettenrauch vernehmen. Erste bildliche Vorstellungen ihres Gegenübers formten sich. Lisa blieb direkt, sagte: »Das kann man wohl sagen, Kleines. Nach zweiundzwanzig Jahren. So alt bist du also schon?!«

»Ja, bald dreiundzwanzig, im Herbst.«

Als könnte Christina das Schmunzeln am anderen Ende hören, entgegnete ihr Lisa: »Das weiß ich selbst, Kleines, kann mich gut daran erinnern, damals.« Eine betretene Stille trat ein. Christina schien, als würde es zusehends schwieriger, den Gesprächsfaden zu finden. Streng genommen standen sie in der engstmöglichen Beziehung, welche zwei Menschen verbinden konnte, und doch waren sie sich in ihrem Fall in jeder Hinsicht wildfremd! Ehrlich gesagt, waren beide mit der Situation überfordert. Lisas rauchige Stimme durchbrach die Kunstpause, zunächst laut hustend: »Eigentlich kennen wir uns ja schon, hatten sozusagen bereits miteinander zu tun gehabt.«

»Ja, genau neun Monate lang«, sinnierte Christina.

»Abzüglich zwei Wochen«, korrigierte Lisa sogleich, »hattest es wohl etwas eilig gehabt, wie dein Vater, als er von der Schwangerschaft erfuhr.« Im Hintergrund war nun eine Kinderstimme zu hören, die etwas fragte. Lisa deckte das Sprechmikrophon des Telefons ab, erwiderte etwas, was

Christina ohnehin nicht verstehen konnte, da ihr das Idiom unbekannt war. »Also, wann würde es denn gehen, Kleines?«, meldete sich Lisa zurück.

Bei der letzten Bemerkung stutzte Christina unmittelbar. Stellte sich diese Lisa Skanatati sie immer noch als Baby vor, als sie sie frisch geboren weggegeben hatte? Nun, sie wäre mittlerweile eine erwachsene junge Frau, welche es schätzen würde als solche wahrgenommen zu werden. Aber da musste sie nun mal nachsichtig sein, in Anbetracht der Umstände. Also sagte sie kurzerhand: »Übernächsten Sonntag? Nach dem Mittagessen?« Auf irgendwelche kulinarischen Abenteuer wie grasgefüllter Büffelkopf oder geräucherte Waschbärenpfote war sie nun gar nicht erpicht. Immerhin lebte ihre Stimme wieder merklich auf, jetzt, wo es um die konkrete Sache ging.

»Geht nicht«, verneinte Lisa prompt, »ich arbeite dann. Unsereins verfügt eben nicht über die lukrativsten Jobs.«

Unsereins? Was meinte wohl Lisa Skanatati damit? Geradezu etwas perplex, nahm sich Christina Zeit zum Überlegen aus. »Schade«, meinte sie dann. Zeitgleich schwirrten ihr allerlei Gedanken durch den Kopf. Wäre es nun ein gutes Zeichen, dass Lisa sonntags arbeitete, und vermutlich nicht auf der Teppichetage? Immerhin ging sie einer geregelten Arbeit nach, so wie es den Eindruck vermittelte. Bestimmt gehörten sie nicht zu den Bestsituiertesten, hingen aber wenigstens an Niemandes Tropf. Die Kinderstimme im Hintergrund, ein Junge würde sie sagen, könnte ihr eigener sein oder ein Nachbarskind, welches sie als Tagesmutter hütete. Naja, wie auch immer, könnte alles übler klingen im Sinne von Mazuras Horrorszenarien. »Wie wäre es denn übernächsten Montag, gegen Abend?«, fragte sie im zweiten Anlauf.

»So zwischen vier und fünf? Würde mir gut passen«, erwiderte Lisa. Wiederum war das Auspaffen von Zigarettenrauch zu vernehmen. Jetzt ging es nur noch um die Formalitäten wie die Wohnadresse, wenngleich diese vielleicht sogar in den Unterlagen vorhanden wäre. »Philadelphia«, kam es kurz und knapp, »Franklinstraße 49. Genügt das?«

»Ja, vollauf«, meinte Christina, »ich gehe ohnehin kurz ins Netz, nachschauen, wie ich am besten dort hingelange.«

»Also, bis dann.«

»Ja, bis dann.«

Eigentlich wollte Christina bereits aufhängen, als Lisa mit Verzögerung eine nicht unwesentliche Aussage nachschob: »Und noch was, Christina: Ich freu' mich auf deinen Besuch!« Erleichtert atmete Christina auf. Mit einer Sympathiebezeugung dieser Art hatte sie nicht mehr gerechnet, wenn auch insgeheim erhofft. Etwas kleinmütig entgegnete sie: »Ich mich auch, Lisa«, und hängte abrupt auf.

Ψ Ψ Ψ

Geschafft! Das wohl das schwierigste Telefonat ihres Lebens, oder zumindest seit sie sich erinnern kann. War dies nun gut, ihr Anruf? Das Resultat, das, was sie sich vorgestellt hatte? Oder war es vielmehr die herbe Enttäuschung? Nun ja, vermutlich ein bunter Mix aus allem. Ein Kunterbunt an Eindrücken und Gefühlen. Auf alle Fälle blieb der Supergau aus. Bis jetzt! Vielleicht würde sie übernächsten Montag der Schlag treffen. Sie moralisch in die Ewigen Jagdgründe schießen, wenn die Geier sie umkreisen, Büffelhorden sie zertrampeln und das Gras ihrer neugewonnen Zuversicht gleich wieder niedertreten würden. Seltsam, dachte sie, wie plötzlich diese indianischen Urbilder und Klischees bei ihr einfuhren.

Dabei kam ihr Lisa Skanatati gar nicht schlecht rüber. Bestimmt verfügte sie über eine warmherzige Stimme, obgleich diese unter zünftigem Qualm gelitten haben muss. Da musste auch Jim aufpassen, dass er es nicht übertrieb und irgendwann später, wenn es zu spät war, bereute. Nein, diese Lisa schien nicht übel zu sein. Was die wohl von ihr dachte, gerade jetzt? ›Wird wohl schiefgehen‹, sagte Biggi abends zu ihr am Telefon. ›Du sagst ja selbst, sie geht einer Arbeit nach, was ja schon mal viel heißt! Und, wenn du sie triffst, musst du ihr ja nicht gleich um den Hals fallen und sie abküssen.‹ Nachdenklich stimmte Christina ihrer Schwester zu, fand, ›also, eine Mutter wird dies für mich nie werden. Das weiß ich schon jetzt.‹

Die nächste Phase der zaghaften Annäherung

Wenn Jim Schönberg mal am Steuer sass, überkam ihn regelmäßig dieses seltsame Kribbeln im rechten Fuß. Dies äußerte sich insbesondere in seinem Fahrstil, welcher doch so einiges über ihn selbst besagte. Aber so war dies nun mal bei ihm. Warum schleichen, wenn es sportlich ginge? So quietschten am Samstagmorgen in der Früh die Reifen seines neuen schwarzen VW Golf vor Sanders Haus in Suffern. In demonstrativer Figelanz stieg er aus, in sportliche Laufausrüstung gehüllt, warf die Autotür lässig hinter sich zu, um sich bestens gelaunt übers geschlossene Gartentor zu schwingen. Als er auf den Haustürtreter trat, drückte er kräftig die Klingel. Kaum öffnete sich die Türe einen Spalt breit, drängte ritualmäßig Rex‹ Spitzschnauze hindurch, läutete automatisch die stürmische Begrüssung ein. »Na, mein abgefahrener Steppenwolf«, rief Jim, klopfte anerkennend auf Rex‹ Seite, »willst wohl mitkommen?!« Claudias erheiterter Blick verriet, dass er ihr Einverständnis hätte.

»Und? Fit fürs Rennen, Jim?«, fragte Claudia schmunzelnd, gleichzeitig ein Gähnen verkneifend.

»Na klar! Das Wetter könnte nicht perfekter sein!«

»Und wie sieht die Vorbereitung auf deinen Urlaub aus? Habe gehört, du gehst mit Kollegen nach Kalifornien, auf eine Fahrradtour?«

Jim, mittlerweile wieder aufgestanden, klopfte und strich sich seine Oberschenkel. »Alles schön stramm, würde ich sagen! Ich freue mich tierisch darauf! Auch um wieder mal Kalifornien zu sehen. Und meine Eltern natürlich, sowie die Kleine meiner jüngeren Schwester.« Da schwang doch eine hübsche Portion Heimweh mit, dachte Claudia, sagte: »Dann bist du also schon länger weg?« Ohne Überlegen entgegnete Jim: »Das letzte Mal vor drei Jahren.« Beeindruckt entgegnete Claudia: »Schon? Klingt auf jeden Fall toll, was ihr da vorhabt! Hoffentlich klappt alles, mit dem Wetter, und keine Unfälle!«

»Klar doch!«

Mit Blick auf die Uhr, fragte Claudia: »Kommt ihr eigentlich aufs Mittagessen zurück? Ich müsste es wissen wegen dem Einkauf.« Jim war anzusehen, dass er heute für anderes aufgekratzt war. »Wir sind nur kurz zurück zum Duschen und Umziehen, ziehen dann gleich weiter, in die Stadt. Christina kennt da einen guten Italiener, den sie mir unbedingt zeigen will. Und abends geht es dann ins Konzert, an den Broadway.«

»Ach, ja? Wie aufregend! Da wird aber Christina Freude haben!«

Fast schon gemahnend bat Jim: »Sie weiß noch nichts Konkretes, also, das vom Broadway, soll eine Überraschung sein!« Mittlerweile rumpelte es auf der Treppe in den oberen Stock. Christina war im Anmarsch. Zufrieden lächelnd meinte Claudia: »Dann wünsche ich euch doch viel Spaß heute!«

»Danke, gleichfalls«, erwiderte Jim, im beseelenden Bewusstsein, dass der heutige Tag zweifellos ihnen beiden gehörte, ohne Wenn und Aber! Dieser Verabredung hatte er schon des längeren entgegengefiebert, denn als zu schwierig erwies sich bisweilen eine kluge Terminkoordination, mit ihm als Feuerwehrmann und ihr als Studentin.

Christinas Augen erstrahlten, als sie Jim erblickten. Obwohl bereits gefrühstückt, gab ihr allein sein Anblick einen zweifachen Energieschub, der sie wie ein Grauhörnchen durch alle Bäume und Äste hüpfen ließe. »Morgen, Jim«, sagte sie mehr hauchend als sprechend. Er wiederum stand da, als ob ihn alle Blitze vom Gewittersturm von vorgestern Nacht zeitgleich durchfuhren. Bei diesem Anblick blieb Biggi, welche mittlerweile aufgetaucht war, nichts anderes übrig, als die Augen zu verdrehen. ›Meine Güte‹, sagte sie sich und blickte Mutter an, ob nun bemitleidenswert oder abgrundtief neidisch war jeder persönlichen Auslegung überlassen.

Ψ Ψ Ψ

Die kurze Fahrt endete am westlichen Ende des HARRIMANN PARKS, wo Jims Auto in den Parkplatz beim STAHAHE SEE einbog. Mit Rex in der Vorhut rannten sie bald auf dem Fußweg durch den maienhaften Wald. Die Luft roch herrlich würzig wie modrig zugleich. Jim war in diesen Gefilden mehrmals die Woche unterwegs, um seine Ausdauer aufzubauen und sich auf den NEU YORKER MARATHON im November vorzubereiten. Dieses ehrgeizige Ziel hatte er sich gesetzt, als er an die Ostküste zog. ›Wenn ich schon in der Gegend bin, möchte ich dies auch ausnützen‹, meinte er mit einem bedeutungsvollen Flackern in seiner Iris. Der berühmteste Laufanlass der Welt wäre nicht nur ein einzigartiges Erlebnis der Extraklasse, sondern zugleich eine tolle Gelegenheit, seine physischen wie psychischen Grenzen auszutesten. Dies tat er indes nicht alleine. In aller Regel stählte sich Jim zusammen mit Chuck, einem jüngeren Kollegen, den er auf der Feuerwache in Beacon kennengelernt hatte und der seine Sportbegeisterung teilte. Bei einem Bier wurde die Idee geboren, den Marathonolymp gemeinsam anzupacken.

Etwa in der Hälfte der Laufstrecke stachen Jim und Christina an einer Stelle zum Seestrand hinunter, legten eine kleine Pause ein. Er griff nach einem Stock, der am Ufer lag und warf ihn auf den See hinaus. Rex ließ sich nicht zweimal bitten, sprang wild bellend ins Wasser, um das gute Stück wieder zu holen. Wieder draußen schüttelte er sich kräftig und spritzte seine ganze Umgebung nass. Christina kreischte kurz auf, rief, ›Rex, du hässlicher Köter!‹ und sprang dann lachend wieder hinauf, zum Weg zurück. Jim nahm einen Satz und folgte ihr behände. Gemeinsam setzten sie ihr Laufen fort und spazierten das letzte Stück am See entlang zum Parkplatz zurück.

Während ihr Puls allmählich wieder auf Normalmodus runterschaltete, ergriff Jim plötzlich Christinas rechte Hand. Sogleich erschauerte sie bei seinem Händedruck, warf ihm einen überraschten wie zugleich beglückten Blick zu. Seine weit aufgesperrten Augen schienen begierig auf ein bestätigendes Zeichen von ihr zu warten. Dieses ließ zu seinem Glück nicht lange auf sich warten. Christina drückte desgleichen seine Hand, gab ihm unmissverständlich zu verstehen, dass sie in derselben Sphäre schwebte.

Auf diesen Startschuss hatten beide schon lange insgeheim gewartet, aber keiner gewagt, den ersten Schritt zu machen, trotz der tiefen emotionellen Annäherung an Vaters Beerdigung. Und doch blieb, besonders seitens Christina, allzeit eine rote Linie bestehen, welche sie zum gegenwärtigen Zeitpunkt keinesfalls zu übertreten weder willens noch fähig war. Ein Spiel mit dem Feuer etwa, Christina Sanders?

Ψ Ψ Ψ

Ein Samstag in Neu York

Zurück in Suffern unterzogen sie sich zunächst einer gründlichen Körperreinigung, ehedem sie sich in Anzug und Hemd, respektive, Kostüm mit Seidenbluse gewandeten. Eine knappe Stunde später brauste sodann Jims VW Golf in Richtung Neu York davon. Nach der Tappanseebrücke, mittels welcher sie bei Süd-Nyack den Hudsonfluss überquerten, stachen sie in einer großen Rechtskurve direkt ins Kerngehäuse des Grossen Apfels. Alsbald begannen sich vor ihnen Wohnsilos der ausufernden Stadt aus der Ebene zu erheben. Diese wiederum wurden von Manhattans Wolkenkratzersilhouette eindrücklich im Hintergrund überragt. »Die Jones hat gesagt, wir dürften ihren Parkplatz benützen«, erklärte Christina auf der Hinfahrt zur Columbia Universität. »Dann brauchst du also nur noch für dich eine Tageskarte zu lösen. Ich habe ja meinen Studi-Pass.« Und ab geht die Post durch die zahlreichen unterirdischen Arterien des U-Bahnnetzes im Herzen der pulsierenden Metropole.

Als sie gegen die Mittagszeit der metallig-miefigen Luft des U-Bahnsystems an der Ecke Broadway/42ste Straße ans Tageslicht stiegen, atmete Jim tief ein, und wieder aus. Euphorisch meinte er: »Das ist einfach jedes Mal ein irre Gefühl, sag ich dir, wenn man da die Rolltreppe rauffährt, um wieder ans Tageslicht zu gelangen! Ich komme mir vor wie ein Orpheus, der der Unterwelt entsteigt!« »Das sagst du ganz treffend!«, erwiderte Christina mit beglücktem Blick auf ihren Halbgott sowie einem verhaltenen Lächeln. Seit sie die Tappanseebrücke überquert hatten und auf ihr Zielobjekt zusteuerten, bekroch sie ein seltsames, neuartiges Gefühl, welches sie so noch nie wahrgenommen hatte. Als ob heute ihr Leben eine Kurve nehmen könnte, welche dessen Ausrichtung komplett umgestalten würde. »Und?«, fragte sie. »Was und?«, wollte Jim wissen. Lachend legte sie ihren Arm um seine Lenden, fuhr fort: »Hat dir der Hades deine Geliebte zurückgegeben?« Spontan packte Jim Christina kurz, lachte herzhaft: »Natürlich, habe schließlich nicht nach hinten geguckt. Sonst wärst du nicht mehr da! Und das würde mir äußerst missfallen!« Beinahe wäre es zu einem Zusammenschluss ihrer Lippen gekommen. Bedeutete dies etwa das neuartige Gefühl?

Sergio, oder wie immer dieser freundliche Herr hieß, wies ihnen den reservierten Tisch zu, beflissen darum bemüht, dass nicht nur der kulinarische Teil ihren hochgesteckten Erwartungshaltungen an die Einwandererfamilie aus Neapel standhielt. Darauf bedacht, die mitgebrachten Ressourcen aus der alten Heimat, darunter die gastronomischen Errungenschaften jahrhundertelanger Erfahrung, geschickt fürs eigene Geschäftswesen auszunutzen, ergänzte auch das Interieur passend den Rahmen eines Restaurantbesuches BEIM ITALIENER: ein durchgebohrter Holzboden aus Ebenholz, ockergelber Wandanstrich sowie eine minimalistisch-dunkle Innenausstattung mit stilbrechenden, wenngleich dazugehörigen Kitschengelchen. Sepiafotografien vom ärmlichen Neapel aus Urgroßmutters Zeiten setzten dem Ganzen die notwendige Nostalgie auf. Und dennoch stand über allem in erster Linie die Qualität auf dem Teller, der wahre Schatz des erfolgreichen Familienbetriebes: authentische Küche, erstklassige Produkte frisch zubereitet, konsequenter Verzicht auf unnötigen Schnickschnack sowie allem, was nur schnell einem Beutel entschlüpfte, um den Gaumen auf unvermeidlichen Kriechgang zu zwingen. »Und dies obendrein bei budgetfreundlichen Preisen!«, stellte Jim freudevoll im Hinblick auf seine Buchhaltung fest. Neues Sportauto, neues Rennrad, neuer Anzug, Urlaub sowie weitere Hobbies forderten irgendwann ihren Preis; Schnäppchenjägerei hin oder her.

Während sie genüsslich ihre Gnogghi mit Genueser Pesto, respektive, den Safran Risotto mit Steinpilzen verspeisten, fiel Christinas Blick erneut auf Jims Furche, welche über seiner linken Augenbraue prangte. Schon einmal hatte sie nach deren Herkunft gefragt, aber nur eine ausweichende Antwort erhalten. ›Ach, weißt du, das war so eine Art Unfall, blöd gelaufen‹, vermeinte er damals, ohne darauf weiter einzugehen. Offensichtlich war es ihm höchst unangenehm, darüber zu sprechen. Irgendwie musste Christina wiederholt darauf gestarrt haben, als sie sich so nahe am Zweiertisch gegenübersaßen, wie seine unmittelbare Reaktion zeigte. »Das hier«, sagte er über seine Narbe streichend, »hat mit Sandy zu tun.«

»Deiner verstorbenen Frau?«

»Ja«, entgegnete er mit weggerichtetem Blick und wiederum ausweichend, »ist eine lange Geschichte, werde ich dir irgendwann erzählen.« Weitere Worte verloren sie nicht, zumal Christina sein Stillschweigen darüber respektierte. Später, als sie beim Espresso saßen, kam er auf ihr Anliegen zurück: »Sag, möchtest du heute wirklich da hingehen?« Selbst von Zweifeln geplagt, erwiderte Christina: »Ja, das würde ich gerne tun. Ja, auch wenn es hart werden wird. Ich glaube, ich werde das schon aushalten, Jim. Zusammen mit dir fühle ich mich stark genug.« Zärtlich legte sie ihre Hand auf die seine, befühlte sie, liebkoste sie, vertraute sich ihr an.

»Okay«, sagte Jim, »wenn du meinst, Christina, dann machen wir das. Vorher möchte ich aber noch gerne mit dir etwas erkunden, wenn du einverstanden bist.«

»Ja? Was denn?«

»Lass dich überraschen!«

Ψ Ψ Ψ

Jim verlangte die Rechnung, und bald standen sie in der Schmuckabteilung von MACY's. Erklärtes Ziel: ein Freundschaftsring. Die Auslese war von kurzer Dauer, da sich für Christina binnen weniger Blicke ein Favorit herauskristallisierte: schlicht, aber ursprünglich. Willens reichte die Bedienung Jim das gewünschte Modell. Wie in einer feierlichen Zeremonie nahm er Christinas Hand, steckte ihr das Rund an. Es saß auf Anhieb. »Wunderschön«, sagte er leise, offen lassend, was oder wen er nun genau damit meinte.

Wie selbst der Verkäuferin nicht entging, folgte sein Augenpaar ausgehend von Christinas Hand lustwandelnd der Geschmeidigkeit ihrer Arme und Schultern. Weiter über ihre vollen Lippen, den perfekt-weißen Zahnreihen, dann über ihre wohlproportionierten formschönen Brüste, welche im enggeschnittenen khakifarbenen Zweiteiler ektaseähnliche Wirkung auf Jim zu entfalten drohten. Schließlich wieder hinauf bis in ihre glitzernden Augen. Das Aufblitzen darin, welches zweifelsfrei dem wohlfeilen Wanderer zwischen den Welten galt, entfachte in Jim ein Wohlgefühl, welches seinen ganzen Körper prickelnd vereinnahmte.

Eigenartig, dachte Jim, Christinas erfrischende Natürlichkeit, mit welcher sie der Welt begegnete und mühelos für sich zu gewinnen vermochte, wurde von dem schlicht wirkenden Metallstück diskret verstärkt. Das kleine Einod machte es aus, dachte er für sich. Christinas Urwüchsigkeit, welche sich in ihrer äußeren wie inneren Persönlichkeit widerspiegelte, erinnerte ihn intuitiv an vergangene Zeiten, als der Kontinent noch praktisch unberührt von riesigen Wäldern mit reichem Wildbestand sowie klaren Gewässern überzogen war. Als Ureinwohner in Hirschlederkanus im Gleichtakt mit der sie umgebenden Natur durch die sanften Wasser pflügten. Lange bevor mit der unersättlichen Landgier der Neuankömmlinge Äxte und später kreischende Kettensägen in die Welt der Urvölker einfielen, zeitgleich den Respekt davor sowie die eigene Unbescholtenheit zu Fall brachten. Christinas unverfälschtes Naturell schien Kraft aus einer ihm unbekannten Urquelle zu schöpfen. Wie aus einem verborgenen Brunnen aus vergangener Zeit, der tief in ihr schlummerte. Da war nichts Aufgesetztes an ihr dran, nichts Gekünsteltes. »Hätten Sie den auch grösser, für mich?«, fragte er schließlich ermattet die Verkäuferin.

Sogleich kramte diese in einer der oberen Schubladen, sagte: »Ja, sicher, ist ein ziemlich beliebtes Modell, weil es schlicht und doch elegant wirkt.« Nach kurzer Weile zog sie weitere Exemplare hervor, reichte sie Jim. Wie er erfreut feststellte, passte das Erste auf Anhieb. Abermals hielten sie ihre Hände aneinander; beide waren einfach nur beglückt.

»Sehr schön!«, fand natürlich die Verkäuferin, »wirkt ungewöhnlich harmonisch an ihnen beiden!«

»Finden Sie?«, fragte Christina erfreut.

»Ja, bestimmt!«

Ohne weitere Auslese fiel somit für Jim die Entscheidung. Auf seine Anfrage hin, entgegnete ihm die Verkäuferin: »Ja, natürlich kann man eine Gravur anbringen. Alles, was Sie möchten.« Nach kurzer Überlegung teilten sie mit, dass sie eventuell zu einem späteren Zeitpunkt darauf zurückkommen würden. Einig über den Kauf ließen sie sich die Ringe gleich anstecken. Jim zückte seine Kreditkarte, worauf sie kurz darauf das Kaufhaus in Richtung ihres nächsten Ziels verließen.

Ψ Ψ Ψ

Jetzt sollen es aber alle wissen!

»Jetzt meinen dann alle, wir wären ein Paar«, sagte Christina neckisch, als sie die Rolltreppe hinunterfahrend den MACY verließen. Bedeutungsvoll, als ob eine Absicht dahintersteckte, schaute Jim sie an, sagte, während er seine offene Hand anbot: »Schöner Gedanke. Proben wir doch gleich den Ernstfall.« Dies stellte natürlich ein Angebot dar, welchem Christina kaum zu widerstehen vermochte und ergriff seine Hand. »Macht sich doch gut«, lächelte er sie zufrieden an. Wäre dies nun die logische Fortsetzung ihrer morgendlichen Annäherung beim Jogging, behutsam gesteuert von beiden Seiten? Wie weit würde es wohl noch gehen? Käme es *so weit*? Es war spürbar, dass keiner vorzupreschen beabsichtigte, oder besser, wagte. Jetzt noch.

In diesem Augenblick wechselte die Ampel vor ihnen auf Grün. Unvermittelt setzten sie sich mit der Masse in Bewegung, überquerten im dichten Gegengedränge den Fußgängerstreifen. Vor einem Blumenladen, welcher gleich folgte, verlangsamte Jim seinen Schritt, blieb schließlich abrupt stehen. Verwundert ließ sich Christina von ihm zur Seite ziehen, gewahrte, wie er sie mit einer männlichen Entschlossenheit zu sich hindrehte, sodass sie unmittelbar vor ihm stand. Allein schon durch die Tatsache, dass er sie um einen Kopf überragte sowie angesichts seiner ausgeprägt breiten Schultern, baute sich für sie Jim wie ein mächtiger Berg vor ihr auf, eine unglaubliche Männlichkeit entfaltend. Mit dem gleichen Vereinnahmungswillen legte sich nun seine linke Hand von hinten auf ihre Hüfte, presste sie fest an sich. Körper an Körper, Brüste an Brust, Schenkel an Schenkel. Zeitgleich nahm seine freie rechte Hand ihr Kinn, berührte es sanft. Funkelnd drang das Blaugrün seines verzehrenden

Blickes in ihre weit geöffneten Pupillen. Was jetzt bevorstand, war für jeden so klar wie unumkehrbar! Jeglicher Widerstand wäre zwecklos, würde von Jim sogleich im Keim erstickt! Dieses Mal würde er keinerlei Störungen, wie damals auf dem Eisfeld in Suffern, mehr dulden! »Jetzt gilt es aber ernst, Christina, *jetzt* sollen es alle wissen«, flüsterte und hauchte Jim heiß und bedeutungsvoll auf ihre Lippen. Ehe sie sich der Aussagekraft seiner Worte gewahr wurde, pressten sich bereits seine Lippen auf ihren bebenden Mund. Zeitgleich umschlangen sie Jims starken Arme, verschlangen sie besitzergreifend wie im finalen Kampf um die letzte freie Parzelle dieser Welt. Übermannt von der Wirksamkeit seiner machtvollen Umarmung schloss Christina ihre Augen, schlang intuitiv ihre Arme um seinen Nacken, hieß seine feste und dennoch zärtliche Liebesbezeugung mit sämtlich vorhandenen Sinnen willkommen, spürte sein ungestümes wildes Herz an ihren Brüsten rasen. Während ihre Zungen aufeinandertrafen, war ihr, als ob vollends die Zeit stehengeblieben wäre. Für eine gefühlte Ewigkeit lang, gab es im tiefen Universum ihrer Wahrnehmung nur noch sie beide. Jetzt war es also eingetroffen! Endlich! Dieser Jim Schönberg hatte sie wohl endgültig an sich gefesselt, ja, gefügig gemacht!

Süßlicher Duft weißblütiger Rosen mit gelbbestandenen Staubbeuteln strich aus prallgefüllten Blumenkübeln aufsteigend in ihre Nasen. Ein untrügliches Zeichen ihrer allmählichen Rückkehr aus der zeitweiligen Abgeschiedenheit ihrer Verschmelzung. Jims schnaubenden Worte drangen eindringlich an Christinas Ohr: »Du bist das größte Feuer, welchem ich je begegnet bin, Christina! Ich kann, ich will es nicht mehr löschen!« Diese Zusicherung brannte sich tief in ihren Sinn ein, wurde im hintersten Winkel ihres Herzens sicher im Tresor hinterlegt und für Notzeiten aufgehoben. Wohl war sie sich der Flüchtigkeit von Gefühlen bewusst, wusste, dass jeder Ofen beständigen Nachschub an Brennholz benötigte, um das innere Feuer, die wärmende Glut, aufrecht zu erhalten. Auch dass sich die Lebensnächte da draußen kühl, bisweilen brutal kalt, zu gebärden vermochten und sie deshalb geboten war, ihre Quellen der Wärme und Geborgenheit sorgsam zu hüten. Doch, wäre sie fest entschlossen, darüber zu wachen! Dafür zu sorgen, dass ihr kostbarstes Gut nicht abhanden oder durch eigenverschuldete Nachlässigkeit ausgehen würde. Eins war ihr nun vollends bewusst: sie hatte ihr Herz definitiv an diesen Frauenschwarm Jim Schönberg verloren! Und er? Wie stand es mit seinen Ambitionen? Verfügten sie über Tiefgang oder war es für ihn lediglich ein weiterer Sturm zeitweiliger Begierden, die durch seine Lenden rasten?

Am Ort des Grauens

Einen glänzenderen Auftakt in den Tag, mit einer Eigendynamik darin, was ihr Liebesleben anbelangte, hätte sich Christina kaum wünschen können. So zumindest ihr Glücksempfinden. Wunsch und Erfüllung übertrafen sich derzeit im Stundentakt. Und dennoch stand Christinas Sinn nicht nur nach vagem Vergnügen. »Weißt du, Jim, ich muss nochmals da hin. Jetzt, wo Vaters Beerdigung vorbei ist, sowieso. Ich muss herausfinden, wie dieser Ort nun auf mich wirkt. Ob sich etwas in mir verändert hat. In meinem Leben. Und in einem erweiterten Sinne ist es natürlich ein Abschied nehmen. Schließlich liegt der größte Teil von Vater irgendwo da in diesem großen Loch.« Denkwürdig blickte Jim sie an, legte auf der U-Bahn-Sitzbank seinen Arm um ihre Schulter. »Na, hoffen wir, dass dieses Trauma bald ein Ende hat und du allmählich darüber hinwegkommst.« Wenn er ehrlich war, schauderte es ihn selbst etwas davor, fügte deshalb an: »Wir müssen ja nicht stundenlang da ausharren.«

Wenn Christina die täglichen Medien verfolgte, und das tat sie in ihrem Studium ohnehin, kam sie natürlich nicht darum herum, sich mit den aktuellen Ereignissen auseinanderzusetzen. Darunter, an prominentester Stelle, George W. Bushs KRIEG GEGEN DEN TERROR, welcher allgegenwärtig die TV-Kanäle dominierte. Unzertrennbar damit verbunden die Wut, die Ohnmacht und die Trauer, welche eine ganze Nation unentwegt in Geiselhaft hielt. Die Erinnerung daran, wie sie zusammen mit Mutter und Biggi im Gleichzug mit zahllosen anderen auf der verzweifelten Suche nach ihren verschollenen Angehörigen in den ersten Tagen Vermisst- und Melde-dich!-Anzeigen an Absperrzäunen und Wandflächen anbrachten, stieg taufrisch in ihrem Sinn auf. Umgehend hatten sich spontane Gedenkstätten entwickelt mit Meeren aus Kerzenlichtern, verzweifelten Aufrufen um Mithilfe, Fotoserien und Porträts des oder der Vermissten sowie Ansammlungen von persönlichen Gegenständen. Zusammen mit den Halden aus Trümmern, Schutt und Staub gaben diese gespenstigen Bilder eine Szene ab, welche an sich unbeschreiblich war. Und dennoch war es Teil eines wichtigen Trauer- und Verarbeitungsprozesses, der umständehalber von ihnen abgefordert wurde.

Was dann konkret vor Ort geschah, überraschte selbst Christina. Mit erstaunlicher Gelassenheit, fast schon beängstigend, schritt sie den Sarkophag ab, mit ruhigem Blick und verschränkten Armen. Der charakteristische Geruch war nach wie vor widerlich! So roch für sie fortab Tod und Vernichtung! Wie damals, streifte ihr Blick über die immer noch zuhauf vorhandenen Zeichen der Andacht, Trauer und Anteilnahme. Alles schien so surreal, fremdartig, weit weg von ihr! Berührte es sie überhaupt? Natürlich tat es das! Aber irgendwo hatte in ihr ein Schutzmechanismus eingesetzt, worüber sie nicht unglücklich war. Der Hammer käme allenfalls zu Hause! In der frühmorgendlichen Beklemmnis. Immerhin war sie nicht allein, stellte sie fest! Dies war zwar kein eigentlicher Trost, aber bis zu einem Grad beruhigend.

Jims Stimme riss sie plötzlich aus ihren Gedankengängen. »Wie geht es dir, Christina?« Unverwandt drehte sie sich um, blickte ihn zunächst an, verzagt, entließ einen tiefen Seufzer, um ihren Blick gleich wieder ins große Loch fallen zu lassen. »Hm«, raunte sie kurz, »ganz eigenartig, sag ich dir!« Jim schwieg, nahm sie von hinten in seine Arme, tat instinktiv das Richtige, ohne aufgefordert oder angeleitet werden zu müssen, wiegte sie. Mit einem seltsamen Ton in der Stimme, bemerkte dann Christina: »Hast du gewusst, dass es praktisch keine Schwerverletzten gab?« Verdutzt ob Christinas Frage, brummelte Jim: »Ich glaube, ich habe mal so etwas gehört.« Wie als ob sie in einem sachlichen Reportermodus Bericht erstatten müsste, erzählte Christina, wie viele Notaufnahmen anscheinend auf einen riesigen Ansturm warteten, doch praktisch nichts dergleichen geschah. »Offenbar gab es vorwiegend Platzwunden, Prellungen oder vereinzelt Gehirnerschütterungen, aber nichts Schwereres. Ist doch irgendwie komisch, nicht? Angesichts der Dimensionen dieses Tages würde man doch das große Lazarett erwarten.«

Im Bemühen, Christina sorgfältig durch die emotionellen Klippen dieser Phase zu lotsen, sagte Jim, bewusst etwas ablenkend: »Wenn du das sagst: da fällt mir wieder diese Wahnsinnsgeschichte ein.«

»Was für eine Wahnsinnsgeschichte?«

»Habe ich dir noch nie davon erzählt?«, fragte Jim überrascht. »Von der Gruppe Feuerwehrmänner, die den Einsturz des Nordturms überlebt haben?«

»Was?!«

»Ja, der Kommandant ist ein Teufelskerl, sag ich dir! Stell dir vor, der wohnt ebenfalls in Chester! Gleich um die Ecke sozusagen.«

»Nein, wirklich!?«««, sagte Christina, drehte sich nun um, blickte Jim neugierig in die Augen. Seine Stichworte erweckten augenblicklich ihre Aufmerksamkeit. »Wie haben die denn das überlebt, ich meine, wie geht das?«

Gewohnt, diese Geschichte nicht zum ersten Mal zu erzählen, führte Jim aus, Christina immer noch fest in seiner Umarmung haltend: »Ein absolutes Wunder, wenn du mich fragst! Auf einer Versammlung des regionalen Kaders ist er mal aufgetreten, hat davon erzählt. Wahnsinn! Die waren schon fast unten, hielten sich in einem der Treppenhäuser auf. Und dann ist alles über ihnen zusammengekracht! Irgendwie wurde ihr Aufgang verschont, frag mich nicht wie, und so haben sie überlebt!«

Fassungslos und staunend, entgegnete Christina: »Unglaublich!« Jims Wärme tat ihr unendlich gut. Desgleichen beglückt, indem er Christina fest an sich zog, sagte Jim: »Ich sag' dir: Wir saßen alle da, mit offenen Mündern, glaubten unsern Ohren nicht zu trauen! Wie kann man nur solch einen Dusel haben!?« Spontan meinte Christina: »Darüber müsste man glatt ein Buch schreiben, nicht wahr?!« Schmunzelnd nickte Jim, zeigte so seine Zustimmung. »Wird er vielleicht auch.« Weiter drang er nicht ins Thema ein, fand, dass es Zeit wäre, aufzubrechen. Christina hingegen spürte trotz des anfänglich guten Gefühls ein plötzliches Unbehagen in ihr aufsteigen. Ihre Phantasie malte sich unmittelbar aus, wie ihr Vater gleichermaßen von dieser glücklichen Fügung profitiert hätte. Überlebt hätte, doch kam ihr Jim zuvor, als er sagte: »Dein Vater hat leider nicht dieses Glück gehabt.« Wie als ob sie sich diesem Gedanken für einen Augenblick widersetzte, holte sie die Realität gleich wieder zurück, denn schließlich wurde ein ›Reststück‹ von Thomas identifiziert und welches sie feierlich beigesetzt hatten. Es war wie Onkel Michael sagte: »Zur falschen Zeit am falschen Ort gewesen.«

Sie waren eigentlich bereits am Gehen, als Christina aufhorchte. Was war das soeben? Ein ungewöhnliches Geräusch! Zumindest für diesen Ort. Leise, aber ganz deutlich zu vernehmen. Schon wieder! Nur diesmal stärker! Das kannte sie doch! Klar, Trommeln! Da war doch tatsächlich irgend so ein Spinner am Trommeln! Spontan warf sie einen Kontrollblick nach links, dann rechts, tastete mit ihrem Auge die unmittelbare Umgebung ab. Doch vergebens! Obgleich der gleichmäßige dumpfe Schlag nach wie vor an ihr Ohr drang. ›Waren dies etwa Halluzinationen?‹, schoss es ihr beunruhigend durch den Sinn. ›Erste Anfänge von Wahnvorstellungen, produziert durch ihr Hirn? Paranoia?‹

Jim, welcher kurz sein Mobiltelefon konsultiert hatte und Christinas Zögern nicht unbemerkt blieb, drehte sich ihr zu, fragte: »Ist was Christina?«

»Hörst du das auch?«

»Was?«

»Dieses Trommeln!«

»Trommeln, sagst du?«

»Ja, es ist jetzt ganz klar zu vernehmen!«

»Hm«, stutzte Jim, blickte sich mehrmals um, vermochte indes nichts in dieser Art auszumachen, »tut mir leid, ich kann beim besten Willen nichts hören.« Nach wie vor irritiert und unmittelbar Jims Hand ergreifend, meinte Christina: »Seltsam, ich hätte schwören können, dass da einer am Trommeln ist, wie verrückt, rhythmisch und, schön!« Schließlich gab sie auf. Jims Gesichtsausdruck hätte nicht ausdrucksloser sein können, gänzlich Unverständnis verratend. Na ja, dachte sie sich, sagte dann scheu

lächelnd: »Bin wohl etwas übermüdet, sehe schon langsam Gespenster!«
Nicht weniger rätselnd, sagte Jim in einem typisch männlichen Erklärungs-
versuch: »Ich denke, dieser Ort animiert aber auch zu Übernatürlichem!
Lassen wir es doch einfach dabei bewenden, nicht?«

Wäre es lediglich dabei geblieben, hätte Christina gewiss keine weiteren Bedenken gehabt. Als sie jedoch die Rolltreppe der nächstgelegenen
U-Bahn-Station runterfuhren, Orpheus und seine Nymphe Eurydike auf
dem Weg in die Unterwelt, gemäß altgriechischer Mythologie das Reich der
Toten, der Hades, fuhren ihnen zwei Fahrgäste entgegen, welche sie schon
mal gesehen zu haben sich einbildete: junger sportlicher Mann, asiatische
Gesichtszüge, um die 1.85 groß, schwarzes Haar mit Pferdeschwanz sowie
ein etwa 9-jähriges Mädchen neben sich. Für einen Augenblick dachte sie
in ihr Spiegelbild zu schauen! Sie musste schon etwas seltsam reingeguckt
haben, oder den beiden erging es gleich wie ihr, denn noch eine ganze Weile
starrten sie sich gegenseitig an, bis Vater und Tochter, wie sie annahm, im
hellen Lichtkegel oben ihren Blicken entschwanden. »Bin ich froh, wenn
wir da wieder raus sind«, sagte sie zu Jim, und nur in Gedanken: ›Da wird
man ja noch manisch-depressiv.‹ Glücklich strahlte Jim sie an, fragte sich
rückversichernd: »Wieder vorbei?« Stumm nickte Christina, bemüht ihren
Jim mit einem Lächeln zu bezaubern. Was sie indes völlig perplex zurück-
ließ, waren die plötzlichen Gesänge, welche nunmehr einsetzen, je tiefer sie
in den Fahrstollen runterstiegen. Monotone Gesänge, Grabesgesänge, so
wie Klagelieder aus einer fernen Zeit, einem noch ferneren Ort. Als dann
noch ein fahriger Wind durch die Röhre pfiff, wie in einem Herbstwald bei
Mondschein, wurde es ihr allmählich unheimlich!

Gottseidank war der Spuk mit einem Schlag vorbei, als die U-Bahn-
türen hinter ihnen zuschlugen. Jim ließ ihr keine Zeit, ergatterte sich
einen freien Platz für zwei und zog sie fest an sich. Stumm, schweigend,
genießend, schmiegte sich Christina an ihn. Wie ihr heute bewusst geworden war, barg diese Stadt, in ihrem Untergrund, und welche sie doch
zu kennen glaubte, in der Tat ihre höchst eigenen Geheimnisse.

Ψ Ψ Ψ

Seltsame Dinge geschehen im Zentralpark

Eine halbe Stunde später spazierten sie an der schwarzen Engelsfigur beim Bethesda-Brunnen vorbei. Nicht unweit davon breitete Jim schwungvoll seinen Sakko auf einem leicht abschüssigen Wiesenbord im Halbschatten eines Ahornbaumes aus. »Das perfekte Plätzchen zum Ausruhen, nicht«, meinte er und legte sich hin. Unmittelbar ihm folgend, erwiderte Christina ganz zufrieden, denn eigentlich spielte ihr die Lokalität keine Rolle, Hauptsache, sie war bei Jim: »Ja, und gratis Unterhaltung gibt's auch noch, so wie's aussieht!« Ihr Blick fiel auf Straßentänzer, welche gerade eine akrobatische Schau in der Nähe der westlichen Treppe aufführten.

Dann blieben Christinas Augen bei einer Hochzeitsgesellschaft hängen. Diese lungerte um den Brunnen herum, nahm ihn regelrecht in Beschlag, für Fotosessionen natürlich. »Schau mal die Hochzeit da unten an! Sieht doch toll aus! Sie ganz in Weiß!«, sagte sie begeistert zu Jim. Faul, aus geschlossenen Augen schielend, raunte Jim, fast schon etwas missmutig: »Wen? Ach, Hochzeit.« Seine Begeisterung für diesen traditionellen Akt löste offenbar keine eigentlichen Stürme bei ihm aus, wie Christina feststellte. »Magst du etwa keine Hochzeiten?«, fragte sie verwundert. Jim ließ sich Zeit, brummte dann: »Hm, warum nicht. Wenn's passt.« Mit einer gewissen Ernüchterung nahm Christina von der offensichtlichen Diskrepanz ihrer Vorstellungen zur Kenntnis. Und dies in einem für sie doch gewichtigen Punkt. »Bist nicht so der Hochzeittyp, Jim?«, fragte sie. Jim, welcher sich nun abdrehte, seufzte kurz, sagte dann: »Wieso meinst du?«

»Klingst nicht sehr begeistert.«

»Sollte ich?«

»Nicht unbedingt, aber ist doch etwas Schönes, nicht?!«

Sich wälzend, um eine bequemere Position herauszufinden, fuhr Jim fort: »Also, für mich ist das ganze Hochzeitsgehabe zu sentimental, bedeutet doch nicht viel. Überhaupt ist Heiraten lediglich eine Unterschrift auf dem Papier.« Sein Widerwillen, sich über dieses Thema zu unterhalten, stieg im Minutentakt. Während Christina sich Rücken an Rücken an Jim schmiegte, seine Wirbelsäule sowie die festen Gesäßbacken spürte, schloss sie die Augen, meinte irgendwann: »Ich fände es schön. Und in unserer Familie bedeutet es eben viel. Wir sind da eher traditionell. Mama wäre sehr enttäuscht, wenn ich nur so mit einem Typen zusammenleben würde. Dahingehend hat sie sich schon bei Eric geäußert.«

Was dann folgte, war eine Schweigeminute, welche Christina gar nicht behagte. Ihm nicht weniger. Intuitiv spürten beide, wie sich die kleine Dissonanz eines Tages zum großen Keil auswachsen könnte. Dies wollten sie jetzt keinesfalls zulassen, nicht am heutigen Tag. Dann, mit einer wohlüberlegten Charmeoffensive, wie Jim diese immer einsetzte, um die bösen Wolkengebilde da oben zu verscheuchen, drehte er sich um zu Christina, umschloss sie fest mit seinen starken Armen und verkündete breitlächelnd: »Also, keine Bange, Christina, ich führe dich schon zum Altar, wenn's das ist, was dich beunruhigt.« Verunsichert ob Jims plötzlichen Richtungswechsels, entgegnete sie: »Es beunruhigt mich gar nicht! Wie kommst du darauf?« Glücklich seufzend und Christina knuddelnd, schloss er die Diskussion ab: »War nur so eine Idee.« Dann: »Rück lieber etwas näher heran!«, meinte er einladend.

»Noch näher?«, fragte sie, drehte sich um und kuschelte ganz dicht zu ihm bis sie sein Barthaar an ihrem Kinn zu kratzen verspürte.

»Du kannst nicht nahe genug bei mir liegen!«, eröffnete Jim mit seinem unverwechselbaren Augenstrahlen und welches jeder Frau unmittelbar das Gefühl gab, die einzige und richtige zu sein, die Erfüllung seiner Träume. »Na, siehst du, so ist's doch gut!«, bedankte er sich höflich.

»Weck mich aber, falls ich verschlafe«, sagte Christina und beendete die Ungeduld seiner wartenden Lippen mit einen rosigem Kuss. Jim vergewisserte sich darauf auf seiner Armbanduhr, meinte dann entspannt: »Es ist erst halb fünf, wir haben noch alle Zeit der Welt.« Hingebungsvoll schloss er wieder die Augen, ließ Christinas Liebesbezeugungen in all ihrer Innigkeit gewähren. Mann, tut das gut, dachte er. Und, für dieses urmenschliche Bedürfnis muss man doch nicht gleich die Hochzeitsglocken läuten lassen!

Während sie eine gute Weile da lagen und die Nachmittagsstunde verdösten, Christina in Jims liebevoller Umklammerung, drangen verschiedene Geräusche an ihr Ohr: das unermüdliche Rauschen des Großstadtverkehrs, das nervtötende Abschlagen von Tennisbällen, Kleinkindergeschrei, welches andeutete, dass Mutti nicht nur mit Liebe, sondern zugleich mit Konsequenz erzog; ferner Lacher in verschiedenen Tönen und Schattierungen. Und dann wieder dieses, sie stutzte. Hörte sie da tatsächlich richtig? Wieder diese rhythmischen Trommeltakte? Begleitet von anhebenden Männergesängen, welche sie spontan an Gebete, uralte Beschwörungsriten oder was auch immer erinnerten, nur nicht von dieser Welt. ›Mein Gott!‹, sinnierte sie in einer Art Blitzanalyse mit anschließender Hypothese, ›das kann ja nicht wahr sein! Bin ich denn jetzt völlig von der Rolle?‹

Versucht die Augen zu öffnen, hielt sie sich dann doch zurück, weigerte sich, ihrem nervösen Verlangen nachzugeben. Denn die Klangschläge entsprangen für sie ohnehin nicht einer physischen Quelle wie beispielsweise einer afrikanischen Musikgruppe auf US-Tournee. Nein, sie rührten vielmehr wie aus der Tiefe, aus dem Untergrund, einer anderen Dimension. *Aus dem Boden!* Sollte sie Jim deshalb wecken? Keinesfalls! Warum sollte sie sich lächerlich machen?! Er würde ihr ohnehin kein Wort glauben! Sie sich selbst ja auch nicht, an seiner Stelle! Also, blieb nur die altbewährte Strategie: ignorieren! Und in der Tat: es klappte! Vorzüglich sogar! Zwar hielt dieser Ur-Takt noch eine geraume Weile an, wie als ob jemand versuchte sie aufzurufen, wenngleich ein bisschen auf die penetrante Tour, aber wie das so war, gab jeder mal auf, wenn zwecklos.

Mit bewusster Anstrengung ließ sie erneut Erinnerungen ihres Lauftrainings dem STAHAHE SEE entlang auf ihrer inneren Leinwand abspielen, wob malerische Träume davon, wie sie mit Jim als frisch vermählten

Gatten in einer Strecklimousine dessen Gestaden entlangfuhr; sie ganz in Weiß, er im schicken schwarzen Frack. Blumengebinde auf der Motorhaube. Ja, genau so müsste es sein! Und so wird es sich bestimmt eines Tages erweisen! Denn, eine Frau spürte tief in ihrem Herzen, wonach sie sich verzehrte!

Frau'n regier'n die Welt

SPRACHLOS STAND CHRISTINA DA, vor den karminroten Türflügeln des VANGUARD, Neu Yorks legendärer Jazzbühne, in deren keilförmig angeordnetem Backsteingemäuer an der spitzwinkligen Ecke 7. Avenue und Waverlyplatz seit gut sieben Jahrzehnten Jazzgeschichte geschrieben wurde. »Das meinst du nicht im Ernst?«, sagte Christina perplex.

Beglückt, dass ihm der Überraschungscoup gelungen war, entgegnete Jim lächelnd: »Doch, so wahr wir hier stehen.«

Erneut kontrollierte Christina die Namen auf der Eintrittskarte, rieb sich die Augen, aber da stand tatsächlich, schwarz auf rot: Roger Cicero, live im Vanguard. »Hier in Neu York? Heute Abend?«, fragte sie in Unglauben.

Jims Bekräftigung war mehr als flüssig: »Ja, er ist diese Woche in der Stadt, gibt diese Woche Konzerte hier im Vanguard. Ich konnte gerade noch rechtzeitig Karten ergattern.« Was wollte Christina da noch sagen, außer, dass sie ihm jauchzend um den Hals fiel und ›Jim, du bist einfach … großartig! Vielen Dank!‹ Was konnte Jim da noch sagen, außer einem satten ›die machen in wenigen Minuten auf, und ich muss noch vorher mal. Du weißt schon.‹

Geduldig wartete Christina das Verrauchen des Glimmstängels in der Nähe des roten Eingangsdaches ab, ehe sie die Heiligen Gänge betraten, die sie die Stufen in die berühmten Kellergewölbe hinunterführen sollten. Eigentlich beschleunigte der plötzlich einsetzende Regenguss lediglich Jims unterbrochenen Abstinenzversuch.

Der JAZZKLUB VANGUARD in Neu Yorks WESTDORF war eine wohlbekannte Adresse weit über die Enden der Jazzwelt. Seit seiner Gründung am 15. Februar 1935 durch Max Gordon hatte in den vergangenen Jahrzehnten schon manch berühmte Jazzgruppe hier gastiert. 1949 spielte hier Mary Lou Williams zu ihrem ersten Konzert auf. Draußen und in der kleinen Empfangshalle kündigten Plakate die Künstler und Ensemble an, welche hier ihren Auftritt bestritten. Einer davon, mit Truppe, war aus Übersee angereist, frischte den Swing mit pfiffigen deutschen Texten neu auf. Für die etablierte Szene mitunter etwas ungewohnt, aber Schwung, Talent und Einfallsreichtum waren ja bekanntlich nicht auf ein paar wenige geografische Flecken wie den angelsächsischen Sprachraum beschränkt.

Nachdem Jim mit seinem eleganten Lederschuh die Kippe auf dem Gehsteig ausgedrückt hatte, meinte er wieder bestens gelaunt, dass er nun zu allem bereit wäre. Kurzum traten sie ein; Jim zeigte dem blondierten Fräulein an der Abendkasse mit auffälliger Wickelfrisur sowie markanter schwarzer Hornbrille ihre Karten. Bestimmt meinte diese: »Leutchen, da drin gibt es dann nichts zu knabbern! Das wisst ihr?«

Jim und Christina nickten sich vergnügt zu, worauf Jim sagte: »Ja, ist uns durchaus bekannt.«

Vermutlich nicht zum ersten Mal, wies das Fräulein auf weitere Gepflogenheiten und Eventualitäten hin. Ihr Schalk in den Augen war unübersehbar und doch steckte etwas Ernsthaftes drin: »Falls euch also jemand einen Hamburger anbieten sollte, vergewissert euch vorher des Ablaufdatums! Und noch was: Wir sind ein Jazzclub und kein Schwatzverein. Also, schreibt euch das bitteschön hinter eure hübschen Löffel und genießt dafür die Musik. Alles klar denn?!« Gehorsams ließ Jim ein ›kein Problem, Ma'm!‹ verlauten, während er Christina zuzwinkerte. Schließlich war er nicht zum ersten Mal hier.

Alsbald betraten sie den Kellerraum, suchten unter den 123 Sitzplätzen das auf der linken Seite von Jim reservierte Tischchen mit braunem Lederpolster. Eine mächtig wirkende Tuba thronte an der in einem Tannengrün gehaltenen Wand gleich über ihren Köpfen, eskortiert von schwarzgerahmten Bildern mit Musikerlegenden. Energetisiert nahm Christina

Platz, spähte neugierig im warmen Licht zur Bühne im Spitzwinkel. Vor dem roten Hintergrundvorhang und dem Scheinwerferlicht posierten großgewachsene Musiker auf ihren Stühlen, allesamt mit Hütchen ausgestattet, und tauschten sich vergnügt untereinander aus. Derweil sich der Keller mit allerlei Volk füllte, gaben sie dem Kellner ihre Bestellung auf: zwei Drinks waren die Mindestanforderung. Diese waren bei den 35 Dollar für die Karte indes inbegriffen.

Um neun Uhr schmetterten verschiedene Hörner quirlige Solos hin, gefolgt von einem Großeinsatz aller vorhandenen Kräfte, welcher direkt in FRAUEN REGIER'N DIE WELT mündete. In der Mitte drehte sich nun der Sänger mit Mikro um, gab charmant Vollgas.

Wie sie gehn und stehn,
wie sie dich ansehn
und schon öffnen sich Tasche und Herz,
und dann kaufst du 'nen Ring und 'nen Nerz,
ein lasziver Blick
und schon ändert sich deine Politik,
kein Boss und kein Actionheld,
kein Star, kein Mafiageld,
Frauen regier'n die Welt

Jim kam nicht drum herum, Christina gelegentlich verschmitzte Blicke zuzuwerfen. Die Sprache ihrer Augen wiederum ließ erkennen, wohin ihre Gedanken oder vielmehr Sehnsüchte in genau diesem Moment flogen. Ein musikalischer Himmel voller knackiger Saxophone, süffiger Streicher sowie einem Klavierflügel tat sich vor ihnen auf, fügte sich mit dem sprühenden Wortwitz zu einem harmonischen Guss zusammen. Einmal neigte sich Jim nahe zu Christina, flüsterte laut, dass dies Claudia bestimmt auch gefallen würde. Verzagt ignorierte Christina seine Bemerkung, so Recht er wohl damit hatte. Mutters Lieblingsstück, welches sie in letzter Zeit beflissen zuhause übte, kam heute Abend noch nicht zum Einsatz: Ich atme ein, ich atme aus.

Beim Sänger war nicht zu übersehen, dass er das neckische Spiel und die Intimität mit dem Publikum liebte, was durch die kleinräumlichen Platzverhältnisse erst möglich wurde. Gegen Mitte des Programms wollte Roger Cicero von den Zuschauern wissen, wer denn im Saal zu Hause gerne in der Badewanne sänge. Dusche wäre auch okay. Wenige scheue Hände trauten sich nach oben. »Ja, die gnädige Frau dort hinten?«, sagte er und zeigte in die Richtung. »Nein? Doch nicht?« Das Angebot wurde im entscheidenden Augenblick zurückgezogen. »Aber, hier drüben sehe ich was«, fuhr er mit seiner Suche fort. »Ja, bitte, das hübsche Fräulein und der sympathische Herr in ihrer Begleitung. Der Herr mit dem flotten Kurzbart daneben! Kommen Sie doch bitte mal zu mir auf die Bühne! Dankeschön. Meine Damen und Herren, Applaus, wenn ich bitten darf!«

Vergnügt stand Christina bereits auf den Beinen, zog Jim, welcher sich augenscheinlich sträubte, nach sich. Der Blick, den er ihr zuwarf, war eine Mischung aus Wagemut und Peinlichkeit. Charmant lächelte Christina einfach zurück, denn sie wusste mittlerweile um seine Gesangskünste. Beifall begleitete sie auf ihrem Weg zur Bühne, wo sie sich vorstellten.

»Aha, deine Mama kommt aus Konstanz, und deine Eltern aus Berlin«, stellte Roger erstaunt fest. »Ja, wenn das nichts heißt?! Das Stück *Berlin* haben wir übrigens heute Abend auch im Programm.«

»Und du meinst wirklich, Roger, dass wir hier und jetzt singen sollen?«, fragte Christina.

»Klar, vor diesem fantastischen Publikum«, erwiderte Roger, horchte mit einer Hand am Ohr ins Publikum, um Applaus bittend. Und der kam sofort, laut, stürmisch, pfeifend. »Meine Band ist ebenfalls zu allem bereit. Nicht wahr, Jungs?« Ein schnittiges Saxophon sowie das Schlagzeug blieben keine Antwort schuldig. »Habt ihr ein Stück, das euch besonders gefällt?«

Unschlüssig guckten sich Jim und Christina an, tauschten sich kurz aus und meinten dann: »Ja, da ist eines: ZIEH DIE SCHUH AUS.«

Sichtlich erfreut, sagte Roger, dass dies eine gute Wahl sei. »Na, dann wollen wir doch mal loslegen und die Katze aus dem Sack lassen! Aber vorher bitte nochmals einen Riesenapplaus für unser mutiges Zweiergespann!« Dieweil er sich zurückzog, reduzierte sich das Licht auf einen bläulichen Kegel, der jetzt Christina und Jim vom Dunkeln abtrennte. Die Spannung knisterte förmlich in ihren Mikrofonen. Der Saal muckste weniger als ein Mäuschen. Und dann kam er: leichtfüßig und auf Samtpfoten tappend, beschwingt im Tigerschritt, der rosa Panther des Jazz. Jim sprang als erster auf seine Spur, Christina folgte ihm, wechselte ihn ab. Während des Singens tauschten sie gegenseitig tiefe Blicke aus, ließen keinen Zweifel daran aufkommen, dass sie nicht *von ungefähr* kamen und schon auf gar keinen Fall zu spät!

Zieh die Schuh aus,
bring den Müll raus,
pass aufs Kind auf,
und dann räum hier auf,
geh nicht spät aus,
nicht wieder bis um eins,
ich versteh, was du sagst,
aber nicht, was du meinst.

Eine Welle ehrlicher Begeisterung überrollte sie noch während ihres Gesangs. Selbst Roger, der nach dem Schlusstakt wieder neben sie trat, kullerte anerkennend die Augen. »Mein Gott, das war ja umwerfend!«, meinte er, klatschte mit, und als der Beifall wieder nachließ, »ich glaube, da kann ich gleich einpacken gehen, Leute! Braucht es *mich* überhaupt noch?«

Verlegen bedankte sich Christina, selbst überwältigt von ihrer gemeinsamen Gesangseinlage. So großartig hatte sie sich schon lange nicht mehr gefühlt! Derweil Roger sie wieder an ihre Plätze entließ, hieß er seinen Gast willkommen. Seiner Mimik war förmlich anzusehen, wie gleich die Spannung um ein Vielfaches ansteigen würde. »Meine Damen und Herren, nach dieser sensationellen Einlage kommen wir nun zu einem Leckerbissen der besonderen Art! Ich wusste lange nicht, ob es klappt, ob unser Duett Sie heute Abend erfreuen würde. Aber ist er da! Darf ich Ihnen vorstellen, mein Spezialgast: PRINCE!«

Zurück an ihrem Tisch, netzten beide zunächst ihre brennende Kehle. »Und ich dachte immer, du seist gut im Feuer *löschen*«, flüsterte Christina, »dabei *entzündest* du Feuer, und was für welche!« Verwundert nahm Jim Christinas Bemerkung entgegen, forschte beglückt in ihren Augen. In ihren Worten steckte durchaus etwas Wahres! Einen Augenblick lang hatte ihn doch tatsächlich die Muse geküsst, wie ein verborgenes Fensterchen geöffnet, von welchem er selbst keine Kenntnis hatte, dass es dieses überhaupt gab. Aber die Bühnenerfahrung war schön. Wirklich schön!

Zwei Stunden und zwei Zugaben später erlosch der Jazzzauber wieder. Gemütlich plaudernd standen sie auf, schlossen sich der Schlange vor ihnen an und begaben sich zum Ausgang. Mitbesucher klopften ihnen spontan auf die Schulter, gratulierten zum tollen Auftritt. »Man merkt, dass ihr in ein eingespieltes Paar seid!«, meinte eine Frau mittleren Alters in schwarzem Lackmantel sowie passender Handtasche, entlockte Jim unvermittelt ein Grinsen, wobei er sich höflich für das Kompliment bedankte.

»Na, Lust auf einen Drink?«, fragte Jim Christina, als sie draußen standen. Leichter Schauer hatte den Asphalt benetzt, die Lufttemperatur erwies sich einige Grade kühler. »Klar doch!«, unvermittelt ihre Erwiderung, »jetzt geht's doch erst richtig los!« In einem Nachtclub, welcher Christinas von einer früheren Tour mit Barbara bekannt war, wurden sie fündig, tranken dort einen Whiskey, und tanzten zu Jims eigenem Erstaunen im schummrigen Licht sogar etwas.

Ψ Ψ Ψ

Nächtlicher Horror auf der Columbia – Jim rastet aus

Irgendwann dann, so gegen zwei in der Früh, stiegen sie schäkernd die Treppenstufen der Untergrundbahn am Broadway, in der Nähe der Columbia, herauf. Nach den Turbulenzen vergangener Wochen und Monate und der daraus resultierenden Depression brach nunmehr eine Lebensfreude in Christina durch, welche ihr, wenigstens punktuell, eine Art Atempause verschaffte. »Das mit dem Konzert war eine super Idee!«, sagte sie sichtlich beschwingt.

»Hat mir auch genial gut gefallen!«, entgegnete Jim. »Dieser Cicero macht ganz guten Swing. So eine Art Mix. Hoffentlich bleibt er auf dieser Linie.«

Verwundert blickte ihn Christina an: »Wieso meinst du? Wenn er ja so viel Erfolg damit hat, wäre er ja blöd, den Stil zu ändern.«

»Nun, du weißt ja, wie dies so ist mit diesen Künstlern. Kaum landen sie einen Hit oder haben mit etwas Erfolg, wollen sie sich gleich wieder neu erfinden. Ich denke, dies wird bei diesem Cicero nicht anders sein.«

Nachdenklich sagte Christina: »Nun ja, wir alle schätzen Abwechslung. Wer will schon immer das gleiche.«

»Da hast du auch wieder recht«, gestand Jim, derweil sie gemächlich ins Universitätsgelände einbogen, um zurück zum Parkplatz zu gelangen. Die Uni mit Campus war so etwas wie eine STADT IN DER STADT, ein verwinkelter Mikrokosmos mit derlei Gebüschen und Rabatten. ›Nachts könnte man sich hier glattweg verirren!‹, bemerkte Jim. Für Christina kein Problem, kannte die Gegend wie ihre eigene Hosentasche, insbesondere ums Journalismus-Gebäude herum. Abgesehen von der lärmigen

Gruppe Halbwüchsiger waren sie alleine unterwegs. Es war offensichtlich Samstagnacht.

Als sie das halbschummrige Licht eines Fußweges bei der imposanten Butler Bibliothek durchschritten, spürte Jim, wie ihn plötzlich ein unangenehmes Gefühl beschlich. Folgte ihnen etwa jemand? Zwar vermochte er es nicht mit Bestimmtheit zu verorten, doch verstärkte sich sein Unbehagen fortwährend. Feuerwehrinstinkt? So drehte er seinen Kopf leicht ab, nach links, tat so, als ob er zu Christina schauen würde, um besser mit ihr sprechen zu können, derweil er einen verstohlenen Blick nach hinten warf.

Aha! Also doch! Sein Instinkt hatte ihn mitnichten getäuscht! Denn in der Tat hingen ihnen zwei nicht näher auszumachende Gestalten an den Fersen: der eine sichtbar schlaksig, der andere kräftig-pummelig, durchgängig dunkel gekleidet, dies in Jeans, Lederjacken, weiße Sportschuhe, Sonnenbrillen sowie schwarze Wollmützen. Unmittelbar fiel ihm ein, wie ihm die zwei Kerle durch ihr extravagantes Äußeres schon vorhin, am Broadway, aufgefallen waren. Die hatten wohl kaum ›zufälligerweise‹ den gleichen Heimweg wie sie?!

Wie so oft ließ sich in der Rückblende nicht mehr genau klären, was letztlich den Ausschlag gab. Was Jim einzig mit Gewissheit wusste, war, dass seine Toleranzgrenze in jenem Augenblick massiv überschritten wurde, als die Typen schließlich auf lediglich eineinhalb Meter aufrückten. Wie wild rot und blau blinkend, drehten seine Warnlämpchen und Sicherungen durch. Unvermittelt drehte er sich abrupt um, packte mit eisernem Griff den Näherstehenden beim Schlafittchen und schleuderte ihn mit Grandezza über eine Rabatte. In unmittelbarer Folge packte er den anderen, stieß ihn mit dem Rücken zurück an die Hauswand. Mit lautem Gebrüll schlug er den Gepackten mehrmals dagegen, bis dessen Hinterkopf das Gemäuer dunkelrot färbte. Außer sich vor Wut vergaß Jim jegliches Pardon, schlug zu. »Hä?!! Was soll das?!! Nachts Leute verfolgen und belästigen, wie?!! Haut sofort ab, ihr Scheißtypen oder es geschieht noch was ganz anderes mit euch!!« Unmissverständlicher ging's ja wohl kaum!

Jim war nun, als schimmerte etwas metallen Glänzendes in der Hand seines Gegners auf. Ein Messer?! Gar ein Schmetterling?! Nun, worum immer es sich auch handelte, reflexartig, tausendfach erprobt in Übungen bei der Feuerwehr, ließ er dem Pummeligen keine Zeit zur Aktion, kehrte ihn gleich um und verdrehte dessen Arm. Stöhnend vor Schmerz schrie dieser auf. »Ich sag's zum letzten Mal! Verschwindet hier auf der Stelle, ihr verdammten Kerle!«, schnaubte Jim wutentbrannt, »oder es wird euch noch leidtun, uns belästigt zu haben!« Abermals zog er den Unterarm seines Verfolgers bis fast zum Brechen. Dann stieß er ihn weit weg, so dass der strauchelte, umfiel und hart mit der Nase aufschlug.

Während die schrägen Vögel die Botschaft verstanden hatten und sich humpelnd verkrümelten, erhob Jim die geballte Faust, machte mit seiner sich beinahe überschlagenden Stimme unmissverständlich klar, dass er nicht zu Scherzen aufgelegt war. »Lasst euch ja nicht mehr blicken!«, doppelte er nach. Seine kräftige Erscheinung sowie sein bestimmtes Auftreten überzeugten den letzten Zweifler. Dann fiel sein Blick zur Seite, und in der Tat: Da, vor der Mauer, lag etwas: ein Stellmesser! Aufgeklappt! »Wusste ich's doch! Ihr Scheißkerle!«, schnaubte er immer noch.

In geringer Entfernung stand Christina wie tief narkotisiert da, starrte auf Jim, wie er die Waffe in Händen hielt. ›Ist dies menschenmöglich?!‹, schoss es ihr benommen durch den Sinn. ›War dies ein Überfall, inmitten des Unigeländes?‹ Vor wenigen Minuten noch swingte die Welt wunderschön im Jazztakt, lachten und schalkten sie miteinander. Und jetzt dies hier! Tiefer vermochte der Schrecken nicht mehr in ihren Knochen zu stecken!

Gleicherweise atmete Jim mehrmals durch, im Versuch seine Fassung wiederzuerlangen. Glücklicherweise war die Geschichte nochmals gut ausgegangen. Hätte er vielleicht nur einige wenige Sekunden später reagiert, hätte es für sie mitunter böse ausgehen können! Unmittelbar wandte er sich Christina zu, erblickte das Häufchen Elend, verdattert und verwirrt! Reichlich Tränenwasser floss über ihre Wangen. »Christina, bist du okay?«, fragte er leise, ging auf sie zu und legte seine Hände stützend unter ihre Unterarme. Unfähig, irgendein Wort über ihre zitternden Lippen zu bringen, nickte sie wortlos, woraufhin Jim das einzig Richtige tat, indem er sie behutsam in seine Arme nahm. Als er sie umschloss, brachen ihre Dämme vollends und sie brach in Schluchzen aus. Sanft streichelte er über ihr Haar, presste sie an sich. »Ist schon gut, mein Liebes, ist alles vorbei«, redete er ihr beruhigend zu, »die Typen sind weg!«

Misstrauisch schweifte sein wachsamer Blick dennoch umher, suchte die Gegend auf jede potentielle Ecke oder verdächtiges Gebüsch ab. »Komm, Christina«, sagte er dann, »gehen wir zum Auto! Lass uns von hier verschwinden!« Kein Wort entwich in der Folge ihren Mündern, auch nicht als sie einstiegen und Christina sich auf den Beifahrersitz kauerte. Jim verriegelte die Türen, zündete den Motor. Behutsam lenkte er das Fahrzeug zurück zum Ausgangstor, wartete bis die Fahrbahn frei war und bog dann ein, Richtung nach Hause.

Ψ Ψ Ψ

Wahrheiten kommen ans Licht

Als Jims VW Golf vor Sanders Haus in Suffern am Straßenrand anhielt, stellte er unmittelbar den Motor ab. Mittlerweile war Christina wieder aus ihrem schläfrigen Zustand erwacht, saß nun aufrecht neben ihm, den Blick gesenkt. Trotz angezogener Jacke fröstelte es sie. Eine geraume Weile verstrich in Stillschweigen, ehe es kam, leise: »Danke, Jim, wegen vorhin.« Erleichtert erwiderte Jim: »Nichts zu danken, Christina! Bist du wieder einigermaßen okay?« Zögerlich schloss sie die Augen, ehe sie antwortete, denn der Schock saß ihr noch gehörig in den Knochen. So hatte sie sich den Ausklang des Samstagabends wahrhaftig nicht vorgestellt; überhaupt nicht ihren Tag mit Jim. »Ja, ich denke schon«, meinte sie dann.

»Tut mir leid um den schönen Samstag«, erwiderte Jim, als ob er Gedankenleser wäre. »Hab' ich mir anders vorgestellt.«

»Du kannst doch nichts dafür«, schwächte sie ab. »Unser Tag war dennoch schön, bis eben auf das.« Was sie nicht minder verstört hatte, war die Heftigkeit mit welcher Jim zwar gottlob reagiert und sie vor Schlimmem bewahrt hatte, und dennoch. So hatte sie ihn beileibe noch nie erlebt! Bislang kannte sie ihn nur von seiner friedlichen, zuvorkommenden Seite. Als ob Jim dahingehend etwas geahnt hätte, kam prompt seine Frage: »Habe ich dich vorhin etwas gar erschreckt?« Seine Augen blickten sie forschend an, seine Stimme war wieder gewohnt ruhig. Unmittelbar starrte Christina ihn kurz an, ehedem sie ihren Blick aufs Tastaturenbrett vor sich richtete. »Gottlob hast du so beherzt reagiert, Jim!«, sagte sie dann, als ob sie auswich.

Sich erst eine plötzliche Müdigkeit aus den Augen reibend, schaute Jim sie wieder an. Seine explosive Impulsivität schien auf ihr Verständnis zu stoßen, das heißt, sich aus der brenzligen Situation heraus zu erklären. Und dennoch, kam er für sich zum Schluss, war jetzt der Zeitpunkt gekommen, ihr Einblick in ein Vorkommnis zu gewähren, welches sein Handeln bestimmt tiefgründig gesteuert hatte. »Weißt du«, setzte er schließlich an, »für mich war dies heute so etwas wie ein Déjà-vu.«

»Ja?«, sagte Christina überrascht.

Mit der linken Hand das Steuerrad fassend und mit den Fingern darauf klopfend, entließ Jim einen Seufzer. »Ja. Diese Narbe hier. Du weißt schon. Du wolltest doch heute Mittag wissen, woher die stammt, nicht?«

»Ja, aber darüber musst du nicht sprechen, wenn du nicht willst«, sagte Christina, rätselnd, worauf Jim hinauswollte. Gab es denn da einen Zusammenhang mit vorhin?

Umgehend schaute Jim sie nun ernst an: »Doch, Christina, es ist mir wichtig, dich in diesen Aspekt meines Lebens einzuweihen! Am Ende verstehst du mich noch falsch! Weißt du, es hat damit zu tun, wie meine Frau, das heißt, Sandy, gestorben ist.« Aufmerksam horchte Christina nun auf, denn offenbar steckte da eine Geschichte dahinter, welcher ihn stark belastete. »Nun denn«, fuhr er fort, »es war kein Unfall, und auch keine Krankheit. Sandy war zu Hause, schlief vermutlich fest und friedlich in ihrem Bett.«

»Du musst nicht, Jim …«

»Doch.«

»Nein, wirklich. Ich brauch dies nicht zu wissen.«

»Ich möchte dies aber!«

Wiederum setzte Stillschweigen ein, ehe Jim fortsetzte: »Weißt du, Christina, ich war zu einem Einsatz gerufen worden, inmitten der Nacht. Damals, in Los Angeles. Ein Einfamilienhaus. Wie sich früh herausstellte, ein einfacher Brand. Und gottseidank nur materieller Schaden. Die Bewohner konnten sich rechtzeitig in Sicherheit bringen. Hm, wir waren alle froh und erleichtert! Irgendwann machte ich mich dann wieder auf den Nachhauseweg. Müde, hungrig, aber irgendwie glücklich, so wie immer nach einem erfolgreichen Einsatz!«

»Und dann?«

»Ja«, seufzte Jim schwer, rieb sich erneut die Augen aus, als ob lästiger Rauch diese zwickte, »dann kam ich also nach Hause. Erst fiel mir nichts Besonderes auf, bis ich aufschließen wollte und realisierte, dass die Haustüre aufgebrochen war!«

»Nein, wirklich!?«

»Ja, ich habe umgehend geschnallt, dass da was faul war!«

»Einbrecher?«

Wiederum unterbrach sich Jim für eine Pause. Es war mehr als offenkundig, dass ihm das Wecken dieser Erinnerung höchst unangenehm war. Dann fuhr er mit seiner Erzählung fort, gefasst und beinahe sachlich, wie wenn er dem ablösenden Kollegen von der Nacht rapportierte: »Ich trat leise ein, ließ die Türe einen Spalt offen. Aus dem Wohnzimmer vernahm ich dann ein Geräusch, als ob jemand was fallengelassen hätte! Als ich einen vorsichtigen Blick um die Ecke warf, packte mich bereits einer von hinten, wollte mich zu Boden zu werfen. Natürlich habe ich mich umgehend gewehrt, versuchte mich aus dem Klammergriff zu befreien. Ein Zweiter sprang herbei, drückte mich ebenfalls runter. Da war noch eine dritte Stimme.«

»Hast du was gesehen?«

»Nein, alle waren maskiert. Es war ohnehin dunkel. Ich wehrte mich heftig, dabei schlug mich einer der beiden mit dem Kolben ins Gesicht, deshalb diese Narbe. Nach dem zweiten Schlag, diesmal direkt auf den Kopf, trat ich mal für einen Augenblick weg!«

»Ohnmächtig?«

»Ja, kurz.«

»Dann?«

»Ich wäre wohl besser nicht aufgewacht!« Als Jim dies sagte, dämmerte es Christina, dass nun etwas ganz Schlimmes folgen müsste. Eine erste Ahnung zeichnete sich ab. »Mein erster Gedanke war natürlich bei Sandy! Ich sprang rauf in unser Schlafzimmer! Da …« Wiederum stockte Jim, rang nach Worten.

»Du kannst jederzeit abbrechen, Jim!«, versicherte ihm Christina, spürend, dass er am Limit vorbeischrammte.

»Nein, ist schon okay, Christina!«, sagte Jim abwinkend. Mit weitgeöffneten Augen blickte er sie nun durchdringend an, wandte dann seinen Blick wieder weg. »Diese Schweine hatten sie getötet! Waren nur auf Geld und Schmuck aus. Vermutlich leistete sie Widerstand! Aus Schock! Es war drei Uhr morgens; sie fest am Schlafen, als diese Kerle eindrangen!«

»Fürchterlich!«, flüsterte Christina. Ihre Befürchtungen hatten sich soeben bewahrheitet. Doch dies war noch nicht das Ende, wie sie gleich erfahren sollte.

»Ich sag' dir: der Anblick war schrecklich!«, sagte Jim. »Sie auf dem Boden, tot, neben dem Bett. All das Blut! Und dazu kommt, dass sie sie vorher noch …«

»Mein Gott, nein!«, rief Christina spontan, hielt sich beide Hände vors Gesicht. Mit einem Schlag wurde ihr bewusst, wie sehr er sich um sie gesorgt hatte, sie vorhin um jeden Preis beschützen wollte! Sogleich kam Jims Versicherung: »Vielleicht verstehst du mich jetzt, warum mir auf der Columbia alle Sicherungen durchgedreht sind!« Wie Jim anfügte, gab es wohl keine schrecklichere Erfahrung, als wenn man zu Hause, dem Ort, wo man sich doch am meisten in Sicherheit fühlt, auf rabiate Art und Weise überfallen, vergewaltigt und dann noch umgebracht wird. Dazu mitten in der Nacht, in der Dunkelheit. Wie Recht Jim doch hatte! Jim lehnte sich zurück, schloss die beißenden Augen. Seit Jahren nun schon hatte er mit niemandem mehr darüber gesprochen, kam zum Schluss, dass es besser wäre, die Vergangenheit ruhen und Gras darüber wachsen zu lassen. Lieber fraß er seinen Schmerz in sich hinein, als ihm Raum und damit Macht über ihn gewähren zu lassen. Wie es sich heute erwiesen hatte: ein Trugschluss!

»Und das hast du all die Jahre mit dir herumgetragen?«, fragte Christina leise.

Stumm nickte er.

»Weiß es jemand hier an der Ostküste?«

Kopfschütteln.

»Und die Täter? Hat man die gefasst?«

Kopfnicken, dann: »Zwei Weiße, und ein Mexikaner, eine kriminelle Bande. Das Übliche.«

»Jim«, flüsterte Christina andächtig, »was du da vorhin für mich getan hast, war einfach großartig! Danke!« Spontan rutschte sie nahe an ihn heran, so gut es eben ging, legte ihre Arme um ihn. Das tat unheimlich gut! Ihren Jim zu spüren, zu trösten! Als sie ihm einen zärtlichen Kuss auf die Wange drückte, begannen sich seine Gesichtszüge merklich zu entspannen. Auch Farbe kehrte zurück. Derweil setzte in der Stille der Nacht der abnehmende Mond seinen Gang hinter den Ramapo Bergen fort, hielt Wache über den schwarzen Baumwipfeln unter ihm. Bald würde er sich dem allgemeinen Blickfeld entziehen, den Nachthimmel den beharrlicheren Sternen überlassen. Den friedsamen Lauf jeder für sich schweigsam beobachtend, saßen Jim und Christina da, lehnten aneinander, spürten die beruhigende Wirkung der Anwesenheit des andern. Unablässiges Zirpen von Grillen rundete das klangmalerische Bild ab. Suffern war zur Ruhe gekommen, zumindest in äußerlichen Belangen.

Als Jim die Todesumstände seiner Frau erzählt hatte, kroch in Christina unmittelbar ein Gefühl herauf, welches sie selbst nicht so richtig zu beziffern vermochte. Sie würde erst Monate später, in einem ganz anderen Zusammenhang und auf einer ganz anderen Ebene, Klarheit darüber erlangen, was es bedeutete, im eigenen Haus überfallen, ausgeraubt, aus Schwerste misshandelt und letztlich gar umgebracht zu werden. Was ihr jetzt jedoch wiederum auflag, trotz der befreienden Wirkung von Jims Outing, war ihre Geschichte. Über ihre Herkunft. Seltsam, dachte sie, aber sie war Jim um einem riesigen Schritt nähergekommen, hatte nun tiefes Vertrauen zu ihm gewonnen, obgleich sein gewaltvoller Akt sie vordergründig im höchsten Grade erschreckt hatte. »Jim, da ist ebenfalls etwas, was ich dir unbedingt sagen möchte«, unterbrach Christinas Stimme die Stille.

Jim neigte den Kopf, blickte sie entspannt an. Christinas Wärme und Zuneigung erzeugten in ihm ein unglaubliches Wohlgefühl, wie er es seit Jahren vermisst und sich nicht mehr zugestanden hatte. Hatte er dies überhaupt verdient? Bei seinen Eskapaden! Seine Befürchtungen, Christina verloren zu haben, hatten sich glücklicherweise als unbegründet erwiesen. »Ja? Was denn?«, fragte er neugierig.

Sich ein Herz fassend und ihren ganzen Mut zusammenraufend, sagte Christina: »Weißt du, am Montag treffe ich eine Frau, das heißt, eigentlich handelt es sich um meine Mutter, meine *leibliche* Mutter.« In Jims Augen blitzte ein Strahlen auf; spontan erwiderte er: »Wow, das ist ja großartig! Das ging aber schnell!« Kurz senkte Christina ihren Blick, legte ihre Hand auf sein Herz, fühlte die unbeschreibliche Verbundenheit sowie die quälende Frage, ob ihr gleich erfolgendes Outing das überleben würde. Mit einem tiefen Seufzer blickte sie ihn, sagte: »Meine leiblichen Eltern, Jim, sind beides Indianer. Ich bin zu 89% eine Ureinwohnerin.«

Perplex starrte Jim Christina für einen langen Augenblick an. Was sagte da Christina? Sie sei eine *Indianerin*?

Mama, ich bin wieder bei dir!

INNERLICH AUFGEWÜHLT SCHLÜPFTE Christina ins Haus. Plötzliche Zweifel benagten ihr Herz. War es klug, Jim einzuweihen? Seine ganze Reaktion auf ihre Offenbarung: ein Achselzucken. Sonst nichts. Kein Wort der Erwiderung. Eigentlich hatte sie etwas ganz anderes erwartet. Was genau, wusste sie zwar selbst nicht. Aber Jim nahm dies so gelassen entgegen, als wäre es die größte Selbstverständlichkeit dieser Welt. Hatte sie sich da vielleicht zu viele Sorgen gemacht? Hatte mitunter lediglich sie selbst ein Problem damit oder war Jim einfach nur ein genialer Schauspieler oder Gentleman, der sich aus Höflichkeit nichts anmerken ließ?

Schon von draußen war schwach flackerndes Licht im Wohnzimmer zu erkennen, wie von Kerzenschein. Und in der Tat! Als Christina auf leisen Sohlen eintrat, die Jacke auszog und aufhängte, gewahrte sie Klavierklänge an ihr Ohr dringen. Vorsichtig lehnte sie sich an den Türpfosten, spähte in die Stube, sah Claudia am aufgeklappten Flügel sitzen, vor der Bücherwand, im andächtigen Spiel. Mit ihr würde Mama kaum rechnen, dachte wohl, sie sei heute Nacht überall, nur nicht im Elternhaus. Trotz des Quantensprungs in ihrer Beziehung zu Jim hielt sie irgendetwas davor zurück, aufs Ganze zu gehen. War es die Mutter der Porzellankiste? Eine irrationale Angst, oder Unsicherheit? Oder haperte es am Ende doch an der Grundlage, am Vertrauen? Jim war ja kein unbeschriebenes Blatt; das hatte sie keineswegs vergessen, Verliebtheit hin oder her.

Züngelnd flackerte der Widerschein warmen Kerzenlichts auf Claudias Angesicht, erhellte vermutlich so manche Wehmut in der Abgeschiedenheit der Nacht. In unregelmäßigen Abständen lösten sich heiße Wachstropfen, rannen den weißen Kerzenstäben entlang herab. Geschmeidig glitten Claudias Finger über die Klaviatur, drückten das anmutige Elfenbein und Ebenholz. In Augenblicken wie diesen war der Alltag fern, der ganze Schmerz, die Wut und Trauer wie kurzzeitig außer Kraft gesetzt. Eine Reminiszenz der besonderen Art tauchte in Nächten wie dieser gerne auf, denn …

Woran Claudia sich erinnerte und wonach sie sich auf eine Weise sehnte, die sie weder begreifen noch ignorieren konnte, war der Augenblick in jenem längst vergangenen Sommer auf der EUREGIA, der modernsten Fähre der Bodenseeflotte auf der abendlichen Rückfahrt von ROMANSHORN nach FRIEDRICHSHAFEN, zurück ans deutsche Ufer. Als sie wehmütig auf Deck an der Reling lehnte und Thomas hinter sie getreten und sie an sich gezogen hatte, die stumme Umarmung, die einen gemeinsamen, geschlechtslosen Hunger stillte.

Lange hatten sie im glitzrig-goldenen Schein der untergehenden Sonne gestanden, die Flammen ihrer jungen Liebe warfen wie rötliche Lichtfetzen, die Schatten ihrer Körper eine einzige Säule auf den schäumenden Wellen. Die Minuten vergingen auf der Armbanduhr an Thomas' Handgelenk, im Schiffstempo an der dunkel-bedrohlichen Wolkenwand am fernen Horizont gen Osten vorbei. Erste Sterne bohrten sich durch die flimmernde Abluft des Fährenkamins. Thomas' Atem ging langsam und ruhig, er summte, wiegte sie ein wenig im Abendlicht, und Claudia lehnte sich an den gleichmäßigen Herzschlag, spürte die Schwingungen des Summens wie einen kribbelnden Schwachstrom, fiel stehend in einen Schlaf, der kein Schlaf war, sondern etwas anderes, eine Benommenheit, eine Verzückung? Bis Thomas einen angerosteten, aber noch brauchbaren Spruch aus der Kindheit vor dem Tod seines Opas hervorholte und sagte: ›Wird Zeit, dass wir Nägel mit Köpfen machen, Cowgirl! Komm, du schläfst ja schon im Stehn wie ein Pferd‹, Claudia einen sanften Stubs gab und durch die Glasscheibe hinter ihnen verschwand. Claudia hörte seine Stimme verheißungsvoll verkünden, als er zurückblickte ›Bis gleich, Liebes‹, das beharrliche Brummen der Schiffsmotoren, das unentwegte Kreischen der Möwen im Fahrtwind.

Später verfestigte sich diese schläfrige Umarmung in ihrer Erinnerung als der Startschuss eines aufrichtigen, zauberhaften Glücks auf ihrem gemeinsamen Lebensweg. Nichts konnte die nachhaltige Tiefenwirkung des Heiratsantrags bei Thomas' Rückkehr vom Restaurant, mit Sekt und Gläsern, zerstören, nicht mal das Wissen, dass Thomas nicht der große Romantiker, sondern vielmehr Praktiker war, der rationell analysierte und synthetisierte.

Während der weiche Anschlag der Klaviertasten die harten Aufschläge ihrer gegenwärtigen Lebensturbulenzen abfederte, gab sich Claudia der vereinnahmenden Macht der Klänge hin, begann zu singen:

Thomas, seit du fort bist
geh ich kaum noch aus
besonders deine Wache meide ich
Und nur selten treff ich deine Freunde
Sie fragen mich, was ich jetzt tu
Was soll ich denn schon tun, ohne dich?

Ich atme ein, ich atme aus
setze ein' Fuß vor den andern
bis ich alles das, was geschehen ist, kapier'
Ich atme ein, ich atme aus
nehme ein' Tag nach dem andern
weil ich leider weiß, dass du nimmer kommst,
zu mir.

Ich lebe von Erinn'rungen
sie bring'n mich durch die Nacht
geh' nochmals alles durch von Anfang an
und ich bleibe in der Hoffnung
dass die Zeit schon alles richtig macht
bis dahin tu ich, was ich kann

Ich atme ein, ich atme aus
setze ein' Fuß vor den andern
bis ich alles das, was geschehen ist, kapier'
Ich atme ein, ich atme aus
nehme ein' Tag nach dem andern
bis ich endlich weiß, warum du nimmer kommst,
zu mir.

Dieweil sich Claudia dem Klavierspiel hingab, trat Christina von hinten an sie heran, umschloss sie zunächst sanft mit ihren Armen. Wie ihre Mutter so in Einsamkeit am Flügel saß, sich dabei den Verdruss ihres Herzens wegzuspielen trachtete, bewegte sie sehr. Claudia schaute kurz auf, lächelte. Daraufhin setzte sich Christina neben sie und mit vereinten Kräften sangen sie fortab, in schicksalhafter Verbundenheit, die Tränen weg, welche während Monaten vorwiegend in der Nacht geflossen waren.

Wir atmen ein, wir atmen aus
setzen ein' Fuß vor den andern,
bis wir alles das, was geschehen ist,
kapier'n
Wir atmen ein, wir atmen aus,
nehm'n ein' Tag nach dem andern,
bis wir endlich wiss'n, warum du nimmer kommst
zu uns.
Warum du nimmer kommst, zu uns.

Die Wirkung ihrer inneren Berührung blieb nicht aus. Erleichtert hörte Claudia Christinas flüsternden Worte, wonach sich ihr Mutterherz seit so langer Zeit gesehnt hatte: »Mama, ich bin wieder bei dir!«

Ψ Ψ Ψ

Erste lange Schatten auf dem Bärenberg

ERWARTUNGSGEMÄSS kam am darauffolgenden Morgen das Leben etwas gemächlicher in die Gänge. Um zehn Uhr rumpelte unten die Haustüre, gewährte einer Nachtschwärmerin Einlass. Wie Biggi später ausführte, hatte sie bei einer Kollegin in Neu York übernachtet, nachdem es ›etwas spät‹, respektive, früh geworden war. Das Pflichtbewusstsein ließ sie indes heimkehren, denn die hungrig wie verzweifelt wartenden Tiermäuler kümmerte ihr Nachtleben spärlich. Claudia, noch schlaftrunken, stellte beim Blick auf die Uhr mit Schrecken fest: »Mein Gott, schon so spät?! In einer guten Stunde kommen Lyke und Michael. Und ich bin noch nirgends!«

»Geht ihr weg?«, wollte Biggi wissen, wusch das Katzengeschirr im Trog sauber, klopfte das Wasser weg.

»Ja«, entgegnete Claudia, »wir wollen etwas wandern gehen, auf den Bärenberg, und nachher gibt's bei Lyke und Michael eine Vesper.« Eigentliches Glück strahlte aus ihrem Antlitz, was auch Biggis Blick nicht entging und geradezu ein Stirnrunzeln auslöste.

»Alles in Ordnung, Mama?«

»Ja, bin ganz zufrieden«, sagte sie, »so wie sich die Dinge entwickeln.« Eine Gruppe Wattewölkchen, wie sie friedlich über den Himmelsbogen zogen, fing ihre Aufmerksamkeit am Küchenfenster. Welch gutes Gefühl letzte Nacht doch war! Was immer Christina bewogen hatte: Hauptsache war, dass ihre Beziehung in eine grundlegende Phase der Entspannung eingetreten war! Sozusagen Tauwetter nach der frostigen Kälte des Winters. Sich Biggi wieder zuwendend, fragte sie, ob sie denn Lust hätte mitzukommen. Biggis prompte Zusage erstaunte sie dann doch ein wenig, denn bis vor kurzem wäre sie dafür mit Gift und Galle bespuckt worden. Auch hier: eine Veränderung, ein Sinneswandel, welcher für sie nicht ganz nachvollziehbar war. In erstaunlicher Effizienz wurde daraufhin alles angepackt, um sich in Michaels exakten Zeitplan einzufügen.

Um fünf vor zwölf parkte der sein geräumiges Auto vor dem Haus. Kräftiges Hupen gab zu verstehen, dass er startbereit wäre. Nach Claudia, welche Rex in den Kofferraum springen ließ, folgten die Mädels. Michael, welcher hinter dem Steuerrad zappelte und nervöse Blicke auf die Uhr warf, als ob gleich alle Zufahrtsstraßen zum Bärenbergpark geschlossen würden, schaute zweimal, als Christina und Biggi erschienen. Beide trugen Mittelscheitel, mit seitlich geflochtenen Zöpfen. Dazu ein feines Stirnband aus Leder. Und als ob des Schmuckes noch nicht genug, reckte sich bei beiden eine Feder steil in den Himmel.

Nanu, stutzte Michael, guckte unmittelbar zu Lyke. Neue Mode? Oder ein junge-Mädchen-Spleen? Lyke, welche die Sache mehr mit Amüsement betrachtete, rief lachend: »Wow! Das sieht aber keck aus! Wie zwei richtige Indianerinnen!« Michael, welcher sich in der Folge ein Schmunzeln nicht verkneifen konnte, meinte dann: »Na, dann, hopp in den Sattel, meine Squaws, wenn ich bitten darf! Die Büffelherde kommt gleich!« Kurzes Gelächter; dann fuhren sie los.

Ψ Ψ Ψ

Wie nicht anders zu erwarten, begegneten ihnen beim Aufstieg zum Bärenberg, welcher dem gleichnamigen Park seine Ehre erwies und nahtlos an den Harrimannpark anschloss, neugierige wie verwunderte Blicke. Insbesondere die blondhaarige Variante erzeugte Aufmerksamkeit. Nach einer guten Stunde standen sie auf dem Aussichtspunkt, atmeten erst einmal tief durch. Ächzend, aber auf keinen Fall sich eine Blöße gebend, rief Michael, sich auf seinen Stock abstützend: »Mensch, schaut euch dieses Panorama an! Super Fernsicht heute! Haben wir gut erwischt, nicht?«

Lyke, welche sich einen langen Schluck aus der Wasserflasche genehmigte, bestätigte: »Gewaltig! Hätte ich nicht gedacht, als wir in Nyack abfuhren.« In einer Sichtdistanz von gut fünfzig Kilometern war Neu York mit seiner imposanten Silhouette deutlich erkennbar. Claudia meinte, dass sie jedes Mal von neuem staune, wie groß die Stadt aus dieser Distanz wirke, bei doch gut 50 Kilometern dazwischen.

Michael, dessen nationale Brust gerne und schnell anschwoll, sagte mit unüberhörbarem Stolz: »Ist im Grunde ein gewaltiges Bauwerk! Sieht doch aus wie ein Gebirge, welches sich aus der flachen Ebene erhebt! Wenn man bedenkt, dass da vor 500 Jahren noch nichts war, und heute die Weltstadt schlechthin. Da hat Amerika der Welt schon etwas vorgemacht!«

Eigentlich wäre Michaels Abgesang auf nationale Errungenschaften ungestört geblieben, hätte da nicht Christina überraschend verlauten lassen: »Das stimmt so nicht ganz, Michael.« Unverwandt drehten sich Michael, Lyke und Claudia um, schauten verwundert zu Christina, welche mit verschränkten Armen da stand, auf eine Art heroisch oder vielmehr trotzig. Die Feder hing abwärts. Beinahe vorwurfsvoll fuhr sie fort, ohne die andern direkt anzuschauen: »Da war nicht einfach ›nichts‹, vor 500 Jahren.« Instinktiv spürte Lyke, dass Christina heute etwas anders drauf war als sonst. Ihre Stimme klang so seltsam tonlos. »Wie meinst du das, Christina?«, fragte sie. Der Blick ihrer Nichte zeugte von tiefer Betroffenheit.

»Weißt du, Lyke, dieses ganze Gebiet hier wurde bis vor 500 Jahren ausschließlich von indianischen Menschen besiedelt, den Lenni Lenape sowie anderen indigenen Völkern. Und wie sieht es heute aus? Die eigentlichen Bewohner sind praktisch allesamt verschwunden! Dafür ist nun die ganze Welt hier versammelt! Ist das nicht irgendwie absurd, ja, zynisch?!« Ihr Blick senkte sich. Umgehend trat Lyke herzu, legte ihren Arm um Christina. Ihre vorige Vermutung hatte sich bestätigt. Was Christina da äußerte, war ihr nicht unbekannt. Schon früher hatte sie sich mit dem Thema der lokalen Ureinwohner auseinandergesetzt, wusste deshalb, wovon Christina sprach. Es war unbestritten ein tragisches sowie primär beschämendes Kapitel dieses an sich so stolzen Landes! »Ja«, seufzte sie tief, »da hast du völlig recht, es *ist* absurd!«

Biggi, welche Rex an der Leine hielt, runzelte die Stirn. Für sie sprach ihre Schwester in Rätseln. Neu York war doch eine tolle aufregende Stadt! Quasi das Zentrum der Welt, wo es viele interessante junge Leute zu treffen gab! Gerade gestern im Ausgang hatten Florina und sie zwei attraktive Kerle aus Litauen kennengelernt und sich köstlich amüsiert. Was sprach nun ihre Schwester plötzlich von indianischen Menschen, die vor fünfhundert Jahren hier gelebt hatten? Wen interessierte das schon?! Sichtlich genervt, meinte sie dann: »Wie kommst du denn jetzt auf dieses Thema? Wie sagst du, Lenni Lenape?«

Lyke, welche sich kurzzeitig zum Sprachrohr berufen fühlte, sprang für Christina ein, sagte: »Ja. Das waren die Indianerstämme, welche vorwiegend hier im Großraum von Neu York siedelten. Man kennt sie auch unter dem Namen Delawaren, wegen des Delawaren Flusses. Das heißt, dieser wurde wiederum nach einem Gouverneur von Virginia benannt, Lord de la Warr.«

Hm, erwiderte Biggi wortlos, erstaunt darüber, was Lyke da ausführte. Lenni Lenape bedeutete anscheinend *Wirkliche Menschen*, was ihr nicht unsympathisch war. Hatte nicht Mutter letzthin erwähnt, dass Christinas Mutter eine solche war? Insofern noch verständlich, dass Christina so überlegte. Doch von einer gewissen Neugierde getrieben, fragte sie weiter: »Ja, gibt es denn noch solche Lenni Lenape hier? Also, ich kenne niemanden.« Ihr Blick wanderte automatisch zu ihrer Schwester rüber, welche nun aufschaute, ihr direkt in die Augen, als würde sie sagen wollen: he, hallo, ich bin dann auch eine! Erstaunlich sachlich entgegnete jedoch Christina, da sie ihrer Schwester deren Unwissenheit kaum übel nehmen konnte, da es ihr ja bis vor kurzem selbst so erging: »Offiziell sind es nicht mehr viele. So um die 13000 rum. Wie viele noch in der ursprünglichen Heimat leben, weiß ich auch nicht, nur dass die Mehrheit heute über sieben Bundesstaaten verstreut ist. Und ein paar in einer Provinz in Kanada.« Dies und mehr war nun das Resultat unermüdlicher nächtelanger Nachforschungen in Büchern sowie im Netz. Ob Biggi damit etwas anzufangen vermochte? Es wäre bestimmt klüger, das Thema wieder zu verlassen.

Erneut schaltete sich Lyke nun ein, meinte: »Ja, das war ein bitteres

Schicksal, welche diese Völker ereilt hatte. Die wurden von den Europäern immer mehr zurückgedrängt oder sogar ausgerottet. Zu meiner Beschämung muss ich sagen, dass wir Holländer auch unseren Teil an der Geschichte hatten; aber gar keinen rühmlichen! Die verfuhren damals nicht gerade zimperlich mit den Urvölkern.« Spontan stiegen ihr Geschichtsberichte von Chronisten auf, welche teils haarsträubende Vorkommnisse für die Nachwelt festhielten.

Michael, welcher bislang wortkarg daneben stand, spürte beträchtlichen Unmut in sich aufsteigen. Sollte er etwas sagen oder auf die Zunge beißen? Dieses Frauengeschwätz war für ihn lediglich nutzlose Sentimentalität. Eigentlich brachte es nichts, in die Diskussion einzusteigen, doch sein Temperament errang den Sieg, sodass er sagte: »Also, so friedlich und harmonisch, wie ihr jetzt tut, ging es bei denen auch nicht zu und her. Schließlich wurde so manchem friedlichen Siedler mit dem Tomahawk der Schädel gespalten. Oder wenn ich an dieses furchtbare Skalpieren denke! Womöglich bei lebendigem Leib!«, gab er zu bedenken.

Bereit, sich der Herausforderung ihres Mannes zu stellen und Paroli zu bieten, damit er nicht zu übermütig wurde, konterte Lyke postwendend: »Ja, ist es denn heute so viel anders? Klar, benutzen wir keinen Tomahawk und skalpieren niemanden, aber sieht unsere Bilanz, was das ewige Kriegen und Morden anbelangt, besser aus? Wie schön sterben denn die Menschen mit unseren modernen Waffen?« Unvermittelt tauchten in ihrem Sinn Bilder von den Weltkriegen auf, den einschlägigen Erfahrungen im Vietnamkrieg oder im Irakkrieg, als Bagdad, gemäß Aussage eines Kommentatoren, brannte wie ein Weihnachtsbaum. Da brannten auch unzählige Menschen!

Nahezu reflexartig legte sich Michaels Stirn zunächst in Runzeln, war er wie immer irritiert, wenn seine Frau mit Argumenten auffuhr, welche ihm nicht selten fremd waren, wenn sie solche Themen abhandelten. »Meinst du etwa den Krieg gegen den Terror?«, sagte er missmutig, und sogleich: »Ja, das ist ganz was anderes! Wir Amerikaner wurden schließlich auf unserem eigenen Grund und Boden angegriffen! Jetzt musst du also nicht mit absurden Vergleichen kommen, Lyke!«

Nicht weniger kopfschüttelnd über Michaels Gedankengänge in solchen Angelegenheiten, fragte Lyke: »Denkst du, mein guter Michael, dass das für die Indianer anders war?«

»Indianer? Was hat das damit zu tun?! Also, Lyke, manchmal …!« Michaels Gesichtsfarbe entwickelte sich in Richtung rot. Dem Frieden zuliebe, schwieg er lieber.

»Du musst jetzt nicht so tun, Michael!«

»*Wer* tut hier?«

»Ich glaube, du verstehst mich falsch!«

»*Wie* soll ich dich denn verstehen?«

»Ja, überleg mal!«, sagte Lyke wieder um Gelassenheit bemüht. »Wie Christina gesagt hat, war dieses Land hier während Jahrtausenden die Heimat von indianischen Völkern. Bis eines Tages Wildfremde mit großen Schiffen am Horizont auftauchen, bis auf die Zähne bewaffnet, und beginnen, auf *deren Grund und Boden* einzudringen. Ohne Hilfe der Einheimischen wären sie in den ersten Wintern sogar verhungert. Nur, dass sich die Gäste damit revanchierten, dass sie am Ende ihre Gastgeber gewaltsam aus ihrem Land vertrieben oder abschlachteten.«

Offensichtlich wurde zwischen Michaels Augenpaaren ein Hirnsturm unter der Schädeldecke ausgelöst. »Hm«, sagte er schließlich raunend, »das hat was Wahres, meine Liebe. Aber du vergisst dabei etwas Wichtiges: Wenn das nicht so gewesen wäre, würden du und ich jetzt nicht hier stehen und die schöne Aussicht genießen, zum Beispiel auf unser schönes Häuschen da unten, in Nyack.« Seines Erachtens blieb diese Frauenlogik immer an der Haustüre stehen. Wie man zum schönen Leben im schönen Häuschen kam, wurde tunlichst ausgeblendet. Dafür sorgten schließlich sie bösen Männer. Und überhaupt: Was kümmerte ihn längst verstaubte Geschichte?! Was sollte er sich 2002 den Kopf darüber zerbrechen? Mein Gott, die Welt hat sich nun mal so gedreht! Okay. Es war bestimmt nicht alles immer nur vom Feinsten, was da geboten wurde. Aber jetzt ist jetzt! Bewusst ablenkend, warf er einen Blick zur Uhr. »Wisst ihr was, meine Liebsten? Ich schlage vor, dass wir auf die tolle Aussicht von heute noch einen trinken gehen! Ich spendiere gerne eine Runde. Seid ihr dabei?« Natürlich waren sie dabei. Bierflüssige Frage!

Während ihrer angeregten Auseinandersetzung auf dem BÄRENBERG geschah wieder dieses Eigenartige, vernahm Christina erneut dieses dynamische Trommeln in ihrem Ohr. Kaum waren sie oben angelangt, setzte es ein, löste wieder diese Zerrissenheit aus. Wie als ob da jemand auf sie wartete! Auch den eintönigen Singsang mochte sie allmählich nicht mehr hören! Wie ließ sich der nur wieder abstellen?!

Unmittelbar stiegen Kindheitserinnerungen auf, versetzten sie in die Winnetou-Filme aus der Heimat ihrer deutschen Mutter. Diese besorgte sich diese via Oma aus Konstanz. Damals, als Kind, gefielen sie ihr, was durchaus an der eingängigen Melodie, diesem Zuckerguss der Fünfzigerjahre, lag. Immerhin hatte der Autor, Karl May, in seinen zahllosen Abenteuerbüchern ein differenziertes Bild von Rot und Weiß entworfen, was umso erstaunlicher war, als dass er entgegen des Zeitgeistes des 19. Jahrhunderts schrieb.

Trotz der kurzzeitigen Verstimmung auf dem Bärenberg fand das Wochenende zu einem spritzigen Ausklang. »Ich habe jetzt einen Bärenhunger‹, sagte Michael laut lachend und vergnügt am Vespertisch zuhause in Nyack. Lykes neustes Spargelrezept überzeugte ihn vollends von den Kochkünsten seiner Gattin: quer in Stücke geschnittene grüne Spargeln wurden kurz in der Pfanne gebraten, ehedem Lyke sie mit frischem knackigen Salat sowie einer Balsamico-Rapsölsauce mit Aprikosensenf angereichert anrichtete. Dazu obligater Grill sowie ein Chardonnay aus dem Weinkeller. Alles passte perfekt, doch allzu gemütlich sollte der Abend nun doch nicht werden.

Ψ Ψ Ψ

Halve Maen oder
wie am 11. September 1611 alles begann

Später, als Michael alle Sanders nach Hause und Christina zum Bus gebracht hatte, bepflanzten er und Lyke die bequemen Sofasessel und zogen sich die Abendnachrichten rein. Getreu ihrer Gewohnheit hatte Lyke die Beine aufs Polster hochgezogen, angewinkelt, las mithilfe ihrer Lesebrille im stimmigen Licht einer Bauchlampe gleichzeitig in einem Buch. Draußen erfreute ein frühsommerlicher Abend die Welt. Etwas unerwartet, aber durchaus im Kontext des Tages, meinte sie dann plötzlich: »Da steht es auch wieder, Michael.«

Nicht sehr erfreut über die unerwünschte Störung, drehte Michael den Kopf zu Lyke, fragte halb Ohr: »Ja, was denn?«

Begierig ihre soeben gewonnene Erkenntnis unmittelbar weiterzugeben, hob Lyke leicht das Buch an und las die besagte Stelle vor. »Hör mal, was hier steht:

›Unter dem stetig wachsenden Druck der weißen Besiedlung wurden die Lenni Lenape binnen zweier Jahrhunderte nicht weniger als zwanzig Mal vertrieben. Auf ihrem langen Weg nach Westen lebten sie ständig an der SIEDLUNGSGRENZE, der so genannten FRONTIER, und standen damit im Zentrum der Konflikte. Oftmalig im wechselnden Kreuzfeuer der machtpolitischen Interessen der Kolonialmächte England, Frankreich und Spanien, wurden sie einmal von der einen, dann wiederum von der Gegenseite für deren strategisch-taktischen Ziele missbraucht. Später nach der blutigen Loslösung der englischen Kolonien vom Mutterland gerieten sie in die aufflackernden Konflikte der aufstrebenden jungen USA und den noch im Osten siedelnden Stämme. Dies forderte weitere Opfer. Die erzwungene

Auswanderung führte das Volk der Lenni Lenape schließlich in Gebiete wie Kansas und Oklahoma. Auf dieser Wanderung gab es wiederholt Spaltungen und Zusammenschlüsse von regionalen, politischen und sprachlichen Splittergruppen.‹«

Nachdem Lyke fertig vorgelesen hatte, nahm sie ihr feingliedriges Brillengestell ab, rieb sich die Augenlider, sagte dabei. »Das ist doch genau das, was wir heute auf dem Bärenberg diskutiert haben, nicht?« Es entging ihr nicht, dass sich Michaels Interesse in engen Grenzen hielt, was insofern nicht weiter erstaunte.

»Ja?«, erwiderte Michael, gleichgültig und vielmehr auf aktuelle Nachrichten erpicht als denn auf Historie. Gerade flimmerte ein Bericht über die Kriegszustände in einem afrikanischen Land über den Bildschirm, was Abertausende von Zivilisten zur Flucht zwang. Wie nicht zum ersten Mal, hatte er die Hartnäckigkeit seiner Gattin unterschätzt.

»Was meinst *du* denn dazu?«, bohrte Lyke nach, blickte erwartungsvoll zu ihm.

»Ich? Wozu?«

»Ich glaube, du hörst mir gar nicht zu.«

»Doch, natürlich.«

»Ja, zu dem, was hier steht. Ich meine, das ist ja unerhört, wie man diese Leute behandelt hat, und dies in ihrem eigenen Land, während Jahrhunderten.«

»Ja, schon.«

»Lässt dich dies etwa kalt?«, klang es etwas vorwurfsvoll von Lyke. Wie war es möglich, dass man zu solchen Zuständen teilnahmslos ein wenig mit den Achseln zuckte, dachte sie. Das war doch ungeheuerlich!

Michael, überfordert mit solchen Aussagen, meinte dann: »Ja, was soll ich denn sagen?«

»Stell dir nur vor, das würde man mit uns machen!«

»Macht ja keiner«, meinte Michael, breit grinsend und sich streckend. »Dafür sorgt ja jetzt unser starker Mann aus Texas!« Er wusste genau, wie Lyke jetzt gleich reagieren würde, denn reflexartig verdrehte sie allein bei der Erwähnung dieses Namens die Augen, sagte: »Ausgerechnet der!«

Michael wiederum, in der Regel bemüht ihre zeitweiligen Unstimmigkeiten zu überspielen, wendete ein: »Tu jetzt nicht so, Lyke! Im Gegensatz zum eitlen Schnorrer von vorher, ist auf den Bush immerhin Verlass! Der hat keine peinlichen Monica-Geschichten. Der ist sauber, packt dafür die Sachen an! Gegen Terroristen gibt es nur eine Sprache!«

Allmählich die Sinnlosigkeit ihres Anliegens einsehend, entfuhr Lyke ein Seufzer. Was wollte sie da noch groß sagen? Wohl war ihr bewusst, dass auf Michael absoluter Verlass war, wenn es denn drauf ankam; bei gesellschaftspolitischen oder sozialen Themen hingegen redete sie sich hingegen fusselig. Auch nach zwanzig Jahren Ehe. »Ach«, sagte sie schließlich und um nochmals auf das Thema zurückzukommen, »wenn ich mir so überlege: Alle zehn Jahre vertrieben zu werden, würde in unserem Fall bedeuten, dass wir schon das fünfte Mal die Koffer packen müssten. Stell dir mal vor: Das wäre ja eine konstante Entwurzelung, und Demütigung, denn wir würden ja nicht freiwillig umziehen, sondern vertrieben. Heimatlose im eigenen Land werden! Ein Leben lang nie ankommen. Ich stelle mir dies schrecklich vor!«

Spontan entfuhr Michael ob der abstrusen Vorstellung ein Schmunzeln. »Da hast du allerdings Recht, Lyke, aber was willst du? Es ist nun mal so geschehen. Wir sind wir und wir leben heute. Ist nicht unser Fehler.«

»Schon«, entgegnete Lyke nachdenklich, »aber genügt das? Kann man dieses riesige Unrecht einfach so abhaken? Die Rechte dieser Menschen wurden *jahrhundertelang* mit Füssen getreten, und das ausgerechnet in einem Land, welches sich als Hüter der Freiheit und Menschenrechte versteht. Das geht doch nicht auf!«

Michael schaltete nun innerlich ab und äußerlich auf den Sportsender um; sogleich erwachte sein inneres Feuer und hob seine Stimmung. Das Palaver um diese paar Indianer war nicht sein Ding. »Was stellst du dir denn konkret vor?«, fragte er dann doch; schließlich beabsichtigte er nicht, Lyke zu brüskieren und augenscheinlich, war dies für sie ein großes Thema. »Eine Task Force einrichten, zur Rettung einer Handvoll verlorener Indianer? Ist ja sowieso nicht mehr viel davon übrig.«

Aufgrund seines Wissens um Christinas genetische Abstammung hatte er sich früher mal etwas schlau gemacht und sich in den Stoff eingelesen. Doch worauf er dabei stieß, war alles andere als eine ›heile Welt‹. Das esoterisch verklärte Bild des edlen Wilden, welcher in sich ruhte, hatte herzlich wenig mit der Wirklichkeit zu tun! Da wurde genauso gekriegt wie überall! Von Korruption und Vetternwirtschaft ganz zu schweigen. Mag ja sein, dass es löbliche Ausnahmen gab, welche abends ihr Friedenspfeifchen reinzogen und sich mit Geschichten aus der Nachbarschaft unterhielten. Doch mehrheitlich war dies für ihn sentimentaler Quatsch! Lyke hatte eben ein großes Herz, wofür er sie schätzte, andererseits war sie bisweilen etwas weltfremd. Da draußen herrschte eine raue Männerwelt. Wer nicht kämpfte, ging unter.

»Hm«, erwiderte Lyke, verunsichert ob Michaels Frage. »Das könnte ich dir jetzt auf Anhieb auch nicht sagen.«

Mit einer gewissen Genugtuung meinte Michael: »Na, also, siehst du, Lyke. Du weißt es ja selber nicht. Und überhaupt finanzieren wir ja die Burschen heute allesamt, mit unseren Steuergeldern! Hast du eine Ahnung, was unsere Regierung jährlich in diese Reservate reinbuttert?! Millionen! Und weiße Amerikaner müssen hungern! Da muss mir doch keiner mit diesen arbeitsscheuen Gestalten kommen!«

Bereits wollte Lyke eine Erwiderung geben, als sie innehielt. Wäre es klug, die Diskussion fortzusetzen? Ihre Wahrnehmungen und Standpunkte fielen in solchen Fragen meilenweit auseinander. Mit Vernunftargumenten, wie sie glaubte, war Michael nicht immer beizukommen. Dass viele indigene Völker widerrechtlich und gewaltsam ihrer Lebensgrundlage beraubt und oft in kleinräumige, unwirtliche Reservate gepfercht wurden, dies nicht selten ohne große Erwerbsmöglichkeiten, blendete ihr guter Michael einfach aus.

Nicht minder missmutig ob der leidigen Diskussion stand Michael auf, um sich erst Erleichterung und anschließend in der Küche ein kühles Bier zu verschaffen. »Ich brauch was zum Runterspülen«, meinte er lakonisch. Als er zurück war, köpfte er die Bierflasche, verkündete: »So, jetzt kommt dann gleich Atlanta vs. Memphis, Lyke. Das möchte ich auf keinen Fall verpassen!« Damit war für ihn der Diskurs über Zeitgeschichte vorerst abgeschlossen.

Je nach Spielverlauf wechselten sich Michaels Begeisterung oder Empörung. Im Vergleich zum beherzten Schrei, der Lyke entfuhr, war dies hingegen geringfügig. »Mein Gott, Lyke! Was ist denn jetzt wieder los?«, rief er. Erschrocken starrte sie ihn an, als hätte sie soeben das Programm über das Ende der NBA gelesen, der Nationalen Basketball Vereinigung. »Weißt du«, fragte sie dann wieder gefasst, »wann Hudson mit seinem Schiff in der Neu Yorker Bucht anlegte und den Hudsonfluss hinauffuhr?« Mit sichtlicher Verärgerung entgegnete Michael, denn ausgerechnet während der schönsten Spielszene, wo es hart auf hart ging, riss ihn Lyke aus dem Geschehen: »Nein, spielt das überhaupt eine Rolle? Ich meine …«

»Natürlich spielt dies eine Rolle«, widersprach Lyke bestimmt, »Neu Amsterdam, oder später Neu York, wurde für ganz Nordamerika zum wichtigsten Einfallstor für Neuankömmlinge; damit war zugleich der Niedergang der hiesigen Völker besiegelt.«

»Hm«, stutzte Michael, sich eine zweite Dose genehmigend, »nein, keine Ahnung, wann war denn das?«

Fassungslos ließ Lyke das Buch sinken: »Das wirst du mir nicht glauben, Michael!«

»Mittlerweile glaube ich alles«, sagte er, nahm einen tiefen Schluck.

»Stell dir vor«, fuhr Lyke fort, mit Anspannung, »dies war am *11. September* 1611!«

Unmittelbar verschluckte sich Michael, hielt sich spontan eine Hand vor den Mund, um eine Katastrophe abzuwenden. Nachdem er dreimal geschluckt hatte, sagte er: »Was?! *Wann*, sagst du?«

Lykes Bestürzung war selbstredend und keineswegs gekünstelt. In einer Art Schnellzusammenfassung sagte sie: »Am 4. September 1611 entdeckte Hudson die Halbinsel Manahatta. Sieben Tage später wird er aktiv und fährt weiter in die Bucht rein, den Fluss hinauf.« Sie blickte auf. »Und weißt du, wie das Schiff hieß? Hudson fuhr ja im Auftrag der Niederländischen Ostindischen Kompanie.«

»Nein«, sagte Michael; sogar bei ihm wuchs jetzt eine gewisse Anspannung, denn Lyke wusste, wie man Spannung erzeugte.

»HALVE MAEN.«

»Versteht ich nicht, ist wohl holländisch?«

»Ja, natürlich. HALVE MAEN heißt nichts anderes als ›Halbmond‹.«
Jetzt war die Sensation perfekt, auch für Michael, welcher sich unmittelbar aufrichtete und einen Augenblick lang sogar seinen Sport vergaß. »Was?!«, rief er ungläubig. »Was sagst du da: *Halbmond*?! Am *11. September*, 1611. Jetzt brauch' ich aber gleich einen ganzen Sechserpack!«

Ψ Ψ Ψ

Fünf Flaschen genügten wohlauf, denn so frappant die geschichtliche Parallele erschien, auf den zweiten Blick zog doch wieder der Ratio ein, welcher besagte, dass Datum und Name wohl Erstaunen auslösten, aber kaum eine seriöse Deutung zuließen. Was hingegen Lykes Nachtschlaf gehörig vermieste, war eine Textstelle aus H.J. STAMMELS LEXIKON zum Thema DER INDIANER. Darin wird das verhältnismäßig kleine, aber friedfertige Volk der Manhattan beschrieben und welches Schicksal es am 25. Februar 1642 ereilte. Auslöser einer Brutalität sondergleichen war das entlaufene Mastschwein eines holländischen Kolonisten. Als dieses bei einem Indianer im Manahatta-Dorf PAVONIA aufgefunden wurde, entsandte der Gouverneur Willem Kieft die Sergeanten Rodolf und Adriensen mit Soldatentruppen nach CORLEAR's HAKEN zwecks einer Strafexpedition zu den ›diebischen roten Hunden‹. So fielen in der Mitte dieser Spätwintersnacht holländische Truppen über die schlafenden Indianerfamilien her und veranstalteten ein Massaker, welches seinesgleichen in der Geschichte der USA sucht. Ein holländischer Augenzeuge berichtete:

›An der Mutterbrust trinkende Säuglinge wurden mit Bajonetten durchstochen und aus den Armen der Mutter gerissen und ins Wasser geworfen. Andere Kinder warf man lebend in die Flammen. Babys, die in ihren kleinen Tragkörben schliefen, wurden mit Säbeln in Stücke gehackt. Den schreienden Eltern und Großeltern hieb man Glieder vom Leib, stach sie nieder, oder schlug ihnen die Schädel ein.‹

David Peterszoon de Vries beschrieb die Folgen dieser barbarischen Schlachtung, 1655 in ALKMAAR, Holland, wie folgt:

›*Einige kamen zu uns gelaufen und man hatte ihnen die Hände abgehackt, andere hatten Arme und Beine verloren, wieder andere hielten beide Hände gegen den aufgeschlitzten Leib gepresst, aus dem die Därme quollen. Und wieder andere waren in solch entsetzlicher Weise verstümmelt, dass man es nicht beschreiben kann.*‹

Um eins Uhr morgens knipste Lykes Nachttischlampe an. Michael, vom Lichtschein geweckt, drehte sich um. Sein Blick traf inmitten Lykes tränendes Angesicht. Aufgerichtet, mit angezogenen Beinen, saß sie im Bett. Kein Wort kam über ihre Lippen, wenngleich ihre Mimik Bände sprach. Sanft legte Michael seine linke Hand auf ihre Schultern, all die lächerlichen Zwistigkeiten des Tages vergessend. So war er dann wieder! Es war ihm wohl bewusst, dass seine Frau nichts so schnell aus der Bahn warf, selbst wenn sie für seine Begriffe bisweilen zu Über-Emotionalität neigte. Dass sie sich nun aber in einem solch elenden Zustand befand, wollte etwas heißen! »Schlecht geträumt, Liebes?«, fragte er.

Schweigend nickte Lyke, schluckte leer.

»Vom 11. September?« (ihr letztes Thema vor der Bettruhe)

Abermals nickte Lyke, fügte dann aber leise hinzu: »Ja, diesmal aber vom INDIANISCHEN 11. SEPTEMBER.«

Ψ Ψ Ψ

Mit zweiundzwanzig Jahren Verspätung

Ja, jetzt stand sie tatsächlich da, auch physisch! In Gedanken hatte sich Christina diesen Tag schon längst detailliert ausgemalt, so zum Beispiel wie sie am späteren Montagnachmittag in Philadelphias mächtiger Bahnhofshalle eintrifft und nun den neoklassizistischen Bau auf sich einwirken lässt. Nach dem Mittag war sie in Neu York aufgebrochen, verdrückte während der rund zweistündigen Anfahrt etwas Kleines, obgleich sie keinerlei Hungergefühle verspürte. Zappelig wie ein kleines Kind rutschte sie stattdessen auf ihrem Sitz im Zugsabteil herum, blickte der Begegnung entgegen, bei welcher sie zweifelsohne mit ihrem Innersten berührt würde. Denn, nach zweiundzwanzig Jahren, würde sie ihre leibliche Mutter kennenlernen! Das Setting mit ihrem indianischen Hintergrund war ohnehin speziell, fand sie. Verständlicherweise stand ihre Gefühlswelt seit Tagen Kopf, ihre Magennerven zum Zerreißen gespannt, denn, was würde wohl mit ihr geschehen?

Äußerlich hatte sie sich für ein streng klassisches Outfit mit dunkelblauem Hosenanzug entschieden, mit weißer Bluse und Perlenkette – angesichts ihres Budgets natürlich ein Imitat. Doch sollte, und mehr noch wollte, sie als moderne junge Frau rüberkommen, keinesfalls als Ind …

Von Lisa hieß es knapp am Telefon, sie würde abgeholt, worüber sie nicht unglücklich war, denn trotz eines früheren Besuchs in einem schulischen Rahmen war ihr die Stadt fremd. ›Halt‹ einfach ein Blatt Papier mit dem Symbol einer Schildkröte hoch!‹, wies ihre Mutter sie an. Ray würde sie ansprechen. Ray? Ihr Mann? Und so stand sie sich nun seit einer geraumen Viertelstunde die Füße in den Bauch, ertrug stoisch den Lärm und das Gewühl um sie herum, ebenso die stickige heiße Luft. Um sich von ihrer Nervosität abzulenken ließ sie zuweilen ihren Blick die stattlichen Marmorwände emporwandern, bis hin zur Kassettendecke, und blieb am Ostende an der Skulptur des ENGELS DER WIEDERAUFERSTEHUNG hängen. Stand ihr nicht etwas Ähnliches bevor? Eine zweite Geburt sozusagen?

Als sich ihr ein junger dunkelhaariger Mann mit Latinobart und schwarzem Cap näherte, wusste sie unverzüglich, dass ihr Warten gleich ein Ende haben würde. Vermutlich löste sein schelmisches Grinsen diese Gewissheit aus. Die Botschaft auf seinem schokoladebraunen T-Shirt mit gelbem Aufdruck war unmissverständlich: HIER SPRICHT DER BOSS. Im direkten Vergleich mit der Körpergröße ließ er sie geradezu als Wicht erscheinen, überragte sie locker um eineinhalb Köpfe, wenngleich er einen leicht schlaksigen Eindruck vermittelte. ›Einer aber von der gemütlichen Sorte‹, dachte sie unvermittelt. Aber was überlegte sie sich da eigentlich?! Erwartete sie etwa einen kahlrasierten Krieger mit schwarz-roter Gesichtsbemalung, im Lendenschurz und mit einem Tomahawk in der erhobenen Faust, grimmigen Blickes, bereit dem nächsten Feind den Schädel einzuschlagen? Also, Christina, bitteschön!

»Christina?«, fragte er höflich, ließ blendend weiße Zähne hervorblitzen.

Latino-Typ, überlegte sich Christina spontan. Etwas verlegen und doch vor Neugier platzend, antwortete sie: »Ja, das bin ich. Ray?«

»Ja«, sagte er, »freut mich!«

»Ganz meinerseits.«

»Ich bin der Freund von Lorraine.«

»Lorraine?«

»Ach ja, deiner Halbschwester!«

Halbschwester? Hatte sie da richtig gehört? Als ob er ihre Gedanken erraten hätte, lachte Ray auf, sagte: »Ja, du hast mich schon richtig verstanden: deiner Halbschwester.« Auch ihn musste die Situation seltsam anmuten, wie in einer dieser Seifenopern, wenn irgendwelche Kegel hervorkamen, welche der verödenden Geschichte einen ganz neuen Dreh gaben.

Christina meinte dann: »Lisa hat gar nichts von einer Halbschwester erzählt.«

»Macht doch nichts!«, erwiderte Ray, »oder magst du etwa keine Überraschungen?«

Nun ja, dachte sie, Überraschungen ja, solange sie sich denn nicht als übellauniger Natur erweisen, wie an jenem Morgen, an Vaters Beerdigung. Da durfte das Leben ruhig mal etwas freundlicher mit ihr umgehen. »Weißt du, Ray«, sagte sie, »ich hatte in letzter Zeit, für meinen Geschmack, ein bisschen viele Überraschungen erlebt!«

Rays Urgemütlichkeit, die er ausstrahlte, ließ keinen Zweifel an seinem Verständnis aufkommen, was er mit seinen Worten unmittelbar bestätigte: »Das glaube ich dir gern. Lisa hat nicht viel über dich und deine Familie erzählt, aber das mit deinem Vater tut mir schrecklich leid!«

»Ist schon okay«, erwiderte Christina, versuchte dieses Thema keinesfalls weiter anzuschneiden. Ihre Nerven flimmerten jetzt schon zur Genüge. Da brauchte sie nicht noch die Kreissäge! Immerhin schien dieser Ray wirklich ein unkomplizierter Typ zu sein, dachte sie sich, während sie sich zum Parkplatz begaben. Seine Bemerkung, dass sie den Zettel nicht gebraucht hätten, da sie und Lorraine sich auffallend ähnlich sahen, verursachte ihr ein Schmunzeln und befeuerte natürlich ihre Erwartungshaltung. Zwei Jahre jünger sei sie, und dass sie alle sehr auf sie gespannt wären.

Während sie durch den Abendverkehr tuckerten, stellenweise Stoßstange an Stoßstange, fiel ihr Blick melancholisch auf die Rücklichter und Nummernschilder vor ihnen. Das altehrwürdige Gemäuer links und rechts der Alleen, welche die breiten Straßen säumten, nahm sie nicht wirklich wahr, zog unheimlich langsam und zugleich wie unreal an ihr vorbei. Beständig kreisten ihre Gedanken um diese Lisa, *ihre Mutter*, wie Ray beständig und mit einer Selbstverständlichkeit sagte. Doch war sie das? *Ihre Mutter?*

Zwischendurch unterbrach Ray sie mit weiteren Einzelheiten aus dessen Leben. Unüberhörbar stolz wurde es, als er von seiner Freundin sprach: »Lorraine ist ein kluges Mädchen, macht derzeit eine Ausbildung zur

Apothekerhelferin. Sonst hilft sie Lisa fleißig im Haushalt und passt auf Josua auf.« Bei der Erwähnung eines ›Josua‹ horchte Christina sogleich auf. Grinsend und zugleich Zeichen seiner Achtsamkeit, nahm Ray ihr Stirnrunzeln zur Kenntnis, um sogleich anzufügen: »Josua ist dein jüngerer Halbbruder! Du wirst ihn sofort mögen, ist ein knuddeliger Kerl!«

Spontan entfuhr Christina ein ›Wow!‹ Und wie als ob Ray in ihren Gedanken wie in einem offenen Buch lesen könnte, räumte er unmittelbar jegliche Basis für Spekulationen aus, indem er erklärte: »Dann ist aber Schluss mit Kindern! Nur noch Lisas Lebenspartner, Phil. Den wirst du nicht übersehen können, wenn er zur Türe reinkommt.« Hm, stutzte Christina, was das wohl heißen sollte? »Ein Schrank von einem Mann!«, erläuterte Ray, »hat früher professionell Basketball gespielt; das siehst du heute noch.«

Ψ Ψ Ψ

Klugerweise erwartete Christina kein Wunderland, in welchem Alice ein Schickimicki-Häuschen bewohnte und sonntäglich mit der Zwergenkapelle Reigen tanzte. Lisas Wohngegend, in welche sie bald einfuhren, entsprach weder dem Aushängeschild einer Stadt noch trumpfte es durch spektakuläre Bauten; sah aus, wie eben Arbeiter- oder Sozialsiedlungen aussahen: mit fünfstöckigen Wohnhäusern aus rotem Ziegelstein, keines wirklich von den anderen unterscheidbar. Bei den für ihren Geschmack etwas lieblos gestalteten Umschwüngen kam unmittelbar das Gefühl auf, als ob da niemand extremes Interesse daran hätte, die Lebensqualität durch ein gepflegtes Ambiente zu steigern. Ein Hauch von Trostlosigkeit wehte durch das Viertel. Doch spielte das in diesem Fall eine Rolle? Was es ihr bestimmt vor Augen führte, war der unmittelbare Vergleich mit ihrer Wohn- und Lebenssituation und dass es in diesem Land unleugbare Unterschiede gab. Wie überall.

Lisa Skanatati stand in der Küche und bereitete das Abendessen vor, als Christina mit Ray die Wohnung betrat. Es roch lecker nach scharf gebratenem Hühnchen, gewürzt mit nordafrikanischem Ras-el-hanout, und Basmati-Reis. Hätte sie je so etwas erwartet? Unmittelbar drehte Lisa den Kopf aus den Dampfschwaden über dem Herd, blickte dabei Christina unvermittelt an: ein freundliches Lächeln winkte Christina entgegen, was sie spontan erwiderte. Gott sei Dank!, fiel es Christina wie ein Stein vom Herzen. Der erste Eindruck gefiel! Darüber war sie immens erleichtert, war ihr doch die rauchige Stimme beim Erstkontakt am Telefon etwas schräg rübergekommen. Gemäß ihrer Einschätzung war ihre Leibesmutter etwa gleich groß wie sie, schlanke Figur, rötlich-braunes Haar, aufgehellt sowie mit leichtem Wellenschwung, vermutlich der Natur nachgeholfen, aber im Rahmen. Die dunklen geheimnisvollen Augen passten sich gut in ihr reif wirkendes Gesicht ein, verrieten, dass hinter der alternden Wirklichkeit ein volles Leben steckte. Kein schlechtes, aber auch kein problemloses, vermutete Christina. Die einstige jugendliche Attraktivität war ihr erhalten geblieben.

Was Christina unmittelbar auffiel, war der helle Hautteint. Aus irgendwelchen Gründen hatte sie sie dunkler erwartet. Im Gegensatz zu ihrer eigenen Nasenlinie war die von Lisa leicht gewölbt. Kleidermäßig trug ihre Mutter knallenge Jeans sowie eine taillierte Bluse mit feinem hellgrünem Blumenmuster darauf, etwas Western. Insgesamt erschien Lisa modern und jugendlich, spritzig, befand Christina mit plötzlich aufkommendem Stolz. Wer hätte gedacht, dass ihre leibliche Mutter eine solch pfiffige Frau wäre! Ehrlich gesagt hatte sie sich bereits auf etwas ganz anderes eingestellt!

»Du bist also Christina«, sagte Lisa, wusch zunächst ihre Hände und trocknete sie an einem Tüchlein ab, »sei herzlich willkommen!« Spontan umarmte Lisa sie nun, fasste dann Christinas Hände. »Schön, Kleines, dass du da bist! Ich kann kaum mein Glück fassen, dass ich dich kennenlernen darf, endlich! Als Erwachsene, meine ich. Alles geklappt?«

»Ja, danke, Ray hat mich sofort erkannt!«

»Danke Ray!«, sagte Lisa, blickte in dessen schmunzelndes Augenpaar. Still, und vom Augenblick überwältigt, musterte Lisa nun ihre Tochter, wie um sich überzeugen, ob das Märchen wahr geworden ist.

In einer nicht minder tiefen Ergriffenheit stand Christina da, fühlte sich nahezu betäubt, während sie versuchte, sich bewusst zu werden, was sich in genau diesem Augenblick abspielte. Ein unmittelbarer Schauer durchfuhr sie beim Gedanken, dass diese Frau sie vor zweiundzwanzig Jahren geboren hatte! Diese Wildfremde war *ihre Mutter*! Tränen schossen ihr in die Augen, kullerten spontan über ihre Wangen, brachten zum Ausdruck, wozu ihr die Worte fehlten. Geistesgegenwärtig umschloss Lisa sie wieder, drückte Christina wie die verlorene und jetzt wiedergewonnene Tochter ganz fest an sich. Eigenartig, dachten wohl beide: die Verbundenheit war augenblicklich da! Als wären sie nie wirklich getrennt gewesen. Dies war in der Tat ein tief berührender Moment, der keine Störung duldete!

Leise trat währenddessen ein Schrank von Mann unter den Küchentürsturz, füllte ihn aus, Phil. Er ließ Ray vorbei, welcher in den Flur entschlüpfte, um zu seinem Mobiltelefon zu greifen und dort eine Nummer anwählte. Beide spürten und respektierten diesen historischen Augenblick im Leben dieser beiden Frauen.

Mann, siehst du toll aus!

BALD DARAUF SCHWANG ein Junge von acht Jahren energetisch die Wohnungstür auf, rief laut beim Hereinstürmen: »Mama, wo ist sie?« Binnen weniger Augenblicke entdeckte er Christina in der Küche am Tisch sitzen, rannte sogleich auf sie zu, um vor ihr stehenzubleiben. »Hallo!«, rief er aufgeregt, »bist du Christina, meine große Schwester?« Unvermittelt entfuhr Christina ein herzhaftes Lachen, denn die aufrichtige Herzlichkeit dieses Jungen gefiel ihr. »Ja, bin ich.«

Spontan tönte aus dem Kindermund: »Mann, siehst du toll aus! Ähnlich wie Lorraine! Nicht wahr, Mama?« Seine Augen fanden in Lisas stillem Nicken sogleich Bestätigung. »Mama, hast du gesehen?! Jetzt habe ich nochmals eine Schwester!«

Lisa, welche einen Stapel Teller aus dem Schrank entnahm, fragte Josua: »Willst du dich nicht erst mal vorstellen? Ich glaube, Christina würde gerne erfahren, wer *du* bist.« Mit staunenden Augen blickte Josua sie an, begriff vermutlich nur schwerlich, was Mutter da sagte. War doch klar, wer er war! Nun so wendete er sich wieder Christina zu, sagte freudevoll: »Du weißt doch, wer ich bin. Ich bin Josua!«

»Mein kleiner Bruder«, antwortete Christina sogleich bestätigend, und fügte strahlend hinzu, dass sie sich immer einen solchen gewünscht habe. Für sich dachte sie sich, wie unglaublich gesegnet sie doch war. Da hatte sie vorsichtshalber mit dem Schlimmsten gerechnet, nach Frau Mazuras Worten sowieso, und da poppte nun eine ganze Familie vor ihr auf, welche nicht wünschenswerter sein könnte. Vielleicht käme ja der dicke Hund noch, quasi das verfluchte Kleingedruckte, doch sagte ihr ein Bauchgefühl, dass sie mit ihrer Einschätzung nicht völlig danebenlag. Als dann

Lorraine, ihre Halbschwester, in die Küche trat, schien ihr das Bild perfekt. Ray hatte nicht übertrieben, Lorraine wies in der Tat erstaunlich viele Parallelen zu ihr auf. Zwei Handbreiten grösser als sie, besaß Lorraine gleicherweise dieses schwarze, vermeintlich asiatische Haar, nur im Pagenschnitt gehalten. Ferner hohe Backenknochen, feine Gesichtszüge und über allem wache Augen, denen vermutlich nicht allzu viel entging.

Bei Josua war es schwieriger, äußerliche Gemeinsamkeiten zu orten. Allenfalls schlug er mehr auf Vaters Seite, was eine plausible Erklärung wäre. Dasselbe betraf den gedrungenen Körper, die Geschmeidigkeit seiner Bewegungen sowie sein lebhaftes unkompliziertes Auftreten. An seinem Haarschopf hätte ihr Opa Freude gehabt: militärisch, oder wie in diesem Fall bubenhaft kurzgeschoren. An den Schläfen ein auffällig rasiertes Pfeilmuster. Vermutlich ein derzeit beliebter Spleen in der Schule, wie es Jungs in seinem Alter bisweilen so an sich hatten. Selbstbewusst genug war er, dieser Josua, aufgeweckt auch. Schoss vielleicht manchmal etwas vorschnell in eine Sache hinein, ehe er darüber nachdachte. Sein grundlegend charmantes Wesen bügelte dies indes schnell wieder aus.

Lisas Lebenspartner, Phil, schien in dieser ganzen Szenerie der ruhigste Pol zu sein. Mühelos überragte er selbst Lorraine, die größte von ihrem Schlag, um weitere eineinhalb Köpfe! Er selbst ein Afroamerikaner wie aus dem Bilderbuch: groß gewachsen, stämmig, athletisch gebaut, kräftige Hände sowie Bürstenschnitt, was beim naturgemäß gekrausten Haar ohnehin keinen wesentlichen Unterschied ausmachte. Sein Wesen? Schwierig zu beurteilen, zumindest aus gegenwärtiger Sicht. Wie Christina später am Tisch erfuhr, war Phil in einem Industriebetrieb in der Verpackung und im Versand tätig. Demgemäß wirkte sein Händedruck, wie sie gleich beim ersten Mal zu spüren kriegte. ›Richtige Pranken!‹, stellte sie fest. Umso überraschender erwies sich seine Stimme: leise, sanft, erstaunlich hoch für einen Kerl dieses Ausmaßes.

Im Verlaufe ihrer Mahlzeit wurde sie selbst wie eine Zitrone ausgequetscht, musste detailliert über ihr Leben in Suffern erzählen, wurde andererseits ausgiebig über den Werdegang ihrer indianischen Familie eingeweiht. »Lorraine und Josua stammen aus einer späteren Beziehung«, klärte Lisa sie auf, mit dem Hinweis, dass Josua im eigentlichen Sinne ein Kittversuch gewesen sei. »Als dieser scheiterte und ich mit zwei Kindern alleine dastand, kamen Phil und ich uns rasch näher«, sagte sie und blickte glücklich zu ihm rüber. »Wir schauten beide auf gescheiterte Beziehungen zurück und wussten, was wir nicht mehr wollten. Phils Verlässlichkeit und seine familienfreundliche Haltung haben mich besonders beeindruckt. Endlich einer, der Verantwortung übernahm. Ja, und so kam es dann zu einer steten Annäherung, bis Phil schließlich hier einzog.« Und mit einer gewissen Wehmütigkeit, fügte sie an: »Ich glaube, wir sind heute angekommen, in unseren Leben.«

Nach dem Ausmessen der familiären Eckpunkte und äußerlichen Rahmenbedingungen kam das Gespräch auf tiefere Ebenen. Josua, in einer kindlich entschuldigten Unbedarftheit, fragte seine Mutter fadengerade heraus: »Warum hast du uns nie was von einer großen Schwester gesagt, Mama?« Sein Unvermögen, eine solch schwierige Situation zu erfassen, war offensichtlich. Tief seufzend blickte Lisa in die Runde, in welcher nun alle plötzlich wie auf sie zu glotzen schienen, als müsste sie zur Lebensbeichte antreten. Dabei war die Situation damals so ziemlich verkorkst: ein verworrener Gefühlsknäuel aus Enttäuschung, Verzweiflung, das schlimme Gefühl, im Stich gelassen worden zu sein, Ablehnung, aber auch Wut, Traurigkeit, ein schlechtes Gewissen sowie nicht wenige Selbstvorwürfe. Insofern war sie total von der Situation überfordert. »Ja, weißt du, Josua«, sagte sie schließlich, »das ist eine ziemlich lange Geschichte. Ich werde sie dir mal in Ruhe erzählen. Jetzt ist Christina hier, und das wollen wir doch feiern! Gut so?«

Missmutig gab Josua nach: »Wenn du meinst, Mama. Aber versprochen?«

»Großes Indianerehrenwort!«

Derweil die Gesprächsthemen wieder in belanglosere Gewässer abdrifteten, was nicht unbedingt unangenehm war, beschlich Christina ein seltsames Gefühl, als ob ihr schlecht würde. Am Hühnchen kann es nicht gelegen haben, das schmeckte total lecker! Nein, was sie zunehmend belastete, war die Gesamtsituation: Da saß sie quasi mit Wildfremden an einem Tisch und unterhielt sich über Dinge, die schon beinahe den Intimbereich berührten. Das Pikante daran: blutmäßig war sie mit Lisa, aber auch Lorraine und Josua, näher verwandt war als mit Biggi und ihren Eltern! Absurde Vorstellung, aber wahr! Ohne eigenes Dazutun, spürte sie, dass sich daraus noch ein größerer Konflikt ergeben könnte: ein Loyalitätskonflikt mit Zwiespälten, schlechtem Gewissen sowie einer Zerrissenheit, mitunter sogar ein Gefühl von Verrat! Im Spagat war sie noch nie gut, doch genau das könnte sich als ihre künftige große Herausforderung erweisen!

Zum Glück klemmte Lisa Josuas unermüdliche Fragerei ab, meinte entschieden: »Ich denke, wir lassen jetzt Christina in Ruhe, Josua! Ich finde, du hast sie genug gelöchert!« Josuas unmittelbarem Aufbegehren wurde nicht stattgegeben, griff Lisa souverän durch: »Nein, Josua! Jetzt gehst du dir die Zähne putzen, und nachher liest du noch in deinem Zimmer! Morgen musst du wieder fit für die Schule sein!«

Derweil die Frauen die Küche aufräumten, stieg in Christina eine Frage auf, welche, wie ihr schien, bislang wie bewusst ausgeklammert worden war und doch ein eminentes Teil in ihrem Puzzle darstellte: Wer war ihr Vater?! Warum sprach niemand von ihm?

Keine 17, verliebt, naiv, geschwängert und kein Mann!

NACH DER GESELLIGEN RUNDE schlüge die Stunde der Wahrheit, und der Rechenschaftsablegung; das war Lisa bewusst. Ihre Tochter würde bestimmt nicht mit harten Fragen geizen, malte sie sich aus, und dies nicht zu Unrecht. In ihren Selbstgesprächen legte sie sich so allerhand Erklärungen zurecht, wie jemand dazu kam, sein eigen Fleisch und Blut wegzugeben. Als das Gröbste in der Küche getan war und Lisa die Chromstahl-Kombination mit einem Tuch nachglänzte, blickte sie zu Christina, lächelte scheu und meinte: »Kleine Brüder können ganz schön anstrengend sein, nicht wahr?«

Christina, welche das bescheidene Interieur der Küche studierte und welches sie an Oma Konstanz' Fünfzigerjahre-Domizil erinnerte, entgegnete mit Gelassenheit: »Na, so schlimm find' ich es nicht. Josua ist halt neugierig, und ein knuddeliger Kerl! Ein richtiger Charmebolzen!«

Nicht ganz ohne Mutterstolz, bemerkte Lisa: »Ja, das ist er in der Tat! Deshalb kommt er bei den meisten Leuten immer sehr gut an. Ich muss höllisch aufpassen, dass ich ihn nicht übermäßig verwöhne, oder ihm zu viel durchlasse.«

»Hm«, meinte Christina, stutzend, »also, wenn ich an vorher denke, warst du sehr bestimmt! Ich glaube, er kennt deinen Tarif gut.«

Lisa bejahte, hängte dabei das Tüchlein hinter der Küchentüre auf. Zum Glück unterstütze Phil sie auf eine gute Art und Weise, fügte sie an, wenngleich ihm mit seiner Stiefvaterrolle verständlicherweise Grenzen gesetzt waren. Aber es funktionierte ganz gut; Josua akzeptiere ihn voll und ganz. Nicht unerheblich trüge vermutlich Phils athletische Vergangenheit als Basketballer dazu, was sich bei manchem Buben als dankbarer Türöffner erweise. »Das macht auf jeden Fall Eindruck«, meinte sie und fragte Christina, ob sie einen Kaffee möchte. Als dann am Tisch heißer Dampf aus der Tasse in ihre Angesichter stieg, wagte Lisa den ersten Schritt, schnitt *ihr* Thema an: »Haben deine Eltern eigentlich ihre Sache gut gemacht?« Tiefgründige Blicke scannten Christinas Gesichtsausdruck, welche die längste Zeit im Kaffee rührte, als ob darin eine zähflüssige Paste aufgelöst werden müsste.

»Claudia und Thomas?«, fragte Christina zurück, wie um Zeit zu gewinnen, »ja, die beiden haben es gut gemacht, sehr gut sogar, würde ich sagen. Waren immer für Biggi und mich da. All die Jahre, bis …« Unmittelbar unterbrach sie sich selber, wusste selbst nicht, ob sie nun die Katastrophe des Elften September oder die der Beerdigung meinte.

Lisa, welche jede Regung Christinas sorgsam aus den Augenwinkeln beobachtete, erwiderte lediglich: »Schön.« Ein kurzfristiges Blackout raubte ihr die Worte. Alles, was sie sich zurechtgelegt hatte, war weg!

Schließlich nahm Christina das Gespräch wieder auf; nachdenklich und seltsam berührt, meinte sie: »Ja, das muss ich meinen Eltern hoch anrechnen, auch wenn es mich total befremdet hat, dass sie mir so lange nichts von der Adoption gesagt haben. Das war ein Riesenschock! An Vaters Beerdigung kam es zufällig raus. Doch du kennst ja mittlerweile die Geschichte.« Durch das angelehnte Fenster drangen Zurufe und Gelächter herein; offenbar spielten einige harte Jungs Basketball auf dem Hartplatz unten. Das da draußen, war nur ein harmloses Spiel, auch wenn es zeitweise nicht so klang, dachte Christina, in ihrem Fall ging es ans Eingemachte! Irgendwann fasste sie frischen Mut, entschied, nicht länger um den heißen Brei herumzureden, sondern, wie man so schön sagte, zur Sache zu kommen. »Warum hast du mich denn weggegeben, ich meine, gab es denn keine andere Lösung?«, sagte sie und blickte Lisa direkt in die Augen.

Wiederum setzte eine Stille ein, ließ Lisas Gedanken geradewegs rotieren. »Warum?«, entgegnete sie bedächtig, harrte einige Augenblicke wie auf der Suche nach einer akzeptablen Antwort, »ja, das frag' ich mich heute auch. Heute sieht alles so viel einfacher und locker aus, wenn ich mein Leben anschaue. Aber weißt du, Christina, damals, ich war keine 17, war frisch verliebt, voll naiv und nicht viel später geschwängert, da sah ich keinen Ausweg mehr, als eben diesen. Dazu kommt: ich hatte keine Ausbildung, keinen Job, keine Verwandtschaft, die mich groß hätte unterstützen können. Und natürlich schämte ich mich in Grund und Bogen! Ich wusste, dass es keine gute Lösung war.« Ihr Blick richtete sich nunmehr ganz auf Christinas tränenerfüllte Augen. »Ja, und so gab ich dich dann weg, so sehr es mir das Herz brach und so leid es mir heute noch tut! Ich erwarte nicht, dass du das verstehen kannst, aber ich wusste damals wirklich weder ein noch aus!« Behutsam legte Lisa ihren Arm um Christinas Schultern, nur kurz, drückte damit aus, worin ihre Worte versagten.

Christina, welche versuchte, die vorgebrachten Aussagen auf die Reihe zu kriegen, blickte gestreng nach unten, verweigerte sich zunächst jeglicher Erwiderung. Erst, als der erste leise Tränenschwall vorüber war, schluckte sie dreimal leer, sagte dann vorsichtig: »Und, der Vater? Ich meine: gab es da nicht noch einen Vater?«

Erst tief seufzend, überlegte Lisa dann eine Weile. Irgendwie hatten damals alle Stricke gerissen. Immerhin kam für sie keine radikale Lösung in Frage. »Ben?«, sagte sie dann wie erschöpft, »ja, den gab es natürlich auch noch, aber der war selbst hoffnungslos mit der Situation überfordert, damals zumindest.« Während Lisa den Blick wegwandte, knetete sie nervös ihre Finger. Es fiel ihr offenbar unheimlich schwer, die knarrende Tür zur Vergangenheit in Bewegung zu setzen und darüber zu sprechen. »Weißt du, Christina, dein Vater war zum damaligen Zeitpunkt erst 18. Insofern waren wir beide noch halbe Kinder, aber halt total verliebt, das heißt, ich war es. Für Ben war es vermutlich nur halb so ernst, mehr so eine Art Spaß oder Ausprobieren, wie dies bei jungen Männern in diesem Alter halt oft so ist.«

Abermals schaute Christina Lisa ins Angesicht, immerzu im Bemühen, fair zu sein, die Notsituation ihrer Mutter von damals wenigstens ein Stück weit zu verstehen, ohne sie deswegen gleich hart zu verurteilen. Nicht selten spielten schwierige Umstände eine Rolle, überlegte sie, so fragte sie dann: »Und deine Eltern? Konnten denn die dir nicht helfen?«

Zum ersten Mal tauchte ein scheues Lächeln auf Lisas Lippen auf, welches für Christina im ersten Augenblick schwierig zu verorten war, doch war schnell klar, wie Lisa dies meinte. »Meine Eltern?«, fragte Lisa nachdenklich. »Nun ja, schwierige Sache. Ich würde es mal so sagen: Auf die war nicht minder kein Verlass! Mutter war krank, trank, Vater schlug sie, obgleich er kein schlechter Mensch war. Heute würde man von belasteten Familienverhältnissen reden.«

Allmählich setzte sich für Christina das Puzzle zusammen, welche zur damaligen Entscheidung hinführte. Was sie da stückweise erfuhr, gefiel ihr wenig: Großmutter Alkoholikerin, Großvater ein Schlägertyp, warum auch immer. »Hm«, erwiderte sie dann, murmelnd, »klingt nicht so toll.«

Lisa, welche sich mittlerweile eine Zigarette angezündet hatte, womit für sie sogleich eine Entspannung eintrat, war bewusst, dass seitens Christina ein großer Informationsbedarf anfiel. Sie, ihrerseits, verspürte ebenso das Bedürfnis, möglichst viele Fakten auf den Tisch zu legen. Nicht im Sinne einer Rechtfertigung, aber immerhin Erklärung. »Weißt du, Christina«, sagte sie, »ich redete mir lange Zeit ein, dass *ich* für die Situation zuhause schuld wäre. Kann sein, dass ich mich auf der Suche nach Geborgenheit deshalb so unbedacht in die Arme eines Mannes gestürzt habe.«

»Gibst du dir denn heute immer noch die Schuld?«, fragte Christina.

Unvermittelt blickte Lisa auf, blies eine lange Rauchwolke von sich weg. Ihr Gesichtsausdruck erhellte sich ein wenig. »Nein, das ist zum Glück vorbei! Da sehe ich heute durch! Die Zustände zuhause rührten von woanders her. Vater war ja selbst Opfer von Gewalt und Misshandlung, wurde als Bube geschlagen, in diesem schrecklichen Umerziehungsinternat für Indianerjungen. Er sollte zu einem ›Weißen‹ umgepolt werden, fit gemacht werden für die weiße Mehrheitsgesellschaft. Gar zu retten, wie einige fest glaubten. Ich sag' dir, da wurde mit der Rute nicht gespart! Insofern kann ich das unmögliche Verhalten meines Vaters nachvollziehen. Nur litt später dann halt die ganze Familie darunter. Spätfolgen, über mehrere Generationen hinweg, sage ich dem.«

»Und so wurde er später selbst zum Täter, als er Großmutter schlug.«

»Genau. Ein richtig schöner Teufelskreis, nicht?«

Mit Ernüchterung stellte Christina fest, dass sich durch ihre indianische Familiengeschichte tiefe Verletzungen und Narben zogen. Unmittelbar blitzten ihr Frau Mazuras Worte auf, dass Adoptionen meist in einem schwierigen Umfeld stattfanden. Die kluge Frau hatte also nicht übertrieben oder sie in Illusionen gewiegt. Insofern wäre für sie nun auch die Schuldfrage geklärt, das heißt, diese stellte sich gar nicht. Wenn sie fair bleiben wollte, durfte und konnte sie Lisa gar nicht böse sein. Wenn schon, müsste sie mit dem System, welches dies letztlich wesentlich mitverursacht hatte, ins Gericht. Und das war wiederum sinnlos. Ehe sie etwas zu sagen vermochte, fügte Lisa mit Bestimmtheit an: »Bei mir aber nicht, Christina! Denn ich durchbreche diesen bösen Zyklus! Lorraine und Josua werden nicht geschlagen! Das habe ich auch seinem leiblichen Vater, und jetzt Phil, eingetrichtert. Und wie du vielleicht bemerkt hast, ist Alkohol in meinem Haushalt tabu!«

»War der auch so?«, fragte Christina überrascht.

»Joe? Nein, an sich war er ein liebenswürdiger Kerl, aber wie ich nach der Hochzeit herausfand, ein Alki. Wenn er getrunken hatte, konnte es ätzend werden.«

»War er auch ein …?«

»Indianer, meinst du?«, fragte Lisa zurück und schmunzelte dabei. Für Christina musste dies wohl ein neuer Gedanke sein, plötzlich in ganz neue Gesellschaftskreise einzutauchen. Wie als befände sie sich auf einem anderen Stern und nicht auf dem indianischen Kontinent. Wie sie nicht ganz ohne Schmerz feststellen musste, war ihre Tochter offenbar universumweit entfernt von ihrem Wurzelstock, ihrer ursprünglichen Erde. Und somit auch von ihr! Aber das war nun mal der Preis dafür! »Ja, ein Lenni Lenape wie ich«, sagte sie dann, »ein Halbblut, aus einem Indianerreservat in Kanada. Nach der Scheidung ging er zum Militär, war 1990 im Irakkrieg, brachte es zu einer Eliteeinheit, zu diesen Glatzköpfen, aber kam nie zum Einsatz. Wir kriegen ihn selten zu Gesicht. Ich glaube, er hat da oben eine neue Familie gegründet oder so ähnlich, ist ein Leben lang am Scheitern, kommt es mir vor.«

Wie Lisa weiter ausführte, war sie da, um zu lernen, setzte alles dran, das ganze Unglück und Pech der Vergangenheit möglichst abzustreifen und den Weg für ein gutes, normales Leben anzubahnen; für sie selbst sowie ihre Kinder. Der Verlust ihrer Tochter, also von ihr, Christina, war hart genug! Der Glauben, zu welchem sie später durch Baptisten fand, flößte ihr Zuversicht ein, dass sie ihr Leben in geordnete Bahnen brächte, wenn sie sagte: »Gott hilft uns dabei, wenn wir dies zulassen.«

Derweil Lisa ihre dritte Zigarette anzündete, spürte Christina, wie sie innerlich zappelig wurde, denn immer noch hatte sie keinerlei Informationen über ihren Vater, diesen sogenannten *Ben*! »Und Vater?«, fragte sie, »ich meine, mein leiblicher Vater? Was war denn der für ein Typ?«

Zu Christinas Erstaunen erstrahlte Lisas Angesicht bei dessen Erwähnung. »Ben? Ben Foster?«, sagte sie seufzend, aber nicht auf die unglückliche Art. »Ach, weißt du, dein Vater war trotz seines schmählichen Verhaltens ein Prachtkerl! Ebenfalls Indianer, Vollblut-Tscherokese, von da unten, aus dem Süden. Ich glaube, ich bin nie mehr einem solch charmanten Mann begegnet! Wie der die Frauen betört hat! Gleich reihenweise!« Unvermeidlich bildete sich auf Christinas Stirn ein Runzeln. Angesichts der Vorgeschichte nahm sie an, dass Lisa ziemlich sauer auf ihn sein musste. Dem schien indes nicht der Fall zu sein! Sodann fuhr Lisa fort: »Du kannst dir ja vorstellen, Christina, welche Wirkung ein solcher Kerl auf ein junges gefühlsmäßig verwahrlostes Ding wie mich hatte! Groß, athletisch gebaut, bildhübsch, charmant, und zeigte Interesse an mir!«

»Und so ist es passiert?«, sagte Christina vor sich hin.

Genüsslich nahm Lisa einen langen Zug an ihrer Zigarette, blies ihn aus. Dies da, und zeigte auf den Glimmstängel, sei ihr nun halt geblieben, aber irgendwo hätte ja jeder seine kleine Sucht. »Ja, auf einem Indianertreffen, von unserem Stamm organisiert. Es war ein schönes Wochenende. Und den Rest kannst du dir ja vorstellen: laue Sommernacht, Schmetterlinge im Bauch wie verrückt.« Lisa hielt einen Augenblick inne, ließ die Nostalgie auf sich einwirken. »Du kannst ihn ja mal besuchen. Ich glaube, er hätte nichts dagegen. Auf eine Tochter wie dich, wäre er bestimmt ungemein stolz.«

Verunsichert, was sie darauf sagen soll, fragte Christina dann: »Wo wohnt er denn genau?«

Während Lisa die abgebrannte Kippe im Aschenbecher ausdrückte, sagte sie: »In Tscherokie. Nordkarolinien. Das ist eines dieser wenigen Reservate im Osten. Eine Welt für sich. War selbst zwei-, dreimal da, ist aber schon eine geraume Weile her. Wir halten nach wie vor losen Kontakt.«

Wie Christina nicht entgangen war, loderte in Lisa immer noch ein gewisses Feuer für diesen Ben, wenngleich ein kleines. Daraus schloss sie, dass sie zwar glücklich mit Phil zusammen war, aber die erste große Liebe nun mal einen Sonderstatus in Lisas Herzen einnahm. Sogleich warf dies diverse Fragen auf sie selbst zurück. Wer war *ihre* große Liebe, wenn es so etwas überhaupt in ihrem Leben gab? Eric fiel von Anfang an durch, Brad Niccolini während der Kollegiumzeit desgleichen. Wenn sie ehrlich wäre, müsste sie zugeben, dass sich diese Frage trotz der positiven Entwicklung mit Jim nicht abschließend klären ließ.

Ein flüchtiger Blick zur Armbanduhr verriet Christina, dass es Zeit für den Aufbruch wäre. Grundsätzlich beglückt darüber, das Kerngehäuse ihrer indianischen Familie kennengelernt zu haben, sagte sie: »Ich fürchte, Lisa, ich muss bald aufbrechen!« Als sie sich für das Gespräch bedankt hatte, fiel ihr ein, dass sie ganz vergessen hatte, ein Geschenk mitzubringen. »Tut mir leid, Lisa, in der ganzen Aufregung ist mir dies schlichtweg untergegangen.«

»Keine Bange, Christina«, sagte Lisa, »*du* bist das größte Geschenk!«, und lächelte überglücklich.

Ψ Ψ Ψ

Jubeljahr – was gibt's denn da zu jubeln?

ALS CHRISTINA IM ZUGSABTEIL SASS und in Stille beobachtete, wie die Nacht mit ihren Lichtern an der Fensterscheibe vorbeiglitt, fiel ihr auf, wie vieles ihrer Familiengeschichte gleichermaßen noch im Dunkeln lag. Klar blickte sie mit riesiger Erleichterung auf diese Begegnung zurück, war heilfroh, dass die potenziell mögliche Katastrophe ausgeblieben war und sie eine primär gute Familie angetroffen hatte, wenngleich mit erheblichen Brüchen darin. Jetzt fehlte nur noch dieser Ben, ihr Vater. Ein Tscherokese! Auf dem Foto, welches Lisa ihr zeigte, zählte er fünfzehn Lebensjahre weniger, entsprach aber weitgehend Lisas Beschreibungen. Na, mal schauen, wie und wann ich da runterkomme!, dachte sie und schloss die bleiernen Augenlider. Im Magen rumpelte und rumorte es wieder stärker. Zum Glück hatte sie sich noch eine Cola gekauft, spülte die Säure, welche ihr fortgesetzt aufstieß, gleich wieder runter.

Was ihren Sinn nicht mehr losließ, war der letzte Teil ihres Gesprächs. Dabei hatten sie sich über das Leben in Philadelphia unterhalten und wie hier alles begann, das heißt, mit den USA. Im Normalfall hätte sie keinen Gedanken daran verschwendet, aber so wie es aus Lisas Mund klang, bekam jeder Satz eine spezielle Note. Eine andere Einfärbung. Einen anderen Geschmack. Eine ungewohnte Perspektive. ›Ihr habt euch auf eurem Schulausflug bestimmt die Freiheitsglocke angeguckt‹, fragte Lisa mehr rhetorischer Natur. Zustimmend nickte sie, erinnerte sich gut daran, gleichwohl an den markanten Riss, welchen die Glocke einst erlitten hatte. ›Ja, natürlich‹, erwiderte sie, ›gehörte zum Standardprogramm. Wieso fragst du?‹

Soweit sie die Kenntnisse aus dem Geschichtsunterricht nicht im Stich ließen, trafen sich hier in Philadelphia am 4. Juli 1776 die Delegierten der dreizehn Kolonien, um die Unabhängigkeitserklärung des neuen amerikanischen Staates zu feiern. Auf dem Platz hinter der Unabhängigkeitshalle wurde sie zum ersten Mal der Öffentlichkeit vorgelesen. Parallel dazu wurde die damals noch intakte Glocke geschlagen. Aufgrund der historischen Bedeutung wurde diese später zum Weltkulturerbe erklärt. Die Unabhängigkeitshalle selbst war ursprünglich als Staatsgebäude von Pennsylvanien errichtet worden, einem der ersten staatsähnlichen Gebilde auf dem amerikanischen Kontinent im europäischen Sinne. Dessen Verfassung wurde 1701 von William Penn, dem Staatsgründer, in Kraft gesetzt. Zum Fünfzigjahrjubiläum von Pennsylvaniens Religionsfreiheit kam die Glocke, 1751 in London hergestellt, erstmalig zum Einsatz.

›Interessant ist die *Inschrift* auf der Freiheitsglocke‹, sagte Lisa und wies auf deren Ursprung in der Bibel hin, eine Stelle aus 3. Mose 25:10. Unmittelbar stand sie auf, besorgte sich ihre Bibel und sagte: ›Ich lese dir mal den ganzen Wortlaut vor. Hier heißt es: ›Und ihr sollt das fünfzigste Jahr heiligen und *im Land Freiheit ausrufen für alle seine Bewohner.* Es wird ein *Jubeljahr* für euch werden, und ihr sollt ein jeder zu seinem Besitz zurückkehren, und ihr sollt ein jeder zu seiner Familie zurückkehren.‹ Als sie fertig war, blickte sie auf, fragte Christina: ›Ist dir was aufgefallen?‹

Ratlos zuckte Christina mit den Schultern, erwiderte: ›Offen gesagt, weiß ich gerade nicht, worauf du hinaus willst.‹ Ihr fehlte offensichtlich der Kontext. ›Wenn du unsere Grundwerte meinst, wie Freiheit und Menschenrechte, ist unser Land wohl einzigartig, denke ich. Und jetzt mit dem Elften September ist dies erst recht wieder aktuell.‹ Lisas Lächeln irritierte sie, doch ihren Augen war abzulesen, dass sie sich tiefer mit der Materie befasst hatte. ›Da hast du Recht, Christina‹, fuhr Lisa fort, ›aber kannst du mir sagen, wo diese vielgerühmte Freiheit für die indianische und afroamerikanische Bevölkerung war, als man sich diese bei der Gründung der USA zuoberst auf die Fahne schrieb, respektive, auf die Glocke? Es heißt ja deutlich in diesem Text: ›Freiheit im Land für *alle* seine Bewohner‹.‹

Unvermittelt stutzte Christina, rieb sich am Kinn, meinte dann lediglich: ›Hm, gute Frage!‹ Zwar kam sie dann zum Schluss, dass die USA natürlich als ein Gebilde ›von Weißen für Weiße‹ gedacht waren und jene engstirnigen Haltungen nur im damaligen historischen Kontext verstanden werden konnten. So fällt die Beurteilung der Sklaverei gemäß heutiger Auffassung auch ganz anders aus als noch im 18. Jahrhundert. Natürlich war es als paradox zu bezeichnen, wenn nicht im höchsten Masse zynisch, dass, um ein neues Land aufzubauen, in welchem Freiheit und Menschenrechte zu den höchsten Werten erklärt wurden, das Recht im Falle der real existierenden ›Bewohner des Landes‹, den indianischen Menschen, vollständig pervertiert wurde. Sukzessive, und dies kontinentweit, wurde jenen ihr traditionelles Land geraubt, viele Völker vernichtet oder die besiegten Überbleibsel in Klein-Reservate gesperrt, möglichst weitab der Heimat und in Territorien, welche damals als wertlos und öde galten. Schlimmer geht's nimmer! ›Ich denke, aus heutiger Sicht ist dieser offenkundige Widerspruch kaum nachvollziehbar‹, meinte Christina und schob gleich nach, dass sie erhebliche Zweifel daran hegte, ob die heutige Praxis besser aussähe. ›Wenn es um Eigeninteressen geht, ist sich doch jeder selbst der Nächste. Das ist heute nicht anders. Aber warum meinst du?‹

›Weißt du, Christina‹, setzte Lisa fort, ›ich stimme dir voll zu, was den damaligen Zeitgeist anbelangt. Das erscheint uns heute geradezu absurd. Was mich aber fasziniert, ist die Idee dieses Jubeljahrs. Als ich dies das erste Mal in Gottes Wort gelesen hatte und realisierte, was für ein kluges System dahintersteckte, war ich völlig baff.‹ Aus Christinas Rätselraten schloss sie, dass ihre Tochter kaum wusste, wovon sie sprach. So mussten im alten jüdischen System in jedem fünfzigsten Jahr nicht nur sämtliche Sklaven freigelassen, sondern jeder verkaufte oder verpfändete Besitz an die ursprünglichen Besitzer zurückgegeben werden. ›Dies galt auch im Falle von Land, da dieses im Besitz der jüdischen Stämme und somit unveräußerlich war. So wurde alle fünfzig Jahre der Urzustand wiederhergestellt. Ich finde dies sehr klug! So wurde verhindert, dass die Schere zwischen Reich und Arm zu weit auseinander ging und die Gesellschaft irgendwann zerbrach.‹ Wie sie feststellen konnte, war Christina ganz Ohr, denn davon hatte diese in ihrem ganzen Religions- und Geschichtsunterricht noch nie ein Wort gehört.

Nachdenklich sagte Christina: ›Das klingt ungeheuer spannend! Ich wusste das gar nicht. Wenn ich mit heute vergleiche: ein paar Gewinnler, die immer reicher werden, auf der anderen Seite das große Heer der Verlierer. Das wird mit der Globalisierung nicht besser.‹ Umgehend machte sich bei ihr gleich wieder Skepsis breit. ›Aber, ich glaube, dieses antike System lässt sich kaum auf unsere heutige hochkomplexe Welt übertragen. Schließlich leben wir nicht wie damals in Völkern und Stämmen.‹

›Nun ja‹, sagte Lisa schmunzelnd und gleichwohl überlegend, ›in der Frage unserer indianischen Landrechte hätte dies natürlich weitreichende Konsequenzen. Stell dir mal vor, wie ganz anders unsere Ausgangslage aussähe, wenn wir so vor den Gerichten Anspruch auf unser geraubtes Land geltend machen könnten!‹

Auch Christina entfuhr ob dieser Vorstellung ein herzhaftes Lachen. Schnell hatte sie errechnet, dass, ausgehend von 1776 und den Folgejahren 1826, 1876, 1926 und 1976, das nächste anstehende amerikanische Jubeljahr 2026 stattfinden würde. ›Für die indianischen Völker wäre dies allerdings ein Grund zum Jubeln, wie immer dies rauskäme‹, sagte sie mit Blick auf die Herausforderung, ein Land wie die USA zu führen. ,Ich glaube, wenn sich unsere Gründungsväter der Tragweite bewusst gewesen wären, was auf ihrer Glocke steht, hätten sie sie schnellstmöglich an der tiefsten Stelle im Delawarenfluss versenkt!‹ Wiederum gab es Grund für heiteres Gelächter.

Lisa ließ sich einen Augenblick Zeit, ehedem sie auf Christinas Skepsis zurückkam. Schließlich sagte sie: ›Mich persönlich beeindruckt einfach der Gedanke der vollständigen Wiederherstellung aller Dinge. Chaos liegt im Prinzip der Natur, auch der menschlichen, also braucht es immer wieder eine Korrektur oder Bereinigung. Wohin dies sonst führt, sehen wir ja. Ja, insofern glaube ich schon, dass dieses Jubeljahr eine größere oder weitere Bedeutung haben muss. Wie diese konkret aussieht, habe ich allerdings noch nicht herausgefunden.‹

In Christina kam unlängst der Gedanke auf, dass Lisa natürlich von ihrer Lebensgeschichte geprägt war, so wie jeder Mensch. Steckte hinter ihrer Sehnsucht nach einem Jubeljahr womöglich die schwierige Familiengeschichte, welche nicht immerzu harmonisch verlief und schon früh den tiefen Wunsch in ihr Herz pflanzte, dass alles, was schief gelaufen war, doch eines Tages in Ordnung gebracht würde? Dies entspräche ganz dem Algorithmus des Lebens. Abgesehen davon hatte sie Recht: der Welt täte etwas mehr Gerechtigkeit und Ausgleich durchaus gut! Der ganze gegenwärtige Terror wurzelte, mal abgesehen von fanatischen Ideologien, nicht selten in der vielen Ungerechtigkeit, die wiederum ihre eigenen schrecklichen Kinder gebar. Es wäre eine gefährliche Illusion, sich einzubilden, dass eine gerechtere Welt und damit die Lösung vieler Probleme durch Bomben und Kriege erreicht werden könne. Diese waren nur zu oft selbst Teil des Problems.

Lisas abschließende Bemerkung nahm Christina mit einem gewissen Amüsement zur Kenntnis, nämlich, dass die Freiheitsglocke ihren Riss zwischen den Jahren 1817 und 1847 abbekommen hatte. ›Das ist genau die Zeit, als im Osten der USA die Vertreibungen und der Landraub im großen Stil vonstattengingen.‹ Na ja, dachte Christina, klang dies jetzt ein bisschen nach Aberglaube?

Mit starkem aufkommendem Brechreiz kämpfend, nippte sie immerzu am Cola-Fläschchen. Ferner suchte sie sich selbst mit etwas Musik abzulenken, steckte sich die Ohrstöpsel ihres iPods ein. Allenfalls hilft das, dachte sie aufgerieben und nervös. Ach, wenn ich doch nur schon zuhause wäre …!

Dann, als sie endlich über die langersehnte Schwelle trat, im Studentenheim, wo kein Licht mehr brannte, zog sie sich unverzüglich in ihr Zimmer zurück, schloss nicht nur Tür und Angel leise hinter sich zu. Nein, nach dem kurzen Drehen des Schlüssels, wurde es für längere Zeit still, mäuschenstill. Fast schon totenstill.

Ψ Ψ Ψ

Was zu viel ist, ist zu viel

ERWARTUNGSVOLL KLINGELTE am Dienstagabend Christinas Mobiltelefon in ihrer Handtasche. Hinter dem Anrufer steckte Jim, befeuert vom Wunsch und Bedürfnis, in Erfahrung zu bringen, welche Erkenntnisse Christinas Besuch in Philadelphia zutage gebracht hatte. Wie war es ihr wohl ergangen? War es DER Schocker oder die Erlösung von ihren quälenden Fragen? Wie er alsbald feststellen musste, liefen jegliche Anrufbemühungen ins Leere. Denn niemand meldete sich, ungeachtet dessen, wie viele Nachrichten er auf der Combox hinterließ.

›Hallo, Christina, ich bin's Jim. Sag, wie war es gestern in Philly? Alles gut gegangen? Gib mir bitte Bescheid, und ruf mich an! Vielen Dank. Jim.‹

Was Jim nicht wissen konnte: die Türe zu Christinas Zimmer war gleicherweise so verschlossen wie ihr Sinn. Gegenwärtig gab es darin keine Entgegennahme, keine Durchwahl, nicht mal Empfang! Äußerlich wie innerlich herrschte vollständige Funkstille.

›Hallo, Christina, ich bin es nochmals! Ich habe schon mal versucht, dich anzurufen, wegen Montagabend in Philly. Ist alles gut verlaufen? Ruf mich bitte kurz zurück. Jim.‹

In Embryostellung und auf die Seite gekuschelt, lag Christina regungslos in ihrem Bett, die Decke weit hochgezogen. Bisweilen öffneten sich ihre Augenlider einen Spalt breit, starrten aber ins Nichts. Die immense Reizüberflutung der vergangenen Monate führte zu einer gewaltigen Überspannung in ihrem Körper wie Geist, was nunmehr einen kompletten Netzausfall bewirkt hatte.

›Hallo, Christina, ich nochmals, Jim! Wie geht es dir? Wo bist du? Ist alles in Ordnung? Ruf mich bitte umgehend an, ja? Jim.‹

Christinas seelischer Systemausfall schien so umfassend zu sein wie die Strompanne vor einigen Jahren, als der Nordosten des Landes zeitweilig in völliger Dunkelheit versank. Sogar in Neu York gingen damals die Lichter aus! Aufgeregt sprangen damals jede Menge Menschen ins Freie, staunten über das sternenübersäte Himmelszelt. Welch ein Spektakel! Angesichts des exklusiven Anblicks mochten sich einzelne um Jahrhunderte zurückversetzt gefühlt haben; in eine ferne Zeit, als die Gestirne noch uneingeschränkte Herrscher des nächtlichen Himmelsgewölbes waren. Als moderne Begriffe wie LICHTSMOG noch nicht einmal im Ansatz in der Vorstellung der Menschen existierten.

›Ja, ich bin es nochmals. Ist alles okay, Christina?! Ich mache mir wirklich langsam Sorgen, Liebes! Bitte gib doch ein Zeichen von dir! Dein Jim.‹

Für Christina leuchteten gleichermaßen keine Sterne mehr, bestenfalls vereinzelte nervöse Sternschnuppen, welche durch ihre abgedunkelte Seele irrlichterten. Zuweilen zuckte sie heftig in ihren Laken auf. Wie als ob restliche Stromstöße das ausgerissene Kabel noch etwas zappeln ließen; ehedem die Energie darin gänzlich erlosch. Nicht mal Jims Stimme vermochte durchzudringen!

In erhebliche Beunruhigung versetzte, versuchte Jim am Mittwochmorgen Barbara, Christinas beste Studienkollegin, zu erreichen. Auf dem Sekretariat der Uni hinterließ er eine Nachricht für Barbara Taylor, mit der Bitte, ihn doch umgehend zurückzurufen. Mittlerweile kam Jim in den Sinn, dass er es auch via Claudia oder Biggi hätte versuchen können. Doch spielte dies jetzt auch keine Rolle mehr. Hauptsache, er hätte sie bald am Draht!

»Hallo, Jim«, sagte bald eine Frauenstimme, »ich bin's Barbara. Ich soll dich zurückrufen.«

»Ja, hallo, Barbara. Schönen Dank für den Rückruf!« Trotz seines Bemühens, die Ruhe zu bewahren, verspürte Barbara Jims Nervosität. »Was gibt's denn?«, fragte sie, »kann ich was für dich tun?«

»Ja, da wäre was«, sagte Jim, erleichtert endlich jemand am Draht zu haben, der ihm bestimmt Auskunft geben könnte. »Könntest du mir sagen, wo Christina steckt? Ich versuche seit Tagen, sie zu erreichen, aber sie geht nicht ran! Allmählich mache ich mir Sorgen!«

Mit Verwunderung nahm Barbara dies zur Kenntnis, realisierte in diesem Augenblick, dass sie desgleichen nichts mehr von Christina gehört hatte, seit sie vor Montagmittag davonsprang. »Hm, das ist wirklich seltsam«, sagte sie, »das ist gar nicht ihre Art. Christina ruft doch immer schnell zurück.«

»Das ist es ja«, bestätigte Jim. »Hast du sie gestern gesehen?«

»Ähm, … eigentlich seit zwei Tagen nicht mehr, wenn ich es mir überlege.«

»Eigentlich hätte sie am Dienstag anrufen müssen«, sagte Jim. »Das haben wir so vereinbart. Hast du denn gar nichts mitgekriegt? Sie müsste am Montagabend spät nach Hause gekommen sein.«

Wie als ob ihr wieder etwas eingefallen wäre, sagte Barbara: »Montagabend? Moment mal! Da habe ich, glaub' ich, spät mal die Türe gehört, bin mir aber nicht ganz sicher. Ich war schon unter der Decke.«

»Dann ist sie also aus Philadelphia zurückgekehrt«, schlussfolgerte Jim etwas voreilig, aber aufatmend.

»Philadelphia?«, sagte Barbara erstaunt. »Ich dachte, sie sei in Suffern, oder bei dir.«

»Nein, sie hatte da einen Termin.«

»Davon weiß ich ja gar nichts! Mir hat sie gesagt, sie müsse unbedingt nach Hause.«

In einem gewissen Sinn stimmte dies ja, dachte Jim für sich. Jetzt war aber nicht die Zeit für lange Erklärungen. Etwas war hier faul! Eigentlich ging ihm dies alles viel zu lange. So kam er gleich zur Sache, fragte:

»Könntest du nicht mal in ihrem Zimmer nachsehen gehen? Das wäre wahnsinnig nett von dir, Barbara!«

Überrascht von Jims Vorschlag, sagte Barbara aber umgehend zu, denn auch sie verspürte eine Dringlichkeit, meinte, dass sie vor Mittag schnell ins Studentenheim vorbeigehen könnte. »Die letzte Vorlesung kann ich ruhig schmeißen. Da verpasse ich sowieso nicht viel.«

Bevor Jim aufhängte, bedankte er sich mehrmals, erklärte, dass er mit einem Arbeitskollegen abtauschen und umgehend den Weg nach Neu York unter die Füße nehmen würde. Er hätte gar kein gutes Gefühl. Hastig verschlang er sein Frühstück, es schmeckte heute ohnehin nicht, worauf er aus dem Haus eilte und mit quietschenden Reifen davonbrauste.

»Christina?!«, rief Jim, klopfte an ihre Zimmertür. »Hallo, Liebling, bist du da drin? Antworte bitte, oder mach auf!« Doch so sehr er sich anstrengte, es regte sich nichts. »Hallo, Christina!«, rief Jim abermals, diesmal energischer. Nachdem er realisierte, dass seine Bemühungen nichts fruchteten, schlug er mit seiner Faust so stark an die Türe, dass das Holz erzitterte. Auch Barbara, mit sichtlich besorgtem Gesichtsausdruck, versuchte es mit Aufrufen. Zusehends wurde Jim nervöser; sein ungutes Gefühl wuchs mit jeder Sekunde, welche erfolglos verstrich. »Wir müssen da jetzt einfach rein!«, meinte er entschlossen.

Desweilen er sich darauf vorbereitete, die Tür zu rammen, machte es plötzlich leise Klick; ein Schlüssel wurde gedreht. Unmittelbar gewahrten Jim und Barbara, wie nun die Klinke langsam heruntergedrückt wurde, wie die Tür sich allmählich öffnete. Im schummrigen Licht, erschien zunächst Christinas espenlaubzitternder Leib, ihre Lippen bebten, schwarze Augenringe blickten ihnen entgegen, knüppeldick wie alte Autoreifen. Wie ein Häufchen Elend, in verschwitztem Nachthemd, stand Christina gekrümmt vor ihnen.

»Christina!«, rief Jim entsetzt, »was um Himmels Willen ist los?!« Doch für eine Antwort reichte es nicht. Erst noch machte Christina einen zaghaften Schritt auf ihn zu, taumelnd, sackte dann aber kraftlos in sich zusammen. Geistesgegenwärtig reagierte Jim, fing sie behutsam in seinen Armen auf.

Barbara, desgleichen vom jämmerlichen Anblick erschüttert, rief laut: »Mein Gott, Christina!« Instinktiv hielt sie sich eine Hand vor den aufgerissenen Mund. So hatte sie ihre Kollegin beileibe noch nie gesehen!

Unzimperlich stieß Jim mit einem Fuß die Tür auf, trug seine Kleine ins Zimmer hinein und legte sie vorsichtig zurück auf das zerwühlte Bett. »Wir müssen umgehend einen Arzt holen«, sagte er zu Barbara, »kennst du einen in der Nähe?«

»Ja, sicher!«, entgegnete Barbara, sprang bereits los, in den Gang. Kurz darauf hörte Jim sie am Telefon. Wenig später kehrte sie mit einem Glas Wasser zurück. »Der Arzt ist unterwegs«, sagte sie aufatmend beim Hereinkommen.

»Gott sei Dank!«, sagte Jim und bedankte sich mit einem Blick.

Schweigend setzte sich Barbara auf die andere Seite des Bettes, hielt das Glas vorsichtig in der Hand, meinte dann: »Jim, wir müssen Christina unbedingt etwas Wasser einflössen! Sie muss stark dehydriert sein!«

»Ja, klar! Ich helfe dir!«

Derweilen Jim Christina im Nacken aufstützte, flößte Barbara ihr kleine Mengen Flüssigkeit ein. Christina schien wie im Delirium zu sein, zeigte sich völlig abwesend. Wahrscheinlich kriegte sie gar nicht mit, was um sie herum und mit ihr geschah. Immerhin zeigte die Wasserzufuhr unmittelbar Wirkung, denn reflexartig schluckte Christina mehrmals. »So, ich denke, das reicht fürs Erste«, meinte Barbara, als das Glas zur Hälfte geleert war.

»Ja, denk' ich auch. Und: danke, Barbara, für alles!«

»Nichts zu danken, Jim. Ist doch selbstverständlich! Zum Glück hast du angerufen!«

Was gegenwärtig nicht ausgesprochen werden musste, war das schlechte Gewissen, welche beide bedrückte. Der Selbstvorwurf, nicht früher oder energischer gehandelt zu haben! Doch, wer konnte schon ahnen, was da los war?! Eine Viertelstunde später hörten sie, wie es an der Tür läutete. Eine Stimme meldete sich unaufgeregt an der Gegensprechanlage.

»Sieht mir ganz nach Nervenzusammenbruch aus«, brummelte der Doktor nach seinen ersten Abklärungen, währenddessen er eine Spritze vorbereitete. »Ich denke, es wird nicht nötig sein, Frau Sanders ins Krankenhaus zu bringen. Aber alleine lassen darf man sie in diesem Zustand auf keinen Fall! Ferner sollte die Patientin die nächsten zwei, drei Tage unter Beobachtung stehen. Können Sie dies gewährleisten, junger Mann?«

»Ja, ich denke schon«, sagte Jim wieder gefasst. Erstaunlich, dachte er, dass ihm dies als gestandenen Feuerwehrmann so nahe ging! War dies etwa ein Fingerwink, dass er eine echte Beziehung zu Christina innehatte, tiefe Gefühle für sie empfand?

Kritisch blickte der Arzt durch sein goldenes Brillengestellt, nicht mehr das neuste: »Das heißt konkret?«

»Ich selbst bin nicht frei«, erwiderte Jim, »muss arbeiten, aber ich kann sie zu ihrer Mutter nach Hause bringen. Die könnte bestimmt auf sie aufpassen.«

Kurz innehaltend, mit forschendem wie forschen Blick, sich dann aber wieder seiner Patientin zuwendend, sagte der Arzt weiter: »Dann wäre es ja gut. Falls sie sich ausreichend erholt hat, brauchen Sie sich keine weiteren Sorgen zu machen. Eine Nachkontrolle beim Hausarzt, oder wer auch immer zuständig ist, wäre indes auf jeden Fall vonnöten.«

»Klar.«

»Nun ja, dann verlasse ich sie bald wieder.«

»Ähm«, zögerte Jim erst noch, dann, »Sie können nicht genau sagen, was den Zusammenbruch ausgelöst hat?«

Mit sichtlichem Erstaunen blickte ihn der Doktor an, hob die Augenbrauen, ehe er sagte: »Ich denke, das müssten Sie oder Ihre Bekannte am besten wissen, nicht? Sie sind doch mit ihr bekannt, oder?«

Betreten blickte Jim zunächst zu Barbara, dann kurz zu Boden; räusperte sich. »Äh, ja, auf jeden Fall, natürlich.« Wie er soeben festgestellt hatte, stellte er derzeitig vermutlich nicht die allerklügsten Fragen.

»Hinter einem Nervenzusammenbruch«, meinte der Arzt, »stecken meist große Belastungen. War dies vielleicht bei der Patientin in letzter Zeit der Fall?«

Dieses Mal ohne Zögern, schnellte Jim eine Antwort hervor: »Ja, durchaus, Christina hat eine ganze Serie von Unglücksschlägen hinter sich!« Zufrieden meinte der Fragensteller, als er die Spritze sorgfältig wieder rauszog: »Na, also, dann haben wir's ja.« Darauf, in seiner Gelassenheit und ohne Hetze, entnahm er seiner schwarzen Tasche zwei Schachteln mit unterschiedlichen Pillen, legte sie aufs Nachttischchen. Mit einem Kugelschreiber kritzelte er Rezeptanweisungen auf die Etiketten. »Ich lasse Ihnen mal diese Medikamente hier; dies sind in erster Linie Beruhigungsmittel. Sorgen Sie bitte dafür, dass Frau Sanders sie regelmäßig einnimmt!«

»Ja, klar, mache ich«, bestätigte Jim, froh darüber, dass die Sache nun geritzt wäre. Ohne Spektakel verabschiedete sich der Arzt wieder, bemerkte aber noch wohlwollend, dass sie beide gut reagiert hätten, als sie der Patientin umgehend Wasser zuführten. Darauf sollten sie in den kommenden Tagen ein achtsames Auge werfen, damit die leeren Speicher baldmöglichst nachgefüllt werden. Sobald sie zu sich käme, sollten sie damit anfangen. Jim bekräftigte, er würde sich selbstverständlich darum kümmern.

Wenig später, als der Arzt aus der Tür und Barbara auf den Weg zurück in die Uni war, legte sich Jim sachte neben Christina. Nicht unähnlich wie ein Engel schlummerte sie nunmehr tief; ihr Zustand hatte sich merklich gebessert, worüber Jim heilfroh war. Ihr Atemrhythmus hatte sich weitgehend normalisiert; ihr Puls gelegt. Entspannung war in ihrem Gesichtsausdruck zu erkennbar. Zärtlich zog Jim Christina nahe an sich heran, ließ sie seine unmittelbare Anwesenheit spüren. Derweil seine Lippen einen langen Kuss auf ihre Stirn drückten, spürte er, wie Christinas rechte Hand sich beinahe unmerklich an seinen Rumpf legte. Mann, welch schönes Gefühl!, dachte Jim, atmete auf, denn diese klitzekleine Geste hatte eine ungemein große Bedeutung. Jetzt wusste er, dass Christina wieder bei ihm war! Jetzt käme alles wieder gut!

Unlängst hatte der feurige Sonnenball hinter den Ramapobergen seinen alltäglichen Untergang inszeniert, als Jims VW Golf vorfuhr; für einmal gemach. Letztes Abendlicht erleuchtete Sufferns Welt. Riesenschwärme von Insekten tanzten im friedlichen Ausklang des Frühsommerabends in der milden Luft. Mit fest verschränkten Armen stand Claudia draußen vor der Haustüre, das Niederschmettern in ihr Gesicht geschrieben. Ihre kreidebleichen Lippen hatte sie fest zusammengepresst, wie im Bemühen, dadurch ihre Fassung einigermaßen aufrechtzuerhalten, denn die vom Arzt verschriebenen Herztropfen schienen heute ihren Dienst kläglich zu versagen.

Jims Benachrichtigung traf sie wie der Donner: ›Hallo, Claudia, ich muss dir etwas Unangenehmes mitteilen. – Schweigen – Christina hat einen Nervenzusammenbruch erlitten!‹ Den ganzen Nachmittag lang kreisten ihre Gedanken um nichts anderes mehr als die Sorge um ihre Älteste. Das längere Telefongespräch mit Lyke brachte keinerlei Beruhigung, außer der Wiederholung der wenig überraschenden Einsicht, dass die Gesamtsituation Christina wohl auf der ganzen Linie überfordert hatte. Dabei entzog es sich zu diesem Zeitpunkt ihres Wissens, was sich in der Nacht auf Sonntag auf dem Unigelände zugetragen hatte, denn Christina hatte es vorgezogen, Mutter deswegen nicht unnötig in Aufruhr zu versetzen. ›Mütter sind doch wegen jedem bisschen verängstigt!‹, fand sie.

»Christina, mein Liebes?!«, flüsterte Claudia wie ungläubig vor sich hin, sprang sogleich spornstreichs aufs Fahrzeug zu. Jim stieg behände aus, öffnete die Beifahrertür. Ein berührendes Bild, wie er Christina umsorgte! In seine Jacke gekuschelt, stieg Christina aus, bedächtig wie nach einer schweren Operation, Jims Hände sie unter beiden Achseln unterstützend. Ein immens müdes Lächeln huschte über ihr Angesicht, als sie Claudia sah, aber sichtlich dankbar, das Schlimmste überstanden zu haben. Ungesäumten Weges eilte Claudia ihr entgegen, umarmte sie. Eine gefühlte Ewigkeit lang rann Claudia unentwegtes Augenwasser die Wangen herunter. »Christina, es tut mir so leid«, würgte sie mit tränenerstickter Stimme hervor, »was du da alles durchmachen musst, ist ja furchtbar!«

»Mama«, flüsterte Christina leise, »ist schon gut! Zum Glück war Jim so aufmerksam, und hartnäckig. Auch Barbara hat toll geholfen. Ich konnte einfach nicht mehr!«

Mit Mühe schluckte Claudia den sperrigen Kloss in ihrem Hals herunter, erwiderte: »Schon gut, mein Liebes, Hauptsache, du bist jetzt bei mir.« Ihre Augen nahmen Kontakt zu Jim auf, suchten augenscheinlich etwas, war ihr selbst fehlte. »Kommt doch rein!«, sagte sie dann. »Ich setze erst mal Teewasser auf. Und dann reden wir, Christina, wenn du magst.« Als sie ihre Umarmung wieder gelöst hatte, machte Claudia zunächst einen Schritt auf Jim zu, zögerte. Unvermittelt füllten sich ihre Tränensäcke von neuem, schwollen an bis zum kritischen Punkt des Überlaufens. »Danke, Jim, vielen Dank«, flüsterte sie mit zittriger Stimme, ehedem sie ihren Kopf an seine Schulter lehnte und ein heftiger Tränenkrampf sie ergriff.

Unmittelbar Claudias große seelische Not erkennend, legte Jim unversehens seine Arme um sie, gab ihr wortlos zu verstehen, dass er sie in ihrem einsamen Kummer keinesfalls allein lassen würde. Dass er wusste, dass auch sie ihre Belastungsgrenze hatte und keine Schulter mehr, die sie in schwierigen Zeiten stützte. »Keine Bange, Claudia! Wozu sind wir sonst füreinander da, wenn nicht in Zeiten der Not?!«

Ψ Ψ Ψ

Wird ihre Familie die Zerreißprobe überstehen?

WIE EIN BÄCHLEIN nach der Sturzflut eines allesreinigenden Gewitters gurgelten die nachfolgenden Tage in sich gekehrt dahin. Christina blieb die restliche Woche der Uni fern, rief Barbara von Suffern aus an, um sich für deren Einsatz zu bedanken. Nebst Ruhe und Beruhigungstee schöpfte sie viel geistbelebende Energie aus den Spaziergängen in der aufblühenden Natur. Diese bot sich im gegenwärtigen Jahresabschnitt geradezu wie ein ausladender Blumenladen an; und dies unweit, gleich vor der Haustüre! Innig sog Christina den versöhnlichen Duft weißer Buschrosen ein, welche in Mutters Gartentorbogen aufblühten. Sogleich wurden liebsame Erinnerungen wach: von unlängst in Neu York, Jims durchdringenden Worte!

Dasselbe Gefühl beseelte sie, wenn dessen große fröhliche Augen neugierig zur Tür reinguckten. ›Na, Christina, wie geht es heute? Alles okay?‹, fragte er jeweils gutgelaunt. Wäre da nicht dieser winzige fast unmerkliche Stich Wehmut drin verborgen gewesen; die paar Tropfen Traurigkeit in der Tinktur seiner Unbeschwertheit, hätte sie es ihm glattweg abgenommen. War diese Sandy wohl immer noch präsent, versperrte den Eingang zu seinem Herzen?

Und dennoch wurde EIN Thema nicht angeschnitten, wie ein unausgesprochener Konsens, als müsste sie selbst damit raus. Sobald sie sich dazu in der Lage fühlte, nervlich, und überhaupt. Es war lediglich in den fragenden sowie besorgten Augen abzulesen, welche sie diskret durchforschten: Was war an diesem Montagabend in Philadelphia geschehen? War dies der Auslöser ihres Nervenzusammenbruchs?

Am Sonnabend trat für Christina der passende Zeitpunkt ein, neues Licht in ihr Leben scheinen zu lassen. Zunächst noch ein wenig zaghaft, so sprudelte es dann aber alsbald aus ihr hervor. »Lisa ist eine total sympathische Frau!«, sagte sie, »raucht zwar etwas viel für meinen Geschmack. Papa hätte wohl Kettenraucherin zu ihr gesagt. Ausgerechnet er! Aber, insgesamt, bin ich sehr erleichtert, scheinen mir alle ziemlich okay zu sein, trotz der traumatischen Familiengeschichte.« Was sie selbst nachdenklich stimmte, war die Feststellung, dass für Lisa Kinder alles bedeuteten, vermutlich nicht nur heute, und wie groß ihr Schmerz damals gewesen sein musste! »Mit den Männern hatte sie halt Pech gehabt! Nicht, dass es an sich schlechte Kerle gewesen wären, aber es waren einfach nicht die Richtigen für sie.«

Biggi, welche sich Christinas Ausführungen mit Spannung anhörte, kam dann auf den Punkt, wollte wissen: »Und im Falle deines Vaters, diesen Ben, sagst du? Weißt du mehr über ihn?«

Kurz überlegend, meinte dann Christina: »Nein, allzu viel mehr weiß ich auch nicht. Nur, dass er da unten in Tscherokie auf der Rangerstation des Schalonage-Nationalparks arbeitet. Frag' mich nicht, was genau. Mir schien, Lisa ist immer noch etwas angetan von ihm, zumindest war sie ihm nicht wirklich böse. Ich könnte mir vorstellen: wenn beide ein paar Jahre älter gewesen wären, eins, zwei oder so, dann hätte es durchaus klappen können.«

»Dann wärst du womöglich als eine Foster-Skanatati aufgewachsen«, sagte Biggi, wenig angetan von der Vorstellung, »und wir beide würden uns gar nicht kennen! Ist ja eine völlig absurde Vorstellung, nicht?!«

»In der Tat!«, erwiderte Christina nachdenklich. »Ich bin aber sehr froh, dass dies nicht der Fall ist! Schließlich seid *ihr* meine Familie.«

Claudia, welche die ganze Zeit nur still dasaß, am Küchentisch, lauschte aufmerksam, ja, geradezu andächtig, Christinas Ausführungen. Die Hände umklammerten eine große Tasse mit Pfefferminztee. Vor ihrem geistigen Auge bemühte sie sich ein Bild dieser indianischen Parallelfamilie zu erstellen. War dies nicht eigenartig, Christina zuzuhören, wie sie aufgeregt von ihrer Begegnung mit Skanatatis erzählte? Denn Christina war doch *ihre* Tochter, war Teil *ihrer* Familie, eine Sanders, seit eh und je!

Unweigerlich meldeten sich in ihr Zweifel und Ängste an, ob dies wohl eine gute Entwicklung für ihre Familie war. Würde diese mitunter noch ganz zerbrechen trotz Christinas Beteuerung, froh eine Sanders zu sein? Geriete Christina womöglich in eine Strömung, welche vom Ufer aus nicht sichtbar wäre, und weg wäre sie! Würde letztlich gar Christinas frühester Albtraum wahr – ein Omen, was mit diesem Menschenschlag gemeinhin geschehen ist? Eins wäre sicher: es täte ihr sehr weh!

Jetzt unterhielten sich Christina und Biggi über die Gebrochenheit von Lisas Kindheit und Jugend, wie dies in jenen Kreisen wohl kein Einzelfall bildete, aber wie es Lisa erstaunlich gut gelang, ihr Bestes daraus zu machen, dank des vor Jahren gewonnenen Glaubens. Das Jubeljahr ließ Christina unerwähnt, aus ihr selbst nicht erklärbaren Gründen. Zu mystisch?

»Mag sein«, sagte Biggi, »dass sie deshalb so viel raucht. Eine Art Flucht in die Sucht.«

Kopfnickend meinte Christina: »Durchaus möglich, denke ich. Irgendwoher muss es ja kommen.« Wie sie erst jetzt bemerkte, rührte sich Claudia mit keiner Regung, knauserte mit Worten, was eher atypisch für sie war. »Was meinst denn du dazu, Mama?«, fragte sie einmal.

»Gute Frage«, sagte Claudia. Im Grunde wusste sie selbst nicht, was sie vom Ganzen halten sollte. Wie sie spürte, beschäftigten sie ganz andere Fragen. »Tut mir leid, Christina, ich weiß es auch nicht. Genauso wenig wie bei Papa. Vermutlich haben wir alle irgendwo unser Laster, oder Schwächen. Ich bin aber froh, dass diese Skanatatis soweit okay sind. Weißt du noch Frau Mazuras Ermahnungen? Die sind, glaube ich, nicht eingetroffen.« Mehr fiel ihr beim besten Willen nicht ein. Etwas in ihr sperrte, wollte, vermochte sich jetzt noch nicht damit zu befassen. Schließlich stand sie auf, sagte: »Ich mache mir nochmals einen Kaffee. Wie steht es mit euch zwei?«

Verdutzt guckten sich Christina und Biggi an, spürten, wie Mama etwas seltsam reagierte. War sie etwa eingeschnappt oder nur müde? Auf jeden Fall schien sie heute Abend ziemlich zugeknöpft. Als es an der Türe läutete und unmittelbar darauf rumpelte, blickten alle Richtung Eingang, sahen wie Jim eintrat, frisch vom Jogging und den Feierabend auskostend.

Schwanzwedelnd kam ihm Rex entgegen, leckte seine Hände. »Na, meine Lieben? Alles klar Schiff bei euch?«, fragte Jim gutgelaunt, als er die Küche betrat. Wie auch diesmal, verblies das Freiluft-Training regelmäßig jeglichen Ärger oder Bekümmernisse des Tages, putschte ihn auf wie eine Art Doping. »Ist noch was zu futtern übrig?«, fragte er breitlächelnd und händereibend.

»Klar«, sagte Biggi, »jede Menge frischen Salat aus dem Garten, inklusiv Protein, falls dir das schmeckt.«

Die Augen weitend und die Lippen knetend, meinte Jim: »Hm, genau, worauf ich jetzt Appetit habe!« Sein Blick wanderte zur Kombination, wo Claudia stand und die längste Zeit schon Teile der Kaffeemaschine putzte. »Soll ich ihn gleich selber holen?« Er meinte dies durchaus ernst.

Als Claudia sich umdrehte, öffnete sie zugleich die oberste Schublade, zog ein Messerchen hervor. »Ich mache das schon, Jim«, sagte sie. »Setz dich doch einfach hin.« Und weg rauschte sie, als ob das letzte Blatt gleich von einem Heer Schnecken, welches sie täglich im Frühtau bekämpfte, überfallen und gefressen würde.

Etwas perplex, stand Jim da, guckte den Mädchen in die Augen, dachte: Na, so was, so kurz angebunden war Claudia doch sonst nie. Vorsichtig fragte er, als Claudia durch die Gartentür verschwunden war: »Herrscht hier etwa dicke Luft heute?« Christina und Biggi zuckten mit den Achseln, waren so ratlos wie er selbst. »Hat hoffentlich nichts mit mir zu tun«, sagte er dann grinsend.

Christina Erwiderung kam prompt: »Nein, denke ich nicht. Mama mümmelt schon den ganzen Abend herum. Ich weiß auch nicht, was sie hat.«

»Als sie nach Hause kam, hatte sie noch gute Laune«, ergänzte Biggi, stand auf, um sich einen Kaffee zu machen. Die Maschine schien wieder betriebsbereit, war auf Hochglanz getrimmt wie seit der Inbetriebnahme nicht mehr. Jim trat zwei Schritte zu Christina, beugte sich und drückte ihr einen Kuss auf die Lippen. »Na, und wie geht es denn dir? Guten Tag gehabt?«, fragte er. Zufrieden bejahte Christina sein Erkunden, erzählte vom Judotraining und wie die Mädels sich geschickt anstellten.

Wenig später erschien Claudia wieder, in Händen das begehrte Gut, welches sie sogleich in Angriff nahm und nach dem Waschvorgang in einen leckeren Salatteller verwandelte. »Lass es dir schmecken, Jim«, meinte sie beim Servieren, und nicht ohne Stolz, »alles bio.«

Frohgemut klatschte Jim in die Hände, bedankte sich höflichst, sprach von Vitaminbombe und wie er dies liebte. Christina tauchte mit der Anfrage auf, ob sich eigentlich niemand Fotos ihrer neuen Familie ansehen möchte. »Na, klar, zeig mal her!«, forderte Jim sie auf. »Darauf sind wir doch alle gespannt! Euch stört es ja nicht, wenn ich weiteresse?«

Claudia, welche sich die Hände wusch und abtrocknete, erwiderte kurz: »Gerne später, ich muss noch schnell mit Lyke telefonieren. Wenn ihr mich entschuldigt.« Und wiederum löste sie sich in Rekordzeit in Luft auf, verschwand mit dem Mobiltelefon Richtung Garten.

Rätselnde Blicke machten erneut unter den Verbliebenen die Runde. »Also, wirklich komisch heute, eure Mutter«, sagte Jim und biss kräftig zu. »Aber«, sagte er nach dem Runterschlucken, »jetzt ist mir, glaub ich, alles klar.« Erstaunt schaute Christina ihn an. Jims Augen schienen sich extrem zu weiten, sein Augenblau sich wie zu fokussieren. »Eure Mutter erträgt dies wohl nicht!«

»Was meinst du damit?« fragte Biggi.

Jim zögerte mit einer Antwort, ließ die beiden studieren. Ob sie wohl selbst draufkämen? Bei Christina machte es alsbald Klick. »Du meinst, Mama hat Angst? Angst, mich zu verlieren?« Kopfnickend bestätigte Jim, während er sich den knackigen Salat an hausgemachter Balsamico-Sauce und original griechischem Feta munden ließ. »Nach all dem, was mit deinem Vater geschehen ist, und jetzt dies. Kann ich schon verstehen. Dann deine Euphorie!«

Eine Viertelstunde später erschien Claudia unter dem Türrahmen, kündigte an, als ob es für sie kein anderes Thema mit größerer Priorität gäbe: »Nächsten Sonntag landen Oma und Opa. Kommt jemand mit auf den Flughafen?«

Ψ Ψ Ψ

Die sarkastische Ironie der Freiheitsstatue

NICHT ZUM ERSTEN MAL in den vergangenen zwei Jahrzehnten ratterten Karl und Britta Kaufmanns schwarzen Plastikrollkoffer zum Ausgang des JOHN FITZGERALD KENNEDY FLUGHAFENS. Für Claudias Eltern stellte sich mittlerweile vielmehr ein Gefühl des nach-Hause-Kommens ein, während ihre Tochter sie routinemäßig abholte. Neu gesellte sich die traurige Tatsache, dass sie fortab ohne Thomas das Empfangskomitee bilden müsste. ›Ein harter Brocken, aber so ist das Leben‹, meinte Karl mit lebensgeeichtem Pragmatismus. ›Es gibt Dinge, da können wir nichts ausrichten oder uns dagegen wehren.‹ War diese Erkenntnis ursprünglich einer bitteren Lebenserfahrung erwachsen, um nun zugleich als Anspielung auf seine ehemals üppige Haarpracht zu dienen, nunmehr schlohweiß und von hinten betrachtet, einem Lorbeerkranz auf gebräuntem Teller gleichend?

Was unbestritten geblieben war, war Karls unverbrüchliche Liebe zu allem, was mit Garten und Natur in Verbindung stand. Gleichwohl die großgewachsene Statur, wenngleich mittlerweile mit Wohlstandsbäuchlein, welche souverän aus jedem Gemenge herausragte. Daneben Britta, ihre Mutter, mittelgroß wie Claudia, dafür zierlich. Mutters Scheu vor längeren Flugreisen wuchs zusehends, was zweifellos mit dem chronisch schmerzenden Hüftgelenk zusammenhing. Wie lange es Mutter wohl noch machen würde? Am Telefon letzthin war von hinausgeschobenen Operationen und künstlichem Gelenk die Rede. Ihr Leben lang zu Zugeständnissen an Vaters Umtriebigkeit bereit, so der ungeschriebene gesellschaftliche Konsens ihrer Generation, bestand ihr Kompromiss dieses Mal in Form von zwei Monaten ROUTE 66.

Beim Abendbrot wurde eingehend darüber beratschlagt, nach welchen

Unternehmungen ihr Sinn während ihres zweiwöchigen Aufenthaltes in Suffern stände. »Für mich wäre wieder mal die alte Lady dran«, ließ Karl bestimmt verlauten. Britta nickte zustimmend, Claudia sinnierte: »Das letzte Mal muss vor mehr als fünfzehn Jahren gewesen sein, als die Mädchen noch klein waren. Insofern wäre es durchaus wieder mal Zeit.« Seltsam, dachte sie, so wie sie da am Tisch saßen, kam es ihr vor wie immer, wenn ihre Eltern auf Besuch waren. Und dennoch hatte sich fundamental etwas geändert, in ihren Leben, in ihren Köpfen, in ihren Reihen. Und wie als ob Vater ihre Assoziationen erkannt hätte, sprach er gleich sein zweites Ausflugsziel an: die Einsturzstelle! »Also, die muss ich unbedingt gesehen haben!«, sagte er fast mit einer gewissen Euphorie, welche Claudia schon an der Grenze zur Peinlichkeit empfand. Ist doch keine Touristenattraktion, Papa!, wollte sie am liebsten laut sagen. Böse war es ja nicht gemeint, dazu kannte sie ihn lange genug, nur bestach ihr Herr Vater nicht immerzu durch ausgeprägte Sensibilität und Diplomatie. Leise fügte nun Britta hinzu: »Also, ich möchte gerne mal auf den Friedhof.«

Es wäre ein Beispiel maßloser Übertreibung gewesen, zu behaupten, am Sonntag hätte das große Ausflugswetter stattgefunden, so wie dies ausgezeichnete Urlaubfotos erforderten. Doch insgesamt versprach der Wetterdienst solare Dominanz. Gleicherweise heiter saß die vergnügte Ausflugtruppe – bestehend aus den Sanders, den Kaufmanns sowie Michael, Lyke und Jim – auf der Fähre von der HÜGELINSEL zu ihrem Bestimmungsort, der wohl symbolträchtigsten Ikone, die das Land zu bieten hatte, zur FREIHEITSSTATUE. »Migräne?«, fragte Claudia, als sie ihre Mutter betrachtete und ein Kopfnicken kriegte. Gleich kramte sie in ihrer Handtasche nach Abhilfe.

HÜGELINSEL war die ursprüngliche Bezeichnung in der Mansie-Sprache der hiesigen Lenni Lenape für die Halbinsel MANAHATTA. Heutzutage suchte man in Manhattan zwar natürliche Hügel weitgehend vergebens, denn diese wurden im Zuge der Großverstädterung systematisch abgetragen. Dafür drängte sich dort in schier endloser Zahl sowie in alle Himmelsrichtungen eine Wolkenkratzerkolonne an die andere. Der gigantischste je von Menschen inszenierte TURMBAU ZU BABEL nahm hier unentwegt seinen unaufhörlichen Lauf, ein wirkliches Ende nicht abzusehen. Was würden wohl die Menschen im alten Mesopotamien dazu sagen, wenn ihnen damals ein Abbild der Welt in vier Jahrtausenden hätte zugänglich gemacht werden? Schließlich waren *sie* es, welche einst lokal eine Entwicklung in Gange setzten, welche sich heute auf globaler Ebene rasend schnell fortsetzte. Entsprächen die teils unkontrollierbar gewordenen auswuchernden Megastädte der Verwirklichung ihres Menschheitstraumes? Damit einhergehend Wirtschaftssysteme, welche unersättlich natürliche Ressourcen fraßen und damit die planetare Grundlage menschlicher Existenz an physische Grenzen brachten? Bislang gewährleisteten Eroberung, Raub und Ausbeutung in primärer oder wie seit geraumer Zeit in subtilerer Form diese Entwicklung. Doch wie lange noch ließ sich dieses Spiel wohl spielen?

»Wir haben leider etwas Pech mit der Freiheitsstatue«, meinte Michael zu Karl, klopfte ihm kameradschaftlich auf die Schultern.

Erstaunt fragte Karl: »Warum meinst du? Haben sie die Schönheit etwa weggesperrt?« Die längste Zeit schon stand sie doch zum Greifen nahe, beglückte sein touristisches Auge; die Fähre proppenvoll. Seine Kamera kam bereits bei der Abfahrt zum Einsatz, knipste alles auf sicher.

Michael, welcher glaubte, Karls potentielle Enttäuschung mit baren Händen fassen zu können, bemühte sich um Entwarnung, sagte: »Nein, so schlimm ist es zum Glück nicht. Seit den Anschlägen kann man aber nicht mehr bis zur Krone rauf, wurde rigoros zugenagelt. Zu unserer Sicherheit.«

Lyke meinte darauf: »Ein bisschen drum herumspazieren oder aufs Besucherdeck hinauf kann man schon. Innen haben sie eine Art Glasdecke eingebaut, so dass man von unten das Innere betrachten kann. Mehr liegt zurzeit aber nicht drin. Tut mir leid.« Kurz schob sie ihre Sonnenbrille ins Haar, fischte sich dann ein Staubkorn, welches der Fahrtwind herangetragen haben musste, aus ihrem linken Auge. Britta meinte, dass dies halb so schlimm wäre. Grundsätzlich kannten sie ja die Statue, waren letztes Mal oben. »Ja«, sagte Karl, nicht ganz ohne Vorwurf, »aber da regnete es, in Strömen!« Komischerweise quälte sie schon damals eine Migräne, entgegnete Britta. Entweder war dies auf den Jetlag zurückführen, welcher so seine Spannung entlud, oder es war etwas anderes, ihr Unbekanntes.

Ursache damals war vielleicht die Diskussion, welche sie darüber führten, ob der Name überhaupt angemessen war: Freiheitsstatue. Freiheit für wen? Karl und Michael vertraten vehement den Mythos, welcher ein unvorstellbar großes Heer hoffnungsvoller oder verzweifelter Europäer – je nach persönlichem Erleben beides – über den Großen Teich trieb. Ob es denn nun die Flucht vor Überbevölkerung, Armut, Hunger, Elend und Krieg oder die Rettung vor politischer oder religiöser Verfolgung war, spielte letztlich keine Rolle. Fakt war: die alte Heimat, diese Europa, blockiert durch Ungleichheit und geistige Enge, bot keinerlei Perspektiven. ›Amerika hingegen‹, sagte Michael mit patriotisch anschwellender Brust› ›versprach Freiheit, Gerechtigkeit und Wohlfahrt! Hier gab es noch immens viel freies Land zu besiedeln. Wer hier anpackt, der bringt es auch zu was! Ich denke, das trifft heute genauso zu wie vor fünfhundert Jahren.‹ Karl, mit der kleinen Christina auf dem Schoss, seinem erklärten Sonnenschein, outete seine insgeheimen Auswandererpläne, welche bis zu Britta seine Sehnsüchte befeuerten. ›Ich bin teils noch zwischen Ruinen aufgewachsen, Leute, und bewunderte die Amis, den Jazz, den Schliff und Schmiss, wollte auch dahin, wo die herkamen.‹

Unverwandt blickten sich Lyke und Claudia an, schmunzelten ob des harmonischen Anblicks von Opa und Enkelin. Wenn der Opa wüsste! Aber er wusste eben nicht. Geduldig sich die Männer anhörend, meinte Lyke dann: ›Und wie stand es denn mit der Freiheit der Ureinwohner? Mit *ihrem* Land, das man ›besiedelte‹, notabene, ohne groß auf sie als Einwohner Rücksicht zu nehmen?‹ Wäre sie spontaner gewesen, hätte sie zweifelsfrei mit ihrer Spiegelreflex gewinnverdächtige Schnappschüsse zum Sujet VERDUTZTE ANGESICHTER eingefangen. Michael, nach kurzem Überlegen sowie sichtlicher Verärgerung, entgegnete: ›Was redest du denn da, Lyke? Also, das hat doch jetzt überhaupt keinen Zusammenhang mit unserer eisernen Lady!‹ Ach, diese Frauenlogik manchmal!, rumorte es in seinem Hirn und versuchte sich noch einmal in seinen Überzeugungskünsten.

›In Europa trampelten sie sich dichtgedrängt auf den Füßen herum und hier drüben herrschte sozusagen gähnende Leere! Man konnte doch nicht einen ganzen Kontinent einem Haufen Wilden überlassen. Sonst hätten sich die Spanier noch mehr unter den Nagel gerissen. Oder die Russen wären früher gekommen. Am Ende noch die Japaner oder Chinesen.‹ Nicht ohne Augenzwinkern, meinte Lyke zu Claudia: ›Oder die Koreaner.‹

Aus Lautsprechern wurde nun die baldige Ankunft bekanntgegeben. In erregter Vorfreude klopfte sich Karl die Oberschenkel, sagte: »Nun ja, ob nun legal oder nicht: wir nehmen, was wir kriegen können.«

Derweilen standen Christina und Jim etwas abseits, an der Reling angelehnt. Nicht unweit belegte Biggi einen Platz auf einer Bank; Rex angeleint zu Füssen. Versunken in Jims Umarmung stützte Christina ihre Unterarme auf die Reling ab; Fahrtwind wirbelte ihr offenes Haar, ließ es wie die US-Flagge auf dem Dach des Kahns hoffnungsvoll flattern. Tiefes Schiffshupen brummte über die weite Neu Yorker Bucht, durchdrang surrend ihre Glieder. Die salzig-herbe Luft, der Augenblick einer verloren geglaubten Leichtigkeit des Seins, schien ihr wie ein göttliches Geschenk an sie. Zwei Momente lang: Freiheit von Kümmernissen jeglicher Art; einfach nur wieder sich selbst sein!

Indes vergrub Jim neckisch sein Gesicht in Christinas Nacken, sagte: »Ich bin so froh, dass es dir wieder besser geht, meine kleine Squaw!« Seine heiße Kussspur arbeitete sich genussvoll ihren Nacken hinauf, ließ sie das Leben in all seiner möglichen Intensität verspüren. Unmittelbar drehte Christina ihr Haupt, entgegnete: »Geht mir genauso, mein tapferer Häuptling!« Ihre Lippen verzehrten sich füreinander, brannten in der kühlenden Meeresluft. »Glaub mir, Christina«, sagte Jim zuversichtlich, als sie sich wieder lösten, »das Schlimmste ist überstanden! Jetzt geht es wieder aufwärts. Alles wird gut!«

Biggi, immer noch auf ihrer Bank, durchkraulte intensiv Rex' pelzigen Nacken. Dankbaren Blickes leckte der Begünstigte ihre Hände, hechelte. Sie wiederum umarmte ihn, rieb ihm über seine Brust. »Na, mein Schöner, auf deine Treue ist wenigstens Verlass«, meinte sie mit schiefem

Seitenblick. Abrupt erhob sie sich dann, um sich ihrer Gruppe wieder anzuschließen. Die elegante Statue rückte nun in Handgreifnähe, warf erste überlange Schatten auf Deck. Rex spürte die Aufbruchsstimmung, zog an der Leine und gab mit kräftigen Schwanzwedeln seiner tierischen Vorfreude Ausdruck. Für seine bescheidenen Hundebedürfnisse war die Welt doch mehr als in Ordnung.

Während sich wenig später eine neue Menschenmenge über die Insel schob und fleißig fürs pralle Fotoalbum geknipst wurde, stand Christina mit verschränkten Armen da; gehöriger Trotz füllte ihre Augen. Ihren Blick fixiert gen Himmel, genauer, auf die Fackel, musterte sie die Kronenstrahlen, beäugte die kaltgrünfahlen Augen der Abgöttin. Ja, das war sie doch, nicht?

Zehn Jahre lang hatte der Feuereifer des Franzosen Frederic-Auguste Bartholdi die Phantasie und die Lebenskraft des bildhauenden Künstlers verzehrt. Bis schließlich sein Werk in Paris eingepackt und auf einer kleinen Insel im Hafen des größten Einfallstors zur NEUEN WELT neu errichtet wurde. 1886 fiel der Schleier. Das Idol der Ideale verstrahlte fortab seine leuchtende Botschaft in alle Welt. Und in der Tat! Sie hatte was! Etwas Anmutiges, mit diesem wallenden Gewand. Der Künstler hatte wahrhaft ganze ästhetische Arbeit geleistet, um dem Eisenskelett mit Kupferhaut die Schönheit und die Anziehungskraft zu verleihen, welches es vermutlich zur symbolträchtigsten Figur par excellence machte.

Eigenartigerweise setzten nun in Christinas Ohrgängen wieder erdige Trommelschläge ein, die eingängigen Feuergesänge. Diesmal empfand sie sie jedoch anders, eindringlicher, als ob ein Warnruf darin steckte! Pure Einbildung oder Interpretation ihrerseits vielleicht? Nun ja. Offensichtlich kam Bewegung in die Sache, neigte die Statue wirklich ihren Kopf, ja, zu ihr runter! Deren Augäpfel quollen richtiggehend auf, die Pupillen weiteten sich zusehends bis das pechschwarze Dunkel den gesamten Himmel einhüllte. Giftgelbes Blitzen darin verriet unmissverständlich, dass tatsächlich Leben in die eiserne Nymphe gefahren war, aber nicht unbedingt Gutes verheißend! Rasch zogen sich deren Augenbrauen zur Zornesfalte zusammen, schoss heißer Dampf aus ihren Kronenansätzen hervor. Donner erbebte die Welt, und wie Christina gleich bemerken sollte, handelte es sich dabei um *deren* blecherne Stimme!

»Habe ich doch gemeint, ich hätte *alle* von euch kleinen roten Biestern erwischt!«, schnaubte die Zornesgöttin im höchsten Masse erregt und begann sogleich mit ihrer lichterloh brennenden Fackel nach Christina zu schlagen. Wutentbrannt und hirnwütig. »Weg da, fort mit dir!!!«, kreischte sie unentwegt, fuchtelte wie wild nach Christina, welche versuchte, mit allen möglichen Kampfsporthaken den Stichflammen zu entgehen. Doch alles Ringen und Winden schien vergebens! Noch versuchte Christina rücklings den rettenden Rückzug, stolperte indes und fiel wie ein Käfer auf den Rücken. Ein unmittelbarer Luftzug kündigte an, dass gleich der angehobene Bleifuß auf sie niedersausen und sie zermalmen würde. Hilflos zappelnd, mit beiden Armen fuchtelnd, lag sie nunmehr auf dem Rasen, schrie fortlaufend ›Nein, mein Gott, nein! Jim, so hilf mir doch!‹ Wiederum hörte sie das gellende Gelächter des Eisenkolosses: »Na, habe ich dich endlich, du kleines rotes Ungeziefer!« Verzweifelt ob der aussichtslosen Lage, schloss Christina die Augen, ergab sich schicksalhaft ins Unausweichliche wie die Antilope im Rachen ihrer hungrigen Jägerin. Gleich wäre das hohle Knacken, das kurze Knirschen zu hören! Und damit wäre das Ende der kleinen unschuldigen Christina Foster-Skanatati besiegelt! Aus und vorbei!

»Christina!«, gewahrte sie plötzlich eine vertraute Stimme wie aus der Ferne nach ihr rufen, »was um Himmels Willen ist nur los?« Zügigen Schrittes näherte sich ein hohles Klappern wie auf dem Steinpflaster eines alten Kellergang. Jemand kniete nieder, nahm sie in den Arm. Kaum hatte sie ihre mit blutigen Runzeln unterlaufenen Augenlider etwas angehoben, die Sicht noch halb versperrt, nahm sie Jims verschwommene Umrisse wahr. Die Ratlosigkeit war ihm aus dem Weiß seiner weit geöffneten Augen abzulesen. »Was ist denn los, Christina?«, fragte Jim erneut, »ist dir nicht gut? Was war denn da soeben los?!«

Hilflos lag Christina in Jims Armen, unfähig ein Wort über ihre Lippen zu bringen. Ihr Atem ging immer noch heftig; sie hechelte, eine unmittelbare Speichelschwemme ließ sie ein paar Mal leer schlucken und fast ersticken. Unvermittelt richtete Jim sie ein wenig auf. Verängstigt sagte sie schließlich: »Ich weiß auch nicht, ich weiß auch nicht, Jim!«, hauchte sie, »keine Ahnung!« Ihr Gedächtnis versagte komplett. Wie Jim feststellte, waren Christinas Pupillen nach wie vor aufgerissen! Bare Todesangst hatte ihn für einen Augenblick angestarrt, so wie er dies von knapp geretteten Feueropfern her kannte. Unmittelbar sinnierte er darüber, was Christina wohl einen solchen Schrecken eingejagt hatte. In etwas Entfernung waren Leute stehengeblieben, wie er jetzt erst bemerkte, starrten ihn rätselnd an. Kopfnickend gab er zu verstehen, dass er alles im Griff hätte: Kein Grund zur Panik, Leute! Auf Christinas Frage, was denn geschehen sei, sagte er ruhig: »Ich weiß auch nicht, Christina. Du hast plötzlich wie wild um dich geschlagen, und heftig geschrien, als müsstest du um dein Leben kämpfen! Dann bist rückwärts hingefallen und ohnmächtig geworden.« Was Jim ausließ, war, dass Christina in einer seltsamen Sprache gesprochen hatte, welche er noch nie zuvor gehört hatte. Ehrlich gesagt, kam ihm dies etwas unheimlich vor! »Komm, Christina«, sagte Jim schließlich, »ich denke, wir sollten jetzt diesen Ort unverzüglich verlassen.«

Als sie sich zur Anlegestelle zurückbegaben, warf Jim vorsichtigerweise einen Kontrollblick zurück, mehr aus Gewohnheit. Unmittelbar durchfuhr ihn ein kalter Schauer! Denn aus der Fackel und den Nüstern der Statue stiegen Dampfwölkchen heraus, verrauchten in den bläulichen Himmel. Hm, machte er für sich. Welch eigenartiges Phänomen! Eine Viertelstunde später trafen sie auf die andern, welche offenbar nichts von Christinas seltsamen Erlebnis mitgekriegt hatten.

Auf der Rückfahrt saß Jim mit Christina in einem weichen Sessel des Passagierraums, hielt seine Kleine fest im Arm, sich alleweil vergewissernd, dass Christina wieder ins Lot kam. Apathisch, oder vielmehr erschöpft, gab sie sich einem Schlummer hin. Gelegentlich küsste Jim zärtlich ihr seidenes Haar, drückte sie sanft an sich, da sie schauderte. Unvermeidlich trieb ihn dabei die immer gleiche Frage um: Was, um Himmels Willen, hatte Christina da vorhin erlebt? Sowie noch viel mehr die Befürchtung, ja, ernsthafte Sorge: War wohl mit Christina alles in Ordnung?

Ψ Ψ Ψ

Land in Sicht

ZUR SPÄTEREN ABENDSTUNDE zündete Claudia auf der gedeckten Hausveranda drei Teelichter an. Verspielt züngelnde Flammen widerspiegelten sich unmittelbar in Brittas Brillengläsern. Im Gartenbereich sowie in den umsäumenden Baumgruppen charakterisierte unentwegtes Zirpen der Grillen den flauen Sommerabend. Davon unbeeindruckt genoss Karl drinnen vor dem Fernseher seine Vorstellung von Tagesabschluss in Form von Sportnachrichten. Biggi hatte sich nach dem gemeinsamen Nachtessen in Windeseile verflüchtigt, rief beim Hinausspringen: »Bin dann noch bei Florina«. Nicht minder eilig hatten es Jim und Christina, um auf einem Spaziergang Suffern neu zu begutachten, ehe sich ihre Wege für heute Abend wieder trennten. Nun ja, das war eigentlich ganz gut so, dachte Claudia.

Derweilen schenkte Britta Tee ein, feurigen Rotbusch, welchen Claudia extra auf ihren Besuch hin besorgt hatte. Eigentlich waren Karl und sie beide einfache und genügsame Leute, an wenig Luxus, wenn überhaupt, gewöhnt. Ihre Kindheit und Jugend fand vornehmlich in Zeiten statt, als Überfluss- und Wohlstandsgesellschaft bestenfalls Teil eines fernen Utopias waren. ›In die Hände spucken, anpacken und nicht lange herumzumeckern‹, prägte beider Leben. Später stellte sich mit viel Fleiß, Beharrlichkeit und Sparsamkeit ein bescheidener Wohlstand ein, mit Häuschen, kleiner Familienkutsche sowie gelegentlich ein schöner Wanderurlaub im Südtirol oder in Südfrankreich. Ganzer Stolz beider waren die Töchter, gleichwohl gesund wie wohlgeraten: Claudia verheiratet in Amerika, zwei Töchter; Katharina, die Jüngere, hängengeblieben in Überlingen am Bodensee, nicht unweit von ihnen, mit Mann und zwei Söhnen. Was begehrte man denn mehr?

»Besser?«, fragte Claudia, als sie sich setzte, eine Tasse Tee in Händen und zugleich ihre Mutter musternd. Britta wirkte müde. Vor einigen Jahren noch bekämpfte sie hartnäckig das Grau ihres Haares, färbte alles hinweg. Bis sich eines Tages die Erkenntnis durchsetzte, dass die Diskrepanz zwischen Sein und Schein sich je länger je weniger retuschieren ließ, denn Falten lügen nie. »Ich hatte heute auch etwas Kopfdruck«, sagte Claudia wie in einer Solidarität, »vielleicht das Wetter.«

»Jetzt, nach dem Essen«, erwiderte Britta mit Erleichterung, »geht es mir wieder besser. Ich denke, ich lege mich ohnehin bald hin. Bei mir braucht es halt einige Tage, bis mein Körper umgestellt hat. Aber, du weißt ja, das war schon früher so.« Claudia war bekannt, dass Mutter nicht die große Jammertante spielte oder sich in den Vordergrund stellte. Da war Vater schon unbedarfter. »Und«, fragte Britta, »wie geht es dir denn so, Claudia?«

Für einige Augenblicke nachdenklich gestimmt, nippte Claudia an ihrer Teetasse. »Mir?«, erwiderte sie seufzend, »schwer zu sagen, Mutter. Auf eine Art gut, nach einem Tag wie heute; andererseits fühle ich mich kaputt, und zwar ganz tief unten.« Unmittelbar tauchte in ihr die Frage auf, inwiefern sie Mutter mit ihren Geschichten belasten sollte. Das Fiasko mit der Beerdigung sowie Christinas Begegnung mit ihrer neuen Familie, wie sie dies seltsam berührt hatte, war schon ausführlich Gegenstand ihrer gelegentlichen Telefonate gewesen. »Irgendwie bräuchte ich wie eine Art Auszeit; wegkommen von hier. Für drei Monate oder so. Länger würde arbeitstechnisch nicht drin liegen, aber immerhin gäbe dies Luft. Thomas ist natürlich allgegenwärtig.«

Schweigsam hörte Britta ihrer Tochter zu, beobachtete, wie Claudia ihren Alltag, die schlaflosen Nächte, beschrieb, vom Brandgeruch, den Thomas jeweils trotz Duschen nicht loswurde und mit ins Bett nahm, wie sie dies früher störte und heute nahezu vermisste. Es war einfach nichts mehr so wie früher. »Jetzt hängt natürlich alles an dir«, sagte Britta, während sie die Wolldecke auf ihren Oberschenkeln höher zog. »Aber bei Christina und Biggi läuft es gut, nicht?«

Achselzuckend meinte Claudia: »Bei Biggi mache ich mir weniger Sorgen. Bald ist die Schule fertig, und, so wie es aussieht, schafft sie den Sprung zur Tierärztin. Vorher aber steht noch ein Praktikum an.« Auch sie rieb sich nun die Oberarme, stand dann auf, um sich eine Wolljacke zu holen. »Willst du auch eine?«, fragte sie Britta, welche bejahte. In dieser Beziehung waren sie beide gleich. Als Claudia zurückkam, fuhr sie fort, meinte: »Bei Christina ist es ja, wie du weißt, etwas schwieriger. Ich hoffe, sie kommt mit allem klar. Das Studium leidet natürlich in letzter Zeit, aber sie wird dies schon raffen, irgendwie.«

»Zum Glück hat sie diesen Jim kennengelernt«, erwiderte Britta, »scheint ein ganz flotter Kerl zu sein. Total vernünftig, und auch fürsorglich, so wie ich heute auf dem Schiff gesehen habe.«

Schmunzelnd blickte Claudia ihr ins Angesicht, meinte dann: »Ja, da kann ich dir nur zustimmen. Nach diesem Eric scheint sie nun mal wirklich Glück zu haben. Also, ich bin sehr froh um ihn.« Ihre letzten Zweifel teile sie Mutter zwar lieber nicht mit, verschwieg ihr, was Monika ihr letzthin via deren Nachbarin, respektive, deren Tochter, zugesteckt hatte. Anscheinend arbeitete die auch in Beacon oben, in einer Produktionsfirma für Gartengeräte und –ausrüstungen. Aber vielleicht waren das ja auch nur dumme Gerüchte, von Geschmähten, die sich auf diese Art rächen wollten. Um auf andere Gedanken zu kommen, fragte sie dann: »Und? Vater? Läuft es besser?« Hier setzte unmittelbar eine längere Pause ein, ehe Britta erklärte, dass Karl und sie einen Kompromiss ausgehandelt hätten: nur zwei Monate Reisen, statt vier, und nur im bestausstaffierten Camper, den sie kriegen konnten. Falls ihr Hüftgelenk unerwartet spuken sollte und ein Abbruch der Reise angesagt wäre, erwartete sie von Karl widerspruchloses Einlenken. »Er meint wohl immer noch alles dominieren zu müssen«, entgegnete Claudia, wenngleich erleichtert, was Mutter ihr erzählte, »und du musst alles mitmachen.« Wortlos nickend, zeigte Britta an, dass sie sich nun aber erfolgreich gewehrt hätte. Dann: »Ist dir ja auch nicht ganz unbekannt, Claudia, wenn ich mich an früher zurückerinnere, an die ersten Jahre deiner Ehe.« Claudias Schmunzeln verriet ihr, dass sie nicht voll danebenlag. »Aber zum Glück haben wir Frauen gelernt, uns zu wehren«, war Claudias Fazit.

Derweil die Nacht über Suffern hereingebrochen war und die Teelichter in warmen Lichttönen erstrahlten, trat Karl unvermittelt auf die Veranda, verkündend, welches Team gewonnen hatte. »Ob ihr es glaubt oder nicht, aber das war ein unglaublich spannendes Spiel! Da habt ihr was verpasst, sage ich euch!« Schmunzelnd guckten sich die beiden Frauen an, fragten Karl, ob er auch Tee wünschte. Abwinkend meinte der, dass er genug Hopfensaft gehabt hätte. Das wäre sein Lebenssaft, nicht diese fade Gebräu! Nachdem er über Claudias Wohlbefinden aufgeklärt worden war und wie sie nun allein in die Hosen steigen musste, schlug Karl spontan vor: »Warum kommst du denn nicht für ein paar Monate zu uns nach Konstanz? Du könntest bei uns wohnen, gratis natürlich, mit dem Fahrrad bist du problemlos mobil, könntest schöne Ausflüge machen, alte Bekannte treffen, zwischendurch meine Tomaten gießen – breites Grinsen – . Na, wie wäre das?«

Überrascht von Vaters Idee, aber keineswegs seiner Tatkraft, strahlte Claudia unmittelbar auf, meinte dann: »Ja, das wäre natürlich phantastisch! Aber ...«

»Was Aber?«, unterbrach Karl sie sogleich. »Da gibt es doch kein Aber, Claudia! Pack deine Siebensachen hier, und los geht's! Das mit der Arbeit kriegst du bestimmt hin, so auf den September-Oktober hin, und das Haus können deine erwachsenen Töchter hüten! Auch den Rex! Oder nimm ihn mit! Sind ja keine kleinen Kinder mehr. Und sonst gibt es ja auch noch gute Nachbarn; oder Lyke und Michael sind ja auch nicht aus der Welt. Na?«

Im eigentlichen Sinne zwar überrumpelt, aber auf die angenehme Art, rannte Vater natürlich weitoffene Türen bei ihr ein, freundete sie sich in Blitzesschnelle mit dem Vorstoß an. »Hm«, sagte sie dann, »eigentlich hast du Recht, Vater. Wieso nicht? Einzig bei Biggi, bin ich mir nicht so sicher, ob das funktioniert. Bei ihr stehen ja größere Entscheidungen an; eigentlich sollte sie ein Praktikum machen, in einer Tierpraxis.«

Stirnrunzelnd stand Karl da, breitbeinig, zündete sich gerade eine Zigarette an. »Also, sind wir jetzt hier in Amerika oder nicht?«, fragte er mehr rhetorisch. »Hier drüben sind wir doch im Land der unbegrenzten Möglichkeiten! Schmeiß die Sachen hin und nimm dir die Auszeit, die du brauchst! Komm wieder auf die Beine! Tierpraxen gibt es auch bei uns!

Kann doch Biggi das Praktikum in Konstanz machen, oder in Überlingen, bei Harald. Der hat doch so seine Beziehungen in der Gemeinde.« Locker schmiss er das abgebrannte Zündholz in den Garten, saugte tief den Rauch ein. »Also, ich würde mich freuen, Claudia, dich wieder mal etwas länger bei uns zu haben! Dieses Amerika ist halt schon verdammt weit weg! Von den Finanzen haben Mutter und ich bereits mal darüber gesprochen. Wir haben ja gemerkt, wie du am Anschlag bist! Das Geld wäre also kein Problem, würde ich sagen. Da helfen wir dir natürlich soweit es unsere Verhältnisse erlauben. Dann muss ich halt noch ein paar Kaninchen mehr züchten und schlachten.«

Irgendwie war es gar kein Thema mehr. Karl hatte wieder mal so klar und dynamisch gesprochen, dass alle Einwände gleich wegpustet wurden. »Ich rede gleich morgen mit meinem Vorgesetzen«, sagte Claudia nach kurzer Überlegung. »Und Monika wäre bestimmt bereit, einen Teil zu übernehmen.« Tief ein- und wieder ausatmend warf nun Claudia einen Blick zum leuchtenden Sternenhimmel. Für sie war in der abendlichen Ruh nicht nur der gelbliche Mond aufgegangen, sondern desgleichen ein neuer Stern der Zuversicht über ihrem persönlichen Horizont. Die Aussicht auf eine größere Verschnaufpause oder überhaupt eine positive Veränderung gab ihr einen ungeheuren Schub an neuer Kraft und Selbstvertrauen!

Nicht minder zufrieden lächelte Karl auf dem Verandageländer, auf welches er sich nun gesetzt hatte, paffte in den dunklen Garten hinaus und genoss die friedliche Stimmung. »Na, also, damit wäre ja alles geklärt. Oder, fast alles.« Erstaunte Blicke der Frauen nahmen ihn ins Visier. Grinsend meinte er darauf: »Ist mit Christina alles in Ordnung?« Weiter kam er nicht, denn kaum hatte er seine Frage geäußert, welche doch etwas erstaunte, ertönte Donnergrollen in der Ferne. »Hat er Gewitter?«, fragte Karl ungläubig. Rätselnd, woher dies kam, verneinte Claudia zunächst. Was sie indes noch vielmehr in Erstaunen versetzte, war Mutters Aussage: »Kam dies nicht von den Katerbachbergen herunter?«

Ψ Ψ Ψ

Kalifornien ruft

SCHNITTIG WURDEN IM HAUSE SANDERS SOWIE IN CHESTER die Reißverschlüsse zugezogen. Nachdem Koffer wie Reisetaschen gepackt waren, wurde herzlich Abschied genommen, gute Fahrt gewünscht. Kaufmanns brachen mit ihrem gemieteten Caravan Richtung Chicago auf, dem Startpunkt der Route 66; für Jim ging es flugs in die alte Heimat an die Westküste. »Da habt ihr euch schön was vorgenommen«, meinte Claudia zu ihren Eltern: zuerst über die Appalachen, nach Chicago, und dann bis zur Heiligen Monika in Los Angeles. Ziel: Sandstrand. »Aber ihr werdet bestimmt eine schöne Zeit haben!«

Karl war schon lange dem morbiden Charme dieser MUTTER ALLER STRASSEN erlegen. Diese hatte sich im Oklahoma der 1930er Jahre aus dem Staub der Depression erhoben und trieb damals verarmte Bauern in Scharen nach Kalifornien. Nach John Steinbecks TRAUBEN DES ZORNS sowie weiterer Lektüre war Karls inneres Feuer nicht mehr zu löschen. In seinen Tagträumen am Küchentisch ließ er bereits den Motor seiner imaginären Harley aufheulen, die Bremsen quietschen und einen Schwarzen nach dem anderen liegen. Dabei flatterte stilgerecht das Haar im Fahrtwind. Wehe, wenn sie losgelassen! Da war keine verirrte Kuh auf der Straße mehr sicher. Karls Vorstellung von Abenteuer und Freiheit ließ regelrecht den wilden Mann aus ihm hervortreten. Und wenn es sich nur um das Werk seiner entfesselten Geistesschöpfung handelte. Britta meinte, die passende Gangsterbraut müsse er sich in irgendeiner abgelegenen Saufspelunke besorgen. ›Dafür sind meine Röcke zu wenig kurz‹, meinte sie schmunzelnd. So beschloss Karl, es fürs Erste gelassener anzugehen. Hauptsache, der Verwirklichung seines lange gehegten

Traumes stand nichts mehr im Wege! Endlich den Geruch der Ferne und der Sehnsucht inhalieren! Das restliche Leben, so sein Fazit, bestand nun mal aus: Kompromissen.

Nicht minder befeuert gingen Jim und Chuck die Liste ihrer Ausrüstung durch. Das gröbste Geschütz, einschließlich Kleinbus, besorgte Tom, der in Los Angeles wohnhaft war und welchen Jim von früher kannte. Den vierten im Bunde, Todd Garrett, kannte Jim noch nicht, war ein alter Bekannter von Chuck aus fernen Schultagen, den er gelegentlich mal traf. Als er diesen Todd zum ersten Mal bei einem Bier traf, hatte er nicht unbedingt den schlechtesten Eindruck. ›Erinnert mich irgendwie an Eric‹, sagte er abends zu Christina, ›dasselbe krause blonde Haar, nur Sommersprossenfelder in alle vier Himmelsrichtungen, und dieses auffällige schwarze Hornbrillengestell. Alles ein bisschen schräg, aber wieso nicht. Steht mir nicht an zu urteilen. Chuck wird schon wissen, was er da tut.‹

Der Abschied auf dem Kennedy Flughafen erwies sich für Christina unerwartet hart, löste beinahe eine Panikattacke in ihr aus. Ein Rückfall? Nachdem die drei Radler am Freitagnachmittag eingecheckt hatten, standen Jim und sie abseits in eine ruhige Ecke. Den letzten Augenblick beanspruchten sie für sich alleine. Unmittelbar faltete Jim seine Arme um Christina, drückte ihr einen traurigen Kuss auf die Lippen, ein Desperado unter Desperados, so wie er sie anblickte. »Kannst du dir vorstellen, dass wir uns ganze zwei Wochen lang nicht sehen werden?«, fragte er mit einem gezwungenen Lächeln. Unfähig zu einer Erwiderung lehnte Christina behutsam ihren Kopf seitlich an seinen Hals, wobei sie seinen Puls an der stark hervortretenden Ader zu spüren vermochte. »Ehrlich gesagt, nein«, sagte sie schließlich mit tiefem Seufzer. Die Vorstellung war unerträglich, verdarb ihr schon die ganze Zeit den Tag. Unvermittelt schloss sie beide Augen, denn es war ihr bewusst, welchen Platz Jim mittlerweile in ihrem Leben eingenommen hatte und was er für sie bedeutete: einfach ALLES! Der Hauch seines Nasenatems kräuselte an ihrem Hals, auf welchen er nun seine verzehrenden Lippen drückte, feierlich, wie ein

Siegel. Als ob er damit sagen wollte: ›Bitte, Christina, komm mit mir! Jetzt! Schmeiß einfach alles hin! Ich brauch dich doch bei mir!‹

Am liebsten wäre Christina in Jims übermächtiger Umarmung versteinert, für jetzt wie in alle Ewigkeit! Hätte jemand ein Treuegelübde von ihr abgefordert, er hätte heute ein leichtes Spiel gehabt. Und wiederum bemerkte sie, was Jims Zauber ausmachte, was nicht nur sie fesselte, nämlich: seine ausdrucksvollen Augen! Dieses gewaschene Blau in seiner großen Umrandung, in welches sie sich fallen lassen könnte, um für immer darin zu versinken. Eigenartig, dachte sie, sie mochte die Augen noch so fest verschließen, Jims Augen waren einfach da! Nicht im Sinne von Beobachten oder gar Überwachen, nein, es war in diesem Fall vielmehr ein geschlechtsloses Begehren.

Unverwandt fiel Christinas Blick in die spiegelnde Scheibenfront des Terminals. Darin gewahrte sie ein engumschlungenes Liebespaar, während es draußen schüttete, was die Gewitterfront hergab. Eine eindrückliche Verschmelzung von Innen- wie Außenwelt fand im Spiegelbild statt. »Versprich mir«, sagte Jim leise, »dass du mit der Kontaktaufnahme mit deinem leiblichen Vater noch wartest! Zumindest bis ich wieder zurück bin. Ich möchte unbedingt in deiner Nähe sein, für alle Fälle.« Wie könnte er sie beschützen, wenn wieder etwas schief liefe, wie nach ihrer Rückkehr aus Philadelphia?! Dieser Ben gefiel ihm gar nicht, auch wenn Christina sich darum bemühte, alles positiv darzustellen. Natürlich war er selbst kein Unschuldslamm, was den Umgang mit Frauen anbelangte, bisher zumindest, aber eine schwängern und dann sitzenlassen, war für ihn nun definitiv tabu! Diesbezüglich hatte er immer vorgesorgt. »Weißt du, ich fürchte einfach, dieser Ben Foster könnte einiges in dir auslösen!«, fügte er dann an. Seine rechte Hand presste Christina fest an sich, wie um sie seiner Sorge zu versichern oder war es vielmehr der erste Ansatz einer Besitzergreifung?

Wiederum hielt Südkalifornien wettermäßig seinem Ruf stand, kündigten die Langzeitaussichten stabiles Sommerwetter an. Tom holte die ganze Truppe mit dem Kleinbus am internationalen Flughafen von Los Angeles ab. Derweil Chuck mit Todd bei Tom übernachtete, stieg Jim bei seinen Eltern ab. »Es ist schon ein sonderbares Gefühl, wieder mal hier zu sein«, sagte er schmunzelnd, als er sein altes Zimmer mit Blick auf Nachbars Palmenhain betrat, »aber schön! Man würde gar nicht meinen, dass ich schon Jahre weg bin.« Und dennoch blieb das Leben hier nicht stehen wie das neue Erscheinungsbild anderer Räumlichkeiten zeigte. Alles war einem steten Wandel unterzogen. Vor allem er selbst, stellte Jim plötzlich fest.

Die Kleine seiner Schwester Sofie bereitete ihm Freude. Zunächst musterte, oder vielmehr beäugte, sie diesen fremden Mann mit den großen Augen, als er bei einem Besuch um die Ecke bog. Obwohl der breit lächelte, verzog sich Ashleys kleiner Mund bald zu einer schiefen Bahn, ehe sie sich umdrehte und mit erhobenen Händchen und Riesengebrüll Schutz in Mutters Armen suchte. Erst nach viel Zuspruch seitens Sofie beruhigte sich die Zweieinhalbjährige wieder. Sofie, hochschwanger, lachte laut, sagte: »Mach dir nichts draus, Jim. Ashley ist gerade in einer Phase, in der sie fremdet. Bei Männern sowieso.« Betrübt meinte Jim, dass dies wohl an seinem Bart liegen müsste. »Iwo«, erwiderte Sofie, rieb ihre Nase an Ashleys. »Schau, das ist der liebe Onkel Jim aus Neu York!«

Beschämt sagte Jim: »Ach, nenne mich bitte nicht Onkel, Sofie! Das klingt ja wie kurz vor neunzig, oder scheintot.«

Unterdessen hatte Ashley das Weinen eingestellt, rieb sich mit beiden Händchen die Augen. Zwischendurch drehte sie ihren blonden Lockenkopf, schaute unverhohlen Onkel Jim an. Aber nur kurz. Offensichtlich wollte dieser bärtige Mann ihr nichts Böses; er lächelte immer noch!

»Na, siehst du«, meinte Sofie und drückte Ashley einen dicken Kuss auf die Wange, »alles gar nicht so schlimm! Jim ist ein lieber Kerl. Das kannst du mir glauben. Ich kenne den schon lange genug, um das sagen zu können.«

Unvermittelt fiel Jim seine Trickkiste wieder ein. Auf Biggis Anraten hin, hatte er sich etwas Kleines besorgt. »Schau, ich habe ihr was mitgebracht«, sagte er und zog einen kleinen Pelzhasen aus seiner Sporttasche.

Ein Blick, schneller als der Blitz, zielte nun von Ashley genau dorthin.

Was ist denn das? Sie hatte zwar bereits ein Arsenal an Pelztierchen in ihrem Bett aufgereiht, doch dieses heiße Teil da, war ganz verlockend! Total süß! Das musste sie kriegen! Aber, Vorsicht ist nach wie vor die Mutter der Porzellankiste. Als Jim ihr den Hasen überreichte, drückte sie sich ganz fest an Mutter Hals. Wie nahe wollte dieser Bartmensch eigentlich noch kommen? Und sogleich ging das Heultheater in die zweite Runde, nur noch lauter. Verzagt blickte Jim seine Schwester an; besagten seine Augen: ›Na, was habe ich denn jetzt wieder falsch gemacht?‹ Gelassen nahm Sofie das Geschenk entgegen, während sie Ashley weitertröstete. »Mach dir nichts draus. Sie hat den Hasen bereits in ihr Herz geschlossen; und dich auch.« Da war was dran, denn nach ihrer baldigen Fütterung fiel sie auf dem Sofa in einen friedlichen Schlummer, ihr Häschen fest umschlossen. Auch später ließ sie es sich nicht mehr aus der Hand nehmen. Na, wenn das nichts bedeutete!

Mit Jims Vater war die Sache schon etwas schwieriger. Die Vater-Sohn-Beziehung war aus Jims Wahrnehmung seit Beginn der Familienzeitrechnung an belastet, im Gegensatz zur Mutter, zu welcher er immer einen guten Draht gehabt hatte. Es war keine eigentliche Rivalität, sondern vielmehr ein unterschwelliger Konflikt, ein Kampf um Beachtung und Anerkennung. Mit den Töchtern klappte es nahezu problemlos; wahrscheinlich, weil sie eben Töchter waren und dazu einige Jahre jünger als er. Niedlichkeitseffekt, wie Jim es eifersüchtig nannte. Jochen Schönberg, das musste Jim eingestehen, war ein Mann fester Überzeugungen und Richtlinien, was er besonders als Jugendlicher zu spüren bekam, wenn es beispielsweise hieß: ›Nein, egal, was deine Kollegen dürfen, du bist um halb zwölf zu Hause! Und nicht um elf Uhr einunddreißig! Nein, das hat gar nichts damit zu tun, dass du der Älteste bist und du dir am meisten deine Rechte erkämpfen musst! Nein, Jim, wir sind nicht überstreng mit dir und schon gar nicht fies und gemein! Alles klar?‹

Nein, überhaupt nicht klar, war er versucht zurückzugeben. Schon gar nicht klar Schiff! Das war doch reine Schikane! Als deutscher Secondo hatte er doch eh eine schwierige Ausgangsposition, redete er sich damals unentwegt ein. Mussten sie ihn da noch endgültig zum E.T. stempeln? Bei Vaters Engeln sah es hingegen anders aus! ›Sofie und Sabrina müssen gar nichts und dürfen alles!‹, führte er bei seinen Auseinandersetzungen mit Jochen regelmäßig ins Feld. ›Das ist nicht fair!‹ Wie er ungern zugab, verzeichnete Vater gelegentlich auch gute Seiten, spielte mit ihm Fußball oder nahm ihn zu Spielen mit. Das Dumme war nur, dass dies relativ selten vorkam, da beide Eltern hart arbeiteten, in klassischer Aufteilung. Seiner Meinung nach wurden die Mädels klar bevorzugt, bisweilen sogar seitens Mutter. Naja, dachte er sich, heute war das alles weit weg. Schnee von vorgestern. Mit den Schwestern verstand er sich mittlerweile prima.

Zu seiner Überraschung fragte ihn Vater am Samstag beim Mittagessen, ob er Lust hätte, am Sonntagmorgen wieder mal in die Berge der Heiligen Monika spazieren zu gehen. Nur sie zwei. Früher entsprach dies einem Angebot zur Entspannung der bilateralen Beziehungen oder wenn es hoch kam, einem Friedensangebot. Was war denn nur in Vater gefahren? Stimmte etwas nicht? Hatte er in der Ferne wohl etwas nicht mitgekriegt? Nun ja, lange brauchte er nicht zu überlegen, schlug unmittelbar ein. Zur Abendstunde rauschte ein feuchtfröhliches Grillfest bei Tom zu Hause durch. Für die einen Einstimmung, für die anderen letzte Gelegenheit für Bierseligkeit vor der bevorstehenden Fahrradtour am Montag.

So lief am Sonntagmorgen alles ein bisschen später an als geplant. Gegen zehn Uhr streckte Jim erstmals seine Zehenspitzen aus den Federn, derweilen die Eltern bereits vom Morgenschwimmen im Pazifik zurückkehrten. Der Brunch stand bald auf dem Tisch; lediglich die Eier mussten noch für eine Runde ins Wasser hüpfen, das Brot in den heißersehnten Toaster und die Espressomaschine angestellt werden. »Wie läuft es denn so in Neu York?«, fragte ihn seine Mutter Anna wie beiläufig, als sie als Zugabe die 3'-Eier auf den Tisch stellte.

Hungrig biss Jim in ein Stück Toast, bestrichen mit Butter und Marmelade, mampfte nicht gerade mit den besten Manieren und zum Unmut von Vater, sagte dann: »Danke, gut, Mama, alles bestens.«

»Job? Immer noch gut?«

»Ja«, meinte er gutgelaunt, »bisweilen etwas streng, aber es gefällt mir sehr gut. Viele tolle Kollegen und gute Stimmung.«

Wie beim Überprüfen der samstäglichen Einkaufsliste, fragte, respektive, bohrte Anna in mütterlicher Weise weiter: »Spürt man den 11. September bei euch draußen in Beacon?«

Jim hielt einen Augenblick inne, blickte sie mit großen Augen an, lächelte dann: »Ja, natürlich, ist ein riesen Thema, obwohl wir bei uns draußen nicht unmittelbar betroffen waren. Aber jeder kennt jeden, und so hört man viel von getöteten Kollegen aus der Stadt und ihren Witwen. Schreckliche Sache!« Worauf Mutter wohl hinauswollte, fragte doch sonst nicht so komisch? Vater so seltsam still. Heckten die zwei etwa etwas aus?

Nun schien Mutter dem Punkt näher zu kommen, als sie unverhohlen fragte: »Bist du noch, alleine?«

Aha, das war es also! In aller Ruhe schluckte Jim erst hinunter, nahm dann entgegen seiner Gewohnheit schlürfend einen langen Schluck Kaffee. Vater grabschte offensichtlich seine ganze Selbstbeherrschung zusammen. Doch ließ sich Jim Zeit, denn insgeheim hatte er befürchtet, dass so etwas in der Art kommen würde. »Nein, ich habe eine Freundin«, meinte er knapp, beschaute dabei seine Mutter kurz mit großen leeren Augen. Ihre Reaktion kam ihm durchaus ehrlich rüber: »Schön, freut mich für dich. Darf man fragen, wie sie heißt?« Mit sichtlicher Entspannung lehnte Jim sich nun zurück, entgegnete: »Darf man natürlich, Mutter. Sie heißt Christina, Christina Sanders, und wohnt gar nicht so weit weg von mir, in Suffern, auf der anderen Seite der Ramapoberge. Sie ist dreiundzwanzig und studiert Journalismus an der Columbia«, erklärte er sachlich wie ein Beamter auf der Einwohnerkontrolle, während er weiterkaute. Haben wir alles, dachte er sich.

Anna war durchaus nicht entgangen, wie sie mit ihrer Fragerei keinerlei Begeisterungsstürme auslöste, vielmehr Unbehagen, wieso auch immer. Flüchtig schaute sie zu Jochen rüber; der zu ihr. Beiden war eine gewisse Erleichterung abzulesen, als ob sie etwas belastet hätte. Dies entging wiederum Jim nicht. »Also, meine Lieben, macht euch bitte mal keine Sorgen!

Dieses Mal ist es etwas Ernsthaftes, glaubt mir! Christina ist ein extrem tolles Mädchen, ihr werdet Sie gleich mögen! Sie ist …« Augenblicklich unterbrach sich Jim, tat so, als müsste er eine lästige Fliege vom Butterbrot verscheuchen. Sollte er sie bereits über ihre Herkunft aufklären? Wohl noch ein bisschen zu früh, kam er zum Schluss, sagte dann: » … wunderschön!«

Anna schien sich mit diesen Auskünften fürs Erste zufrieden zu geben. Nach jahrelangem ›Ich weiß noch nicht, ob es die Richtige ist‹ und sonstigem Hadern bahnte sich allem Anschein nach ein echter Neubeginn an. Unmittelbar keimte der Samen der Hoffnung auf, dass Jim vielleicht über Sandy und deren tragischen Todesumstände hinwegkäme. Und, über Steven.

»Lass dir ruhig Zeit«, meinte sie abschließend, akzeptierte, dass Jim jetzt nicht eingehender darüber reden wollte.

Drama in den Bergen der Heiligen Monika

EINE STUNDE SPÄTER stellten Vater und Sohn das Auto am steilen Straßenbord in der Nähe des Wegkopfes ab. Hier endete die geteerte Straße mit einem kleinen Kehrplatz; und damit das Siedlungsgebiet der Stadt. Gleich hinter dem angedeuteten Tor fing sozusagen die Wildnis von Los Angeles an, die BERGE DER HEILIGEN MONIKA. Besucher waren jeweils erstaunt, denn solch ein weitläufiges unbebautes Gebiet neben der Großstadt erwartete niemand. In etwa so sah wahrscheinlich die ganze Gegend aus, ehe die Hügel erstürmt und mit zahllosen noblen Häusern bepflanzt wurden: karger Busch, trockener Boden, unwirtlich, aber die Seele wie den Geist befreiend. Wenn man von hier aus der Naturstraße dem Westgrat entlang hinaufwanderte, gelangte man schließlich zum höchsten Punkt des Grates, dem HEILIGEN VINZENT. Die Aussicht von da oben, der Plattform mit der 360 Grad Rundsicht auf das Herzstück der Stadt der Engel sowie weit hinaus westwärts in die nackt daliegenden BERGE DES HEILIGEN GABRIEL, war es den Aufstieg alleweil wert. Desgleichen beliebt bei Radfahrern, welche eine sportliche Route abseits von Lärm und Gestank schätzten.

»Alles in Ordnung, Papa?«, fragte Jim nach einer Weile, während sie die Straße hinaufmarschiert und sich angeschwiegen hatten.

»Ja, nicht schlecht, musste mal zum Arzt für einen Routineuntersuch, aber sonst okay. Du?«

Jim überlegte kurz, meinte dann: »Kann mich nicht beklagen; eigentlich läuft es sehr gut.« Zwischen Vater und ihm war eine gewisse Anspannung spürbar, aber dies Mal war es anders.

»War es wert zu wechseln?«, fragte Jochen, blickte zu ihm rüber.

»Du meinst an die Ostküste?«

»Ja.«

»Auf jeden Fall. Tat in jeder Hinsicht gut, mal so richtig wegzukommen, von allem.« Lässig kickte Jim in einen einsamen Stein auf der Schotterstraße, sodass dieser über den Straßenrand hüpfte und dahinter im Tal verschwand.

Jochen nahm das Gespräch wieder auf, fragte: »Wirst du bleiben?«

»Ja, ich denke schon; kommt darauf an.«

»Worauf an?«

Breit grinsend meinte darauf Jim: »Ob das was wird, mit meiner neuen Freundin.« Vater stellte wieder mal Fragen! Voll nervig!

Derweilen hielt Jochen inne, runzelte die Stirn, fragte mit kritischem Blick: »Hast du Zweifel?«

»Ich weiß nicht.«

»Was heißt, du weißt nicht«, sagte Jochen, fühlte Jim sogleich auf den Zahn, »magst du sie nun oder magst du sie nicht? Und sag jetzt nicht, du weißt es nicht.«

»Ach, Papa«, erwiderte Jim leicht gereizt, »du hast manchmal eine Art.« Sein Blick wanderte bewusst weg von ihm, über die staubige Piste vor ihnen. Wie viele Male hatte er sich wohl schon gefragt, warum sein Vater so sein musste. Warum konnte er nicht einfach cool und locker sein wie andere Väter auch? Nicht so kleinlich und pingelig. Und insbesondere, nicht so kalt wie ein Fisch, gefühlsmäßig! Seit er sich zu erinnern vermochte, hatte er das Gefühl, mit Vater nicht in eine Beziehung treten zu können.

Unbeeindruckt von den Ausweichmanövern seines Sohnes, hakte Jochen nach, gespannt, was er zu hören bekäme. »Was für eine Art denn?«, fragte er, um einen möglichst freundlichen Tonfall bemüht. Wann endlich würde Jim die Verantwortung übernehmen, für sich, sein Leben, die Frauen? Klar, was damals geschah, lastete wohl noch schwer auf seiner Seele.

»Du weißt schon«, sagte Jim, »immer dieses Nachbohren und es so genau nehmen.«

»Mama ist da nicht anders, glaube ich«, entgegnete Jochen mit einem süffisanten Lächeln und fügte dann an, »wenn nicht noch schlimmer.«

»Ja«, ließ Jim ungemut verlauten, »da könntest du allerdings Recht haben, aber wozu diese Fragerei?«

»Ich mache mir halt Sorgen«, hieß es von Vater profan.

Unverwandt blieb nun Jim stehen; eine Pause trennte sie für einen längeren Augenblick. Jim wandte sein Angesicht frontal Vater zu, seine an sich schon ausdrucksvollen Augen maximal aufgesperrt. Stutzend, wenn nicht vielmehr vorwurfsvoll, sagte er: »Seit wann machst DU dir Sorgen um mich?«

Etwas überrascht ob der Intensität von Jims Anschuldigung, wich Jochen leicht zurück, erwiderte dann: »Ich habe mir schon immer Sorgen um dich gemacht, mein Sohn, oder sagen wir Gedanken, das klingt vielleicht annehmbarer.«

Sich selbst zur Zurückhaltung ermahnend, da er keinesfalls eine Eskalation wünschte, nicht heute und nicht hier, meinte Jim: »Hm, das ist mir so nie aufgefallen. Ich dachte immer, dass du dir um Sofie und Sabrina Sorgen machst – wiederum blickte er Vater an, forschend -, aber um *mich*?« Eigentlich kannte er die Antwort, da er wusste er, dass Vater pflichtbewusst seiner familiären Verantwortung nachgekommen war, das heißt, zumindest in materieller Hinsicht. Der emotionelle Aspekt, die Frage der Tiefgründigkeit ihrer Beziehung, war indes ein anderes Kapitel, und dieses blieb seltsamerweise all die Jahre unberührt, obgleich es *der* Brennpunkt war. Für ihn.

Gewohnt selbstsicher und ohne Zweifel, meinte Jochen nur: »Genau so viel wie um die Mädchen, aber bei uns Männern kommt es halt weniger leicht rüber.«

Jim spürte, wie er die aufsteigende Verärgerung unterdrücken musste, welche sich immer einstellte, wenn Vater so jovial tat und damit seine Beziehungsunfähigkeit kaschierte. Andererseits musste er aufpassen, um nicht in die gleiche Falle zu tappen, dass er trotz allem fair blieb. Schließlich war Vater kein Übermensch, so wie er auch nicht, und somit nicht in der Lage, alles immer optimal abzudecken. Mutter strahlte ja auch nicht nur allezeit vor Glück. ›Zu hohe Ansprüche, mein Sohn?‹, hatte sie ihn einmal gemahnt. Und dennoch, nicht ganz ohne Vorwurf, fand Jim: »Du hast mir manchmal Dinge gekauft, Papa, ein neues Rennrad oder die Surfausrüstung, aber mehr konnte ich beim besten Willen nicht spüren.«

Jochen zuckte lediglich mit den Achseln, sagte mit einer entwaffnenden Unbedarftheit: »Na, siehst du, das war eben *mein* Weg, meine *Art*.«

Wortlos setzten sie sich wieder in Bewegung, marschierten weiter den Weg hinauf. Stellenweise erwiesen sich die Hänge als überraschend steil, geradezu felsmäßig. Im Mikroklima geschützter Mulden wuchs die Vegetation kräftiger und höher. Insgesamt machte die Gegend einen verlassenen, jedoch ursprünglichen Eindruck. Obwohl dies nicht ganz den Tatsachen entsprach. Auf dem gegenüberliegenden Hang, entlang der Feuerstrasse, war einst eine Gasleitung eingebuddelt worden, von welcher jedoch nichts auszumachen war. Zuweilen lagen die Dinge eben tiefer unter der Oberfläche versteckt, schienen wie nur darauf zu warten, endlich angestochen zu werden, analog nie verheilender Eiterbeulen.

»Ich mache dir ja keinen Vorwurf daraus, Papa«, sagte Jim schließlich, »aber ich hatte früher immer den Eindruck, dass du zu wenig Zeit für mich hattest.«

»Wieso zu wenig Zeit? Mama war ja auch noch da.«

»Ja, schon«, entgegnete Jim, sein kritischer Unterton war unüberhörbar, »aber sie war praktisch immer mit den Kleinen beschäftigt. Wenn ich etwas wollte, hieß es: jetzt habe ich keine Zeit!«

»Hätte sie deine Schwestern in den dreckigen Windeln liegen lassen sollen?«, fragte Jochen trocken. Jetzt schien die Grenze seines Verständnisses erreicht worden zu sein.

»Nein«, sagte Jim darauf schmunzelnd, »natürlich nicht.« Dass es die Umstände mit drei Kindern, alle ziemlich hintereinander, nun mal nicht anders erlaubten, war ihm durchaus bewusst.

»Falls du mal selbst Kinder haben solltest«, setzte Jochen das Thema fort, »wirst du diesem Geheimnis schon noch auf die Spur kommen.«

»Ja, falls.«

»Willst du etwa keine?«

»Doch, nur.«

»Was nur?«

»Eben, erst einmal musst du die richtige Frau finden, und lieben, würde ich sagen.« Während Jim dies sagte, steckte er seine Hände in die Hosentaschen. Sein Blick senkte sich, oder wandte sich vielmehr ab. Nervös trat er einen weiteren Stein, kickte mächtig rein.

Jochen, heute die Ruhe selbst, ließ sich Zeit, musterte Jim und meinte nachdrücklich: »Oh, ja, mein Sohn, wird sonst schwierig.«

Jim, auf seltsame Weise berührt, weil Vater bei andern gerne wunde Punkte traf, spürte dennoch ein inneres Aufbegehren, antwortete aber mit einer Ehrlichkeit: »Das Problem ist nicht, dass ich Christina nicht liebe.«

»Ja?«, fragte Jochen, blieb stehen. »Wo ist denn das Aber? Machst du ihr etwa nur was vor?«

Förmlich verspürte Jim Vaters durchlöchernden Blick, vor dem es kein Entrinnen gab. »Nein, ich glaube nicht«, widersprach Jim ungewöhnlich heftig, dann vielmehr hilflos, »nein, verdammt, ich denke, ich liebe diese Frau wirklich, nur.« Unverwandt blieb Jim gleichsam stehen, starrte plötzlich sinnentleert vor sich auf die Straße, senkte rasch den Blick. »Papa, du weißt, was jetzt dann kommt.«

»Ich versteh nicht ganz, was du meinst.«

»Doch!«, widersprach Jim scharf, durchbohrte Vater seinerseits mit eindringlichem Blick, »du weißt es ganz genau!«

Jochen entging nicht, dass in Jims Augen Wasser aufzusteigen begann. Zeitgleich schien sich sein Angesicht zu knittern, Ansätze von nervösen Zuckungen glitten quer übers erblichene Antlitz. »Meinst du wegen Steven?«, fragte Jochen nun sanft. In seinem Tonfall war aufrichtige Betroffenheit herauszuhören. »Machst du dir immer noch Vorwürfe wegen ihm?«

Mit sich kämpfend, würgte Jim hervor: »Ja, liegt ja wohl auf der Hand, Papa. Was stellst du nur für Fragen?«

Seit Jahren hatten sie dieses Thema nicht mehr angeschnitten. Seit Jim von Los Angeles weggezogen war, ohnehin nicht. Insgeheim hatte Jochen gehofft, dass Jim mit seinem Wegzug die Sache endlich überwinden könnte. Dem schien nun doch nicht so.

»Papa, ich bringe anscheinend nur Unglück«, sagte Jim missmutig und leise. »Alle Menschen, die mir sehr viel bedeuteten, sind entweder gestorben oder im Elend.«

»Das stimmt nicht, Jim.«

»Doch!«, entgegnete Jim erneut mit Festigkeit in seiner Stimme. »Hier vorne kommt gleich die Stelle, wo es Steven erwischt hat. Und es war alles meine Schuld, verdammt nochmal!«

Jetzt wurde bei Jim die Schmerzgrenze überschritten! Erneut, in einer Mischung aus Scham und Schuld, blickte er zu Boden, presste seine Augenlider zusammen, schluckte mehrmals Male leer. Jochen sah, wie er seine spröden Lippen mit seiner Zunge benetzte. Denn vor seinem geistigen Auge sah Jim wieder jenen unseligen Tag, als er mit Steven, einem seiner besten Jugendfreunde, mit den Rennern zwecks einer Trainingsfahrt hier rauffuhr. Beide, sportlich befeuert, hatten sich zum Ziel gesetzt, die Strecke, beginnend beim Sonnenuntergangboulevard bis hinauf zur Aussichtsplattform, in Rekordzeit hinzulegen. Dabei spornten sie sich gegenseitig an, wer schneller wäre. An sich kein Problem, tat den jungen übermütigen Hengsten gut.

Oben angelangt schlug er Steven vor, auf dem Rückweg vom Spitz bis zum Ende der Naturstraße eine Art Rennen zu veranstalten. Gegenverkehr gab es sozusagen keinen, weil die Straße für den öffentlichen Verkehr gesperrt war. ›Komm, Steven, sei kein Feigling! Das Risiko ist nahezu null. Gegen mich hast du zwar ohnehin keine Chance!‹, meinte er breitgrinsend und solange stichelnd, bis Steven, ebenfalls 18, einschlug. Der bestand aber darauf, als erster anzutreten. Was er auch tat. Nachdem er seine Stoppuhr gestellt hatte, fuhr Steven los, stieg gleich zu Beginn mächtig in die Pedale und sauste gekonnt die Geraden hinunter, um die Ecken, welche er wie seine Hosentasche kannte. Bei einer scharfen Linkskurve geschah es dann: unerwarteter Gegenverkehr! Ein Servicewagen des Parks auf Routinefahrt zum Gipfel. Jim, wenig später gestartet, kriegte voll mit, wie Steven noch versuchte, die enge Kurve möglichst rechterhand zu nehmen. Dies gestaltete sich beim Affenzahn, welchen er draufhatte, jedoch als schwierig. Steven geriet auf dem sandigen Kies am Straßenrand ins Schleudern, verlor die Kontrolle. In der Folge raste sein Fahrrad praktisch ungebremst ins niedrige Gebüsch am Wegesrand. Vor Jims Augen überschlug er sich dann, verschwand mit einem lauten Aufschrei hinter dem steilen Bord ins Nichts.

Binnen weniger Augenblicke war Jim bei der Stelle, wo es Steven hinausgeschleudert hatte. Wendig sprang er von seinem Fahrrad herunter, warf es achtlos hin, um umgehend nach seinem Freund zu schauen. Mehrmals schrie er Stevens Namen ins tiefe Tal. Doch es kam weder eine Antwort noch war etwas zu sehen. ›Verdammt, verdammt!‹, rief er, griff sich mit beiden Händen an die perlende Stirn, brüllte erneut Stevens Namen, doch ohne Erfolg.

Derweilen kam der Fahrer des Servicewagens herbeigerannt, um nachzuschauen, was los war. Alles war blitzschnell gegangen! Kaum war er mit gedrosseltem Tempo in die Kurve gefahren, sah er etwas Rotes vorüberflitzen. Dann der laute Schrei, und weg war er! Verschwunden im steilen Gelände. Unverzüglich riss er einen Stopp, zog die Handbremse an und sprang hinaus zur Unglücksstelle.

›Steven, Steven!‹, hörte sich Jim selbst in seiner Erinnerung schreien. Damals harrte er vergebens; einzig seine Stimme hallte schwach von der gegenüberliegenden Talseite zurück. Plötzlich gewahrte er den Fahrer des Servicewagens neben sich, gleichwohl Ausschau haltend. Unmittelbar drehte er sich diesem zu, zuckte dabei hilflos wie ein kleines Kind die Achseln. Mehr als ›mein Freund ist da unten, mein Freund, irgendwo da unten‹, brachte er beim besten Willen nicht heraus.

Geistesgegenwärtig reagierte der Parkwärter, sprang zu seinem Fahrzeug zurück, um via Funk Hilfe anzufordern. Währenddessen suchte Jim einen Weg, um in die Mulde hinunterzugelangen. Es war eine stachelige Angelegenheit, und bei dem steilen Gelände äußerst schwierig. Bei seinem vergeblichen Versuch zerkratzte er sich lediglich Arme, Beine und teils das Gesicht.

Nach einer knappen halben Stunde, welche Jim wie eine Ewigkeit erschien, tauchten endlich der Rettungswagen sowie die Polizei mit Blinklichtern auf. Schon von weitem war das Sirengeheul zu vernehmen. Jim sah die Staubwirbel hinter den heranschnellenden Fahrzeugen wie Staubhosen auffahren, dahinter die träge Millionenstadt. Ein surreales Bild! Während der ganzen Bergungsaktion, welche sich im unwegsamen Gelände als echte Herausforderung erwies und sich folglich über eine ganze Stunde hinzog, stand Jim belämmert da. Als die Mannschaft angeseilt dann endlich aus dem Abgrund heraufstieg, sah er die dunkelorange Verpackung des Rettungsschlittens auftauchen. Er vermochte nichts richtig zu erkennen, denn seine Augen, sein Blick, waren getrübt von Tränenschleiern. Im ganzen Stimmengewirr hörte er eine Stimme sagen: ›Keine Chance gehabt, der Junge, Genickbruch!‹

Gedankenverhängt stand Jim da, erlebte die Szene und das damit einhergehende Trauma in einer Frische, als hätte es sich erst vor kurzem ereignet. Seither tauchte er nie mehr hier auf, suchte stets Ausweichrouten. Ein ungutes Gefühl befiel ihn schon auf der Fahrt hierher, als Vater die Westgratstraße wählte. Währenddessen legte Jochen behutsam seinen Arm um Jims Schultern, führte ihn zur Stelle, wo es geschehen war. Unmittelbar standen sie jetzt vor dem Abhang, dem Abgrund seiner Seele. Wiederum sanft, ohne Schärfe, sprach Jochen: »Es gibt Sachen, Jim, denen können wir nicht ausweichen. Wir müssen ihnen ins Auge sehen, ob es uns gefällt oder nicht.«
»Ich weiß«, flüsterte Jim, schluckte leer. Vaters folgenden Worte drangen tief in ihn ein: »Nur wenn wir unsere Traumen überwinden, Jim, lösen sich die Blockaden, können wir überhaupt weitergehen.«
Das war hart, aber herzlich, dachte Jim, vermochte ein spontanes Grinsen nicht zu unterdrücken, obgleich es ihm überhaupt nicht darnach zumute war. Typisch Vater eben! Und dennoch traf es den Nagel auf den Kopf! Im Grunde genommen wirbelte er, Jim, seit diesem schrecklichen Unfall selbst durch die Luft, in den Abgrund, schlitterte er seit Jahren durchs Leben. Dank seiner galanten Art gelang es ihm zwar bestens, dies

zu überspielen. Und dennoch fraßen sich seit vielen Jahren eine Traurigkeit und starke Gewissensbisse natürlich durch seine Seele, mittlerweile bis auf den Grund. Die Sache mit Sandy toppte dies um ein weiteres, denn schließlich war es seine Idee gewesen, mit einem Arbeitskollegen die Schicht abzutauschen, um frei fürs Wochenende zu sein! Ja, er drängte damals richtiggehend darauf! In der Nacht schreckte er bisweilen auf, schweißgebadet, geplagt von Albträumen, sah, wie er durchfroren dastand, an der Unglücksstelle, und Stevens Namen in die kargen Hügel und langgezogenen Täler der Heiligen Monika hinausschrie. Doch außer der unerträglichen Ruhe der einsamen Gegend war nichts zu vernehmen.

»Ich werde mir dies nie verzeihen können«, murmelte Jim mit dürrer Stimme zu sich selbst. Unverwandt spürte er Vaters Hand, wie sie sich mit festem Druck auf seine linke Schulter legte.

»Ich bin mir sicher, dass dir Steven längst verziehen hat, falls er das sagen könnte«, sagte Jochen besänftigend. »Du hast das schon so lange mit dir herumgetragen und dich gequält. Jim, es ist genug.«

»Nein!«, widersprach Jim heftig, abwehrend, »nein, verdammt, es war meine Idee! Ich bin schuld an Stevens Tod! Ich allein! Er würde noch leben, wenn …« Unmittelbar befreite sich Augenwasser, rann über seine Wangen. Endlich! Endlich brachen die Dämme, begann sich die seelische Not zu lösen! Wiederum hörte Jim Vaters tröstenden Worte: »Jim, es ist vorbei, endgültig! Glaub mir, du hast genug gelitten!«

Väterlich legte nun Jochen beide Arme um Jim, umschloss ihn fest in seiner Umarmung. Ein absolutes Novum, welches seinen Grund hatte, wie sich später herausstellen sollte. Nur allzu gut wusste Jochen, dass jugendlicher Übermut und eine große Portion Pech zu diesem Unglück geführt hatten. Jahrelang hatte sich sein Sohn deswegen selbst gemartert, sich selber keiner Vergebung würdig befunden. Im Grunde kein Wunder, dass er auch mit dieser Sandy nicht weiterkam. Er konnte sich doch gar nicht auf eine Beziehung einlassen. Immerzu diese Grundangst, auch sie könnte ihm eines Tages entgleiten und ihn träfe wieder die Schuld! Ihr tragischer Tod machte alles noch schlimmer, potenzierte sein schlechtes Gewissen um ein Vielfaches. Sanft rieb Jochen Jim über den Rücken, sagte leise: »Jim, lass es jetzt gut sein! Lass los! Schließe Frieden mit dir!«

Es tat Jochen aufrichtig leid, wenn er sah, wie viel sein Sohn litt. Lange Zeit wusste er selbst nicht, was er tun könnte. Und bestimmt war er als Vater schlicht und einfach zu wenig da, zu wenig präsent. Als Einwanderer musste er sich voll und ganz auf seine Geschäfte konzentrieren, um sie ins Rollen zu bringen und in Schwung zu halten. Dies hatte er sich zumindest lange zu seiner eigenen Beruhigung eingeredet.

Dann geschah etwas, worauf er schon lange gehofft und Jim vermutlich nicht mehr gerechnet hatte, wenn überhaupt jemals. Jochen spürte, wie in diesem Augenblick eine verborgene Tür in ihm geöffnet wurde, ein Zugang zu sich selbst, welcher ihm bisher verwehrt geblieben war, ein Leben lang. War es vielleicht die Urkraft dieses Ortes, dieser Situation, welche in ihm wie eine neue Schöpfung bewirkte? Er wusste es nicht. »Jim«, flüsterte Vater leise, »was ich dir schon lange sagen wollte, aber bis auf den heutigen Tag nicht vermochte, war, dass ich dich liebe, dass ich so unglaublich stolz auf dich bin!« Jochen schloss fest die Augen, drückte Jim an sein Herz. »Ich schäme mich dafür, dass ich dir die Anerkennung verwehrt habe, welche du immerzu gesucht hast. Dabei bedeutest du mir so viel! Bitte verzeih mir, dass ich dich alleine ließ, dir nicht gab, wozu ich als Vater geboten bin, einem Sohn zu geben. Ich war einfach unfähig dazu. Bitte verzeih mir!«

Vaters Worte rieselten wie ein sanfter Regen über Jims kahle Seelenlandschaft, drangen ein in die tiefsten Ritze und Spalten im ausgetrockneten Boden. Unmittelbar spürte Jim, wie frischer Wind nun über die ausgedorrten Stoppeln und Gräser die Täler hinaufzog. Wie all der aufgewirbelte Staub, der sich in seinem Haar, auf seiner Haut, in seiner Nase, in seinen Ohrgängen und in seinen Augen festgesetzt hatte und jahrelang die Sporen zu seinem Innern, zu seiner Seele, verstopft hatte, weggeblasen wurde. Staubkorn um Staubkorn. Eins nach dem andern. Fein säuberlich wegpinselt.

Endlich nun vermochte er in seinem Innern Stevens Stimme zu orten, hier oben, in der unglaublichen Ruhe der Berge der Heiligen Monika. Kein Lärm, keine Ablenkung, nichts. Nur Stevens unverkennbare Stimme! Wie ein Echo über die halbnackten Berghänge springend, leicht, ja, unbeschwert, direkt auf ihn zu. Ja, versöhnlich, Frieden und Vergebung vermittelnd: ›Jim, Jim, mein Freund, ist schon gut, ist schon gut! Lass es gut sein.‹

Benommen öffnete Jim seine wässrigen Augen, fiel tief ins Augenblau seines Vaters. Was er darin entdeckte, war nicht mehr der gestrenge Herr Vater, der aus seiner damaligen kindlichen Sicht nur selten Zeit für ihn fand und viel zu wenig Beachtung schenkte. Der überall anzutreffen war, nur nicht da, wo ein Vater doch sein sollte, nämlich bei ihm! Was er nunmehr gewahrte, waren offene Augen, welche ihn warmherzig umarmten. Die scheinbare Strenge war aus Vaters Gesichtsausdruck gewichen. Sogar die tiefen Falten, welche sich über Jochens ganze Stirn hinwegzogen, erschienen ihm in einem ganz neuartigen Licht. Eine neues Bewusstsein, das der Versöhnung und des Friedens mit sich und seinem Umfeld, zwischen Vater und Sohn.

Unmittelbar spürte Jim, wie nun etwas in ihm heftig zustach, so dass es ihn gleich krümmte. Dann, wie ihm der Groll, der unendliche Zorn auf sich selbst, seine mehrfache Schuld, ob real oder eingeredet, sowie nicht viel weniger auf seinen Vater, der ihn so lange missachtete und geringschätzte, zumindest in seiner Wahrnehmung, aus dem Herzen genommen wurde. Die tiefen Verletzungen und Kränkungen, die vielerlei Wunden seiner Seele, schienen ein Ende gefunden zu haben. So surreal es sich anfühlte, er empfand sich zum ersten Mal seit Stevens Unfalltod wie befreit, verbunden, versöhnt. Ein überaus tiefer Seufzer entfuhr Jims pochender Brust, ja, ein geradezu schmerzvolles Stöhnen. Spontan lehnte er seine Stirn an Vaters Stirn, verharrte kurz, bis sein leises Bekenntnis kam: »Danke, Papa, danke.«

Später, auf der Rückfahrt, saß Jim im schwarzen Leder des Mitfahrersitzes. Erschöpft und doch unendlich erleichtert, lehnte er seinen Kopf an die Nackenstütze. Müde fiel sein Blick durch die getönten Scheiben auf die vorbeiziehenden Häuser, Palmen und Straßenzüge von Los Angeles, welche eine melancholische Vertrautheit in ihm weckten. Von früher, als er selbst hier um die Häuser zog. Zuweilen kratzte er sich an seinem Kurzbart oder strich sich sanft übers Kinn. Wie hatte er sich doch jahrelang gefürchtet, vor diesem Unglücksberg, dieser Straße des Unheils und dieser Mulde des Todes, wie er sie fortan nannte und welche in seinen Albträumen auf ihn herabzustürzen drohte. Doch dies schien jetzt vorbei! Beglückt, wie nach einer enormen sportlichen Leistung, atmete Jim erst ein, dann wieder aus, schloss die Augen und lauschte der Musik im Hintergrund. Besänftigender Jazz, Vaters Lieblingsmusik. Derweil warf Jochen einen versichernden Blick nach Jim, schien selbst zufrieden. Wechselte dann zum Rückspiegel, um seine eigenen Augen zu durchforschen. Darin schlummerte ein unendlich tiefes Gefühl der Dankbarkeit und, der Wehmut.

Als Vater und Sohn zu Hause eintrafen, stand Mutter Anna still in der Küche auf, trat noch leiser in die Diele. Entspannt gewahrte sie Jims gelöstes Gesicht, sein freudiges Strahlen, wie nach der Befreiung aus einem verschütteten Bergwerk. Gleichermaßen begrüßten sie Jochens Augen, fast schon glücklich lächelnd. Jim setzte an, seine Mutter zu begrüßen, als er unvermittelt zögerte und intuitiv seinen Blick ins Wohnzimmer richtete. Daraus schien wie seit ewigen Zeiten eine liebliche Mittagssonne, erhellte Raum und Gemüt, wie er zunächst dachte. Dann, wie aus heiterem Himmel, war es ihm, als ob plötzlich ohrenbetäubendes Getöse darin ertönte, wie wenn ein riesiger schwarzer Felsbrocken durch die Wohnzimmerscheibe geknallt würde und den Frieden zerschmetterte.

»Jochen, der Arzt hat vor einer Stunde angerufen«, sagte Mutter halb flüsternd. »Es ist definitiv bösartig.«

Blitzschnell drehte Jim den Kopf Vater zu, Augen und Mund dabei weit aufgerissen, und starrte in Jochens erloschene Augen. Draußen knallte die Türe zu.

Eigentlich war dies der denkbar ungünstigste Augenblick, um mit einer solchen Diagnose konfrontiert zu werden. Doch das Leben nahm weder auf das eine noch das andere Rücksicht. Es schlug einfach zu, wann und wo es ihm gerade passte. Schmerzlich wurde Jim bewusst, dass sein Kontakt zu Los Angeles über die Jahre doch etwas eingeschlafen war, rieselte die Erkenntnis herein, dass man nicht zeitgleich auf allen Hochzeiten zu tanzen vermochte; eine für ihn ungewollte Erfahrung.

Was sollte er jetzt tun? Die Kollegen informieren, die Reise abblasen? Aussteigen? Gewohnt trocken entgegnete Vater dem Dilemma, dass dies auf keinen Fall in die Tüte käme. ›Das wäre doch kompletter Unsinn! Jetzt, wo alles geplant und eingefädelt ist, und es am Montag losgeht! Mutter und ich müssen erst einmal mit den Ärzten besprechen. Alles Weitere werden wir dann sehen. Das bringt doch nichts, deswegen deine Fahrradtour zu schmeißen!‹ Wenngleich mit einem höchst ambivalenten Gefühl und erst auf Mutters Zureden hin, ließ sich Jim von Vaters Argumenten überzeugen, versprach anzurufen. ›Na, siehst du, Junge, jetzt nimmst du Vernunft an!‹

Ψ Ψ Ψ

Squa(w)shing

DIE ERSTE TESTPHASE verlief zufriedenstellend. Die Jungs hatten sich am Sonntagnachmittag getroffen, um den Ernstfall mit Packen, Einstellen und Montieren der Fahrräder zu üben. Auftauchende Probleme könnten bestimmt gelöst werden, da sich alle vernünftig und an einem guten Zusammenspiel interessiert zeigten. Die Streckenplanung war gut durchdacht. Einzelne Touren kannte Tom von früher und wusste daher, wo die schönsten Plätzchen versteckt lagen, respektive, wie man den säumigen Verkehr auf weite Strecken zu überlisten vermochte. Der BIG SUR bildete *den* Höhepunkt, welchem alle gespannt entgegenradelten.

Der erste Tag verlief überwiegend pannenfrei, lediglich ein Platten wegen Glasscherben. Man tätigte den Einkauf, bereitete das Abendessen vor, eine Grillade. Es war Abmachung, dass zwei sich um die technische Seite und die anderen beiden ums leibliche Wohl kümmerten. So wusste jeder, dass, wenn er seinen Teil gewissenhaft erledigt hatte, er sich mit gutem Gewissen ausruhen konnte: auf dem Laptop Emails abrufen, surfen, bierselig im Netz hängen. Was Männer so machen. Die Stimmung war dementsprechend gut. Jeder zeigte sich von seiner besten Seite bis …

Am Abend kehrte Jim nur mit Bermudas bekleidet und mit seinem Mobiltelefon in der Hand vom Strand zurück. Er wirkte glücklich und zufrieden. Auf Toms Empfehlung hin hatten sie sich auf einem Campingplatz am Meer einen Bungalow gemietet, saßen nun auf der Veranda, um bei orangem Sonnenuntergang den friedlichen Abend ausklingen zu lassen. Im Hintergrund toste die nahe Brandung. Beim Nähertreten sah Jim, wie die anderen sich um Todds Spielkonsole versammelt hatten, bei offensichtlich prächtigem Amüsement. Neugierig trat er hinzu, fragte: »Was spielt ihr denn da?«

»Squawshing«, antwortete Todd aufgeregt, »total geiles Spiel, sag ich dir!«

Chuck rutschte etwas zur Seite, bot Jim an: »Willst du mal schauen?«

»Ja, natürlich«, sagte Jim, zog leicht die Augenbrauen zusammen.

Richtiggehend befeuert, erklärte Todd das Spiel: »Hier, siehst du, rennen Indianersquaws über die Prärie. Du kannst aber auch Wald, Wüste oder Berge einstellen. Ziel ist, möglichst viele davon zu vergewaltigen. Umso mehr du erwischst, desto mehr Punkte kriegst du. Die verdammten Huren sind aber schlau!«

»Ja, und du kannst die Intensität ihrer Schreie einstellen«, meinte Tom, »das gibt auch wieder Zusatzpunkte. Das heißt, wenn du auf Anhieb ›triffst‹.«

Begeistert fuhr Todd weiter aus: »Natürlich musst du aufpassen, dass dich die Indianer nicht erwischen! Wenn sie dich kriegen, skalpieren sie dich, und es ist aus! Wenn *du* aber einen vorher kaltmachst, machst du zwei Leben wieder wett.«

Wie versteinert stand Jim da, verzog keine Miene. Angewidert starrte er immerzu auf den Bildschirm, schaute zu, wie Todd ihm ein paar Beispiele vorzeigte und offensichtlich Riesenspaß dabei empfand. ›Schon wieder eine dieser gottverdammten Huren erwischt!‹, rief der jauchzend und hob triumphierend seine Faust. ›Nur schade, dass man den Härtegrad nicht verändern kann. Aus irgendwelchen Gründen reagiert diese Funktion nicht. Liegt vielleicht an der salzigen Luft hier am Meer. Zuhause ist es kein Problem!‹ Genervt drückte er mehrmals heftig, aber ohne Erfolg eine Taste.

»Na, gefällt es dir, Jim?«, fragte Chuck erwartungsvoll.

Knapp kam seine Erwiderung: »Ehrlich gesagt, nein.«

»Ja?«, entgegnete Chuck kopfschüttelnd, versetzte Jim einen derben Rempler, »du bist aber ein komischer Vogel! Was macht dir denn Spaß?«

Ganz bestimmt nicht *diese* Art ›Spaß‹, dachte Jim. Wie kann man nur sein Vergnügen an der Vergewaltigung von Frauen finden, und sei es wie hier nur virtuell. Und in diesem Fall, Indianerinnen. Irgendwo eine Grundsatzfrage. Was für ein vollkommen krankes Hirn musste das gewesen sein, welches sich solchen ›Spaß‹ ausgedacht hatte! Na ja, dachte er für sich, jedem das Seine. »Seit wann spielt ihr denn dieses ›Spielchen‹«, fragte er Chuck und Tom.

»Seit zehn Minuten?«, fragte Chuck mit Blick zu Tom. Zu Hause würden sie andere Spiele spielen, behaupteten sie. Auf alle Fälle machte es für Jim den Anschein, dass dieser faule Stich aus Todds Ecke herrührte. Für ihn keine wirkliche Überraschung, vielmehr vermischte sich da ein Bauchgefühl mit der ersten Einschätzung. Auf der Fahrradtour klappte es mit diesem Todd zwar gut, agierten sie bereits wie ein eingespieltes Team. Aber von der privaten Einstellung kriegte man natürlich im Sattel nicht so viel mit. Und diese missfiel ihm im höchsten Masse! Unmittelbar spürte Jim, wie sein Inneres in Regung geriet, wie Widerstand gegen solches Treiben sich ankündigte. Widerspruch. Oder vielmehr Einspruch. Aber auch ein Anspruch auf allgemeingültige Werte wie Anstand und Respekt vor der Würde anderer Menschen. »Stell das bitte ab, Todd«, forderte er ihn auf.

Erstaunt drehte der den Kopf, blickte missmutig und fragte: »Warum sollte ich das?«

»Es ist widerlich!«

»Das ist *deine* Meinung«, widersprach ihm Todd, »*mir* macht es Spaß und es ist meine Sache, was ich spiele.«

Mit fester Stimme und seine ganze Selbstbeherrschung aufwendend, entgegnete Jim: »Bei dir zu Hause ja, einverstanden, aber nicht hier, nicht mit uns und nicht auf dieser Fahrradtour.«

»Ach, Mann«, sagte Todd nun genervt, »was soll der Scheiß? Willst du dich jetzt etwa aufspielen, oder was?«

»Nein, aber ich will das nicht.«

»Dein Pech.«

Chuck und Tom, welche sich bislang zurückhielten, bemerkten beide ein zunehmendes Unbehagen. Mit Hochgeschwindigkeit raste der sich anbahnende Konflikt auf die Wand zu. Es war förmlich zu hören, wie es knatterte und funkte. Tom, auf versöhnlich eingestimmt und Frieden bedacht, fand für sich, es wäre jetzt Zeit einschreiten, ehe es eskaliert. »Kommt, hört auf mit diesem Quatsch, ja?«, forderte er die beiden auf.

»Sag *ihm*, er soll aufhören, *er* hat damit angefangen«, entgegnete Todd. »Ich war hier friedlich am Spielen!«

»Jim, lass es einfach sein«, bat Tom ihn.

Offensichtlich genervt, schnaubte nun Jim: »Nein, ich finde das überhaupt nicht in Ordnung, verstehst du?!« Seine Hände ballten sich bereits.

Auch Chuck meldete sich zu Wort, im Versuch, möglichst gelassen zu wirken: »Was regst du dich denn so auf, Jim? Ist ja nur ein Spiel!« Wie er feststellen musste, funktionierte sein Vorstoß keineswegs.

»Nein!«, widersprach ihm Jim heftig, der aufkommende Ärger ließ sich kaum mehr unterdrücken, »ist es nicht! Es ist widerlich und menschenverachtend!« Keine zehn Minuten vorher hatte er Christina am Draht gehabt, sich gut mit ihr unterhalten. Und jetzt dieser Dreck hier! Dieser Todd war wirklich eine Dumpfbacke erster Güte, unterste Schublade, wie seine Mutter zu sagen pflegte. Worauf hatte er sich, Idiot, da nur eingelassen?!

»Komm Jim«, sagte Tom, »jetzt übertreibst du es aber maßlos.«

»Ich?«, entgegnete Jim im Direktanflug eines Zorns, »ich übertreib es maßlos?! Ich glaube, du verwechselst da etwas, mein lieber Tom!« Unvermittelt begann sein Brustkorb heftig zu atmen, sein ganzer Körper zerriss beinahe unter der Anspannung. Die Lava seines Zornes kochte in rasendem Tempo in ihm hoch, stand kurz davor, sich in einer gewaltigen Eruption zu entladen.

»Hast wohl keine und würdest mal wieder gerne«, witzelte Todd in seiner völlig ignoranten und unsensiblen Art, jubelte auf. »Jiha, gleich zwei hintereinander gemoppelt! Vierfache Punktzahl!«, meinte er belustigt.

Schnaubend und im Bemühen, seine außerplanmäßige Verärgerung wieder unter Kontrolle zu kriegen, sagte Jim: »Meine Freundin *ist* Indianerin!« Das saß wie ein Hammerschlag! Verblüfft, beinahe ungläubig, beschauten sich Chuck wie Tom gegenseitig. Zwar hatte Chuck mitgekriegt, dass bei Jim in der Zwischenzeit was angelaufen war. Jim erzählte auf ihren Trainingsläufen für den Marathon auffallend viel von einer Christina. Und seit einigen Wochen schien es offiziell zu sein. Insofern wähnte er sich im Bilde. Doch dass es sich bei Jims Freundin um eine Indianerin handelte, war ihm nun doch völlig unbekannt.

Todd grinste, meinte dann hämisch: »Und? Ist sie gut?«

Wie nicht anders möglich, war dies das Zünglein an der Waage. So unglaublich viel Ignoranz und Insensibilität auf einmal war doch nicht möglich! Für Jim wurde eindeutig das Maß überschritten! Unverwandt packte er nun Todd am Kragen seines karierten Kurzarmhemdes, schleuderte ihn zunächst an die Holzwand, dann auf den Bretterboden. Harte Faustschläge streckten Todd zu Boden, ehe sich Jim auf ihn stürzte und auf ihm liegend weiter auf ihn eindrosch, was das Zeugs hielt. Derweilen packten Chuck und Tom Jims Arme links und rechts, zogen ihn unter Vereinigung sämtlicher Kräfte schließlich runter, weg vom Malträtierten. Wildes Gebrüll und Flüche zerschnitten während der ganzen Szene die friedliche Abendstimmung auf der Veranda. Verdeckt schielten erschreckte Nachbarn zu ihnen herüber, in Verwunderung, was denn da um Himmels willen los wäre, ob man eingreifen müsste oder sich besser nicht einmischen.

Als Jim sich einigermaßen wieder beruhigt hatte, packte ihn Tom freundschaftlich aber bestimmt um die Schultern, zerrte ihn weg vom Bungalow. Anfänglich wehrte Jim noch ab. In einiger Entfernung ließ Tom dann los, klopfte mehrmals in einer freundschaftlichen Geste Jims Rücken ab, als ob er jede Menge Schmutz oder Kampfesstaub entfernen müsste. »Wieder okay?«, fragte Tom sanft.

Unmittelbar hielt Jim sein Angesicht sowie den Zornesblick darin gesenkt, wischte sich mit der rechten Hand die Stirn, keuchte, verunsichert wie angespannt. Augenscheinlich war er selbst darüber erschrocken, was da soeben abgegangen war. Dies war bereits das zweite Mal binnen Kurzem, dass er ausgerastet war. Klar, in der Gesamtschau waren die einzelnen Situationen hochherausfordernd, die Ereignisse aufwühlend. Wäre höchste Zeit, wieder mal etwas friedlichere Zeiten zu erleben. Und dennoch. Er müsste sich unbedingt wieder in den Griff kriegen! Das ging doch so nicht weiter! »Tut mir Leid, Tom«, sagte er, »echt, tut mir leid.«

Gelassen legte Tom seine Hand auf Jims Schulter, ließ ihm Raum, wieder zu sich zu kommen, runterzukommen, sagte: »Ist schon in Ordnung, Jim.«

Unverwandt blickte Jim auf, sein Blick verzagt, meinte nur: »Nein, wirklich, ich meine es ernst.«

»Du musst dich nicht entschuldigen, Jim«, entgegnete Tom. »Todd hat sich wie ein absoluter Vollidiot aufgeführt. Und das mit deiner Freundin habe ich nicht gewusst«, fügte er leise, aber beschämt an. »Wenn ich das natürlich gewusst hätte …«

…wäre was gewesen?, fragte sich Jim in Gedanken weiter. Eine gewisse Enttäuschung punkto Tom war in ihm nicht wegzuwischen, ging er doch immer davon aus, sein alter Kollege verfügte über etwas mehr Prinzipien statt lediglich höflicher Rücksichtnahme. »Jetzt weißt du es«, sagte er dann, schaute Tom unvermittelt an, »aber bitte, posaune es nicht überall herum. Ich habe es Christina versprochen. Weißt du, ist für sie eine schwierige Situation.«

»Klar«, bestätigte Tom unverzüglich, »mach dir deswegen keine Sorgen.« Abermals klopfte er Jim die Schultern ab, lächelte ihn dabei gewinnend an und nickte mit seinem Kopf Richtung Bungalow. Jim lächelte zurück, obgleich noch immer etwas außer Atem, und etwas Zornesglut.

»Bier?«

Jim nickte, kriegte sogar ein Lächeln hin.

Anderntags erschien Todd mit gesenktem Blick zum Frühstück, kam schlingernd auf Jim zu, räusperte sich erst, um sich dann bei Jim in aller Form für sein Verhalten vom Vorabend zu entschuldigen. Offenbar hatte Tom ihm in der Nacht Tacheles gesprochen. Es wäre völliger Quatsch gewesen, was er da geboten hatte und es täte ihm leid – wie aufrichtig ließ er offen. War es lediglich situativbedingt? Wobei er Jim als Friedensangebot die feuchte Patsche entgegenstreckte und dieser mit Verzögerung einschlug; nur kurz, und mit der Weigerung, ihre Blicke sich kreuzen zu lassen. Die Spielkonsole blieb für den Rest des Trips verschlossen; die Schatulle des Ärgers dadurch gleichsam.

Als die mächtigen Reifen der Boeing 747 der Amerikanischen Fluggesellschaft auf dem J.F.K.-Flughafen in Neu York bei der Landung quietschten, harrte Christina bereits während gut zwei Stunden in der Empfangshalle ihrem Liebsten entgegen. Unmittelbar vereinnahmte sie das Gefühl, eine grundlegende Veränderung in Jims Wesen festzustellen, als er sonnengebräunt durchs Tor trat, mit blitzend weißen Zähnen in seinem breiten Lächeln, und sie mit leichtfüßigem kalifornischem Lebensgefühl anstrahlte. »Jim!«, rief sie jauchzend, rannte ihm entgegen und riss ihn beinahe um, als sie sich ihm um den Hals schmiss. »Ich dachte schon, du kommst nicht mehr, bleibst gleich in Kalifornien!« Mehrmals drehte sich das Paar, vereint in einem ewigen Kuss, schwang Jim Christina in sein Leben zurück, in welchem sie bereits ihren festen Stammplatz einnahm. Als Jim endlich Luft kriegte, sagte er: »Wo denkst du hin, Christina! Ich lasse doch nicht mein Mäuschen hier! Kalifornien ist eine trostlose Wüste, ohne dich!«

Seltsam, dachten beide, als sie sich gegenseitig tief in die Augen blickten, ausgiebig in der Seele des anderen labten, die Körperwärme und in gewisser Weise schon prickelnde Abhängigkeit im Sinne von Nähe spürten. Seltsam, was zwei Wochen Abstinenz zu bewirken vermochten! Obwohl Jim nichts von seiner Aussöhnung mit Vater sowie der längst überfälligen Verarbeitung seiner Traumas hinsichtlich Steven und Sandy erzählte, spürte Christina als Frau wohl intuitiv die Veränderung in Jim, den befreienden Geist der Berge der Heiligen Monika durch seine Seele wehen. Die aufgestochenen Eiterbeulen waren nun entleert, vermochten endlich auszutrocknen und zu verheilen. Als er von Jochens Hirntumor sprach und dass die Heilungschancen weniger als zwanzig Prozent betrugen, strahlte er eine bemerkenswerte Ruhe aus. »Ich weiß jetzt doch, wo ich hingehöre, Liebes!«, flüsterte Jim in ihr Ohr und drückte Christina an sein Herz. Hätte Biggi sich nicht irgendwann räuspernd bemerkbar gemacht, von wegen Parkuhr und so weiter, sie klebten immer noch da.

Ψ Ψ Ψ

Ein fremder Vater taucht auf – Ben Foster

MITTE AUGUST brummte an einem heißen Samstagnachmittag Christinas Mobiltelefon in ihrer Sporttasche, welche sie neben ihrem Badetuch deponiert hatte. Um Abkühlung zu erlangen, verbrachten sie, Jim, Biggi und Florina sowie Chuck einige Stunden am natürlichen Gestade des WELCH SEES im HARRIMANN STAATSPARK. Chuck SØrensen, knappe siebenundzwanzig Jahre alt, mittelgroß aber stämmig, dänisch strohblond, die Gemütlichkeit in Person, die, wie man meinen könnte, nichts aus der Ruhe bringen konnte, plantschte mit den beiden Freundinnen vergnügt im lauschen See. Am fröhlichen Gelächter der Frauen, zeitweise vielmehr an Mädchengekreische erinnernd, war anstandslos zu erkennen, dass ihnen das Bad mit dem muskelbepackten Wikinger-Terzo offensichtlich bestes Vergnügen bereitete.

Derweilen ließ Christina ihren Blick geruhsam über die quirligen Wasserringe schweifen, schmunzelte dabei verstohlen. Denn es war mehr als augenfällig, wie gut sich Biggi und Chuck in letzter Zeit zu verstehen schienen. Kamen sich da etwa zwei näher? Mit großen Schritten?! Kennengelernt hatten sich die beiden via Jim, vor gut drei Wochen. ›Hey, Leute, zur Feier unseres Trips schmeiß ich eine Party! Bei mir zu Hause‹, ließ er verlauten. Pasta bildete die Grundlage des Abends im Lampion behangenen Garten, gereicht in Claudias Oliven-Zitronen-Sauce mit frisch gehacktem Kerbel. ›Mensch! Für dieses Rezept kämpfe ich mich durch drei verdammte Feuerhöllen!‹, sagte Jim bestimmt, als er bei einem Besuch bei Sanders in dessen Genuss kam. Zwar platzte der Garten schier aus allen Nähten, was indes der Stimmung keinerlei Abbruch tat, im Gegenteil, so wie es schien: ein Volltreffer! Biggi und Chuck schlürften nicht nur die Sauce begierig zwischen den farbigen Lichtlein auf, während sie sich mit aufgerissenen Augen anstarrten.

Ohne sich von Jims Rücken ablenken zu lassen, welchen sie zunächst mit ausreichend Sonnencreme eingeschmiert hatte, um im Anschluss ihr neustes Arbeitsfeld mit kräftigen Knetbewegungen in Angriff zu nehmen, warf sie einen flüchtigen Blick aufs Display ihres Mobiltelefons. Grelles Sonnenlicht beeinträchtigte dessen Lesbarkeit. Bei genauerer Augenschau entdeckte sie eine lange Nummer mit hundert Ziffern, welche ihr nichts besagten, war irgendeine fremde Vorwahl. Bestimmt nichts aus dem Großraum Neu York. Jim, der die Knetete offensichtlich in vollen Zügen genoss und keinerlei Verständnis für den abrupten Unterbruch fand, setzte bereits zur Beschwerde an. »Ist die Massage etwa schon vorbei?«, sagte er noch mehr vorwurfsvoll als faul und drehte ihr seinen Kopf zu.

»Nein, mein verwöhnter Prinz von Persien«, erwiderte Christina und begann postwendend seinen Rücken mit harten Handkanten durchzuklopfen. »Jetzt kommen wir erst zur Sache! Na, recht so?«

»Was? Ich spüre ja nichts«, brachte Jim seine nächste Klage an. »Haben die neuerdings auf Kuschel-Judo umgestellt?!«

Lachend schwang sich nun Christina auf sein Gesäß, strich in der Folge mit beiden Händen kräftig links und rechts seiner Wirbelsäule entlang. Unmittelbar stöhnte Jim laut auf. »Jaaaaa, jetzt kommen wir der Sache schon näher, viel näher! Weiter so, und nicht mehr aufhören, bis ich meine Feinde besiegt und den Dolch gerettet habe!«

In Christina war nun der Tiger geweckt. Drohend meinte sie: »Wart's ab! Das war erst der Anfang!«

»Ja, meine tapfere Kriegerin!«, erwiderte Jim. »Bist definitiv das Geld wert, welches ich auf dem Sklavenmarkt in Samarkand ausgegeben habe!«

»Das will ich doch schwer hoffen!«, sagte Christina und versetzte ihm neue Hiebe.

Erschöpft fragte Jim nach einer Weile: »Wer war denn das vorhin?«

Christina stutzte, zuckte mit den Achseln. »Weiß nicht, unbekannte Nummer. Vermutlich so ein doofer Werbeheini.« Draußen im See setzte das Trio gleichsam sein Vergnügen fort. Biggi und Florina gaben sich dem

Versuch hin, Chuck unter Wasser zu drücken, was sich als rechte Herausforderung erwies. Im Falle eines durchtrainierten Feuerwehrmanns brauchte es indes schwereres Geschütz. Erneutes Telefonbrummen riss Christina aus ihren Massagebewegungen. Dieses Mal hielt es länger an und sie erwischte gerade noch rechtzeitig den Anruf. »Ja, hallo?«, sagte sie und strich sich eine Strähne aus dem Gesicht. Jim, dessen Gesicht auf beiden Armen lagerte, hob den Kopf leicht an und blinzelte aufmerksam zwischen seinen schläfrigen Augenlidern. Vom leisen Gemurmel kriegte er dennoch nicht viel mit.

»Ja. Wer sind Sie?«

» …«

»Was?!«

» …«

»Nein, wirklich?«

» …«

»Nein, einen Augenblick, bitte!«

Unverwandt stand Christina nun auf, löste sich von Jims Gesäß, während er ihr nachschauend mit neugierigen Blicken folgte, und entfernte sich einige Schritte. Dabei drückte sie das andere Ohr zu, wie als ob sie sonst nicht alles verstehen könnte. Stirnrunzelnd drehte sich Jim auf die Seite, stützte sich auf dem Ellenbogen ab und beäugte Christina in ihrem blutroten Badeanzug. Der stand ihr wirklich gut! Sah total sexy aus! Ganz sein Geschmack! Und darin machte sie eine unglaublich tolle Figur! Was bestimmt nicht das wichtigste Argument bei Frauen war, aber auch kein unbedeutendes Detail. Christinas Gesichtsausdruck nach zu urteilen, schien sie den Anrufer nicht zu kennen, ein Fremder. Er wartete, bis sie fertig war und zu ihm zurückkehrte. »Darf man fragen, wer das war? Wieder der Typ von vorhin?«

»Ja. Mein Vater«, sagte Christina knapp.

Unvermittelt sperrte Jim Mund und Augen auf, richtete sich unmittelbar auf. »Etwa dein …indianischer?«, fragte er überrascht, im gleichen Augenblick realisierend, dass es sich ja nur um diesen handeln konnte.

»Ja, Ben Foster.«

»Wow!«

»Ja, das ist echt eine Überraschung, nicht?!« Verunsichert blickte Christina Jim an. Mit diesem ›Werbeheini‹ hatte sie in der Tat nicht gerechnet.

»Woher hat denn der deine Nummer?«, fragte nun Jim.

»Von Lisa«, erwiderte Christina, »meiner leiblichen Mutter. Sie hat ihm offenbar angerufen und von mir erzählt. Da wollte er natürlich unbedingt meine Nummer haben.«

Jim kratzte sich den Unterschenkel, irgendetwas hatte soeben zugestochen. »Schön mutig, der Kerl«, meinte er.

»Wieso meinst du? Was hat das mit Mut zu tun?«

»Wie willst du dem sonst sagen?«, sagte Jim. »Da lässt der gute Herr Papa ein halbes Leben lang nichts von sich hören, und dann kommt er einfach mal so nebenher angerauscht!«

Christina reagierte nicht sogleich, ließ die Seltsamkeit des Moments kurz auf sie einwirken, denn diesen empfand sie vielmehr als verstörend. Schließlich meinte sie: »Hm, weiß nicht. Er wusste ja nicht, wo ich lebe, hat erst jetzt erfahren, wo ich wohne.«

»Und?«

»Was und?«

»Triffst du ihn?«, fragte Jim, sperrte dabei seine Augen neugierig auf, um Christinas Antwort voll wahrzunehmen. Diese kam indes nicht unmittelbar. Erst setzte sie sich neben Jims angewinkeltes Knie, legte ihre Arme gekreuzt darauf. Ehrlich gesagt, fühlte sie sich gerade etwas überfordert! Was sollte sie da erwidern? Natürlich wollte sie ihn treffen, diesen Ben Foster. Wie der wohl aussähe? War ja ein Vollindianer! Andererseits, nach dem ganzen heillosen Durcheinander und dem Nervenflittern war sie doch ganz froh, wieder ruhigere Zeiten zu erleben. Im Studium wollte sie schließlich vorwärtskommen. Die Sache mit ihrem leiblichen Vater hatte sie bewusst auf die lange Bank geschoben. Und jetzt platzte der einfach, oder drängte sich, in ihr Leben. Ob dies gut herauskäme? Unvermittelt tauchte Frau Mazuras lächelndes Gesicht vor ihrem geistigen Auge auf. »Was meinst denn du dazu?«

»Ich?«, erwiderte Jim achselzuckend, »weiß nicht. Vielleicht wäre es ganz gut.«

Eine geraume Weile tauschten sie ihre Unwissenheit aus. Mittlerweile waren die drei Badenden aufgetaucht, sprangen die kurze Uferböschung herauf, zu ihren Badetüchern, trockneten sich ab. Chuck bat Biggi um Hilfe beim Rücken, eine Anfrage, welche sie kaum abzulehnen bereit war und in größter Sorgfalt ausführte.

»Na, alles okay mit euch zwei Turteltauben?«, fragte Chuck heiter und runzelte seine Stirn. Irgendwie schien bei denen da dicke Luft zu sein, oder ähnlich.

»Ja, ja, alles klar, du heimliche Turteltaube«, konterte Jim mit seinem breiten Lachen, und gab Chuck einen freundschaftlichen Stoß an die Brust. Daraufhin forderte er Christina auf, sich aufs Badetuch zu legen. Jetzt wäre sie dran, falls sie sich eine Massage der Extraklasse gönnen wollte. »Noch so gerne«, meinte sie, und folgte seiner Einladung. Nicht minder als Jim vorhin, genoss es Christina, wie Jims muskulösen Hände mit weichem Druck einmal sanft, dann wiederum kräftig ihren Rücken rauf und runter wanderten, keck ihr Gesäß erkletterten, irgendwann an ihren Beinen verweilten, um letztlich an ihren Zehenspitzen zu kitzeln. Es wurde zusehends offenbar, dass er darin kein blutiger Anfänger war.

Ψ Ψ Ψ

Feuerhölle in Beacon

Etwas mehr als drei Wochen später, am 12. September 2002, einem gewöhnlichen Donnerstag, saß Jim im Büro der Feuerwache 2 von Beacon, der Lewis Tompkins Hose Company, ging wie gewohnt seiner Arbeit nach. Das Wandbild mit Blick auf die gut 16 000 Einwohner zählende Stadt verriet unmittelbar, wie die am östlichen Hudsonufer gelegene Gemeinde zu ihrem Übernamen DIE BAUMSTADT kam. Bald würde sich ein Kleid verschiedenfarbiger Tupfer über die Stadt ziehen und diese in ein goldig-herbstliches Gewand hüllen. Im Sommer erklommen Jim und Christina zusammen mit Biggi, Chuck und Florina die 491 Meter hohe Südspitze der BEACONER BERGE. Der Rundblick vom Aussichtsturm entschädigte für jegliche Anstrengung, wenngleich ihnen der Blick ins neunzig Kilometer südlich gelegene Neu York wegen Sommerdunstes verwehrt blieb. Heute wäre wahrscheinlich so ein idealer Tag gewesen, dachte Jim: stahlblauer Himmel, ungetrübte Sichtverhältnisse, so wie damals, an jenem ominösen Tag, als die Welt den Atem anhielt …

Die heutige Siedlung im idyllischen Hudsonflusstal war das Ergebnis einer politischen Verschmelzung der Dörfer MATTEAWAN und FISCHTÖTER LANDESTELLE, welche zu den ersten Siedlungen im Bundesstaat Neu York zählten. Die auf den Beaconer Bergen entzündeten Leuchtfeuer, welche der Stadt am Fuß schließlich den Namen gaben, wurden während des amerikanischen Unabhängigkeitskriegs zwecks Kommunikation mit der Kontinentalarmee eingesetzt. Zu den zeitweise bedeutenden Industriezweigen gehörten die Ziegel- und Papierherstellung. Nicht wenige Gebäude im weltmännischen Neu York verdankten ihre Bausubstanz den in der ländlichen Beacon Region hergestellten Ziegelsteinen. Darunter fallen legendäre Namen wie das WELTREICH-Staatsgebäude oder das ROCKEFELLER ZENTRUM.

In diesem Landnest fühlte sich Jim auf Anhieb wohl, als er von Los Angeles kommend hier den Dienst antrat. Die tägliche Anfahrt von Chester durchs grüne Hinterland und via die NEUBURG-BEACON-BRÜCKE über den Hudsonfluss war für sein ans trockene südkalifornische Klima gewöhntes Auge eine nichtalltägliche Augenweide. Er hatte es bereits zum Kommandant der Feuerwache 2 geschafft, welche 1982 als modernste Feuerwache des Ortes in Betrieb genommen wurde. Diese operierte nebst der älteren historischen Feuerwache 1 aus dem Jahr 1889 und dem dreistöckigen Großen Hauptquartiergebäude aus dem Jahre 1911. Jim gehörte zum festen Kern der dreizehn Vollzeitfeuerwehrmänner, welche von rund sechzig Freiwilligen unterstützt wurden. Als Bataillon 7 vom DUTCHESS Bezirksdepartement war die Beaconer Feuerwehr stolz darauf, für sich den Ruf in Anspruch nehmen zu können, die kürzeste Reaktionszeit im Verwaltungsbezirk aufzuweisen.

Als besonders schöne Aufgabe schätzte Jim die Aufklärungs- und Vorsorgearbeit in Schulen und Kindergärten. Erst gestern, am ersten Gedenktag an die nationale Katastrophe der Neuzeit, sprach er mit Leutnant Fernandez, einem Latino mit pechschwarzem Haar, vor einer Grundschulklasse über ihre Arbeit sowie die richtige Verhaltensweise in einem Brandfall an der Schule.

»Waren Sie letztes Jahr am 11. September auch in Neu York?«, fragte einer der neugierigen Knöpfe plötzlich unverhohlen.

»Ich?«, erwiderte Fernandez, »nein, ich hatte hier oben Dienst. Weißt du, wir sind hier oben zu weit weg. Ein jeder von uns kennt aber Leute, tapfere Feuerwehrmänner, die da unten ihr Bestes gegeben haben.«

»Und teils sogar ihr Leben«, fügte Jim nachdenklich hinzu.

»Ich möchte auch mal Feuerwehrmann werden«, platzte der Kleine nun heraus. Seinem verschmitzten Gesichtsausdruck zu entnehmen, würde man es ihm durchaus abnehmen, dass er seinen Traum eines Tages tatsächlich umsetzen würde.

»Schön«, entgegnete Fernandez, »dann strebst du einen wichtigen Job an, mein Junge!« Unverwandt nahm er seinen gelben Helm in die Hand und setzte ihn dem Blondschopf auf. Es war ihm durchaus bewusst, dass ein Kind in diesem jungen Alter noch nicht die Tragweite dieser risikoreichen Arbeit abzuschätzen vermochte. Zuhause hatte er selbst zwei kleine Schlingel, welche gerne Feuerwehrmann spielten. Aus Erfahrung wusste er, dass ihre schwarzen Uniformen mit den gelben Leuchtstreifen immer besonders Eindruck machten, wenn sie irgendwo im schulischen Umfeld damit auftraten. »Na, sieht doch toll aus, würde ich sagen«, meinte er lächelnd. Belustigt bemerkte Fernandez, wie die Augen des Kleinen aufstrahlten. Mit sichtlichem Stolz drehte der sich um, um sich seinen Schulkolleginnen und Schulkollegen zu zeigen. Fröhliches Gelächter erschallte in der Kinderrunde. Natürlich wollte jetzt jeder mal an die Reihe kommen. Das wäre kein Problem, meinte Jim, und half seinem Kollegen tatkräftig aus.

»Haben Sie eigentlich keine Angst, wenn Sie so in ein brennendes Haus hineinrennen müssen?«, fragte überraschend ein zierlich wirkendes Mädchen mit braunen Zöpfen und einem Meer Sommersprossen um die Nase. Unverdrossen hatte sie sich im Getümmel nach vorne gekämpft, an den raumvereinnahmenden Jungs vorbei.

»Ich?«, fragte Jim verwundert und blickte spontan zu Fernandez. Eigentlich war die Frage die naheliegendste der Welt, aber damit hatten sie nicht gerechnet. Beide nicht. »Nun«, sagte Jim und ging in die Knie, um dem Mädchen auf Augenhöhe zu begegnen. »Weißt du«, fuhr er fort, »als ich etwa so alt war wie du, habe ich mich oft in enge Räume zurückgezogen. Zum Beispiel zwängte ich mich in einem Karton und tat so, als sei es ein Raumschiff. Dieses Gefühl der Enge da drin hat mich richtiggehend stimuliert. Wenn man in ein brennendes Haus hineinrennt, ja, natürlich hat man da ein gewisses Maß an Angst. Das ist völlig normal. Aber irgendwie erinnert mich diese Situation an dieses kindliche Phantasieren von früher, dieses universale Raumschiff, und es ist gar nicht so schlimm, im Gegenteil.«

»Sie meinen, die Raumschiffe im Fernsehen werden ja auch abgeschossen und verbrennen?«, meinte die Kleine in ihrer köstlichen Logik.

»Ja«, brach Jim in erheitertes Lachen aus, blickte zu Fernandez. »Ja, ganz genau. So könnte man es in etwa vergleichen.«

»Na, dann möchte ich auch Feuerwehrmann werden«, gab seine Gesprächspartnerin kleinlaut und mit gesenktem Haupt zu. »Ich spiele nämlich auch gerne Raumschiff.«

»Schön, sehr schön«, entgegnete Jim und strich ihr übers Haar. Ehe er wieder aufstand, löste er ein Abzeichen von seiner Brust und steckte es der Kleinen an. Die Reaktion blieb nicht aus. Dies war wie dreimal Weihnachten für das kleine Herz.

Ein geräuschvolles Gähnen entfuhr Jim, als die Uhr späteren Nachmittag anzeigte, derweil sich der Tag endlos in die Länge zu ziehen schien. In der hauseigenen Küche hatte er den Teekessel aufgesetzt, wartete bis das Wasser brodelte, heißer Dampf ihm ins Gesicht stieg. Die heutige Schicht fiel bis anhin ruhig aus, im Gegensatz zu gestern: keine pädagogischen Einsätze, keine besonderen Vorkommnisse, keine Alarmeingänge. Darob war er nicht ganz unglücklich, denn seine Trainingsvorbereitung auf den NEU YORKER MARATHON, welcher mit dem ersten Novemberwochenende nunmehr in greifbare Nähe rückte, forderte zunehmend seine Aufmerksamkeit. Das Intervall-Training, welches sie vermehrt praktizierten, gab ihnen zusätzlichen Schub, nicht nur körperlich, sondern insbesondere moralisch.

Gestern herrschte auf der Wache bedrückte Nervosität, wie vermutlich an vielen Orten, wo man des Traumas von Manhattan gedachte. Ein kleiner Vorgeschmack des Weltuntergangs, wie Dan Halderman, der jüngste im Team, zu sagen pflegte. Als erklärter Science Fiction-Fan, allen voran MATRIX, hielt er kaum die Spannung aus, bis endlich die Fortsetzung rauskäme, mit Keanu Reeves, im Dienste der arg bedrängten Restmenschheit. ›Vermutlich fühlte er sich selber ein bisschen wie Neo‹, meinte Chuck spöttelnd. Da lebte ein Stück weit der kleine Junge in ihm wieder auf, der seinem großen Vorbild nacheiferte. Bis der Cyberkrieg gegen die Teufelsmaschinen in die nächste Leinwandphase ging, würden sie sich ihrem nicht weniger herausfordernden Kampf gegen die realen

Feuerteufel widmen. Von denen sprach man lieber nicht allzu laut, denn die ließen nicht auf sich warten.

Die Uhr an der Wand zeigte 16.46 Uhr, als der Alarm einging.

Vom Haupthaus kriegte Jim die Meldung zum sofortigen Ausrücken. ALARMSTUFE ROT! Das hieß, sämtliche zur Verfügung stehenden Einsatzkräfte waren aufgerufen, sich mit ihren Lösch- oder Leiterwagen unverzüglich auf den Weg zu machen. Jim staunte nicht schlecht, als er den Zielort erfuhr. Ungläubig hakte er nach: »Wohin sagst du?«

»DIA:Museum, Beekmann Straße«, kam Christopher Fannings Bestätigung von der Zentrale.

Das DIA:MUSEUM, eine vormalige Biscuitfabrik, wurde erfolgreich in eine Plattform für zeitgenössische Kunst mit Visionscharakter umgewandelt. Die 1929 gebaute Anlage befand sich in der Nähe des kleinen Bahnhofes und war sogar zu Fuß gut erreichbar. Seit der Stiftungsgründung 1974 bot sie geräumige 15 000 Quadratmeter Ausstellungsfläche für die RIGGIO GALERIE. Originale Fabrikoberlichter und große Fenster ließen viel natürliches Tageslicht in die getünchten Räume. Das griechische Wort DIA, welches die Bedeutung von DURCH hat, stand bei der Namensgebung Pate, unterstrich dabei den Stiftungszweck seiner Gründer Heiner Friedrich und Philippa de Menil, großdimensionierten Projekten ein passendes Ausstellungsfenster zu bieten.

Und genau hier war nun Feuer ausgebrochen! Unverzüglich löste Jim den hausinternen Alarm aus. Sämtliche freiwilligen Einsatzkräfte waren bereits via Funkalarm in Bereitschaft versetzt worden. ›Los, Männer!‹, schrie Jim in die Gänge. In Rekordzeit warfen sie sich in ihre Schutzanzüge, ließen die Wagen an und donnerten mit Blaulicht und Sirenen südwärts die Süd Allee hinunter. Obwohl es sich um eine Kurzstrecke handelte, zählte jede Minute. Schon von weitem quoll eine riesige Wolke aus schwarzem Rauch aus der Parkanlage des Museums gen Himmel empor. »Mensch, was ist denn da unten los?«, rief Dan erstaunt.

Jim, welcher stetigen Funkkontakt mit dem Einsatzauto des Chefkommandanten Paul Van Schrieck hielt, erwiderte: »Das muss ein richtiges

Höllenfeuer sein, so wie das qualmt!« Das Scherbeln auf dem Kommandokanal war beim mächtigen Sirenengeheul schwerlich zu entziffern. »Scheiße, da sind noch Leute drin!«, schrie Jim schließlich aufgeregt zu Chuck, welcher am Steuer saß. »Ich sag' dir: das könnte ein verflixt schwieriger Einsatz werden!«

Obschon die Tageszeit vorgerückt war und die großen Besuchermassen abgezogen waren, befand sich gemäß Museumsleitung immer noch eine Handvoll Menschen im weitläufigen Gebäude. Die Anzahl war schwer abzuschätzen. Eins war jedoch klar: eine Familie mit zwei Jugendlichen sowie ein Pärchen mittleren Alters traten erst vor einer halben Stunde ins Museum ein und waren seither nicht mehr im Außenbereich gesichtet worden. Unmittelbar wurde Jim klar, was dies bedeutete: Seine Truppe müsste einen Innenangriff vornehmen! »Chuck, mach dich bereit«, sagte er ernst, »wir müssen da rein!«

Bei ihrer fast zeitgleichen Ankunft mit den Feuerwehrautos aus den anderen Feuerwachen von Beacon sowie aus dem angrenzenden FISCHTÖTERSTADT, war das Museum bereits weiträumig von der Polizei abgesperrt worden war. Hauptverantwortlicher Einsatzleiter Van Schrieck hatte mit Ruben Collins, dem Kommunikationsverantwortlichen, in Windeseile eine improvisierte Kommandozentrale eingerichtet. Auf dem aufklappbaren Kommandobrett wurde jede eintreffende Einheit mit einem Magnetsticker festgehalten. Van Schrieck wusste, dass es höchstes Gebot war, als erstes für ausreichend Sicherheitsvorkehrungen für seine Männer zu sorgen. Das Schnell-Einsatz-Team 33-55 würde bereitgestellt, sobald die Gesamtsituation erfasst wäre. Er hatte Patrick Powell, der mit seiner Truppe als erster auf dem Platz aufgetaucht war, beauftragt, eine schnelle und umfangreiche Lageerkundung durchzuführen, um sicherzustellen, dass so viele Informationen wie möglich gesammelt werden könnten, um die weiteren Schritte zu planen. Greg Kumpel vom Löschzug 33-11 und Joseph Grzelak vom Löschzug 33-12 arbeiteten mit Hochdruck an der Sicherstellung der Löschwasserversorgung. Erste Schlauchreihen wurden gelegt. Auf dem Vorplatz herrschte emsiges Treiben, wirkte von außen betrachtet mitunter chaotisch. Und doch verlief alles ruhig und überlegt ab.

»Wir vermissen noch mindestens sechs Zivilisten«, rief Van Schrieck schon von weitem Jim zu, als diese aus ihrem Einsatzwagen sprangen. »Eine Familie mit zwei Jugendlichen sowie ein Paar mittleren Alters.«

»Ja, ich weiß«, entgegnete Jim, »hab was auf dem Kommandokanal mitgekriegt.«

Van Schrieck, an Jahren vorgerückt und ergraut, ein alter Fuchs, bewahrte eine altersgemäße Ruhe, erklärte: »Das Feuer ist im hinteren Teil des Museums ausgebrochen. Ihr habt da also eine gute Chance vom Haupteingang her nach ihnen zu suchen.«

»Vermutlich stecken sie irgendwo im vorderen Bereich«, meinte Ruben Collins. »Die Museumsleitung sagte, dass sie noch nicht so lange drin seien.«

Einmütig erwiderten Jim und Chuck: »Okay, das packen wir doch!«

»Ausrüstung beisammen?«, fragte Van Schrieck mit Blick auf ihre Sachen.

»Ja, haben wir«, erwiderte Jim, »alles da.«

»Ersatzsauerstoff?«

»Ja.«

»Der andere Leitertrupp wird weiter südlich ins Gebäude einsteigen und nach den Vermissten suchen«, erklärte Van Schrieck, und Ruben Collins ergänzte: »Inzwischen legen wir Schnellangriffsrohre von der Rückseite her.«

»Gut«, nahm Jim zur Kenntnis, seiner Professionalität wieder gewiss. Den Brandfall DIA:Museum hatten sie bereits mehrere Male durchgespielt. Bei den Ausmaßen eines solch weit verzweigten Gebäudes wäre eine Brandentwicklung indes schwierig richtig abzuschätzen. Tausende an Eventualitäten wären möglich, Hunderte wahrscheinlich. Und wie das oft so im Leben war: die Wirklichkeit holte alle trotz wohldurchdachter Pläne und ausgeklügelter Vorsorgeszenarios immer wieder ein. Unberechenbarer Risikofaktor blieben die zahlreichen Holzdecken und Hartholzböden. Diese wären schnell ein Raub der Flammen und trügen zu einer schnellen Brandausbreitung bei. Chuck hatte immerzu gewitzelt: ›Da drin gibt es ohnehin nicht viel zum Abbrennen!‹ Der Museumsinhalt bestände mehrheitlich aus Leere, so seine unfachmännische Beurteilung, und was nicht ganz von der Hand zu weisen war. ›Na, bist wohl kein großer Fan moderner Kunst‹, meinte Jim mit einem Augenzwinkern.

Sie zögerten keinen weiteren Augenblick, führten eine letzte Kontrolle durch, ehe sie sich zum Innenangriff aufmachten. »Klare Sicht hier drin«, rief Jim Chuck zu, als sie an Kasse und Museumsladen vorbei in die erste große Halle traten. Die Suchaktion ging zügig und systematisch voran, da sie in diesem Bereich kaum auf Beeinträchtigungen stießen. Erster Brandgeruch zog durch die Räume. Bald schon kamen sie an Andy Warhols 128 farbigen Schattenvariationen vorbei sowie Zoe Leonards tausend Postkarten, welche aus verschiedenen Winkeln die Niagarafälle darstellten. »Hallo, ist hier noch jemand?«, rief Jim jeweils mit seinem Megaphon, während sie weiter eindrangen. Doch von den Vermissten nach wie vor keine Spur.

»Scheint keine Menschenseele mehr hier zu sein«, meinte Chuck, während er gleichsam wachen Blickes um sich schaute.

»Die sind wahrscheinlich schon längst draußen«, entgegnete Jim, und dies mit Erleichterung.

Hinter ihnen stöhnte Dan plötzlich auf: »Verdammtes Gewicht!« Ihm machten die 45 Kilo Gewicht der Sauerstoffflaschen zu schaffen, da sich die Verletzung an der linken Schulter während eines Übungseinsatzes, nun schmerzhaft bemerkbar machte. Und doch war die Notreserve unumgänglich, zumal sich die Situation blitzschnell verändern konnte. Plötzlich wäre der Rückweg abgeschnitten und sie säßen wie arme Mäuse in der Feuerfalle!

»Rückzug, Männer!«, befahl Jim schließlich, als der Großteil der Hallen überprüft war. »Ich denke, hier hinten macht es kaum mehr Sinn.« Aufgrund seiner geübten Urteilskraft kam er zur Überzeugung, dass sie längst auf die Gesuchten gestoßen wären oder diese reagiert hätten, falls sich diese in diesem Innenbereich aufhalten würden. Keine Anzeichen von Zurückgebliebenen weit und breit. Erneut nahm Jim sein Funkgerät in die Hand, meldete seine Absicht. »Sie haben die Familie«, rief er kurz darauf, »und das Ehepaar auch. Na, also!«

Erleichtert rief Chuck: »Wow, super! Dann nichts wie raus hier.«

Zufrieden warf Jim einen zählenden Kontrollblick auf seine Mannschaft, sagte dann: »Würde ich auch sagen. Los, Männer, hauen wir ab!« Angesichts der guten Nachricht verspürte Jim eine kurzfristige Erleichterung in seiner Brust. Ein aufkommendes Fauchen und Schmauchen ließen ihn unmittelbar aufhorchen. Eine Vorahnung sagte ihm, dass dies nichts Gutes verhieß. Dass die Situation schlagartig kippen könnte. »Hört ihr dies auch?«, fragte er seine Männer.

»Ja, da ist was, Jim!«, entgegnete Chuck, deutete mit dem Handschuh und einem komisch verzerrten Grinsen nach oben.

Unverwandt hob Jim seinen Kopf, riss seine Augen auf und starrte zur Decke. Diese stand bereits zur Hälfte in Flammen! Es knisterte und prasselte, heulte und pfiff durch die hölzernen Balken. »Scheisse!«, sagte er. Das Feuer, dieser heimtückische und hinterlistige Teufel, hatte es also doch geschafft, seinen Weg bis hierher zu bahnen! Bis zu ihnen! Und dies binnen weniger Minuten. Die Lage war schwer abzuschätzen. Inwieweit wären sie nun selbst gefährdet? Wie weit wären wohl die Lösch- und Entlüftungsarbeiten vorangeschritten? Welche ihnen jetzt noch unbekannten Gefahren lauerten allenfalls um die nächste Ecke? Das Einzige, was Jim mit Sicherheit sagen konnte, war, dass es jetzt nur noch eins gab: blitzartig raus! Ohne Aufschub stellte er nunmehr sicher, dass alle ihre Atemmasken korrekt aufgesetzt hatten, gab das Kommando zum sofortigen Aufbruch. »Jetzt aber nichts wie raus hier!«

Sozusagen auf dem Absatz kehrten sie um, suchten sich den nächsten Ausgang. Allen war bewusst, dass es jetzt um Bruchteile von Sekunden ging! Nicht eine davon durfte verschwendet oder verplempert werden! Dies könnte fatale Auswirkungen haben. Während sie auf den Eingang der Halle zusteuerten, bliesen ihnen plötzlich dichte Rauchwolken entgegen. Schwarz und wallend! Außer Kontrolle geraten! Binnen Kürze sank die Sichtweite auf praktisch Null. Die Verrauchung nahm dennoch unvermindert zu; es baute sich eine große Hitze auf.

»Verdammt, ich sehe fast nichts mehr!«, rief Chuck, hustete.

»Zusammenbleiben!«, rief Jim, »unbedingt zusammenbleiben!«

»Dan? Brian? Ronnie?«

»Ja. Brian, hier.«

»Ronnie, hier.«

»Auf den Boden, Männer«, schrie Jim.

»Dan? Wo steckst du? Gib Antwort!«

Unvermittelt sank Jim auf die Knie, kauerte am Boden und schaute um sich. Da! Etwa drei Meter vor ihm kniete Dan auf dem Holzboden. Spontan versuchte Jim zu ihm zu kriechen, als Dan unerwartet aufstand, gegen jegliche Logik und Vernunft sogar seine Atemschutzmaske herunterriss und anfing zu rennen. Brian, der dies ebenfalls beobachtet hatte und näher war, erhob sich unverzüglich und versuchte, Dan einzuholen, ihn festzuhalten. Augenscheinlich hatte der gute, indes noch wenig erfahrene Junge die Nerven verloren, war in Panik geraten. Das Dümmste, was einem in einer solchen Situation geschehen konnte!

»Dan!«, schrie Brian durch seine Maske, warf sich auf den wankenden Flüchtenden. Gottlob gelang es ihm, Dan am Rucksack zu packen, ihn unvermittelt zu Boden zu reißen. Derweil war Jim aufgerückt. Dan hustete wie verrückt, kotzte sich die halbe Lunge raus. Es bestand akute Lebensgefahr!

»Schnell! Atemmaske aufsetzen!«, schrie Jim, gab Brian ein Zeichen.

Gekonnt, weil tausendfach geübt, gelang es Brian, Dan das Ding überzuziehen. Zwar hustete dieser immer noch stark; sein Zustand schien sich aber in der Folge wieder zu normalisieren. Als er wieder zu vollem Bewusstsein kam, blickte er Jim mit aufgerissenen Augen ins Antlitz. Mit erhobenem Daumen gab ihm Jim das Zeichen zum Okay, klopfte ihm freundschaftlich auf die Schulter. Erleichtert nickte der. Mein Gott, um ein Haar wäre es schief gelaufen und er wäre an den tödlichen Rauchgasen erstickt!

Mittlerweile stieg die Raumtemperatur rasend an. Jim wusste, dass sie umgehend weiter mussten! Die erste Panne hatten sie zwar mit einer großen Portion Glück überstanden, doch hieß es jetzt keine weitere Zeit zu verlieren. Solange es sich um Ölbrennerrauch handelte – und dies schien der Fall zu sein – wäre die Situation mit den Atemmasken einigermaßen gut machbar. Größtes Problem wären die gefährlich ansteigende Hitze und die durch den dichten Rauch stark reduzierten Sichtverhältnisse. Ein Vorankommen wäre nicht unmöglich, aber doch zweifellos stark verlangsamt. Die Uhr blieb für sie jedoch nicht extra stehen oder legte freundlicherweise eine Pause ein.

»Los, vorwärts, Männer! Weiter!«, brüllte er durch die Gesichtsmaske, schwenkte mit dem Arm Richtung Ausgang. Er winkte Chuck zu, gab ihm mit Zeichen zu verstehen, dass er das Schlusslicht bilden sollte. Dieser nickte bestätigend. Dan wollte Jim gleich hinter sich haben. Ehe sie losstachen, versuchte er Funkkontakt mit der Kommandostelle herzustellen. Doch mehr als ein lautes Stimmenwirrwarr und Rauschen war dem Funkgerät nicht zu entlocken. Wenn sie Glück hätten, wäre ihr Lebenszeichen trotzdem registriert worden. Dies war die Absicht, denn sprechen war kaum möglich. Bei Großeinsätzen wie diesen konnte es leicht vorkommen, dass der Funkverkehr gestört war. Dies schien auch hier der Fall zu sein, zumindest vorübergehend. Für ein Notrufsignal wäre es jedoch noch zu früh. Zumindest schätzte er die Lage so ein, dass sie unter widrigen Umständen, aber nicht in unmittelbarer Lebensgefahr standen.

Unverzüglich brachen sie auf, durchquerten die nachfolgende Kunsthalle, welche vom Feuer bislang weniger stark in Mitleidenschaft gezogen war und Zuversicht vermittelte, hier heil wieder rauszukommen. Während sie an den geschwärzten weißen Säulen, welche den Raum durchzogen, vorbeikamen, erfolgte in den schummrigen Rauchschwaden zunächst ein ungewöhnliches Geräusch. Es klang wie ein Knacken! Aufmerksam wandte sich Jim um, blickte nach hinten, direkt in Chucks Augen. Chuck teilte die gleiche Ungewissheit, zuckte lediglich mit den Achseln. Dann, ohne jegliche Vorwarnung, stürzte ein Teil der Decke ein. Herabstürzende Teile trafen Brian und insbesondere Ronnie und schleuderten sie zu Boden.

»Ronnie!, schrie Chuck, sprang unverzüglich zu ihm hin.

Regungslos lag der Mittvierziger am schuttüberzogenen Boden. In der

Nähe kauerte Brian, auf den Knien, stützte sich mit den Händen auf, Kopf gesenkt. Unvermittelt eilte Jim herbei. Als erstes stießen Chuck und er die größeren Schuttteile zur Seite, welche Ronnie bedeckten und teilweise noch brannten. Chuck schüttelte ihn sanft an der Schulter. Nach kurzen bangen Augenblicken der Ungewissheit regte sich Ronnie wieder, öffnete ein wenig die Augenlider, qualvollen Blickes, hob leicht den Kopf. Gott sei Dank, entfuhr es Chuck. So wie es aussah, hatte es Ronnie nicht ganz erwischt. Dieser versuchte sich mit der Hilfe von Jim aufzusetzen. Dabei stöhnte er laut auf, krümmte sich, hielt seine rechte Hand an seine linke Schulter.

»Scheisse!«, sagte er mit schmerzverzerrtem Gesicht, »meine Schulter, und mein Bein!«

»Schlimm?«, fragte Jim.

»Nein, es geht«, log Ronnie gekonnt. Zwar verspürte er heftige Schmerzen, doch mochte er seine Mannschaft keinesfalls beunruhigen oder gar in Panik versetzen. Denn nichts und niemand durfte sie jetzt aufhalten! Die Pein war stechend und anhaltend, doch auszuhalten, wenn er genug kräftig die Zähne zusammenbiss. Wäre schließlich nicht das erste Mal. Es fühlte sich an, als wäre irgend so ein verdammter Knochen zertrümmert worden! Bis zum Ausgang sollte er es aber eigentlich schaffen, und der wäre hoffentlich nicht mehr allzu weit entfernt. Er seufzte tief.

»Brian?«, fragte Jim und drehte sich um. In der ganzen Hektik hätte er ihn fast vergessen. Dabei könnte er noch schlimmer verletzt sein als Ronnie. »Bist du okay, Brian?«

»Ja. Alles klar, Jim, habe Glück gehabt.« Ein Teil seines geschwärzten Schutzanzuges war am rechten Oberarm gute zehn Zentimeter aufgerissen. Blutstriemen brannten in seinem Fleisch. Keine Schwäche zulassend, presste Brian Mund und Augen zusammen, stieß Luft durch die Nase, um den gegenwärtigen Schmerz zu unterdrücken. Dann drückte er seinen Handschuh auf die verwundete Stelle. So unangenehm es war, angesichts der Situation war er nochmals mit einem blauen Auge davongekommen. Wenn sie jetzt nur endlich rauskämen!

»Wirklich?«, hakte Jim nach, zweifelnd.

»Ja, verdammt, Jim, glaub mir doch!«

»Jetzt aber endgültig raus hier, Jungs!«, meinte Jim mittlerweile selbst aufgerieben, denn allmählich wurde die Situation beängstigend. Dass ausgerechnet jetzt ein Teil des Daches einstürzen musste, war wirklich Pech. Damit hatte er in der Tat nicht gerechnet. Nicht hier. Offensichtlich war der Brand bereits weiter fortgeschritten, hatte die tragende Statik stellenweise aufgehoben. Jetzt könnte es hochgefährlich werden! Rasch griff er nach seinem Funkgerät, versuchte es erneut. Doch ergebnislos. Zwar vernahm er ein permanentes Rauschen, Sirengeheul, auch vereinzelte Stimmen glaubte er auszumachen, doch kam einfach dieser verflixte Kontakt nicht zustande. Es war nun höchste Zeit ein Mayday abzusetzen! Doch ehe er dies zu tun vermochte, riss plötzlich Chuck an seinem Ärmel. Unmittelbar drehte Jim seinen Kopf, starrte in die Richtung, in welche Chuck hinwies. »Heiliger Strohsack!«, entfuhr es ihm spontan.

Daran hatte er im ganzen Tohuwabohu gar nicht gedacht! Die plötzliche Luftzufuhr durch das große Loch in der Decke verursachte einen starken Sog in der Halle. Entsetzt schaute er in Chucks aufgerissene Augen. Dann zu Brian, Dan, Ronnie. Alle wussten, was in Kürze losbrechen könnte, würde, *musste*! Etwas, was jeder Feuerwehrmann wie der Teufel das Weihwasser fürchtete und die schlimmsten Befürchtungen entfachte: eine Raumdurchzündung!

Dies konnte geschehen, wenn in einem Raum nahezu der ganze Sauerstoff vom Feuer aufgezehrt war und dann plötzlich eine Türe geöffnet wurde. Schlagartig konnte das nach Luft lechzende Feuer wie eine Stichflamme hervorschießen und einen universalen Feuersturm verursachen. Mit anderen Worten: eine Feuerhölle im wahrsten Sinne des Wortes!

»Mein Gott, was machen wir denn jetzt, Jim?«, konnte er in Chucks angsterfüllten Augen lesen. Jeden Augenblick könnte eine Feuerwalze durch sie hindurchschiessen, sie in lebende Fackeln verwandeln! Das wäre, mit absoluter Garantie, nie und nimmer überlebbar, ungeachtet ihrer professionellen Schutzanzüge, Helme und Atemschutzmasken. In Zeitlupentempo drehte sich Jim um, ließ seinen Blick verzweifelt durch die

verrauchte Halle wandern, das Schlimmste jeden Augenblick erwartend!
Ihr Ende! Kläglich! Brutal!

Sinnentleert starrte er zu Boden, und da lag sie: *die* Idee, schoss sie
ihm unmittelbar durch den Kopf! Das war's doch! Ihre Rettungschance,
die einzige, wenngleich nur eine vage: Heizers ERDKUNSTWERKE oder
LANDSCHAFTSKUNST!

Ein an sich langweiliger Ausflug an einem noch langweiligeren Sonntagnachmittag, gemeinsam mit Christina, Claudia, Michael und Lyke,
tauchte in seiner Erinnerung wieder auf. Weil das Wetter unerwartet
umgeschlagen hatte, suchten sie ein Schlechtwetterprogramm, kamen
auf Lykes Vorschlag hin aufs DIA:MUSEUM. Mehr gähnend durchs Museum taumelnd war ihm lediglich Michael Heizers und Walter de Ma-
rias eigenwilliges NORD-OST-SÜD-WEST Kunstobjekt in ehrfürchtiger
Erinnerung geblieben. Dieses bestand aus vier geometrischen Körpern,
welche buchstäblich in den Hallenboden versenkt worden waren. Zwei
der ›Löcher‹, wie Michael sie damals salopp nannte, waren rund, die anderen rechteckig. Das Eindrucksvolle daran waren die dreidimensionalen
Ausmaße: es ging gute vier Meter runter!

Beim zweiten, dem SÜDEN, handelte es sich um einen Kegel. Da könnten
sie sich doch an den schrägen Wänden runterrutschen lassen! Wäre immer noch steil und bestimmt kein einfaches Unterfangen, aber in Anbetracht ihrer Lage wohl die einzige Überlebenschance. Rundherum schien
das Feuer inzwischen gierig um sich zu greifen.

Jim zögerte keinen weiteren Augenblick. »Schnell, hier rüber und runter!«, befahl er keinerlei Ein- oder Widerspruch duldend.

»Was? Da runter? Jetzt spinnst du wohl völlig!«, rief Chuck beim Anblick der Erdlöcher.

Mit strengem Blick schaute Jim ihm in die Augen: »Siehst du etwa eine
andere Möglichkeit?«

Entgeistert guckte Chuck ihn an, spürte, wie sich sein Adrenalinspiegel
auf das höchste Niveau schoss. Sein Brustkorb hob und senkte sich heftig.
So sehr ihm Jims Vorschlag missfiel, ja, widerstrebte: Er wusste, dass es
keine ernsthafte Alternative dazu gab!

»Du meinst, da runterspringen?«, kam Chucks ungläubige Frage. Stumm nickte Jim.

»Mein Gott!«, flüsterte Chuck. In Sekundenbruchteilen rechnete sein Gehirn aus, wie groß wohl ihre Überlebenschancen wären. Wie viele Knochenbrüche und weitere Verletzungen absehbar wären, falls sie tatsächlich lebendig da unten ankamen. Sie wären nicht die ersten Feuerwehrmänner, welche als letzten Ausweg einen großen Sprung in Kauf nahmen. Das kleinere Übel sozusagen. Entweder von der Stichflamme verbrannt werden oder zu Brei zerschlagen. Eine schreckliche Wahl, wenn man das überhaupt eine ›Wahl‹ nennen konnte!

»Abseilen!«, schrie plötzlich Dan von hinten, »seilt doch ab! Wozu haben wir denn die verdammten Dinger?!«

»Wie? Abseilen?«, fragte Chuck, drehte sich unmittelbar um, folgte der Richtung von Dans Hand.

»Da! Die weißen Säulen«, rief Dan erneut.

Verblüfft guckten Jim und Chuck zunächst dorthin, dann sich gegenseitig an. Mann, dieser Teufelskerl von Dan! Oder vielmehr Neo?! Gerade noch halbwegs durchgedreht, und jetzt zündete er die einzige, mitunter lebensrettende Idee!

»Verdammt, das ist es!«, rief Chuck jauchzend, »unsere Rettung!«

Auch Jim, sichtlich erleichtert, kam schnell zum Entschluss: »Genau! Das ist es! Das machen wir! Los, macht schnell!«, wies er bestimmt an.

Eigentlich war seine Aufforderung überflüssig. Brian und Ronnie waren bereits am Festmachen eines Seiles. Alles ging blitzschnell, automatisiert durch unzählige Übungen. Das Kleinteam funktionierte bestens trotz der üblen Umstände; das Ergebnis jahrelanger vertrauensvoller Zusammenarbeit! So etwas brachten die jahrelangen Sparmaßnahmen des Departments – ausgetragen auf ihrem Buckel wohlverstanden – niemals zustande. Zuerst angelte sich Brian runter, um die anderen in Empfang zu nehmen. Dann war Dan an der Reihe, welcher wegen seiner Schulterverletzung die Unterstützung und Beachtung mehrere Hände benötigte. Während Dan sich runterseilte, heulte er vor Schmerz auf. Kämpferisch biss er jedoch die Zähne zusammen, um nicht etwa als Bremsklotz ihr

Unternehmen zu gefährden. Zeit, anderen die Ohren voll zu jammern, hätte er zu Hause wieder. In der Mitte verließen ihn jedoch die Kräfte und er sauste am Seil runter. Brian, kräftig gebaut und behäbig, fing ihn auf. »Gut gemacht, Junge«, sagte er nur, klopfte ihm sachte auf den Rücken. Ronnie, gleichwohl ein alter Fuchs, ließ seine ganze Routine und Erfahrung spielen, als er sich trotz empfindlicher Schmerzen abseilte.

Als letzte waren Chuck und Jim an der Reihe. Chuck zögerte, was Jim unmittelbar aufspürte und ihm deswegen den Befehl zum sofortigen Abseilen erteilte. »Los, Chuck, du zuerst! Verlier' keine Zeit!«, brüllte er ihn an.

»Aber«, wollte Chuck widersprechen, doch befahl Jim unwirsch: »Nein, kein Aber, Chuck, runter jetzt mit dir! Los, oder ich schmeiß dich eigenhändig da runter, verstanden?!!«

Jim einen dankbaren Blick zuwerfend, packte Chuck das Seil und verschwand im Boden. Sorgenvoll warf Jim zunächst einen Blick zum Halleneingang, dann zur Decke. Was, wenn auch hier die Deckenbalken oder Oberfenster einstürzten, genau über ihnen? Weiter kam er jedoch nicht, denn ein lautes Fauchen oder vielmehr ein Knall, riss ihn augenblicklich aus seinen Überlegungen. Ein heißer Luftstoß kündigte das herannahende glühende Inferno an! Unverwandt drehte Jim den Kopf dem unteren Ende der Halle zu. Was er sah, verschlug ihm fast den Atem! Eine mächtige schwarz-rote Feuerwalze, wie direkt aus den Vortoren der Hölle entlassen, galoppierte in rasendem Tempo auf ihn zu! Unvermittelt nahm Jim einen Satz, sprang ins tiefe dunkle Loch, vermochte im letzten Moment mit seinen Handschuhen den gegenüberliegenden Rand zu erfassen, um nicht gänzlich abzustürzen. Ein unerträglicher Schmerz durchfuhr seine Finger, als die Feuerwalze darüber hinwegraste. Laut schreiend ließ er los, bekam halb das Seil zu fassen und versuchte daran runterzurutschen. Derweilen fegte der entfesselte Feuersturm über die vier Erdkörper hinweg, schnitt das Rettungsseil wie mit einem Sushi-Messer entzwei. Sogleich spürte Jim, wie ihm der Halt von oben genommen wurde und er den dunklen Kamin hinuntersauste. Mit einem dumpfen Aufschlag setzte er unten seine Landung an. Zum Glück waren die anderen gefasst, konnten Jims Sturz armeausbreitend auffangen. Chuck hielt Jim rücklings in den Armen. »Verdammt, Jim, bist aber ein schwerer Sack!«, rief er.

»Na, und du bist mir ein lustiger Spaßvogel! Greifst mir voll in die Eier«, hätte er ihm im Normalfall vermutlich entgegnet, doch Jim hatte jetzt keine Ohren für faule Sprüche. Was sich ihm bot, ließ ihn vor Ehrfurcht erstarren.

Sein Blick wanderte den schwarzen Wänden hoch. Der Flammenteppich war bereits vorübergerast, da oben alles nur noch ein einziger Feuerbrei! Ein gespenstiger Anblick, welcher wohl selbst den abgebrühtesten Feuerwehrmann weichkriegte! Funken, Schutt und Glassplitter regneten nun auf sie herunter. Unverzüglich zogen sie schützend ihre Köpfe ein, standen im engen Trichter Mann an Mann. Mein Gott, hörte er Dan angsterfüllt hauchen. Was da oben abging, überstieg ihr aller Vorstellungsvermögen. Kalter Schweiß rann Dan in Strömen über die Stirn, spülte sein Gesicht herunter. Unaufhörlich hustete und keuchte er heftig. Tröstend legte Brian ihm eine Hand auf die rechte Schulter. Selbst, wenn diese verzweifelte Aktion ihr Todesurteil nur hinausgezögert hatte, so hatte sich Dan, ihr Neo, doch mutig und heldenhaft gezeigt!

Erstaunlicherweise noch handlungsfähig, hatte Jim derweil zum Funkgerät gegriffen, versuchte unverzüglich ein MAYDAY über den Notsignalsender abzusetzen. Mit Sorge galt sein Blick dem Dach weit über ihnen, welches in vollen Flammen stand. Sie hatten einerseits Riesenglück gehabt und sich in letzter Sekunde hier hineinretten können. Doch das war nur kleiner Aufschub im Wettlauf gegen die Zeit, denn über ihnen schwebten weiterhin brennende Damoklesschwerter! Der Hochofen entwickelte immer monströsere Temperaturen. Temperaturen, welche menschliche Haut binnen Sekunden schmelzen ließen. Eine grausige Vorstellung! Das Seil war gekappt und ein Rauskommen nur noch mit auswärtiger Hilfe möglich. Doch käme diese rechtzeitig, wenn überhaupt? Wusste da draußen überhaupt jemand, wo sie sich befanden? Auch für Wärmebildkameras waren sie unsichtbar geworden! Für Jim war völlig klar: Jetzt konnte sie nur noch ein Wunder retten!

Tausende Fragen rasten den Männern durch den Kopf. Was war eigentlich da draußen los? Warum bewegte sich da nichts?! War die Funkpanne dafür verantwortlich, dass sie kein Gegensignal empfingen? Wie war es möglich, dass sie so plötzlich vom Feuersturm überrascht werden konnten? Ununterbrochen unternahm Jim einen Anlauf, Funkkontakt herzustellen. »Verdammt! Wieso melden sich die nicht?!«, brachte er fluchend seine Verärgerung zum Ausdruck. Zornig knallte er einmal sein Funkgerät an die gegenüberliegende Wand. Ein Fehler, ein grober Fehler!, wie ihm sogleich bewusst wurde, mitunter fatal! Was, wenn dies trotz aller Ausweglosigkeit ihre einzige Chance darstellte? Jim Schönberg!, schalt er sich gleich selber. Wie kannst du nur so dumm sein und deine Beherrschung verlieren?! Ausgerechnet du, welcher schnell darin war, andere deswegen zu kritisieren und unentwegt Professionalität predigte und einforderte!

Konsterniert biss Jim die Zähne zusammen, schloss die Augen. Beißender Rauch war durch Ritzen in seiner Atemmaske eingedrungen, quälte seine zusammengekniffenen Augenlider. Unmittelbar spürte er, wie Augenwasser hervorschoss, um Linderung zu verschaffen. Seine Finger schmerzten höllisch! Die Bruthitzewelle vorhin hatte seine Handschuhe schwarz gebrannt, ehe er losließ. Seine Fingeroberhaut hatte einige Hundert Grad Hitze erlebt, wenn auch nur ganz kurz. Doch das genügte vollauf. Im Augenblick waren sie gefangen, ihre Lage genau genommen hoffnungslos. Die Überlebenschancen praktisch null. Verdammt, so hilflos und schwach hatte er sich schon lange nicht mehr gefühlt! Wie hasste er es doch, die Kontrolle verloren zu haben! Und ganz schlimm: versagt zu haben! Seine Leute in die Irre, mitunter in den Tod, geführt zu haben!

Innerlich erwartete er bereits den finalen Trümmerregen. Zweifel an seiner Entscheidung brachten jetzt zwar nichts mehr, sie saßen in der Falle! Alles nur noch eine Frage der Zeit, bis sie das qualvolle Todesurteil ereilen würde: ersticken oder in Flammen aufgehen! Konsterniert blickte Jim um sich, nahm im schwarzen Rauch die anderen lediglich schwach wahr. Trotz ihrer Nähe war jeder mit sich allein. Niemand sprach. Die Hitze stieg von Minute zu Minute ins Unerträgliche, schnürte ihre Kehlen ab. Auch ihre Angst, genauer gesagt: die Todesangst, wuchs zusehends an.

Von wegen Gelassenheit, Jim Schönberg, selbsternannter Feuerheld! Jetzt sitzt du genau da, wo du nie gedacht hättest, hinzukommen! Alle andern vielleicht, aber niemals du! Elender Versager!

Wie ging es wohl Christina?, schoss es ihm plötzlich durch den Kopf. Wo hielt sie sich gerade auf? Wusste sie überhaupt, welche Katastrophe hier abging? Oder saß sie nichtsahnend in der Uni, brütete über ihrer Semesterarbeit und lachte zwischendurch mit Barbara über alltägliche Absurditäten? Bis anhin hatte er sich immerzu Sorgen um Christina gemacht, ihre misslichen Umstände, in welche sie unverhofft geraten war. Jetzt schien sich die Situation schlagartig gekehrt zu haben, war *er* wider Willen der Bedauernswerte. Er wüsste zwar von nichts, wenn er tot wäre; falls seine sterblichen Überreste verschmort und verkohlt aufgefunden würden, ein nicht identifizierbarer Haufen Asche. An eine Weiterexistenz im Jenseits hatte er noch nie geglaubt. Alles Hokuspokus, fand er. Aber für Christina wäre es nach all den Schicksalsschlägen bestimmt hart! Würde sie dies verkraften? So makaber es klang: Er würde es nie erfahren! Er wäre nicht mehr dabei. Definitiv und unabänderlich. Er würde sogar seinem schwerkranken Vater zuvorkommen! Laut Mutter gaben ihm die Ärzte nur noch wenige Wochen.

Wie in Zeitlupe verrann mit einem Mal die Zeit. Jede Sekunde schien sich ewig hinzuziehen. Jeder Atemzug war heiß und brennend. Der Körper und die Lungen leisteten Höchstarbeit, weit über ihr Vermögen hinaus, versuchten die sterbliche Hülle so lange wie möglich am Leben zu erhalten. Die Herzen der Männer waren am Abschließen; die Gedanken wirr um Erinnerungen kreisend. Jim blinzelte, sah im rötlich erleuchteten Rauchgewölke, wie Dan seine Handschuhe gefaltet hatte, inbrünstig betete. Seine Lippen bebten, sein ganzer Körper schüttelte heftig, völlig unkontrolliert, und, in einer solchen Situation auch nicht kontrollierbar.

Gleichwohl senkte Jim seinen Blick, wie zum Gebet, keuchte. Er war kein religiöser Mensch. Doch jetzt drängte es selbst ihn ›Worte nach oben‹ zu schicken. Wo immer sie hingelangten, wer immer diese hörte. Er wusste es selbst nicht, außer, dass es verzweifelte Worte wären: ›Bitte, großer Gott, lass es schnell geschehen! Lass es einfach schnell geschehen!‹

Ein letztes Aufbegehren machte sich nun plötzlich in ihm bemerkbar. Nein, er wollte jetzt eigentlich nicht sterben! Mein Gott, nicht nach all dem, was er erlebt hatte: den verheißungsvollen Neuanfang, eine Art Wiedergeburt, in den Bergen der Heiligen Monika vor wenigen Wochen! Das wäre ungerecht, ja, reichlich unfair, nicht?! Das hatte er wahrlich nicht verdient. Aus sein Traum einer kleinen schönen Familie, mit Christina!

Und überhaupt, hatte er doch noch nie mit seinen Händen die Sanftheit ihrer makellosen Haut berührt, war noch nie mit seinen heißhungrigen Lippen im Lichte der Nacht über die runden Kurven ihres Körpers geglitten. Noch nie hatte er die berauschende Süße ihrer Küsse in ihrer ganzen verführerischen Entfaltung gespürt, auf seiner wohlgeformten Brust, seinen sehnigen Halsadern, seinem gerippten Bauch und weiter südwärts davon. Obgleich er sich kaum darüber beklagen konnte, im Leben diesbezüglich zu kurz gekommen zu sein, so schienen ihm jetzt die Kronjuwelen vorenthalten worden zu sein! Geschah ihm vielleicht recht! Irgendwo musste Strafe sein!

›Was würdest du tun, wenn du weniger als eine Minute zu leben hättest?‹, hatte Christina ihn einmal gefragt. Nach kurzer Überlegung hatte er geantwortet: ›Ich glaube, ich würde meine Mutter anrufen, weil ich weiß, dass sie gerade bei einer meiner Schwestern und meinen Nichten ist. Sie weiß, dass ich sie liebe; also würde ich ihr dies nicht sagen. Ich hoffe, wir würden einfach noch einmal herzhaft zusammen lachen; und das wär's dann!‹ Sich mit einem Lächeln von dieser Welt verabschieden, war in der Tat ein schöner Gedanke. Leider würde ihm dies nun verwehrt bleiben, denn hier unten sah und hörte ihn keiner!

Ächzend hob Jim nun sein Haupt, stöhnte auf. Verdammt! Seine Kehle hatte sich aufgelöst; seine Zunge ein einziger spröder Lappen! Alles an ihm und in ihm brannte lichterloh! In seiner Agonie bildete er sich nun ein, einen Schatten erblickt zu haben; direkt über ihnen. Einen Deckenbalken vielleicht? Ein Oberlicht, welches heruntergedonnert war und quer über dem Erdkörper zu liegen kam? Er glaubte sogar, so etwas wie einen Tropfen auf seiner Atemmaske verspürt zu haben. Nein, zwei! Ein ganzer Spritzer! Dann, zu seiner Überraschung, kam noch mehr Nässe! Ein heißes Zischen von Wasserdampf begleitete das makabre Spiel. Unverwandt entfuhr Jim nun ein lauter qualvoller Lacher: dies war wohl definitiv das Endstadium! Das letzte verzweifelte Aufbäumen des Irrsinns, wenn das Hirn mithilfe sinnloser Einbildungen zum letzten Gefecht gegen das Unabänderliche blies! Aber, er wäre bereit, das harte Urteil, wenn gleich widerwillig, entgegenzunehmen. Jim schloss die Augen, sagte: Amen!

Doch statt der erwarteten Dunkelheit geschah das Gegenteil! Ein lichtdurchfluteter Kanal riss vor ihm auf, blendete ihn geradewegs für wenige Augenblicke. Wunderbar sich anfühlende, kreisende Lichtstrahlen begannen sich um ihn zu drehen, sogen ihn ein in die Lichtröhre, deren Boden aus Wattebauschen zu bestehen schien. Ein herrliches, vollkommen neuartiges Gefühl beseelte ihn! Schöner als alle jemals erlebten Ekstasen in seinen unzähligen Liebesnächten zusammen! Eine unglaubliche Ruhe und Gelassenheit erfasste ihn, ein ewiger Friede legte sich auf sein rastloses Herz! Jim wusste nun: er hatte die Schnittstelle überschritten, welche das Ende seiner physischen Existenz bedeutete.

Er, Jim Schönberg, war *tot*!

Ψ Ψ Ψ

Geschenktes Leben

WIEDERUM BLINZELTE JIM, denn dieses grelle, wenn zugleich wunderbares Licht blendete ihn stark. Unmittelbar rauschte es, tauchte im Lichtschein ein dunkler Schattenriss auf, drang eine sanft klingende Stimme an sein Ohr. »Herr Schönberg«, glaubte er zu vernehmen. Abermals presste er die höllisch schmerzenden Augenlider zusammen, wollte sie reflexartig mit seiner rechten Hand ausreiben. Sogleich durchfuhr ihn ein brennender Schmerz in den Fingerkuppen sowie auf dem Handrücken, ließ ihn unversehens aufheulen. »Autsch! Verdammt!«, rief er laut, stöhnte schmerzerfüllt. Derweilen hatten sich seine Pupillen ans bleiche Morgenlicht, welches gerippt durch die noch schräg gestellten Jalousien hereinfiel, gewöhnt.

»Herr Schönberg, können Sie mich hören?«, fragte die Krankenschwester. Als Jim die Augen öffnete, bemerkte er, wie ihn nun moosgrünliche Augen anblickten, umrahmt von einem herrlich blonden Lockenschopf. Es war unklar, wer wen musterte. Die Augen dieses unschuldig wirkenden Engels in Weiß schienen wach in die Welt zu schauen, darauf sensibilisiert auf kleinste Anzeichen zu achten. Erleichtert seufzte Jim auf. Erst jetzt fiel ihm auf, dass seine rechte Hand in einem Verband steckte. Die linke ebenfalls! Stirnrunzelnd warf er einen Blick in den esoterisch wirkenden Raum.

»Wo bin ich?«, fragte er leise.

Die rechterhand stehende Krankenschwester beugte sich über ihn, sodass er ihre weiße Spitalkluft nun deutlich zu erkennen vermochte. »Sie sind im SANKT FRANZISKUS KRANKENHAUS, Herr Schönberg«, erwiderte sie, fingerte nun irgendetwas an seinem rechten Handgelenk herum. Überall hingen Schläuche und Katheter.

Wiederum zog Jim seine Hand zurück, denn diese schmerzte höllisch. Was sollte das Ganze? »Was, zum Teufel, ist hier los? Wieso bin ich hier?«, fragte Jim mit heiserer Stimme. Mein Gott, wie sein Kehlkopf brannte, ihn jedes Wort zur Qual werden ließ!

Unaufgeregt, ja, mit routinierter Gelassenheit, kriegte er vom Engel in Weiß die Antwort: »Willkommen zurück im Leben! Sie wurden gerettet, Herr Schönberg! In letzter Sekunde sozusagen!«

Gerettet?, schoss es Jim wirr durch den Kopf. Warum gerettet? Zu seiner Verärgerung ließ ihn nun sein Gedächtnis schmählich im Stich. Intensiv beäugte er die langgezogene Schrankreihe und die dahinterliegende Toilette, welche soeben von innen zugeklinkt wurde. Wie er bemerkte, war er nicht der einzige Patient hier drin. Nebst Chuck, entdeckte er nun auch Brian und Ronnie in Betten liegen. Dan fehlte.

»Sie und Ihre Mannschaft wurden aus dem DIA-Museum gerettet«, erklärte die Schwester. »Sie befanden sich in einem Schacht, als alles brannte, und konnten buchstäblich in letzter Minute herausgeholt werden. Sie hatten Riesenglück, Herr Schönberg! Da wachte wohl eine Schar gnädiger Engel über euch Jungs!«

Erneut kniff Jim seine Augen zusammen, hörte die Worte wie in weiter Ferne. Dieses Mal vorsichtig stützte er seine rechte Hand schützend vor sein Angesicht. Sogleich realisierte er, dass seine Wimpern fehlten, auch der Bart, überhaupt sein Haar. War wohl alles weggebrannt worden, in diesem komischen Brand, von welchem die Krankenschwester da erzählte. Sich einen Reim daraus zu machen, vermochte er trotzdem nicht. Was ihn gegenwärtig beschäftigte, war der riesige Brummschädel! Ein durchgeknallter Viertaktmotor! Nochmaliges Aufstöhnen signalisierte seine Anwesenheit unter den Lebenden. Auch, wenn alles noch keinen Sinn ergäbe, so wurde er sich doch allmählich einer Erkenntnis bewusst: Er war am Leben! Die Himmelspforten wurden wohl in letzter Minute vor ihm verschlossen. Die da oben wollten ihn demzufolge noch nicht haben. Warum auch immer.

»Sie sind ziemlich gnädig davongekommen, Herr Schönberg! Außer einer leichten Rauchgasvergiftung und kleineren Verbrennungen an den Händen und am Kopf haben Sie die Sache gut überlebt.«

Ungläubig und mit leerem Blick starrte Jim sie kurz mit müden Augen an, schloss dann seine Lider wieder. »Wirklich?«, hauchte er kaum hörbar. Mit dieser Gunst des Schicksals hatte er in der Tat nicht gerechnet. »Und die anderen?«, fragte er, während er versuchte, den fest eingebunden Kopf etwas auf ihre Seite zu drehen. »Wie geht es denen?«

»Hatten ebenfalls eine mächtige Hand über ihnen! Abgesehen von einigen Brüchen, Prellungen und Schnittwunden sowie Blutergüsse sind alle erstaunlich gut in Ordnung.«

Plötzlich beunruhigt, versuchte sich Jim aufzurichten, fragte: »Wo ist Dan? Dan Halderman?«

Unverwandt senkte die Krankenschwester ihr Haupt, wandte ihren Blick kurz zur Seite, ehe sie einen Seufzer erwiderte.

»Los, sagen Sie schon!«, forderte Jim sie ungeduldig auf und soweit dies seine lädierten Stimmlippen zuließen. »Hat es Dan erwischt? Lebt er noch?«

Nach einem weiteren Seufzer, sichtbar unwillig, erklärte die Schwester: »Dan Halderman liegt noch auf der Intensivstation, im künstlichen Koma. Er wurde bei der Rettungsaktion von einem herabstürzenden Balken getroffen. Schädelbruch. Verbrennungen zweiten Grades am Oberkörper. Innere Verletzungen, vor allem Organe. Zurzeit steht er noch auf der Kippe.«

Augenblicklich schaute Jim zur Seite, wandte seinen Blick ab, um sein Angesicht zu verbergen, denn so etwas in diese Richtung hatte er befürchtet. »Scheisse, verdammte Scheisse!«, fluchte er dann laut aufheulend.

Spontan wollte er seine Faust aufs Bett schlagen, seinem Verdruss Ausdruck verschaffen, doch ließ ihn der Schmerz gleich wieder zusammenzucken und das Gesicht verziehen. Dann schluckte er mehrmals leer, befeuchtete mit der Zunge die spröden Lippen. Ebenfalls geschält! Ein elendes Gefühl ergriff ihn augenblicklich. Warum musste dies sein?! Es war ihm, als ob jemand just in diesem Augenblick sein Herz zusammenquetschte. Nach der frohen Kunde ihrer Rettung nun dieser Hammerschlag! Dan, der Jüngste, der die rettende Idee hatte, war jetzt am Schlimmsten dran! Das war nicht fair.

Mittlerweile hatten die anderen mitgekriegt, dass Jim aus seiner Bewusstlosigkeit erwacht war. »Jim? Bist du da?«, rief eine vertraute Stimme herüber.

»Ja, natürlich, du Mistkerl«, entgegnete Jim und ließ sich zurück ins Kissen fallen.

»Dan hat es böse erwischt, Jim«, rief Chuck vom Nachbarbett herüber, richtete sich mühselig auf seinem linken Ellbogen auf.

Jim schielte mit den Augen nach rechts, sagte mit trauriger Stimme: »Ja, habe es soeben gehört, Chuck, elender Mist!«

»Uns anderen geht es gut, relativ gut natürlich. Morgen gehen wir zum Tanz«, sagte Chuck und schaute für Zustimmung zu Ronnie und Bryan rüber.

Letzterer war ebenfalls gut eingepackt und irgendwie schräg aufgeseilt, doch meinte er: »Tanz auf dem Vulkan, willst du wohl sagen. Wieso nicht?«

»Erfahrung haben wir ja jetzt zur Genüge!«, sagte Jim. »Sind schon halb Profis!«

»War nur ein kleiner makabrer Scherz am Rande, Jim.«

»Ich weiß.« Humor ist, wenn man trotzdem lacht, hatten sie vorher immerzu gescherzt, wenn etwas relativ glimpflich abgelaufen war. Na, wenigstens war ihnen der nicht vergangen.

»Unkraut vergeht eben nicht so schnell«, meldete sich nun Ronnie mit schmerzverzerrtem Lächeln.

Die lockeren, wenngleich bisweilen etwas makabren Sprüche hielten sie zwar aufrecht, doch was ging wohl jedem gegenwärtig durch den Kopf?, dachte Jim. Wie er jetzt bemerkte, steckte Chucks Kopf in einem fetten Kopfverband, sein rechter Arm und sein rechtes Bein ebenso. Beim überstürzten Abstieg ins Erdloch hatte er einige tiefere Schnittwunden abgekriegt, die jedoch vollständig verheilen sollten, gemäß Aussage des Ärzteteams. Auch Ronnies und Brians Zustand schienen soweit stabil zu sein. Schultern und Beine schön im Gips. Beide trugen trotz des ohnehin schon diffusen Zimmerlichts abgedunkelte Brillengläser. Irgendwie ein irres Bild!

»Wie stehen seine Chancen?«, fragte Jim leise, schaute der Krankenschwester unvermittelt ins Angesicht. Geduld hatte sie ja, war sehr nett.

»Das kann ich Ihnen nicht sagen«, meinte sie.

»Schon klar«, seufzte Jim.

Derweil sie die Infusionsflasche ersetzte, meinte sie: »Dan Halderman wird heute nach Neu York verlegt, mit dem Hubschrauber, in eine Spezialklinik.« Daraufhin nahm sie das leere Tablett mit den Medikamenten in die Hand, sagte, dass sie einen Krug mit Tee bereitgestellt hatte, falls er durstig wäre. Er solle sich einfach melden, damit sie ihm behilflich sein könnte. In Kürze sei Arztvisite und da könne er alle restlichen Fragen klären.

Still, nur mit den Augen, bedankte sich Jim beim guten Engel, unternahm einen Versuch, den Trinkbecher mit Strohhalm selbst in die Hände zu nehmen, was in diesem Stadium misslang. Wie er mit Unmut feststellte, erwies sich jede noch so kleinste Bewegung als eine Qual. Jetzt verspürte er so richtig den brennenden Schmerz in seinen Fingerkuppen! War da überhaupt noch was dran? Wie lange wird es wohl dauern, bis das wieder heil ist? »Mensch, Männer«, sagte er dann murmelnd, »ich hätte nie im Leben geglaubt, dass wir da noch lebendig rauskommen!« Dann öffnete er seine Augenlider wieder, nur einen Spalt breit, blickte zur Decke hinauf und formte mit seinen Lippen ein leises ›Dankeschön, da oben‹.

Im Verlaufe des Vormittags wurde die Türklinke des Krankenhauszimmers mehrfach heruntergedrückt. Einmal, nach einem schwachen Klopfen, ganz vorsichtig. Lange blauschwarze Haarsträhnen erschienen zunächst im Spalt, gefolgt von einem anmutigen Augenpaar. Markant schwarze Augenringe umrahmten einen Blick, welcher große Verunsicherung und Verängstigung, ja, tiefe Sorge, verriet. Es war Christina.

Nahezu unbemerkt glitt sie ins ruhige Zimmer, wie als ob sie nicht stören wollte. Dabei war es nur der tiefe Schockzustand, welcher sie gestern Abend mit Vollwucht erfasst hatte und sie die ganze Nacht kein Auge zutun ließ. Nach dem wohlverdienten Abendbrot saß sie am kleinen Tisch in ihrem Zimmer im Studentenwohnheim, surfte für eine Gruppenarbeit im Internet. Ihr Tag war eigentlich ganz gut, geschäftig, sie selbst aufgestellt, als unverhofft das Handy klingelte. ›Ja, Sanders hier‹, antwortete sie. Zunächst bekundete sie Mühe, die einleitenden Worte der fremden Stimme einzuordnen. ›Was? Doktor Haub vom SANKT FRANCIS KRANKENHAUS in Beacon?‹ Beacon war doch dort, wo Jim arbeitete, schoss es ihr spontan durch den Sinn. Unverzüglich stieg eine erste böse Vorahnung herauf, worum es womöglich gehen könnte. Doktor Haub erkundigte sich zunächst, ob sie Jim Schönberg persönlich kenne, was sie umgehend bejahte. Sie wären miteinander befreundet, ja, was gibt es denn Gutes? Dann kam die Nachricht, der Hammer, vor welchem sie sich früher zu Hause schon immer gefürchtet hatten. *Die* Nachricht, welche die schlimmsten Befürchtungen wachrufen ließ.

Am liebsten hätte Christina gleich alles stehen und liegen lassen, wäre in Windeseile losgestürmt. Doch Doktor Haub meinte, dass dies keinen Sinn hätte. ›Vor morgen können Sie ohnehin nicht zum Patienten, Frau Sanders.‹ Erst als er ihr versichert hatte, dass Jim sich nicht in einem lebensbedrohlichen Zustand befände, vielmehr stabil wäre, atmete sie auf. ›Und Chuck SØrensen?‹, fragte sie unverzüglich nach. ›Was ist mit Chuck SØrensen? Ist er auch betroffen?‹ ›Auch außer Lebensgefahr‹, beruhigte sie die ferne Stimme. ›Gott sei Dank‹, flüsterte Christina, bedankte sich mehrmals, ehe sie auflegte und die nächste Nummer wählte. Die von Zuhause in Suffern.

Nach einer kurzen Nachtruhe bestieg sie den erstmöglichen Morgenzug der METRO-NORD-LINIE von Neu York nach Beacon. Auf der rund achtzigminütigen Bahnfahrt glaubte sie, alle nur denkbaren Zustände zu durchleben. Wie sie selbst zum Schluss kam, war die Ungewissheit das Schlimmste, brannte die ungezügelte Phantasie noch vollends durch. Was mochten wohl die Fahrgäste ihr gegenüber gedacht haben? Bestimmt war ihr jeder Gedanke aus dem Gesicht abzulesen! Derweil glitt die noch abgedunkelte Landschaft teilnahmslos an ihr vorbei, erhellte sich im Gegensatz zu ihrem Gemütszustand indes zusehends in der milden Morgensonne. Der Hudsonfluss floss in einer Seelenruhe dahin, in die Gegenrichtung, blinzelte ihr zuweilen glitzernd zu. Christina nahm dies vornehmlich nur wie aus der Ferne wahr. Ihre geröteten Augenlider waren viel zu müde und zu verweint, fielen immer wieder mal für einen Augenblick zu. Ihr Puls war schnell, ihre Atmung oberflächlich. Ihr Herz klopfte ungestüm. Vor ihrem inneren Auge blendete sie die Spätnachrichten ein, welche einen ausführlichen Bericht vom Großbrand im Museum gezeigt hatten. Die Brandursache wäre immer noch nicht gänzlich geklärt. Vermutlich ein defektes Elektrokabel. Mit Ausnahme eines Mitglieds eines Rettungsteams wäre wie durch ein Wunder niemand weiter zu Schaden gekommen, hieß es von der aschblonden Sprecherin.

Endlich war sie am Ziel, stand zitternd vor Jims Krankenbett. Durch wässrige Augen nahm sie Jim wahr, wie er, scheinbar, regungslos da lag, schlief. Mein Gott! Was war das für eine absurde Situation! Noch vor nicht langer Zeit waren die Rollen umgekehrt verteilt gewesen! Lag sie darnieder, machte weder Pieps noch Paps! Und jetzt empfand sie sich als halber Todesengel am Bett ihres Liebsten stehen! Sachte setzte sie sich auf den Bettrand. Ihre Lippen bebten, brachten vor Entsetzen kein Wort heraus. Immer noch verängstigt wanderte ihr Blick über Jims Angesicht. Hm, seltsamer Anblick! Seiner Narbe oberhalb der linken Augenbraue waren weitere Schrammen hinzugekommen. Sein einst kräftiges Haar erinnerte nun an ein abgeräumtes Stoppelfeld, wie bei einem Jarhead. Seine Haut wirkte fahl und war übersät mit kleineren aber weiter nicht schlimmen Verletzungen. Behutsam legte sie seine Hand in ihre, stellte die Verbindung her, wonach sie so sehr verzehrt hatte, seit die Nachricht sie ereilte. Vorhin, draußen im Flur, hatte ihr Doktor Haub mitgeteilt, dass Jim vollständig geheilt werden sollte. Wollte er sie vielleicht nur beruhigen?

Christina sah nun, wie Jim die Augenlider anhob. Wie das unverwüstliche Blau seiner Iris daraus hervorstrahlte, intensiver als je zuvor, wie sie sich einbildete. Gefolgt von einem Lächeln, *seinem* unverwechselbaren breiten Lächeln. Mensch, noch nie war sie so dankbar dafür wie in genau diesem Augenblick!

»Christina«, flüsterte Jim, »Liebstes.«

»Jim«, hauchte Christina. Unverwandt kullerten Tränen des Bangens und des Glücks über ihre Wangen. Vorsichtig lehnte sie ihre rechte Wange an die seine, ließ unmittelbar ein leises Schluchzen vernehmen, die Erlösung aus ihren die ganze Nacht ausgestandenen Ängsten. Jim wiederum legte, wenngleich einen etwas unbeholfenen Eindruck erweckend, seine Arme behutsam um sie. Wie er gerne zugab: Nie hätte er gedacht, dass er seine Christina nochmals sehen würde, an sein Herz drücken dürfte. Da hatte es irgendjemand noch einmal gut mit ihm gemeint, gewährte ihm eine zweite Chance. »Christina, Liebes, küss mich bitte!«, forderte er sie charmant lächelnd auf, eine Bitte, welche sie kaum abschlug. »Christina«, sagte er irgendwann leise.

»Ja?« Ihr Blick fiel in seine großen Augen.

»Christina, ich liebe dich.«

»Ich dich auch, Jim.«

»Und ich bin heilfroh, dass ich wieder bei dir bin. Alles andere ist mir unwichtig!«

»Mir geht es doch genauso!« Während sie dies sagte, legte sie zärtlich ihre Hand an Jims linke Schläfe, ließ ihn ihre zartgliedrigen Finger spüren, wie sie zärtlich liebkosend über seine Narbe und seine Wange hinunterstrichen. Dann weiter über seinen Kurzbart, seinen sehnigen Hals, seine anschwellende Brust, bis sie sein Herz erreichten und dort mit einem bejahenden sanften Druck ruhen blieben.

Wärmten.

Heilten.

Ψ Ψ Ψ

ENDE

DES ZWEITEN TEILS

Literatur- und Quellenverzeichnis

Richard Picciotto, Unter Einsatz meines Lebens

John Ehle, Aufstieg und Fall der Tscherokesischen Nation (nur englisch)

H.J. Stammel, Der Indianer – Legende und Wirklichkeit von A-Z

Alex W. Bealer, Nur die Namen bleiben übrig – Die Tscherokesen und der Pfad der Tränen (nur englisch)

Thomas Bryan Underwood, Tscherokesische Legenden und der Pfad der Tränen (nur englisch)

Jerry Ellis, Ich ging den Pfad – Die Reise eines Mannes dem tscherokesischen Pfad der Tränen entlang (nur englisch)

Werner Arens/Hans-Martin Braun, Die Indianer Nordamerikas

Christa und Hans Läng, Indianer-Almanach

Isabel Stadnick, Wanna Waki – Mein Leben bei den Lakota

h.v. nelles, a little history of canada

Loneley Planet, USA (englisch)

Kalimedia, Atlas der wahren Namen – Welt/Europa

Greenpeace, 2011, Nr. 4 – verschiedene Artikel

TRANSA, 4-Seasons, Frühjahr/Sommer 2011, # 4 – Im Bauch des Waldes/
Appalachen Wanderweg

DIE ZEIT Geschichte: Unser Amerika, Nr. 3 2011 – Wie Deutsche die
USA prägten

Nationalgeograph, Mai 2007, Kampf um Amerika

Coop Magazine

Migros Brückenbauer

SOLIDAR, Solidarität

WWF, Magazine

TAMEDIA, Tagesanzeiger, Zürich

Wikipedia

YouTube

Google, Karten